적,
너는 나의
용기

적, 너는 나의 용기

초판 1쇄 발행 | 2015년 10월 27일
초판 2쇄 발행 | 2015년 11월 06일

지은이 우태현
발행인 이대식

편집 김종숙 나은심 손성원
마케팅 김혜진 배성진 박중혁 **관리** 홍필례
디자인 모리스

주소 서울시 종로구 평창길 329(우편번호 03003)
문의전화 02-394-1037(편집) 02-394-1047(마케팅)
팩스 02-394-1029
홈페이지 www.saeumbook.co.kr
전자우편 saeum98@hanmail.net
블로그 blog.naver.com/saeumpub
페이스북 facebook.com/saeumbooks

발행처 (주)새움출판사
출판등록 1998년 8월 28일(제10-1633호)

ⓒ 우태현, 2015
ISBN 979-11-956326-1-9 03810

이 도서의 국립중앙도서관 출판예정도서목록(CIP)은 서지정보유통지원시스템
홈페이지(http://seoji.nl.go.kr)와 국가자료공동목록시스템(http://www.nl.go.kr/kolisnet)에서
이용하실 수 있습니다. (CIP 제어번호 : CIP2015028465)

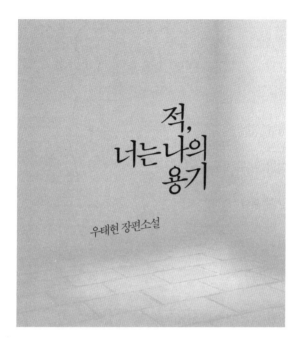

적,
너는나의
용기

우태현 장편소설

새움

차례

프롤로그

나무의자 밑에는 버려진 책들이 가득하였다
은백양의 숲은 깊고 아름다웠지만
그곳에서는 나뭇잎조차 무기로 사용되었다
그 아름다운 숲에 이르면 청년들은 각오한 듯
눈을 감고 지나갔다. 돌층계 위에서
나는 플라톤을 읽었다. 그때마다 총성이 울렸다
목련철이 오면 친구들은 감옥과 군대로 흩어졌고
시를 쓰던 후배는 자신이 기관원이라고 털어놓았다
존경하는 교수가 있었으나 그분은 원체 말이 없었다
몇 번의 겨울이 지나자 나는 외톨이가 되었다
그리고 졸업이었다. 대학을 떠나기가 두려웠다
 _기형도, 〈대학 시절〉에서

그해 겨울, 그들은 그렇게들 떠나갔다. 성재는 고향 집 뒤편 언덕에 묻혔다. 문혁은 다시 갇히고, 시우는 사라졌다.

꿰매진 입술

남쪽으로 뚫린 창문으로 아침 햇살이 슬그머니 기어들었다. 창밖 가지 잘린 나무를 타고 내리던 빗물이 햇살에 번들거렸다.

당직 교대시간도 지난 토요일 오전, 경찰서는 절간처럼 한적했다. 가끔 외마디로 내지르는 신참 전경들의 구호소리만 복도 벽을 울렸다.

형균은 두 발을 책상에 포개 얹고 의자 등받이 레버를 내렸다. 등허리가 의자 속으로 쑥 빠지는 느낌이었다. 국회 앞 K은행 골목에서 일어난 살인사건 때문에 새벽까지 아스팔트 위에서 떨다 들어온 길이었다. 눈은 감고 있었지만 머릿속은 각성제를 먹은 것처럼 투명했다. 발치에 던져두었던 휴대전화가 부르르 떨었다. 지난밤 당직이었던 김 형사였다.

"반장님?"

토요일 아침. 포기해버린 지 오래되었지만 안락한 휴일이 온전하게 나를 기다릴지도 모른다는 기대는 항상 남아 있기 마련이다. 그 소박한 기대는 오늘도 김 형사의 전화 한 통으로 간단하게 깨졌다.

"사건입니다."

평소 말과 행동이 앞뒤가 똑떨어지는 김 형사다. 강도도, 살인도, 강간도, 폭행도 아닌 그냥 사건이라니. '사건'이란 단어 앞에 붙는 수식어가 필요했다.

"사체가 발견되었습니다. 여자 같답니다. 서여의도 국회 뒤편 샛강 유원지 공사장입니다. 9시 10분경 여의도파출소로 신고 접수되었습니다. 조 형사가 경찰서 정문에서 대기할 겁니다. 곧장 따라가겠습니다."

"당직 아니었어? 들어가 쉬어! 나오려면 오후에나……."

눈썰미가 매운 김 형사다. 다른 사람이 못 보는 것을 종종 찾아낸다. 없으면 아쉽다. 형균은 말을 맺지 않았다.

"현장에서 보지요, 뭐."

다른 사람 같으면 눈 질끈 감고 들어갔을 것이다.

'살인사건.'

국회 서편 샛강 어귀 언덕쯤일 것이다. 낚시꾼들만 가끔 드나드는 인적 드문 곳이다. 30여 년 전 여의도 고수부지가 정비된 후에도 억새밭으로 방치되었다가 5년 전부터 강변공원으로 개발 공사 중이다.

'자살일까? 억새풀과 키 작은 관목 몇 그루밖에 없는 곳이라 목을 매달 만한 곳도 없다. 음독일까? 타살이면 거기서 죽였을까? 살해된 후 유기되었을까?'

머리가 어지러웠다. 형균은 냉수 한잔 들이켜고는 수첩을 집어 들고 나섰다.

잠깐 얼굴을 내밀었던 해는 다시 두꺼운 구름 속으로 숨었다. 옅은 눈발이 흩날리기 시작했다. 정문 가까이 차 안에서 조 형사가 손을 흔들었다.

"퇴근하자마자 출근이네."

"늘 있는 일인데요, 뭐."

옷만 갈아입고 나온 모양이었다. 깎지 못한 턱수염이 삐죽삐죽 돋아 있었다. 올해 갓 마흔의 사람 좋은 조 형사는 형균을 친형처럼 따랐다. 날카로운 신경질을 무던히 받아주기도 했지만, 가끔 대들 때는 나이와 직급 차이가 만만치 않음에도 가슴 한쪽을 서늘하게 만들 줄 아는 구석이 있었다. 궂은 일 어려운 일을 마다하지 않기 때문에 그만큼 미덥기도 했다. 믿는 사람에게 일을 많이 맡기게 되기 마련이다. 또 가끔 가슴 터놓고 술잔을 기울이는 술친구이기도 하다. 지난여름 형균의 중매로 동갑내기 간호사와 결혼하여 지금 늦은 신혼이다.

눈발이 짙어지기 시작했다. 영등포와 여의도를 잇는 파천교를 건너자 강바람이 거세졌다.

"반장님!"

"……."

햇살이 비치는 차창에 눈발이 어지럽게 비꼈다. 그 공존하기 힘든 풍경이 주는 단절감. 형균은 일순 당황하고 있었다. 조 형사가 초상집 상주를 마주한 듯한 표정으로 말을 꺼냈다.

"어젯밤 여의도 시위대 살해사건 말입니다. 피살자가 저와 동갑 아닙니까?"

"……."

어젯밤 사건은 국회 앞에서 야간 시위를 주도하던 시민단체 간부가 이를 방해하던 노인들과 실랑이 끝에 한 노인이 휘두른 지팡이에 맞아 즉사한 사건이었다.

"그 노인네도 우리 아버지와 나이가 같더군요. 45년생. 고향이 이북인 것도."

"그래서?"

"조서받을 때 그러더군요. 어머니 아버지 모두 빨갱이 손에 죽고, 다섯 살 때 열 살 많은 형 등에 업혀 월남했다고."

거의 잊혀진 전쟁과 이산의 불행한 가족사가 그 사건 뒤에도 있었나보다.

"먹고살 것이 없어 군에 말뚝 박고, 중사 계급으로 월남전에도 참전했대요. 귀국 후 전방으로만 돈 덕분에 장가도 못 갔답니다. 한때 다방 여종업원하고 몇 개월 살림을 차린 적이 있었지만 오래가지 못했답니다."

"……."

"술이 깨기 시작했던지 울면서 그러더군요. 자기 소원은 대한민국을 빨갱이 없는 좋은 나라로 만드는 것이었답니다."

"싸우다 결국 둘 다 죽는 거겠지. 데모꾼은 영감에게 맞아 죽고, 영감은 송장 되기 전엔 못 나와. 아버지와 아들이 서로 죽이고 죽은 게지."

조 형사는 숨을 삼키며 고개를 끄덕였다.

"그런데 희한하죠? 아직도 빨갱이로 몰려 맞아 죽는 사람이 있다는 게."

"……."

"거의 다 왔는데요."

차는 국회를 감고 있는 윤중로를 돌아 국회 서문 밖 고수부지로 들어갔다. 샛강이 한강과 만나는 물길 옆 언덕 주차장에 경찰차와 앰뷸런스의 경광등이 반짝이고 있었다. 주차장에서 50미터 정도 떨어진 억새밭 한가운데에 노란색 폴리스라인이 둘러져 있고, 라인 안엔 경찰관과 과학수사대원들이 서성거리고 있었다.

눈발 휘날리는 겨울 강변은 을씨년스러웠다. 공중에는 주검에 다가갈 기회를 노리는 듯 여남은 마리의 까마귀 떼가 원을 그리고 있었다.

폴리스라인은 가시나무를 중심으로 반경 10미터 정도의 공간을 감고 있었다. 억새풀 사이에 2미터 남짓 삐죽 솟은 관목 아래 검은색 여행용 가방이 놓여 있고, 가방 밖으로 핏기 빠진 다리 한쪽이 허벅지까지 삐져나와 있었다. 초겨울 강가의 창백한 햇살과 갈회색 벌판, 터무니없이 큰 검은 가방과 거기에서 삐져나온 여인의 흰 다리가 주는 부조화가 초현실주의 사진작가들의 이미지들을 떠올리게 했다.

"잔자갈이 많은 사질토라 발자국은 안 남았겠는데? 시경 검시관은?"

두어 걸음 앞에 방진복을 입고 바닥을 훑고 있던 과학수사요원이 가방 앞에 쪼그리고 앉은 사람을 가리켰다.

"웬일이야? 오늘은 빨리 왔네."

형균은 덧신을 신고 통행판 위로 겅충거리며 다가가 관목 아래에 고개를 디밀었다. 검시관이 힐끗 쳐다보았다. 자신의 작업장에 불쑥 밀고 들어온 형균의 머리가 달갑지 않은 모양이었다. 검시관은 사체가 담긴 검은 가방의 외관을 찬찬히 들여다보고는 과학수사대 쪽으로 소리쳤다.

"야! 여기 통행판 두어 개 더 놓고, 가방 손잡이에 묻은 흰색 가루 빨리 채취해. 사체 봐야 하니깐."

현장검시관제도는 도입된 지 몇 년 되지 않아 완전히 정착되었다곤 할 수 없었다. 그러나 한 사람당 한 해 백수십여 건의 현장검시 경험으로 급속하게 전문화되고 있었다. 그중에서도 지금 형균의 눈앞에서 궁시렁거리고 있는 이 중늙은이만큼 실력 있는 검시관은 드물었다. 곽씨 성을 가진 이 검시관은 전직이 외과 의라는 소문이 있을 만큼 병리학에도 전문적인 식견을 갖고 있었다. 그가 작성한 현장검시보고서의 사망시간과 사인 추정 소견은 부검 후에도 뒤집히지 않기로 유명했다. 국과수 법의관들이 가장 신뢰하는 현장검시보고서가 있다면 그의 것이었다. 현장검시에서 그는 거의 전설이었다. 단지 흠이 있다면 술고래라는 것이었는데, 그렇다고 술 때문에 일을 그르친 적은 없었다. 영등포서에 배치되어 있는 신참 검시관이 과로로 입원해버린 터라 시경에 지원을 요청했던 것이다.

"일찍 오셨네."

인사를 건넸다. 검시관은 곁눈질로 슬쩍 보고는 퉁명스럽게 받았다.

"일찍 와 불만이유? 밤새고 퇴근하려다 아침도 못 먹고 불려왔수."

역시 독한 소주 냄새가 났다.

"새벽부터 또 한잔하셨나봐!"

검시관은 대꾸하지 않았다. 다만 학처럼 고개를 빼들고 반쯤 열린 가방 지퍼를 활짝 열어젖혔다. 그러고는 자신의 영역에 들어온 이방인에게 텃세하듯 말했다.

"지금부터 잠시 조용히 해주쇼."

가방에서 피내음 섞인 시취屍臭가 올라왔다. 코를 찌르는 역한 냄새는 없는 것으로 보아 부패는 아직 진행되지 않은 것 같았다. 검시관은 눈앞에 펼쳐진 장면들을 간단명료하게 읊어 내리기 시작했다. 검시관임을 알리는 조끼 앞섶 핀 끝에 소형 마이크가 달려 있었다.

"은회색 실크 블라우스, 하늘색 양장 스커트 착의. 검정색 하이힐 우족 한 짝."

검시관이 접혀 있는 왼쪽 다리를 들어올렸다. 다리는 툭 소리와 함께 휘어졌다. 정강이에 여러 번 가격당한 흔적이 사선으로 시퍼렇게 나 있고, 가운데쯤에서 정강뼈가 부러져 있었다.

"시강이 뚜렷하게 진행. 시반은 전위되지 않았음. 사망 직후 옮겨졌고, 현장에서 시반이 고정된 것으로 보임. 경미한 각막 혼탁 진행. 오른쪽과 왼쪽 정강이 타박상, 폭 3~4센티미터 정도의 둥근 원통형 막대로 수차에 걸쳐 가격당한 흔적. 왼쪽 정강뼈 중간 부분 폐쇄골절……."

검시관은 사체의 스커트를 조심스럽게 들추어 보고, 상의 블라우스 속을 엿보았다.

"스타킹, 하의 속옷 미착용. 하체 오른쪽 대퇴부 시반. 오른쪽 둔부와 허벅지 타박상, 역시 폭 4센티미터 둥근 원통 막대로 인한 타박상 추정. 허벅지 안쪽에는 특별한 외상이……."

검시관은 말을 멈추고 허벅지 안쪽에서 말라붙어 찐득한 점액질 액체를 면봉으로 닦아내어 냄새를 맡아보았다.

"정액 같은데."

형균이 검시관 반대편에서 머리를 디밀어 가방 안을 보며 물었다.

"시강이나 시반으로 보건대, 사망 후 여덟 시간에서 아홉 시간은 된 것 같은데, 정액이 아직 액체 상태로 남아 있을 수 있나?"

"검시해도 되겠수. 척 보고 사망시간을 얼추 맞히니. 허허. 기온이 섭씨 2~3도로 춥고 습기가 많아 체액이 완전히 증발되지 않으면 그럴 수도 있겠지. 비도 조금 맞은 것 같고. 그런데 말이오. 여기저기 양이 엄청나. 한 사람 것이 아닌 것 같아."

검시관은 여자가 죽기 전 당한 일이 짐작되는지 고개를 가로저었다.

"이걸 자세히 보시오."

검시관이 시신의 상의와 허벅지에 떨어져 있는 체모 몇 가닥을 조심스럽게 집어 라텍스 장갑을 낀 손바닥 위에 가지런히 놓았다.

"이놈들이 여러 군데 많이 떨어져 있어. 꼬불꼬불 비틀어진 놈, 쭉 뻗은 놈, 최소 2~3종류 이상이야."

증거가 될 만한 흔적이 많이 남아 있다는 것은 좋은 일이다. 체모의 DNA 분석이 이루어지면 그만큼 가해자 확인은 쉬워진다. 그러나 DNA 지문으로 범인을 바로 잡아들인다는 것은 외화 시리즈 속에나 있을 법한 이야기다. 아직 축적된 대조군이 많이 없다는 것이 대한민국 DNA 수사의 맹점이다.

검시관은 사체의 헝클어진 머리카락을 핀셋으로 조심스럽게 파헤쳐 머리 앞부분부터 살폈다. 앞머리 오른쪽에 깊은 상처가 있었다. 위아래로 입을 벌리고 있는 상처 안쪽 검붉게 말라붙은 피 사이로 허연 두개골이 보였다.

"우측 전두골 열상. 두개골 함몰, 함몰부 두피 황적색, 출혈 흔적, 세게 맞았네!"

머리 뒤편 후두부 타박상은 형균이 보기에도 치명상은 아닌 듯했다. 그러나 정수리의 함몰은 꽤 넓고 깊었다. 검시관에게 물었다.

"사인인가요?"

검시관은 고개를 가로저었다.

"치명상은 틀림없는데 그 정도 치명상은 더 있어. 여기 목에도 누른 흔적이 있잖아. 얼굴과 목에 미세하게 점상 출혈도 있고."

검시관은 사체의 블라우스 깃을 열어젖혔다. 봉긋한 젖가슴을 브래지어가 감추고 있었다. 브래지어 밑에도 비스듬한 피멍 자국이 여러 개 뚜렷하게 나 있었다. 검시관이 상처 부위를 누르며 말했다.

"갈비뼈도 전부 다발성 골절이야. 엄청 얻어맞았어!"

검시관은 기민한 미용사의 손동작처럼 사체의 머리와 목을 조심스레 돌리며 말했다.

"자! 아가씨. 아니 아줌만가? 고개를 돌려 저를 봐주세요. 피부로 봐서는 아직 젊은 것 같아. 피부와 두발 관리가 잘되었어. 옷도 고급이고."

그러나 안면을 덮었던 머리카락을 걷어낸 순간 검시관은 명치끝을 걷어차인 것처럼 신음소리를 뱉었다.

"흐음! 사람 몸 주물럭거린 지 30년 만에 이런 건 처음이오!"

형균도 사체의 얼굴을 보는 순간 눈꼬리가 바르르 떨리는 것을 느꼈다. 오른쪽 이마와 눈 주변, 그 밑의 관자놀이가 퉁퉁 붓고 검푸른 멍이 덮여 있어 얼굴 오른편은 형체를 알아보기 힘들었다. 전두골 함몰이라는 외상과 무관하지 않은 듯했다. 안면 왼쪽은 손상이 거의 없었다. 참혹하게 부서진 나머지와는 사뭇 달랐다. 자는 듯 감긴 눈과 눈썹 선이 매끈한 피부 위에 날렵하고 시원하게 뻗어 있었다. 갸름한 턱선과 가녀린 목은 흠잡을 데 없었다. 남들 이목 꽤나 끌었을 법한 용모였다.

그러나 검시관과 형균을 놀라게 한 것은 미인형의 왼쪽도 참혹하게 뭉개진 오른쪽도 아니었다. 오똑한 콧날과 짧게 팬 인중 아래 연한 자주색의 립스틱 자국이 아직 남아 있는 입술이었다. 뚜렷한 입술 선을 따라 아래위 일곱 번을 감친 모양으로 입이 꿰매어져 있었다. 바늘이 들어가고 실이 나온 구멍은 세로로 찢어져 피가 배어 있었다.

"검은색 면사綿絲로 늙은 총각 막바느질 하듯 꿰맸어. 출혈이 있었으니 살아 있을 때 꿰맨 것이 틀림없고. 그런데 이 여자 어디서 많이 본 것 같아. 성형은 아닌 것 같고. 꽤 미인이야."

곽 검시관이 여인의 귀밑에서 살짝 팬 턱우물까지 손으로 훑으며 중얼거렸다.

"이건 또 뭐야?"

검시관은 사체의 블라우스 깃 안쪽에 찍혀 있는 푸르스름한 흔적을 면봉으로 닦아 올려 냄새를 맡아보고는 샘플 봉지에 넣었다.

가슴팍에 모으고 있는 사체의 주먹 쥔 손을 폈을 때, 검시관은 다시 한 번 한숨을 내쉬며 고개를 절레절레 흔들었다.

"여기 보시오. 손가락 열 개가 전부 불에 굽혔어."

움켜쥔 주먹에 묻혀 있던 손가락은 그을린 정도가 아니었다. 차라리 강한 불에 녹아내렸다는 표현이 어울렸다. 포장용 나일론 끈이 시커멓게 탄 살점 사이에 녹아 엉겨붙어 있었다. 검시관이 냄새를 맡아보고는 중얼거렸다.

"손가락 끝에 나일론 끈을 감고 아세톤에 적셔 태웠어. 고통이 심했을 거야."

가장 심한 고통이 화상으로 인한 고통이다. 형균은 목덜미가 불에 덴 듯 뜨끈거렸다.

"지문이나 손톱 밑 증거 확보가 어렵겠네요."

곽 검시가 고개를 끄덕였다. 양 손목에도 팔찌 모양의 자주색 피멍과 함께 살이 긁히고 팬 흔적이 있었다.

"묶인 채 꽤나 저항했던 것 같아."

"으음!"

형균은 어금니를 꽉 깨물었다. 바깥으로 터져 나오려다 목구멍에서 다시 잡혀 끌려 들어가는 신음소리에 곽 검시관이 힐끗

처다보며 물었다.

"어디 불편해요?"

형균은 고개를 저었다.

"옮깁시다. 치명상이 하나둘이 아니오. 머리가 저 정도 으깨졌으면 현장에서 즉사요. 목이 눌렸으니 교살도 의심이 되고, 죽도록 맞았으니 다발성 쇼크사도……."

곽 검시는 말을 채 맺지 않고 고개를 절레절레 흔들었다.

"또 뭐가 발견될지 몰라. 반드시 부검해야 돼요. 부검 절차 확정되면 내게도 알려주면 고맙겠소. 망자에게는 미안하지만 재미있는 사건이오. 입을 꿰맸다는 것이."

형균은 입맛을 다시며 고개를 끄덕였다. 검시관이야 재미있겠지만 수사관에게는 골치 아픈 사건이다.

부검 여부는 현장검시관이 검시보고서를 어떻게 쓰느냐에 달렸다. 초동 현장감식과 부검은 수사에 지대한 영향을 미친다. 현장검시관이 사인을 확정적으로 적어 보고하면 검사는 부검 지휘를 생략해버리기 일쑤다. 부검 절차가 까다롭고 시간이 오래 걸리기 때문이다. 부검은 한 번 기각되면 다시 하기 어렵다. 또 시간이 흘러버리면 있던 증거도 사라진다. 매장해버린 경우는 말할 필요도 없다. 곽 검시는 범인이 현장에서 자백한 사건까지도 부검의 필요성을 적시해서 보고한다. 사체의 겉모습과 속모습이 다를 수 있고, 자백과는 다른 사실이 추가로 나타날 수 있다는 것이 그의 지론이다. 형균도 동의하는 바다. 전문적인 병리학적 지식과 치밀한 분석, 깔끔한 뒤처리. 형균이 곽 검시관을 신뢰하는 이유다.

경험이 많아도 처음 겪는 사건이 있는 법이다. 사체의 입이 꿰매어진 것은 범인이 피살자에게, 또는 사건을 목격하는 사람들에게 무엇인가 메시지를 남기는 것이다. 단순한 살해사건의 희생자는 아님이 분명했다. 형균은 부검 결과를 놓고 수사 방향을 잡기로 했다.

주민등록증이나 운전면허증, 핸드백 등 유류품은 전혀 발견되지 않았다. 신원 확인이 어렵다는 말이다. 다행한 것이라면 훼손이 적은 얼굴 반쪽이 남아 있다는 것이다.

"그렇다면……."

형균은 울긋불긋한 컬러 명함을 하나 꺼내 조 형사에게 주며 말했다.

"사체의 얼굴 사진을 정면과 왼쪽 측면 각각 세 장을 찍어 이리로 모바일 전송해! 저번처럼 복원 부탁한다고. 빨리!"

명함의 주인은 국내에서 꽤 유명한 패션사진 스튜디오를 운영하는 사진작가다. 일 년 전 형균이 억울한 사기혐의를 벗겨준적이 있어 형균의 부탁이라면 열 일을 제쳐두고 돕는 사람이다.

인간의 얼굴은 완전하지는 않지만 대칭이다. 훼손이 적은 왼쪽 얼굴에 난 작은 상처를 지운 후, 종이를 반으로 접어 대칭 문양을 만들어내는 데칼코마니 기법을 빌려 복원시키면 신원을 확인할 정도의 얼굴은 만들 수 있다. 과학수사반에도 할 수 있는 사람들이 있지만, 얼굴의 상처를 지우거나 찌그러진 곳을 펴는 일은 사진작가들이 빠르고 정확하다.

"검시보고서 빨리 올려주세요. 부검 지시 받아낼 테니."

현장에서 나온 형균은 강가 콘크리트 계단에 서서 담배를 피워 물며 강 건너 북쪽을 바라보았다. 낮게 깔린 검은 구름을 배경으로 눈발이 비꼈다. 빗속에 삼킨 니코틴 섞인 침이 위장벽을 긁어내리는 것 같았다. 밤을 꼬박 새운 데다 여태 아무것도 넘기지 않았다는 것을 깨달았다. 허기는 느껴지지 않았다. 다만 칼칼한 해장국 국물과 얼음같이 찬 소주 한잔 생각에 침이 고였다. 바람 불고 습기 찬 날씨 탓도 있겠지만 차디찬 소주가 얼음처럼 식도벽을 찌르르 긁어내리다 위장에 도달할 때쯤 확 하고 배 속을 데우는 그 자극이 간절해졌다. 머리를 묵직하게 내리누르기 시작하는 피로감도 알코올을 청했다.

까마귀 떼는 여전히 현장 상공을 맴돌고 있었다. 극심한 고통이 함께했을 화상과 머리의 치명적 타박상, 목에는 교살의 흔적이 있는, 복합적이고 가학적인 공격을 받은 주검. 형균은 조금 전 머릿속에 총성처럼 뛰어든 기억을 되새겼다. 그 시신 역시 온몸에 멍투성이였다. 왼쪽 팔목과 정강뼈가 부러지고, 빡빡 깎인 머리에 피가 엉긴 진흙이 덕지덕지 붙어 있었다. 발목과 손목의 결박흔도 비슷했다.

'죽을 이유도 없고 죽어서는 안 되었던 사람.'

근무지 창고에서 목을 매어 죽었다는 증언만 있었을 뿐, 정작 목격자는 찾을 수 없었던 의문투성이의 죽음. 형균이 스물 되던 해였다. 형균은 우울한 기억을 떨어내려는 듯 황급히 고개를 돌렸다.

죽음은 사람들에게 고통 또는 공포로 다가온다. 현장에서 한바탕 법석을 떨고 철수하는 형균과 같은 이들에게 죽음은 일상이다. 아니 죽음을 목격하면서부터 일상이 시작된다. 거의 일주일에 한두 번꼴로 죽음이 통보된다. 현장에서 맞닥뜨리는 것은 하나의 죽음일 때도 있고, 둘 이상일 때도 있다. 자연사가 아니면 사고사이거나, 자살 아니면 타살이다. 형균을 찾는 죽음은 대부분 자연사는 아니다.

죽음은 모두 다르다. 죽는 장소와 시간에 따라 다르고 죽은 모양도 다르다. 죽음에 이르게 한 사연도 다르고 사인도 다르다. 죽인 사람에 따라서도 다르다. 형균이 대하는 죽음은 살해된 죽음, 또는 살해된 것으로 추정되는 죽음이다.

죽음의 이미지는 강렬하다. 채 굳지 않아 주변을 가득 적시는 주홍빛 선혈이 그리는 무늬이기도 하고, 녹아버린 혈관이 살 속을 파고들어 굳은 피의 죽음, 즉 시반의 검고 푸른 이미지이기도 하다. 또 한때 영혼이 깃들었던 육신에 피와 고름이 흐르기 시작하면서 찾아드는 동공의 우윳빛 혼탁 같은 것들이다.

그런데 죽음에 대한 감각은 이미지보다 시신에서 풍기는 독특한 냄새로 먼저 온다. 예리하게 날이 선 칼이나 무게 나가는 뭉툭한 연장이 곁에 던져진 죽음은 퀴퀴하고 비릿한 피냄새가 멀리서부터 그를 먼저 맞이한다. 목을 매달렸거나 목이 눌려 숨통이 끊긴 경우에는 사체의 분비물에서 올라오는 구릿한 냄새와 숨결이 멎기 전 마지막 호흡과 함께 뱉은 서늘한 기운이 비강을 자극한다. 산 사람이 취해서 널브러진 것처럼 독한 술 냄새를 풍기는 주검도 있다.

형균은 그런 것들에 이미 익숙하다. 선혈이 홍건한 시신의 주변을 샅샅이 뒤져야 하고, 사냥개처럼 킁킁거리며 주검이 풍기는 독한 악취 속에서 사건을 갈무리해야 한다. 복부를 열어 내장을 끄집어내고 가슴팍의 뼈를 갈라 폐와 심장을 저미는 부검에도 입회해야 한다. 칼과 총에 잘려 나가거나 터져버린 내장들이 말간 포르말린 용액 속에 담기며 일련번호가 새겨지는 것도 지켜봐야 한다. 비가 추적거리는 늦은 밤 부검을 위탁한 병원 지하 냉장실에서 차갑게 굳은 시체를 꺼내 검시보고서와 하나하나 다시 대조해야 할 때도 있다.

그가 시체를 대하는 것은 부서의 직원 한 사람을 대하는 것과 같다. 시체의 하소연을 꼼꼼히 기록해야 하고 표정도 읽어야 한다. 그런 것들이 서울지방경찰청 영등포경찰서 강력반장이라는 형균의 고된 밥벌이였다.

눈비 굳게 질척이는 토요일 늦은 오후. 회의를 소집하기는 형균도 내키지 않았다. 그렇지만 내일 시달림을 조금이라도 덜려면 수사 방향이라도 잡아야 한다. 테이블에는 현장검시보고서와 현장감식보고서 사본이 놓여 있었다.

"깨끗해도 너무 깨끗합니다."

정년을 3년 앞둔 베테랑 장 형사였다. 묵묵히 고개를 끄덕이던 형균이 어디론가 전화를 걸었다.

"김 작가! 오랜만이야. 매번 불쑥불쑥 급한 도움만 청해 미안해. 요즘 일은 어때?"

"돈 잘 벌고 있지. 아니 그런데 무슨 이런 끔찍한 사진이 다 있어 그래? 이 여자 정말 죽은 거야?"

전화기 너머 여자 음성에 가까운 하이톤의 목소리가 새어나왔다. 목소리와 행동거지 때문에 게이로 의심받는 남자였다.

"죽었으니까 얼굴 사진이나 만들어보려고 부탁했지. 아직이야?"

"이따위 것 일도 아냐. 그런데 끝내고 보니까 눈에 익은 얼굴 같아. 탤런튼가? 아나운서 같기도 하고. TV에서 가끔 봤어."

"자세히 말해봐."

"몰라 몰라! 방금 보냈으니 직접 확인해봐. 정 반장이니까 해주지 이런 일 정말 싫어. 다음부턴 맡기지 마!"

"아나운서든 탤런트든 TV에서 본 사람 이름도 몰라?"

"몰라! 이쁜 얼굴이지만 내 취향은 아냐. 사신 보냈으니 구워 먹든 삶아 먹든 알아서 해!"

작가는 서둘러 전화를 끊었다. 형균은 노트북을 펼치며 투덜거렸다.

"무슨 패션사진작가가 탤런트 이름도 몰라? 제길!"

피해자가 유명인이라면 아주 피곤한 사건이 될 수 있다. 수사관들을 제일 힘들게 하는 것이 언론의 관심이다. 엽기적인 사건일수록 더욱 그렇다. 최고위간부들은 내리누르고, 서장은 갈팡질팡하고, 부담은 고스란히 일선 수사관에게 전가된다. 달려드는 기자의 숫자부터 다르다. 아예 삼류 추리소설을 연재하는 놈도 있다. 일간지가 그 모양이면 인터넷은 아예 난장판이 된다. 몇 년 전 전국을 떠들썩하게 했던 연쇄살인사건에 수사본부 대변인으로 차출되었던 때를 떠올렸다. 벌써부터 뜨거운 것이 머리 꼭대기를 뚫고 올라오는 것 같았다.

이메일에는 그래픽 처리된 사진 한 장이 올라와 있었다. 온전한 얼굴에 난 작은 상처들을 포토샵으로 지워 데칼코마니 기법으로 펼친 것이었다. 사체의 창백한 얼굴에 약간의 화장기를 더해 현실감을 주려한 김 작가의 노력이 엿보였다.

좌우가 완벽하게 대칭인 얼굴은 존재하지 않는다. 있다면 마네킹뿐이다. 마네킹이나 사이보그를 닮은 다소 현실감 떨어지는 얼굴. 그러나 얼굴의 주인을 알아채는 데에는 시간이 걸리지 않았다. 머릿속으로 피가 확 몰려가는 것 같았다.

형균은 노트북 화면을 바깥으로 돌렸다. 모든 눈동자가 화면에 쏠렸다. 노안이라 돋보기를 찾고 있는 장 형사를 제외하고는 좌중의 그 누구도 손가락 하나 까딱이지 않았다. 썩어 문드러진 사체가 든 관 속을 표정 하나 안 바꾸고 뒤적거리던 사람들이다. 모두의 얼굴에 당혹이 훑고 지나갔다.

돋보기를 찾은 장 형사가 말했다.

"TV시사토론 진행하던 여자 아닙니까?"

김 형사가 천천히 입을 열었다.

"이지선. 47세 TV시사토론 사회자. 좌중을 끌고 가는 토론 리더십과 유머, 칼날 같은 비판으로 프로그램 시청률을 항상 20퍼센트대 이상 끌어올린 명사회자. 인권변호사에 칼럼니스트. 현재 강남역 인근 소재 법무법인 치암羅岩의 대표변호사."

김 형사는 잠시 말을 멈추고는 고개를 돌려 형균을 보며 말했다.

"이전 정부 청와대 대변인이었죠."

소화불량에 시달리는 영감처럼 눈을 찌푸리고 있던 장 형사가 낭패한 표정으로 덧붙였다.

"빨리 보고하시고 지침을 받는 것이 낫겠어요. 언론이 눈치채고 먼저 떠들면 윗사람들 등쌀에 괜히 새우 등만 터져요."

형균이 눈을 감은 채 고개를 끄덕였다. 전직 청와대 대변인이 여의도 고수부지 한적한 곳에서 참혹하게 살해된 시신으로 발견되었다. 사건 전개 여하에 따라 서장급 경찰간부 서너 명의 모가지도 떨어질 수 있다. 그러나 서두른다고 해결될 일은 아니다. 형균이 천천히 입을 떼었다.

"우선 장 형사님은 이지선의 지난 6개월간 근황을 알아보세요. 최근 일주일은 한 시간 단위로 면밀하게 파악해주시고, 특히 남자관계를 중심으로 알아보세요. 조 형사는 계좌와 카드 사용 내역 같은 금전관계와 휴대전화 사용내역을 알아봐."

형균은 사람들이 둘러앉은 테이블 앞으로 말을 짧게 끊어 던졌다.

"고 형사는 유사사건 기록 검토해봐. 최근 일 년 동안 성폭행범 중 출소자 리스트와 최근 근황을 탐문해보고. 그리고 김 형사."

"네."

"현장을 다시 한 번 훑어줘."

김 형사는 고개를 끄덕였다.

"사체는 외상이 심하고 정액과 체모로 많이 어지럽혀졌는데, 유기현장은 너무 깨끗해. 다른 곳에서 살해되어 옮겨졌어. 가방 크기와 무게로 보아 승용차로 옮겨졌을 거야. 부근 도로에서 유기현장까지 예상 접근로를 체크하고 샅샅이 훑어봐. 국회 왼편 한강 쪽 도로와 오른쪽 영등포에서 들어오는 도로를 중심으로 예상 동선 주변 CCTV도 샅샅이 검색해서 택시, 승용차들의 용의점을 분석해봐. 금요일 저녁에는 인적이 뜸한 곳이라 차량은 많지 않았을 거야. 고수부지 주차장 근무자들과 공사장 인부들도 탐문해보고."

김 형사는 고개를 끄덕였다. 형균보다 한 살 적은 김 형사는 조 형사처럼 친근하지는 않지만 일에 관한 한 100퍼센트 신뢰하는 사람이다. 그의 장점이자 단점은 필요 이상으로 끈덕진 성격에 있다. 이 작달막하고 통통한 체구의 독신남은 자투리 시간이라도 날 때면 철제 캐비닛 윗단에 모셔놓은 미제사건 파일을 꺼내 사건을 되짚어 재구성하는 것이 취미다. 그렇게 남들 쉬는 시간에 해묵은 사건을 해결한 것이 작년에만 두 건이나 된다. 내일 해질 무렵이면 용의자 신발본이라도 떠서 나타날 것 같았다.

"모두들 질문 있습니까? 없으면 해산."

이런 사건일수록 시간에 쫓기고 언론에 시달린다. 사건을 무난하게 끌고 가기 위해서는 기자 관리도 중요하다. 몇 년 전이긴 해도 피해자는 최고 권력의 핵심 측근이었고, 당시 시끄러웠던 정치적 소용돌이 한가운데에 있었다. 정쟁의 당사자라는 점에서는 최근에도 그때 못지않았다. 정치스캔들로 비화될 가능성도 충분하다.

그뿐인가. 47세로 형균보다 네 살 많은 이 여자. 미인이었다. 여자의 미모는 수사를 지켜보는 여론의 향배에 적지 않은 영향을 미친다. 이 여자는 청와대 대변인을 사직하고 난 후에도 스캔들을 몰고 다녔다. 국회와 증권가에 돌아다니는 정보지에 이지선에 관한 루머는 빠지는 때가 없었다. 정보지라는 것이 돌아다니는 소문을 모아 팔아먹는 것이라 사실로 확인되는 것은 열에 하나도 안 되지만, 아님 말고 하는 식의 근거 없는 소문이 더 빨리 돌아다닌다. 그녀는 항상 뜬소문의 진원지였다. "이 정권을 뒤엎어버리고 싶어도 이지선만큼은 영입하고 싶다"라는 당시 보수야당 원내대표의 농담도 속없는 말은 아니었다는 기자들의 평판도 있었다. 그만큼 그녀의 외모와 재기는 남성 권력자들의 마초적인 욕망과 열등감을 함께 자극했다. 게다가 현직을 떠난 후 남편과의 이혼이라는 오래지 않은 과거도 뭇 사람들의 술자리 안줏거리가 되기에 충분했다.

형균은 경찰서를 나섰다. 진눈깨비 흩날리는 바람은 여전했다. 검게 젖은 거리를 가르는 차 소리가 귓전을 쓸고 지나갔다. 형균은 휴대전화를 꺼냈다. 분명 오늘도 사무실에서 서류를 뒤적거리며 궁상을 떨고 있을 기러기 아빠, 관할 남부지검 김세동 검사의 전화번호를 눌렀다.

"어이, 김 검사! 저녁 먹었어? 긴급이야. 나 좀 보자."

가학의 흔적

2012. 11. 25. (일) 10:00

국립과학수사연구소 법의학 연구실

　형균은 오전 일찍 집을 나섰다. 어제는 기자들이 쉬는 날이었다. 휴일도 없이 상황실을 기웃거리던 노총각 배 기자도 웬 일인지 어제는 나타나지 않았다. 수사진에겐 다행 아닌 다행이었다. 기자들에겐 오늘이 일주일을 시작하는 날이다. 남들은 다 쉬는 날 이들은 냄새나고 젖은 시궁창을 뒤지는 시궁쥐처럼 이것저것 쑤시고 돌아다닌다. 이날 이들의 머릿속을 지배하는 것은 다음 날 조간에 어떤 충격적인 사건으로 대중의 눈길을 잡아끌 수 있을까 하는 것뿐이다. 가판대 맨 앞줄에 신문을 놓을 수 있다면 무슨 짓이든 할 수 있는 이들이다. 내일 조간신문은 이지선을 주인공으로 하는 삼류 에로소설로 도배될 것이다.

　형균은 서장에게 사건을 보고하고는 서를 비웠다. 수사반에도 오전엔 쉬고 오후 2시쯤 출근하라고 지시해놓았다. 택시를 잡아타고 양천구 신월동 국립과학수사연구소로 향했다.

휴대전화가 울렸다. 법의관 박영도 박사였다.

"어디야?"

"거의 도착했습니다. 피해자에 관해 들으셨죠?"

"김 검사가 전화했더랬어. 검찰도 바짝 긴장했던데."

"승냥이 같은 기자들이 검찰총장실로 바로 치고 들어갈 겁니다."

택시는 신월동 외딴 동네에 자리 잡은 국과수 정문을 통과하여 별관 법의학 연구동 앞에 섰다. 지향산이라는 이름의 도심속 낮은 야산을 등지고 있는 북향 건물이다.

일요일의 불 꺼진 관공서만큼 썰렁한 곳도 없다. 뚝 떨어진 기온에 눈비까지 내려 축축한 한기는 콘크리트 건물 벽에 귀신처럼 스며 있었다. 더구나 제명에 죽지 못한 이들이 거쳐 가는 곳이다. 찢어지고 부서진 제 몸뚱이에 미련을 버리지 못한 원혼들이 복도 귀퉁이에 웅크리고 지나가는 이들을 원망스럽게 지켜보고 있을지도 모른다. 인적이 없는 휴일이나 깊은 밤 이곳 국과수 지하 부검실 계단 입구에 다다를 때면 항상 드는 생각이다. 개축공사 이전에는 좁고 어두운 철제 나선형 계단이 지하 부검실로 가는 유일한 통로였다. 발걸음을 옮길 때마다 텅! 텅! 쇠계단을 때리는 발자국 소리를 들을라치면 공포영화의 주인공이라도 된 기분이었다. 퀴퀴하고 비릿한 냄새가 강한 소독액 냄새에 섞여 올라와 후각을 자극했다.

부검실에 들어섰을 때 집도의 박영도 박사는 준비를 이미 끝내고 있었다. 형균이 들어서자마자 박사는 메스를 들고 시신을 덮고 있던 흰색 천을 걷어냈다.

구멍이 숭숭 뚫린 스테인리스 부검대 위의 사체는 깨끗이 씻겨 반듯이 놓여 있었다. 부검에 여느 때보다 많은 인원이 참여하고 있었다. 오늘은 검시조사관 두 명 외 특별히 부검 결과 분석을 도울 고참 법의관 두 명이 참관하고 있었다. 사건이 사건인 만큼 오류를 최대한 줄여보자는 법의학 연구실장 박영도 박사의 의도가 드러나는 일처리였다.

부검 전문 사진사가 테니스 경기장 심판석처럼 생긴 촬영대를 옮겨가며 부검 장면을 카메라에 꼼꼼하게 담기 시작했다. 곽검시관과 형균이 한 발 물러선 거리에서 부검대 곁을 지켰다. 사체의 발치에는 30대 중반으로 보이는 한 여성이 가운과 마스크를 걸친 채 영도의 칼끝을 주시하고 있었다. 부검에 참여하지는 않지만 차트를 들고 무엇인가 열심히 메모하고 있는 것으로 보아 신참 법의관인 것 같았다. 이 방을 뻔질나게 드나드는 형균에게는 낯선 인물이었다.

"외상에 대한 분석은 곽 선생님의 검시보고서에 더 보탤 것이 없었습니다. 피해자의 의복과 피부에서 도합 열두 개의 정액 샘플과 열 개의 체모 샘플을 채취하여 DNA 분석을 의뢰했습니다. 샘플이 많은 편이더군요. 그러나 강제 성폭행의 흔적은 없습니다. 질 내부에는 정액도 상처도 발견되지 않았습니다."

법의관 두 명과 검시조사관들이 웅성거렸다.

'강간의 흔적이 없다?'

지금 수술등 강한 불빛 아래 누워 있는 사체는 자신을 목격하고 있는 이들에게 수수께끼를 던지고 있다. 정액과 체모는 여인의 종말에 여러 사람의 짐승스러운 행위가 관여되어 있다는 것을 의미한다. 그런데 성폭행 흔적은 없다는 것이 법의관의 말이다.

말이 끝남과 동시에 영도의 칼끝은 사체의 양 젖가슴 사이를 주욱 그어 내렸다. 사십고개를 넘은 나이였으나 탄력을 잃지 않은 가슴이었다. 그러나 핏기 빠진 검은 젖꼭지와 시퍼런 정맥이 뚜렷하게 보이는 젖무덤은 생전에 뭇사람의 시선을 모았던 여인의 몸이라고는 생각되지 않았다. 최고권력자의 굳은 신임 아래 신문사와 지상파 방송의 수많은 기자들이 이 여자의 말 몇 마디에 이리 끌리고 저리 몰려다녔다. 지금 법의관의 손끝에서 해체되는 여인의 창백한 사체는 일식집 요리사의 칼날 아래 갈무리되어가는 민어의 몸보다 매력적이지 않았다.

흉골 정중앙에서 배꼽을 우회해 치골 상단까지 절개된 뱃가죽에서 검붉은 체액이 삐져나왔다. 사진사는 부검대 주변을 더욱 분주히 옮겨가며 플래시를 터트렸다.

영도는 복부의 붉고 검은 장기들을 부지런히 들어내어 무게를 재고 속을 열어보고 유리용기에 주워 담았다. 흉곽 사이의 얇은 근육조직을 익숙한 솜씨로 절개하고 늑연골 조직을 톱으로 잘라 열었다. 심장을 꺼내 메스로 관상동맥을 가로로 주욱 긋고는 핀셋으로 열어 살폈다. 찔꺽거리는 사체의 늑골 깊숙이 손을 집어넣어 폐를 꺼내 면이 넓은 칼로 잘게 저몄다.

지난주 금요일 저녁 찧은 마늘을 듬뿍 넣은 간장소스에 수육과 내장을 찍어 입안으로 부지런히 집어넣던 영도의 모습이 떠올랐다. 기관지를 절개하던 영도가 짧게 말했다.

"기관지와 폐에 기도에서 흘러들어온 혈액과 폐부종이 있습니다. 또 목에 넓게 퍼진 멍과 얼굴의 미세한 점상출혈은 교살이나 액살의 흔적입니다. 그런데 정상적인 상태에서 목을 조른 건 아닌 것 같습니다."

영도는 메스로 사체의 목 부위 제법 굵게 찍힌 멍을 가리키며 설명을 이어갔다.

"겉보기와 다를 수 있으니 절개한 후 다시 봅시다."

죽은 여자와 동갑내기인 이 법의관의 손은 작업공정이 프로그램된 로봇의 팔처럼 한 치의 빈틈없이 기계적으로 움직였다. 불과 4, 50분 만에 방광 속에 남아 있는 소변 샘플까지 채취하여 검사실로 보냈다.

현장검시에서 곽 검시관은 집단적 변태성욕자 사디스트들의 소행일 수도 있다고 했다. 지금 눈앞에 드러난 증거들로는 끼워맞추기가 자연스럽지는 않지만 전혀 배제할 수도 없는 추측이다.

'집단난교 끝에 저지른 살인.'

여인의 얼굴을 보았다. 약간 벌어진 눈꺼풀 사이로 살짝 보이는 여인의 눈동자는 형균의 생각에 항변하는 것 같았다. 하지만 맑은 살결과 순결해 보이는 얼굴선 뒤에 그 어떤 불결한 삶이 그녀를 지배해왔을지 모르는 일이다. 그녀의 눈동자에는 이미 희뿌연 혼탁액이 자리 잡기 시작했다.

복잡한 생각 중에도 형균의 시선을 심심찮게 잡아끄는 것은 사체의 발치에서 부검을 지켜보고 있는 여자였다. 영도가 사체의 가슴팍을 견고하게 이루고 있는 흉갑골을 톱으로 잘라 뜯고 있을 때에도 여자의 넓은 이마와 날렵하게 휘어진 눈썹 아래 박혀 있는 검은 눈동자는 시선을 흩트리지 않고 적출된 장기들을 살폈으며 손으로 차트에 무엇인가 부지런히 적고 있었다.

부검대 옆 테이블에서는 검시조사관 중 한 사람이 국자로 절개된 연분홍빛 위장 속에 남아 있는 음식물을 유리 비커에 퍼 담고 있었다. 비커에는 미역이나 김 같은 검푸른 해초 조각과 고추장 소스가 섞인 듯 붉은색의 걸쭉한 수프가 시큼한 냄새를 풍기며 풀어헤쳐져 있었다. 겨우 알아볼 수 있는 식물성 조각들을 제외하고는 음식물의 소화는 상당히 진행된 상태였다. 특이한 것은 갓난애 주먹만 한 핏덩이가 뭉쳐져 음식물에 섞여 있다는 점이었다.

곽 검시가 혼잣말하듯 중얼거렸다.

"마지막 만찬은 일식으로 하셨네. 그런데 저 혈병(피가 덩어리 상태로 굳은 피떡)은 뭐지?"

곽 검시는 영도의 표정을 살폈다. 영도는 피 묻은 장갑을 낀 손으로 사체의 입을 가리켰다. 핏덩이는 꿰매진 입과 연관이 있는 듯했다. 음식물 찌꺼기가 아직 남아 있는 것으로 보아 사망시 간은 식사 후 한 시간 내외인 것으로 보였다. 형균은 지선이 때맞춰 식사를 했다면 사망시간은 저녁 8시에서 9시쯤일 것이라고 짐작했다. 형균이 고개를 갸웃했다.

영도가 절개된 목 근육 깊숙이 핀셋을 집어넣고는 말했다.

"목 아래 근육 안쪽에도 넓고 깊은 멍이 있습니다. 손으로 누른 자국이 확실해요. 그런데 폐의 출혈이나 눈꺼풀과 얼굴, 목 부위 점상출혈이 그리 크지 않은 것으로 보아 목이 졸릴 당시 심장의 활동은 심하게 위축된 상태였던 것으로 보입니다."

핀셋을 놓은 영도는 메스를 들고 사체의 오른쪽 귀 윗부분에서 왼쪽 귀 윗부분까지 뒤로 주욱 돌려 긋고는 스키 모자를 젖히듯 머리 가죽을 앞 눈썹까지 벗겨 내렸다. 사체의 두개골은 앞머리 정중앙에서 우측으로 반 뼘쯤 되는 곳을 중심으로 거미줄처럼 방사형으로 내려앉아 있고, 조각난 머리뼈 파편이 안쪽으로 박혀 있었다.

"전두골 우측 환상골절. 골절 부위 중앙 함몰."

영도가 사체의 전두골을 살피는 동안 검시조사관은 원형 전기톱으로 사체의 머리뼈를 둥글게 잘라 틈을 내었다. 영도는 끌처럼 생긴 물건을 왼쪽 옆면 머리뼈의 벌어진 틈 사이로 집어넣고 조심스럽게 힘을 주었다. 부서져 내려앉은 부분을 남겨놓고 머리뼈는 사체의 머리에서 어렵지 않게 빠져나갔다. 골절 아래 우측 뇌는 으깨진 두부처럼 풀어 헤쳐져 있었고 뇌와 척수를 두껍게 감싸고 있는 보호막인 경막 아래 꽤 넓은 부위에 혈액이 응고되어 들러붙어 있었다. 나머지 부분은 저 작은 머리통 아래 다 들어 있었던 것인지 의심스러울 정도로 부풀어 올라 푹 삶긴 연두부처럼 곧 흘러내릴 것만 같았다.

영도의 이마에는 어느새 땀이 송글송글 맺혀 있었다. 그녀는 지친 표정으로 둘러선 사람들을 훑어보며 말했다.

"이번 부검은 전혀 새로운 경험이네요. 이제 입을 열어봅시다."

평소 같으면 입안부터 열어보았을 것이다. 오늘 사체는 입이 꿰매져 있었다. 영도는 메스로 실을 끊어내 증거보존용 비닐백에 담았다.

"살아 있을 때 꿰맸군"

눈살을 잔뜩 찌푸린 영도의 신경질적인 독백이었다. 꿰매진 입을 열려고 무진 애를 썼던 것 같았다. 바늘이 들어갔다 나온 구멍들은 모두 세로로 찢겨 있고 찢긴 곳마다 피가 말라붙어 있었다. 영도는 악관절을 가볍게 눌러 굳게 닫힌 입을 열고는 사체의 목 안쪽을 들여다보았다. 그러고는 입속에 굳어 있는 핏덩이를 스푼으로 긁어내고 입을 씻어냈다. 녹다 만 초콜릿처럼 검붉은 덩어리가 씻겨 나왔다. 영도는 사체의 입안을 다시 들여다보며 말을 이었다.

"혀가 잘렸어요. 절단 부위가 크지 않아 혀가 말려들어가지는

38
적, 너는 나의 용기

않은 것 같아요. 위장에서 검출되었던 혈병은 혀의 절단면 출혈을 삼킨 것으로 보입니다."

영도는 잇던 말을 삼키고는 양손으로 피해자의 상악(윗턱)과 하악(아랫턱)을 잡아 늘린 뒤 사진사에게 카메라 렌즈를 깊숙이 넣어 촬영하라고 지시했다. 그러고는 다시 한 번 목구멍을 들여다보았다.

"뭔가 있어."

영도는 긴 설압대 끝으로 혀의 아랫부분을 누르고 핀셋을 깊숙이 집어넣어 무엇인가를 집어 올렸다. 목구멍에서 나온 것은 삐뚤삐뚤 대충 접혀진 종잇조각이었다. 종이 표면에 있는 붉은 얼룩은 엉겨붙은 핏자국이었다. 영도는 종잇조각을 샬레에 놓고 핀셋으로 조심스럽게 펼쳤다.

"뭔가요?"

"그림이야. 글도 있구."

둘러선 사람들의 시선이 모두 종잇조각 위로 모였다. 가로 20센티미터, 세로 15센티미터 크기로 복사용 일반용지를 반쯤 자른 것이었다. 용도나 출처를 알아볼 수 있는 워터마크 같은 표식은 없었다. 표면엔 두껍고 부드러운 선으로 그림이 그려져 있고 한 모퉁이에는 아무렇게나 갈겨쓴 두 줄의 글귀가 비스듬히 적혀 있었다.

그림은 두 사람의 나신이 얽혀 있는 모습이었다. 아래에 누워 있는 이는 여인이었다. 바위 위에 봉긋한 젖가슴을 위로 한

비얽기 가운데 하얀 네 살 대거서 날개칠때

얼른다 대가리까만 메다처 버리거라 ㄴ

껏 밀어올린 채 누워 있었다. 쏟아져 내리는 길고 풍성한 머리카락이 바윗돌에 시냇물이 넘쳐흐르듯 가닥가닥 드리워져 있었다. 반쯤 눈을 감은 듯한 이 여인은 자신의 왼쪽 목과 가슴 사이에 얼굴을 파묻고 있는 여인인지 사내인지 모를 몸뚱아리가 무거운 고통인 듯 밀쳐내는 것처럼 보였다. 그런가 하면, 육신 곳곳을 마구 헤집고 들어와 못내 감당하지 못할 집요한 쾌락인 듯 두 팔을 활짝 열어 돌진해 들어오는 상대의 머리를 감싸안으려는 것처럼 보이기도 했다. 깊은 고통을 감내하고 있는지 아니면 나락으로 떨어지기 직전의 허무한 쾌락을 애써 붙잡고 있는지 양미간에 짙은 주름이 패어 있었다. 허리를 위로 들어올리려는 듯 왼 다리는 바닥을 짚고 있고 구부린 채 들어올린 오른쪽 다리는 허공에서 허우적거리고 있었다.

한편 여인의 가슴을 어깨로 누르며 둔부를 허공에 세우고 아래에 늘어져 있는 여인의 목에 얼굴을 파묻고 있는 몸뚱이는 곡선의 윤곽으로 보면 여인이었다. 달리 보면 자신에게 몸을 내맡긴 여인을 거칠게 유린하는 남성으로도 보였다. 왼쪽 다리는 여인이 누운 바위 아래 앙버티어 몸을 한껏 지탱하는 한편 오른쪽 무릎은 허우적거리는 여인의 사타구니를 집요하고도 난폭하게 파고드는 모습이었다. 음화인 듯 보였지만 노골적인 성기의 묘사가 없는 것으로 보아 남녀, 또는 두 여인 사이에 폭발하고 있는 관능의 순간을 포착한 크로키 습작인 듯 보였다. 얽힌 두 육체의 동세를 전달하고 있는 선과 음영은 숙련된 화가의 솜씨는 아닌 것 같았다. 그러나 재능 있는 학생이 따분한 수업시간에 선생의 눈을 피해 노트에 긁적거린 수준은 넘어 보였다.

글씨는 굵고 무른 스케치 연필로 쓰인 것이라 금방 알아보기는 어려웠다. 영도는 검시조사관이 건네준 돋보기로 종이 표면에 끈끈하게 엉긴 핏덩이를 핀셋으로 긁어내며 피딱지에 가려진 악필을 띄엄띄엄 읽었다.

"비달기…… 가슴에…… 하얀 네 살 뜨거서 못 견딜 때…… 얼골에다 대가리에다 메다처 버리어라?"

글귀는 시각적 이미지와 감각적 느낌이 혼합되어 있고, 고통과 억압, 폭력의 메시지도 함께 갖고 있었다.

"마지막 글자는 한글의 니은(ㄴ) 아니면, 알파벳 대문자 엘(L) 같아."

영도는 형균과 곽 검시를 번갈아 쳐다보았다.

"무슨 뜻일까요? 시구 같기도 하고, 그런데 맞춤법은……."

글귀는 오래된 삼류 에로소설의 한 부분 같기도 했고 영도의 말대로 운율 섞인 시 같기도 했다. 영도는 메모지를 들어올려 수술등에 비추어보았다. 피와 물에 흠뻑 젖은 종이. 특별한 흔적은 남아 있지 않았다. 검시조사관이 메모지를 비닐봉지에 넣고 라벨을 붙여 옆 테이블로 옮겨 놓았다.

마지막으로 적출한 설골과 갑상연골의 좌측 큰 뿔의 손상. 그리고 세 등분으로 쪼개진 우측 연골의 골절 조각을 확인한 후 영도는 라텍스 장갑을 벗어던지며 한숨을 길게 내쉬었다.

"직접사인은 경부압박에 의한 외상성 액살입니다. 손으로 누른 것 같아요. 그런데."

영도는 잠시 말을 멈추고는 검시조사관이 사체의 가슴 한가운데 절개된 피부를 봉합하는 것을 지켜보며 말했다.

"불에 타고, 자동차에 으깨진 시신도 여럿 보았습니다만, 이렇게 체계적으로 고통을 당하고 파괴된 사체는 처음이네요. 죽어 고통에서 벗어난 얼굴이 더 편안해 보일 정도네요."

영도는 차트를 잠시 내려다보며 말을 이었다.

"핵심만 정리하겠습니다. 피해자의 사망에 관계된 치명적인 공격은 모두 네 가지입니다. 전신에 나 있는 피명과 손가락의 중증화상으로 짐작하시겠지만 고통을 목적으로 한 폭행입니다. 둥글고 긴 막대형 흉기로 수십 차례 가격을 당해 다발성 골절을 입었습니다. 갈비뼈와 등뼈, 정강뼈가 거의 모두 골절을 입고, 피부와 근육에 골편(뼛조각)들이 박혀 있을 정도입니다. 그에 반해 피해자는 자신을 전혀 방어하지 못했습니다. 손이 얼굴을 가릴 때 생기는 하박부나 손목 등에 방어흔이 없습니다. 양 손목의 띠 모양의 피명은 결박흔(묶여 있었던 흔적)이죠. 아주 딱딱하고 거친 끈에 묶여 있었습니다. 발목에도 있습니다. 결박흔의 붉은 피명은 넓고 깊습니다. 결박에서 벗어나려는 몸부림이 컸다는 말입니다. 또 범인은 손가락에 아세톤을 바르고 불을 붙여 최소 몇 분간 손가락이 타들어갈 때까지 방치했습니다. 죽고 싶을 정도로 고통스러웠을 겁니다. 사망에 이를 정도로 심한 공격은 둔기에 의한 우측 전두골 타격입니다. 전신 타박상과는 공격의 성격이 다릅니다. 골프클럽 드라이버나 해머 같은 끝이 둥근 둔기인 것으로 추정됩니다. 보셨다시피 두개골을 열었을 때 뇌가 뭉개져 흘러내릴 정도였습니다. 이 충격이라면 즉시 뇌가 팽창하면서 호흡과 심장기능을 통제하는 기관이 있는 뇌간(좌우의 대뇌반구와 소뇌를 제외한 나머지 부분)을 압박해 기능이 점점 정지되었을 것입니다. 목을 조르지 않고 그냥 두어도 한두 시간을 넘기지 못했을 겁니다. 또 피해자는 날카로운 흉기로 혀가 잘렸습니다. 입이 꿰매진 피해자는 입속의 출혈을 삼킬 수밖에 없었을 겁니다. 위장에서 발견된 다량의 혈병이 이를 증명합니다. 최종 사인은 경부압박에 의한 질식입니다. 설골이 부러질 정도로 강력한 힘이 목을 눌렀습니다. 하지만 이미 피해자는 두부손상과 전신쇼크, 출혈에 의한 기도폐쇄로 바이탈이 매우 미약한 가사상태였을 겁니다. 가해자는 마지막으로 피해자의 목숨 줄을 끊는 것이 힘들지 않았을 겁니다. 피해자가 위를 보고 눕혀진 상태에서 가해자가 양 무릎으로 어깨를 누르고 손으로 목을 눌렀습니다. 요약하자면 두세 시간 동안의 무차별적 구타, 신체방화, 혀를 자르고 입을 꿰맨 뒤, 둔기로 전두골에 치명적 일격을 가하고, 마지막에 목을 눌러 끝장을 낸 것이죠."

약간 흥분한 듯 목이 쉬어버린 영도는 브리핑을 계속했다.

"피부와 의복 여러 군데에서 정액과 체모가 발견되었지만, 강제적인 성기 접촉에서 흔히 볼 수 있는 외음부와 허벅지 안쪽의

멍이나 마찰흔이 없었습니다. 성기 접촉이 없었다는 말이죠. 질 내부에서도 정액이나 체액이 발견되지 않았고요. 신체적인 접촉에 의한 강간이 아니란 말이죠."

영도는 둘러선 이들의 얼굴을 하나하나 둘러보며 말을 이었다.

"혀는 잘려진 면으로 보아 칼이 아니라 가위 같은 도구로 단번에 잘랐습니다. 혀 자체는 매우 탄력성이 크기 때문에 칼을 쓸 경우 단번에 자르기 힘듭니다. 혀를 자른 뒤 글귀와 그림이 그려진 종이를 욱여 넣고 입을 꿰맸겠죠. 바늘구멍이 세로로 찢어져 있는 것으로 보아 꿰맬 때 소리를 지르려했거나 고개를 좌우로 흔들면서 저항했겠지요. 최후의 일격은 그 이후에 있는 듯합니다. 추측컨대 오른쪽을 보고 엎드려 쓰러져 있는 피해자의 머리 쪽을 향하여 골프 드라이버 스윙을 했을 거예요. 함몰 부위가 공을 타격할 때 접촉하는 드라이버의 모양과 정확히 일치합니다."

영도는 형균에 이르러 시선을 고정한 채 말했다.

"피해자를 공격한 것은 사람이 아니라 사람이 탈을 쓴 짐승입니다. 아주 집요하고 가학적이며 의도적인 고문에 의한 살인입니다. 질문 있습니까?"

작전장교가 전투 상황을 보고하듯 군더더기 없는 요약이었다. 곽 검시관이 물었다.

"법의관님, 사인은 전부 밝혀진 것 같은데요. 아무래도 몇 가지가 부자연스럽네요. 먼저 '직접적인 성기 접촉의 흔적은 없지만 성적 동기에 의한 살인을 배제할 수 없다'는 것도 그렇고, 두세 시간 동안 대상을 죽여놓을 정도로 공격한 성범죄라면 이는 매우 드문 사례입니다."

영도가 곽 검시관의 말을 끊었다.

"그렇습니다. 신체 접촉에 의한 강간이 아니라고 해서 성적인 동기가 없었다고 할 수는 없습니다. 도착적인 성적 욕구가 폭력적으로 표출되는 사례는 매우 많습니다. 강간 사례는 매우 다양한 형태로 보고되고 있습니다. 폭행 또는 결박으로 상대를 무력화시킨 후 자위행위, 구강성교 등의 사례도 있습니다. 사체능욕 사례도 있구요. 정액과 체모가 다량 발견되었습니다. 섹스에 대한 증거로 볼 수 있다는 말이죠. 만약 성적인 동기에 의한 살인이 맞는다면 가해자의 폭력성과 가학성은 쉽게 통제될 수 없을 겁니다. 재범의 확률이 매우 높습니다. 성적인 동기에 의한 살인은 연쇄살인으로 이어질 수 있다는 말이죠. 일정 기간 냉각기를 거친 후 범행은 다시 재연됩니다. 그렇지 않아요, 강 박사?"

영도는 옆에 잠자코 서 있던 30대 중반의 여성에게 돌아보며 동의를 구했다. 그녀는 묵묵히 고개만 끄덕였다. 형균이 영도에게 물었다.

"사망시간 추정이 어렵습니다. 위장 속 음식물이 완전히 소화되지 않았어요. 식사 후 한 시간에서 한 시간 반 정도 경과 후 살해되었다고 보면 됩니까? 곽 검시님의 1차 현장검시보고서에서는 시신의 강직을 근거로 사망시각을 전날 밤 12시에서 새벽 1시 사이로 추정했습니다. 그렇다면 저녁식사를 11시경에 했다는 건데, 사망 전 피해자의 행동을 재구성하는 게 쉽지 않아요.”

그때였다. 잠자코 대화를 지켜보던 강 박사라는 여자가 마스크를 내리며 대화에 끼어들었다. 여자의 갸름한 턱선과 뻗은 콧날이 드러났다. 입술 밑 살짝 도드라진 턱 가운데 팬 턱우물이 고집스럽게 보였다.

“아닐 수도 있어요. 실례가 되지 않는다면 제 생각을 말씀드리죠.”

여자는 영도의 표정을 살폈다. 영도가 고개를 끄덕였다.

“강 박사를 부른 건 전문가의 의견이 필요해서야. 얼마든지!”

“감사합니다. 그럼……”

여자의 커다랗고 검은 눈동자가 수술등 아래서 투명하게 반짝였다.

“현장검시보고서의 사망시간 추정은 틀림없는 것 같습니다. 잘 알고 계시겠지만 위장 내 음식물의 소화상태로 정확한 사망시간을 판단하기란 쉽지 않습니다. 피해자의 위장과 십이지장에는 음식물 소화가 진행 중이었습니다. 갑각류의 껍질과 견과류, 식물성 섬유질이 완전히 소화되지 않은 채 발견되었습니다. 일부 음식은 위장에 남아 있는 데 반해 거의 수프 상태로 분해된 음식들은 소장까지 이동한 것으로 보아 해산물을 메뉴로 최소 한 시간 이상 식사시간을 가졌습니다. 위장의 내용물을 보면

식사 후 한 시간 반 정도 지나 살해되었습니다. 그렇다면 식사시간은 10시에서 11시경까지 한 것이 됩니다."

여자는 새로운 이론을 발표하는 학자처럼 청중을 죽 훑어보며 말을 이었다.

"그런데 예외도 있습니다. 사망하기 전 어떤 일을 당했는가도 고려되어야 합니다. 드러난 외상으로 보아 죽기 전 최소 한 시간에서 길게는 두세 시간 동안 외부의 강력한 공격에 무방비로 노출되어 있었습니다. 더구나 저항이 불가능했기 때문에 극심한 스트레스 상태에 놓여 있었죠. 전두골에 치명상까지 입었습니다. 성적인 공격은 의문의 여지가 있지만, 이 정도로 극한적 스트레스 상태에서는 위장이 소화기능을 거의 수행하지 못합니다. 소화가 멈춰버린 시간이 음식물 섭취와 사망시간 간격에 가산되어야 할 겁니다."

영도를 비롯한 곽 검시와 법의관들이 고개를 끄덕였다.

"조금 더 욕심을 부려 개연성에 의존해서 말씀드리면 일식에 장시간 식사를 했다는 것은 안정된 상태에서 식사를 즐겼다는 것이죠. 사망 추정시간으로 역산해보면, 피해자는 누군가와 8시쯤 식사를 끝냈습니다. 술이 곁들여진 일식을 집에서 혼자 하는 경우는 없죠. 식사를 끝낸 후 불과 한 시간 남짓 지난 시점부터 이 불쌍한 여인의 고통은 시작되었을 겁니다. 대략 9시에서 9시 반쯤이었겠죠. 이후 피해자는 적어도 두 시간쯤 지옥을 경험했을 겁니다. 그런 후 11시. 늦어도 11시 30분경 둔기로 머리를 내리쳤겠죠. 그런데 가해자는 일정한 정도 시간이 지난 후 피해자의 숨이 아직 붙어 있는 것을 발견하고는 목을 눌러 숨을 끊었습니다."

강 박사는 양손을 모아 쥐고 아래쪽으로 체중을 실어 누르는 동작으로 말을 마친 후 좌중을 둘러보았다. 맞은편에서 잠자코 그녀의 주장을 듣고 있던 머리 희끗희끗한 남자 법의관이 고개를 끄덕였다.

"굿 포인트."

박영도 박사가 싱긋이 웃고 있는 곽 검시관에게 물었다.

"어때요, 곽 선생님? 강 박사의 추론이 맞는 것 같은데."

'대체 누구인가? 베테랑 법의관들도 쉽게 끌어낼 수 없는 추론을 술술 풀어놓는 여자. 많아야 30대 중반 정도로 보이는데.'

형균은 여자의 정체가 더욱 궁금해졌다. 강 박사와 형균을 번갈아 보던 영도의 눈매가 살짝 올라갔다. 영도는 이 상황이 아주 흥미로운 것 같았다. 영도가 입을 꾹 다물고 양미간을 좁히고 있는 형균에게 말했다.

"정 반장, 할 말 없어?"

"네, 특별히……."

미심쩍어 제기한 의문점을 간단하게 풀어버린 신참 법의관이 현장 경력 십수 년의 베테랑 강력반장의 자존심을 이미 건드려버렸다. 형균이 심드렁하게 말꼬리를 물었다.

"가방 밑의 흙이 물기가 거의 없는 것으로 보아 진눈깨비가 쏟아지기 전에 현장으로 옮겨진 것 같아요. 2시 전에는 옮겨졌 겠죠."

곽 검시도 고개를 끄덕이며 거들었다.

"시반이 바뀌지 않았으니, 사망 직후 유기되었어요."

"한 가지 의문이 있는데요. 말씀드려도 될까요?"

"얼마든지."

또 그 여자였다. 영도는 대학원 세미나를 주재하는 대학교수 처럼 고개를 끄덕였다.

"피해자 입안의 피 말입니다. 너무 많아요. 법의관님도 사망 당시 피해자는 심장의 활동이 심하게 위축되었던 것 같다고 했 습니다. 잘린 혀의 부위로 봐도 출혈이 많지 않았을 텐데요."

"그런데?"

"입을 꿰맨 후 목을 누를 때까지 꽤 시간이 흘렀던 것 같아 요. 2시 전에 유기 현장으로 옮겨졌다면 적어도 한 시간 정도의 간격이 있어요. 다시 말해 가해자가 피해자의 머리를 가격한 후 목을 조른 것은 그로부터 한 시간 정도 후였다는 것이죠. 그동 안 피가 기관지로 흘러들어가 숨이 막히지 않을 정도로 의식은 있었던 것 같습니다."

잠시 좌중에 고요가 흘렀다. 영도가 잠깐의 침묵을 깨뜨리며 말했다.

"부검결과보고서는 체모와 정액 샘플 검사 결과와 함께 오후 에 제출되겠습니다. 두 분 법의관님은 보고서를 제출 전에 한

번 더 검토해주시기 바랍니다."

형균은 부검대를 돌아보았다. 가슴과 복부에 Y자처럼 생긴 부검 흔적을 새긴 여인은 자는 듯 누워 있었다. 논리와 유머가 번득이는 말솜씨. 한눈에 남자들의 눈길을 끌었던 미모. 최고 권력의 이너 서클 중 한 명이었던 여인이 어쩌다가 이렇듯 참혹한 가학의 제물이 되어 싸늘한 몸을 구석구석 파헤쳐진 채 여기 누워 있을까?

영도는 강 박사라는 여자와 부검실 한쪽 벽면 사건현장이 담긴 슬라이드를 보며 이야기를 나누고 있었다.

"저 갑니다. 샘플 감식 결과 나오면 먼저 연락 주세요."

형균의 목소리에 영도와 강 박사가 시선을 형균에게 돌렸다.

"서로 인사하지. 여기는 강인경 박사. 서린대학교 사회심리학 연구소 초빙교수. 여기는 영등포서 강력반장 정형균. 사법고시까지 합격하고 경찰에 눌러앉아 세월을 허비하고 있는 똑똑한 바보지."

"누님, 또 그 소리네."

형균은 영도의 농 섞인 소개에 얼굴을 붉히며 목례를 했다.

"강 박사의 원래 전공은 범죄심리학이야. 미국의 이름 있는 대학에서 학생들 가르쳐달라고 고액 연봉으로 꼬셔도 여기서 고생하고 있는 바보 같은 똑똑이지."

여자의 소개도 비슷했다. 강 박사는 형균에게 고개만 까딱 숙였을 뿐 얼굴에 표정은 거의 없었다.

"오늘 말씀 잘 들었습니다. 정곡을 찌르시더군요. 앞으로 많은 도움 바랍니다."

형균이 인경의 말을 기다렸으나, 그녀의 대답은 간단하고 메말랐다.

"필요하다면요."

그러고는 영도 쪽으로 돌아보며 말했다.

"박 선생님, 이만 가볼게요. 숙제 내주신 건 내일 아침에. 오래 걸리지는 않을 거예요."

말을 마친 인경은 형균에게 가볍게 고개를 숙이고는 성큼성큼 부검실을 나가버렸다.

영도는 형균을 돌아보며 말했다.

"힘들어지겠네."

"그러게요."

"어머님은 건강하시지? 가끔 연락도 하고 싶지만……."

영도의 눈길이 아래로 향했다.

"여전하세요. 누님 소식 물으세요. 한번 모시고 오라고 그러셨어요."

영도는 고개를 숙여 무언가 생각하는 듯했으나 이내 말을 바꾸었다.

"강 박사가 도움이 될 거야. 우리나라 범죄심리학 인재 풀이 좁잖아. 뛰어난 사람도 있지만 사람이 적어. 저 친구 미국에서도 꽤 인정받는 친구야. 국내에는 연구차 들어와 있는데, 적잖은 도움이 될 거야."

고개를 끄덕였으나 형균의 관심은 그게 아니었다.

"성범죄는 아니지요?"

"증거는 성범죄 같지만 흔적은 전혀 아니야."

영도는 단호하게 말했다.

"현장 증거와 사체에 나타난 흔적이 서로 안 맞아떨어진다는 거잖아요."

영도가 고개를 끄덕였다.

"참! 며칠 전 문혁 형님이 전화를 주셨어요. 성당에서 출판기념회를 겸한 전시회를 한대요. 누님 모시고 꼭 들러달라던데. 뵌지 오래되셨지요?"

"그런데 무슨 전시회야? 또 시집을 내셨나?"

"시인에다 워낙 예술에 조예가 깊으시니. 오랜만에 얼굴도 뵐 겸 같이 가세요. 저도 이만 가볼게요."

형균은 가볍게 고개를 숙이고 돌아섰다.

"그러지. 또 봐."

영도의 나지막한 목소리가 돌아서는 형균의 귓전을 스쳤다.

두 번째 처형

"없습니다."

김 형사는 책상 위에 수첩을 툭 던지고는 내뱉었다.

"아무것도?"

"주차장 쪽 진입로를 제외하고는 사건 현장까지 들어갈 수 있는 소로는 한 군데뿐이었는데 아무것도 없었습니다."

샅샅이 뒤졌을 것이다. 어제 갈아입은 청바지 무릎 아래 군데군데 묻은 진흙이 현장을 누볐을 김 형사의 행동을 말해주고 있었다.

"국회에 드나든 차량은?"

"금요일 저녁에서 토요일 새벽까지 드나든 차량은 모두 100여 대 정도였습니다. 수사상 필요해서 그런다고 기록 CD 복사해달라니까, 정식으로 자료 요청하라던대요."

"요청해! 공사장 인부들은?"

"쌀쌀한 날씨 탓인지 일찌감치 철수했고, 십장인지 팀장인지 하는 사람이 현장 컨테이너 사무실에 있었는데, 초저녁부터 술에 절어 있었다더군요. 그런데……."

그 말 한마디에 형균은 긴장했다.

"현장에서 좀 떨어진 주차장 가장자리에 발자국이 몇 개 찍혀 있었어요. 범인 발자국이라고 단정할 수는 없지만, 관목 아래로 접근하려면 그쪽으로 가지 않았겠나 싶어요. 족적을 떠왔죠. 장애인 같아요."

"장애인?"

"구두발자국 깊이가 다르고 지팡이 자국 같은 구멍이 오른쪽 발자국 옆에 일정한 간격으로 같이 찍혀 있더군요. 족적을 떠놓았습니다. 지팡이 자국도 본을 떠놨습니다."

형균은 입맛을 다셨다. 그래도 아무것도 없는 것보다는 낫다는 생각이 들었다.

"조 형사는 뭐 건진 것 없어?"

옆에서 메모하고 있던 조 형사가 고개를 들었다.

"피살자 주변은 의외로 단출했습니다. 2년 전 이혼한 남편은 재혼해서 분당에 살고 있는데, 최근 몇 개월간 교류가 없었던 모양입니다. 아무리 이혼한 관계지만 전부인이 살해되었다 해도 얼굴 표정 하나 안 바뀌던데요. 자기까지 왜 찾아왔냐는 표정이더군요. 금요일 초저녁부터 새벽까지 강남 M호텔 지하 룸살롱에 있었습니다. 알리바이는 확실했습니다. 술버릇이 더럽기로 유명해서 술집주인과 여종업원들이 금방 기억하던데요."

"그리고 또?"

"금전관계는 단서가 될 만한 것들이 없었습니다. 사무장 말로는 전직 고관이라 굵직굵직한 건들이 끊이지 않아 법인 경영상태는 꽤 괜찮았다고 합니다. 직원들 월급도 후했고요. 다만 직원들은 전남편을 많이 의심하는 것 같았습니다. 생활고 때문에 자주 손을 벌렸다더군요. 몇 개월 전 피해자가 1억 원 상당의 금액을 건네주고는 다시는 눈앞에 나타나지 말라고 했다더군요. 둘이 대학 다닐 때 만나 결혼했는데 주위 사람들 말로는 그동안 남편이 일정한 벌이도 없이 정치한답시고 정당 관계자들과 어울려 다니며 돈도 꽤 갖다 쓴 모양입니다. 2년 전에 연극배운지 영화배운지 하는 여자와 바람피우다 들통 나 이혼하고, 그 여자와 살림을 차려 돌배기 애까지 있다더군요."

"남편 주변을 더 탐문해봐. 피해자가 강남에서 그 정도 법무법인을 몇 년간 운영했으면 모아둔 재산도 꽤 될 텐데. 미국에 유학 가 있는 딸이 하나 있댔지? 친권분쟁과 피해자 사후 유산관계도 더 파악해봐. 또……"

"법무법인은 사무장 한 사람, 새끼 변호사 둘에 전직 강력계형사 출신인 양 실장이란 사람과 여직원 둘이었습니다. 워낙 유명인에다 마당발이라, 하루에도 수십 명이 사전 약속도 없이 불쑥불쑥 나타나 명함을 남겨놓지 않은 이상 일일이 파악할 수도 없다더군요. 거래처와 지인들 그리고 명함을 남겨놓은 방문객 리스트는 한 달 전 것부터 죄다 정리해주겠답니다. 그 사람들 졸지에 사장이 저렇게 죽어버려 뒤숭숭한 모양입니다. 사무장하고 그 양 실장이 아주 애통해하더군요. 뭐든 돕겠답니다."

"통화기록은?"

"집전화는 미국에 있는 딸에게 건 전화 한 통뿐이었습니다. 휴대전화 통화량은 굉장하더군요. 일간지와 방송사 기자들로부터 걸려온 전화가 대부분이었고요. 최근에 책을 낸다고 출판사와 통화한 게 두 건 있더군요."

"출판사?"

"예. 광해사廣海社라고 출판사 사장과는 아주 오래전부터 아는 사이랍니다."

"출판사에서는 뭐라 그래?"

"일요일이라……."

"내일 확인해봐. 저녁시간 통화는?"

조 형사가 씨익 웃으며 말했다.

"특이점이 있습니다. 6시 30분 전후해서 안용수란 사람에게 전화를 받았습니다."

"안용수?"

낯익은 이름이었다.

"한중 외교마찰의 장본인으로 한참 언론에 오르내렸습니다. 피살자와 스캔들도 있었고요. 안용수로부터 8시 40분에 문자메시지가 있었습니다. 출판 건 때문에 급하게 상의할 일이 있다고 집으로 와달라는 내용이었습니다."

벗겨진 머리에 체격이 큰 안용수가 카메라 플래시를 받으며 공항 입국심사대를 통과하던 뉴스 영상을 떠올렸다.

"안용수와의 사이는?"

"나이가 지긋한 사람들이라 뜨겁지도 차갑지도 않았구요. 결혼할 것이라는 소문도 있었고. 이상한 건 평소 두 사람의 문자 대화는 서로 존대어를 썼는데 마지막 대화는 안용수가 말을 놓고 있었습니다."

"다른 사람이 안용수의 휴대전화로 이지선을 불렀을 수도 있다는 건가?"

"그럴지도 모르죠."

"안용수 때문에 생긴 외교마찰은 마약 스캔들이었던가?"

"무혐의로 종결되었죠. 2007년 봄 안용수가 투숙했던 북경의 한 호텔에서 북한산 필로폰이 발견되었다는 중국 공안의 발표만 있었습니다. 중국에서 마약사범은 외국인이라도 일사천리로 재판을 진행하고 중형을 때리는 것이 관례인데 몇 달 억류 후 본국추방형으로 마무리되었죠. 외교분쟁이랄 것도 없었습니다. 귀국 후 마약 검사를 받았는데 깨끗한 것으로 드러났습니다. 당시 언론에서는 안용수가 북한이 추진하는 나선시 고속도로 부설사업 파트너를 남쪽으로 추진했는데, 이를 견제하기 위해 중국이 억지를 부렸다는 분석이 지배적이었습니다. 안용수가 풀려난 시점도 중국이 사업 파트너로 지정된 직후였습니다. 안용수는 북쪽이 유리한 가격으로 남쪽 건설업자를 연결해주고, 커미션으로 북한에 풍부한 중석을 수입하려했다더군요. 업계에선 안용수의 지하자원 도입이 성공했다면 아주 떼돈을……."

형균은 인경을 떠올렸다. 인경의 추리대로라면 이지선과 안용수의 문자 대화는 이지선이 식사를 마치고 난 직후 아니면 30분 정도의 시간이 흘렀을 때이다.

"이지선의 휴대전화는 6시 35분부터 꺼졌다가 8시 10분경에 켜지면서 휴대전화 통화가 재개되었습니다. 역시 일간지 기자였습니다. 그 뒤로 기자 몇이 더 전화를 했는데 받지 않았습니다. 그런데 피해자 휴대전화 통화기록에 이상한 점이 있습니다."

"뭐가?"

"요즘도 공중전화를 사용하는 사람이 있는지 낮 1시 10분 피해자의 법인 사무실이 있는 지하철 강남역 4번 출구 공중전화에서 한 통, 저녁 7시경 여의도역 2번 출구 공중전화에서 걸려온 전화가 한 통 있었습니다. 그런데 오후 2시경 발신번호가 확인이 안 되는 곳에서 전화가 네 차례 걸려온 기록이 있는데 피해자가 받지는 않았습니다."

"발신자 확인이 되지 않는 곳이라니?"

"일반전화였습니다. 통신사 말로는 이 번호는 영장이 있어도 본인 허락 없이는 알려줄 수 없는 번호랍니다. 아마 정보기관이나 고위공무원들 중에 높으신 분들이겠죠. 피해자도 불과 3년 전까지는 높으신 분이었으니."

"카드는?"

"8시 25분과 9시 6분에 택시요금이 두 번 지불됐습니다. 8시 25분은 신촌의 이지선 자택 부근이었고, 9시 6분은 마포 청암동이었습니다. 장 형사님이 내친김에 택시회사에 피해자 행선지까지 확인하신답니다. 목격자 여부는 아직 알 수 없구요."

"8시 25분과 9시 5분?"

"6분요!"

그 시간 택시의 동선은 이지선이 죽기 직전 행적이다. 형균은 통화내역 중에 발신자 표시제한 전화와 공중전화가 궁금했다. 대외비를 요하는 국가기관들이 쓰는 전화일 가능성이 높다. 청와대, 검찰과 경찰 고위층, 국정원, 국회 같은 곳이다. 발신지 정보조회가 까다롭고 전화의 주인을 알아냈다 하더라도 가까이 가서 이것저것 캐묻기도 어렵다. 또 얻은 정보가 있다 해도 수사에 직접 이용하기 어려운 것들도 많다. 잘못하다가는 팔자에 없는 후폭풍 맞고 옷까지 벗기 십상이다.

"과학수사대에 지문 채취부터 요청해! 요즘 공중전화 쓰는 사람 드무니까 남아 있을지 몰라. 빨리!"

"보냈습니다."

"뭐?"

"그렇게 하라실 것 같아 과학수사대 김 경사팀을 강남하고 여의도로 보냈습니다."

"잘했어."

조 형사가 씨익 웃었다. 평소 같으면 등이라도 쳐주었을 것이다. 오늘은 기분이 썩 개운치 않았다. 인경의 존재 때문이었다. 인경의 추리는 피해자의 카드 사용내역으로 정확하게 입증되었다. 이지선은 8시쯤 식사를 끝내고, 8시 25분에 택시로 귀가했다가 다시 9시 6분에 청암동에서 내렸다. 인경의 추리와 카드 사용내역의 시간 차이는 5~10분 정도에 불과했다. 우연이라는 요소가 개입하지 않은 것이라면 신의 영역에 근접하는 것이다. 꼭 다문 입매와 면전의 형균을 무시하는 듯한 눈빛이 상기되었다.

그때였다. 휴대전화가 부르르 떨며 착신을 알렸다. 장 형사였다.

"반장님! 당일 이지선과 저녁을 같이 먹었던 안용수가 죽었습니다."

"죽다뇨? 살해당했습니까?"

형균이 다그쳤다.

"아니, 그게 좀. 마뜩니다. 와보셔야겠습니다."

검은 머리가 반백이 되도록 강력계에만 몸담았던 장 형사도 판단하기 어려운 상황인 것 같았다.

"김 형사, 조 형사! 가지. 이지선을 마지막으로 본 안용수도 사체로 발견되었어."

일요일 9시를 넘긴 시각의 마포대교. 양안의 휘황한 불빛이 검은 강물에 흔들렸다. 비바람이 세차게 차창을 긋고 지나갔다.

안용수의 집은 마포대교 북단 오른쪽 강으로 불쑥 튀어나온 전망 좋은 언덕에 있었다. 십수 년 전만 해도 한옥들이 다닥다닥 강물에 떨어질듯 들러붙어 있던 달동네였다. 말이 한옥이지 태반이 미로찾기를 방불케 하는 골목에 슬레이트나 양철판으로 새는 비를 대충 막아놓은 퇴락한 생활한옥들이었다. 지금은 강변도로가 가파른 언덕을 감아 돌고 있고 언덕 반쪽 용산 방면은 재개발로 수십억을 호가하는 고급아파트와 빌라가 들어서 부촌 소리를 듣는 곳이었다. 안용수의 집은 아직 개발이 덜 된 골목 안쪽에 새로 지은 전통한옥이었다.

"꽤 공들여 지은 집이군……."

형균이 기왓장을 얹은 낮은 담장을 끼고 돌며 말했다.

"재작년에 근처 집 다섯 채를 매입해 밀고 지었다더군요. 입주한 지는 한 달이 안 되었고요. 이웃들 말로는 대지가 200여 평에 집값만 20억이 넘는답니다."

대문을 들어서자 처마 밑에 달린 붉은 가로등이 어스름한 불빛을 뿜고 있었다. 그 아래 곱게 깎인 잔디 위 나지막한 반송과 통나무 벤치가 잘 어울리는 정원이 모습을 드러냈다. 거실에 난 큰 창문 양옆으로는 큼직한 황토 블록을 대고 흙을 채워 중부 이북에선 보기 힘든 오죽烏竹을 심어놓았다. 야무지게 뻗은 새까만 대나무들이 비바람에 부대껴 스살거렸다. 집 뒤엔 원래부터 그 자리에 있은 듯 높은 키의 왕벚나무가 집 전체를 감싸고 있었다. 마당 한쪽에는 두 자 높이의 목재테이블 위에 여러 종류의 소나무 분재 열서너 점이 가지런히 놓여 있어 집주인의 취향을 보여주고 있었다.

형균은 한 자 높이로 올린 지대地臺에 올라 활짝 열린 현관 안으로 들어섰다. 감식반들이 방진복을 입고 마룻바닥을 기고 있었다. 3단 계단을 올라 대청마루에 오르자 알싸한 편백향이 코를 자극했다. 어른 키 세 길 높이의 천정에는 자연 그대로의 꿈틀거리는 통나무가 대들보 역할을 하고 있고, 그 옆엔 흰 회벽 사이로 적갈색 둥근 몸매를 가진 서까래가 가지런히 모습을 드러내고 있었다. 쇠붙이가 섞인 흔적이 없는 질 좋은 노송으로 정성 들여 만든 집이었다.

흑단처럼 윤기 나는 검은색 문살에 미색 한지가 깨끗하게 발려진 네 칸 장지문이 거실과 마루를 구분하고 있었다. 거실엔 닥나무 섬유질이 자연스럽게 드러나는 기름 먹인 한지 장판이 깔려 있었다. 그 한가운데 허름한 작업복에 검시관 조끼를 걸친 곽 검시관이 천장 쪽을 비스듬히 올려다보고 있었다. 멀리서 보면 넋 나간 노인네가 망연자실 허공을 바라보고 있는 것처럼 보였다. 넋 나간 노인네가 시선을 돌리지 않고 말했다.

"왔소?"

"하루에 두 번이나 보게 되네요."

"허허. 어제 한강변에서도 보고. 정들겠네."

형균이 낮은 문턱을 넘는 순간 시큼하고 눅눅한 누린내가 훅 하고 콧속을 파고들었다. 시신은 이미 부패가 시작된 것 같았다. 밝은 파스텔 톤의 조명이 미색 벽면에 산란하며 넓은 거실을 밝히고 있었다. 캔버스처럼 펼쳐진 벽면 한가운데 공중에 떠 있는 사체의 뒷모습은 배경과는 어울리지 않는 낯선 정물화처럼 보였다. 대들보에서 1미터가량 아래로 드리운 주황색 밧줄 끝에 안용수의 사체가 매달려 있었다. 나머지 한쪽 끝은 반쯤 열린 화장실 문손잡이에 매듭을 지어 걸어놓았다. 빨랫줄로 흔하게 쓰는 1센티미터 정도 굵기의 딱딱한 플라스틱 밧줄이었다. 사체 발밑에는 의자가 하나 나동그라져 있고 화장실 입구 가까운 곳에 또 하나가 넘어져 있었다.

"뭐 좀 건진 거 있어요?"

"나도 방금 왔소."

형균은 주위를 둘러보았다. 거실은 검소한 편이었다. 고급 골동품으로 보이는 책상과 책장, 기름때 곱게 먹은 가죽의자가 방 한쪽을 차지하고 있었다. 몇 권의 책과 중국 장식품이 진열되어 있는 책장은 옻칠을 한 듯 검게 윤이 났지만 역시 한 50년 이상은 족히 묵은 골동품처럼 보였다. 책상 앞에는 넓은 회의용 테이블과 의자가 여남은 개 놓여 있고, 바깥으로 난 창 앞에는 큰 소파와 티테이블이 놓여 있었다. 티테이블 위에는 반쯤 남은 글렌피딕 스카치위스키 병과 비워진 온더락스 잔이 두 개 놓여 있었다. 창문 밑에 놓인 두 개의 큰 옹기화분에는 제법 굵은 둥치의 상록관상수가 열린 창으로 들어오는 바람에 흔들렸다. 방은 거실이라기보다 자택에 마련된 서재 겸 사무실이라고 하는 편이 어울렸다.

"꽤 고상한 취미를 가졌던 것 같소. 정원 가꾼 것하며 창문 옆에 심겨 있는 오죽도 그렇고……."

"오죽이라면 중부 이남에서만 자란다던데. 그런데 이 나무는 뭐죠?"

형균이 창가 옹기화분에 깊이 박힌 상록관상수를 가리키며 말했다.

"차나무 같소."

"차? 마시는 녹차?"

곽 검시는 코끝에 걸친 돋보기 너머로 사체 상의 칼라에 묻은 검푸른 얼룩을 살피며 응답했다.

"종류가 달라. 잎사귀가 좀 커요. 경남 김해 지역에 대엽종 차나무가 자생한다는 말을 들은 것 같은데 그게 아닌가 싶어."

"안용수의 고향이 부산이랬지 아마!"

형균은 혼잣말처럼 내뱉고는 용수의 사체를 바라보았다. 사망한 지 꽤 된 것 같았다. 원래 비만기 있는 큰 체구였지만 매달린 사체라 체액이 늘어진 손과 발에 죄 몰렸는지 양손은 검붉은 색으로 팽팽하게 부풀어 있고, 종아리 역시 스모선수가 스판바지를 입은 것처럼 팽창되어 있었다.

시체의 정면을 바라보았다. 얼굴은 벌써 검푸른색으로 변해 있었다. 퉁퉁 부어오른 눈은 굳게 감고 있고, 입도 죽기 전의 어떤 비밀을 머금은 듯 꽉 다물고 있었다. 풀어 헤쳐진 와이셔츠 앞섶 빗장뼈가 모인 곳에는 체내의 부패가 꽤 진행되었다는 것을 말해주듯 군데군데 암녹색의 반점이 자리 잡고 있었다. 사체의 와이셔츠 앞섶에서 허리띠까지에는 음식찌꺼기로 보이는 오물이 누렇게 말라붙어 있었다. 발목에서 종아리에 이르는 곳에는 이미 피하에 암녹색의 활엽수 잎맥 같은 무늬가 뚜렷하게 드러나 있었다. 곽 검시가 큰 소리로 물었다.

"현재 실내 온도 몇 돈가?"

"12도쯤 되네요."

마루의 감식반원이 큰 소리로 답했다.

"강직도 거의 풀렸고 하지 침윤시반에 수지상문樹枝狀紋. 숨이 끊어진 지 대충 40시간에서 45시간 정도 된 것 같아. 두 연인이 비슷한 시간에 죽은 것 같소."

수지상문은 사후 24시간이나 36시간 정도 경과하면서 피하정맥이 검푸른색으로 변하여, 나뭇잎맥처럼 드러나 보이는 것을 말한다. 정맥이 지나는 어깨, 가슴 윗부분과 사타구니, 다리 등에 먼저 나타난다. 부패하고 있다는 표시이기 때문에 부패망腐敗網이라고도 한다. 난방이 잘된 실내였다면 벌써 온몸에 수포가 돋고 목을 죄고 있는 빨랫줄 사이로 시신의 체액이 흘러내리고 몸 안에서 가스가 새어나오고 있을 터였다. 그리되었으면 눈알이 튀어나오고 얼굴이 부풀어 사체가 안용수임을 알아보기 힘들었을 것이다.

거실에 딸린 화장실을 살피던 조 형사가 형균을 불렀다. 황토색의 고급 타일이 깔린 욕실을 겸한 화장실이었다. 조 형사는 화장실 벽에 얌전하게 걸려 있는 하늘색 여성 정장을 가리켰다. 지선의 것들임이 분명했다. 화장실 바닥에는 검은색 하이힐 좌족. 속옷 하의와 혈흔이 있는 구겨진 스카프 한 장이 흩어져 있었다. 형균이 중얼거렸다.

"이지선이 죽은 장소를 찾았군."

조 형사가 화장실 변기 뒤편에서 지름 4센티미터, 길이 70센티미터 정도의 원통형 막대기 두 개를 찾아냈다. 둘은 원래 하나였던 듯 가운데 쪼개진 부분의 요철이 맞아떨어졌다.

"이지선의 정강이와 허벅지, 등짝을 그 정도로 팼으면 손바닥 물집이 생기고 피부가 벗겨졌을지도 모르겠네요."

곽 검시는 창날처럼 날카롭고 길게 쪼개진 밀대자루 한 귀퉁이의 엷은 핏자국을 면봉으로 닦아냈다.

거실 구석 골프가방 속 클럽을 살피던 형균이 드라이버 하나를 손에 들었다.

"찾았어! 드라이버로 쓰는 1번 우드."

45인치(약 110센티미터) 길이의 탄소섬유 막대 끝에 달린 어른 주먹만 한 티타늄 쇠뭉치의 파괴력은 엽총 탄환에 버금간다. 이지선의 전두골을 내려앉힌 연장이 틀림없었다.

형균은 책장을 조사하고 있는 장 형사에게 물었다.

"외부로부터 침입 흔적은 없어요?"

"가사도우미 말로는 출입문 비밀번호를 아는 사람은 안용수와 자신뿐이랍니다. 이지선도 최근에 알게 됐다는대요. 창문, 현관, 부엌에 딸린 출입문 모두 외부에서 침입한 흔적은 없습니다."

장 형사가 의자 뒤에 놓인 자그마한 금고를 가리키며 말했다. 금고는 열려 있었다.

"금고는 손댄 흔적이 없어요. 현금이 한화로 3, 4천만 원, 미국 달러화가 만 달러쯤, 약간의 중국 위안화와 일본 엔화, 북한 원화 뭉치가 가지런히 놓여 있습니다."

"북한 돈?"

거실로 나온 조 형사가 끼어들었다.

"안용수는 1990년대 초부터 젊은 나이에 대북 지원과 경제교류 사업으로 북한 지도층과 인맥을 쌓았습니다. 최고위층과 인맥이 탄탄해 안용수가 나서면 안 되는 게 없다 할 정도였습니다. 워낙이 부산의 부유한 집안 출신이라 개인재산도 상당하고요. 2000년부터 2005년까지 산삼, 송이 등 북한산 고급 농산물을 수입하여 재미를 봤답니다. 게다가 북한 고위층의 신용을 배경으로 해외플랜트 도입을 중개하여 큰돈을 벌었답니다. 이지선의 법무법인이 들어 있는 강남역 부근 20층짜리 빌딩도 안용수 소유랍니다. 수천만 원 상당의 지폐 다발과 달러가 그대로 있는 것으로 보아 돈 때문에 일어난 사건은 아닌 것 같습니다."

"이지선과 안용수 사이는 더 밝혀진 것 없어요?"

"이지선이 죽던 금요일 오후에도 통화하는 소리가 밝았답니다. 지난주 19일 월요일에도 오후에 만나 무슨 토론회에 같이 참석했다던가. 거의 매일 만나고 있었나봅니다."

그때 낮게 엎드린 채 현장감식반과 몇 마디 말을 주고받던 김 형사가 얼굴을 잔뜩 찌푸리면서 말을 꺼냈다.

"강력반 형사질 20여 년 만에 이런 사건 처음 봅니다. 너무 깨끗해요. 하다못해 모래 한 톨. 실밥 한 줄기라도 남아 있을 법한데. 집주인인 안용수와 도우미 아줌마 지문도 없어요. 제길!"

형균이 창가의 작은 테이블 위를 가리키며 물었다.

"저기도?"

"대청소를 했어요. 테이블, 책장, 의자, 문고리 모두 구석구석 잘 닦였습니다."

형균은 허리를 굽혀 화장실 입구에서 테이블 밑까지 주욱 훑어보며 말했다.

"거기 감식반! 루미놀 분사기 갖고 와봐. 조 형사는 거기 불 끄고."

형균이 깜깜한 어둠 속에서 방바닥에 루미놀을 분사했다. 담 너머 전봇대에 달린 가로등에서 새들어온 한 줄기 불빛만이 분사액을 따라 산란할 뿐이었다. 수많은 액체 알갱이들이 오르골 속에 내리는 눈처럼 서서히 바닥에 가라앉은 후 잠산의 시간이 지났다. 거실 바닥에는 여러 개의 형광색 줄기들이 마술처럼 모습을 드러냈다.

　루미놀과 과산화수소의 혼합물인 분사액은 현장에 남아 있는 피의 잔해, 그 혈색소에 촉매자극을 받아 형광빛을 발한다. 거실바닥은 쏟긴 푸른 형광잉크를 닦아내다 만 듯 여러 줄기의 빗살무늬가 굵은 실타래처럼 얽혀 있었다. 화장실 입구에 나동그라져 있던 의자에도 혈흔이 뚜렷했다. 루미놀이 그려낸 혈흔만이 유일하게 인간이 남긴 흔적이었다. 혹시라도 남아 있을 만한 지문이나 발자국을 살폈지만 모두 형광빛의 빗살무늬들이 찾아다니면서 지운 듯 남은 것이 없었다.

　"싹 밀었어. 불 켜!"

　형균은 손바닥을 털며 일어섰다.

　"좀 더 살펴봐. 지우면서 남긴 흔적이 분명 있을 거야."

　현장요원들에게 더 조사해볼 것을 주문하고는, 매달린 안용수의 사체 옆 회의용 탁자 위에 올라섰다.

　검푸르게 변색된 안용수의 벗겨진 이마가 보였다. 형균은 밧줄이 걸린 대들보를 유심히 살폈다. 가공한 지 얼마 되지 않은 분홍빛의 굵은 노송이었다. 플라스틱 밧줄은 대들보 모서리 뽀얀 섬유조직을 꽤 깊이 긁어내고 거기 파묻혀 있었다. 안용수의 굵고 진한 눈썹 밑 두 눈은 꼭 감겨 있었다. 일자로 꾹 다문 입술 양쪽 귀밑에 이르는 관자놀이 근육이 부풀어 있어 죽음 직전 고통과 힘겹게 싸운 흔적이 뚜렷했다. 장 형사가 안용수의 죽음에 대해 머뭇거린 이유를 알 듯했다. 곽 검시도 테이블 위로 올라왔다.

"이게 뭡니까?"

형균이 안용수의 왼쪽 와이셔츠 칼라에 남아 있는 군청색의 흔적을 가리키며 말했다.

"이지선의 블라우스 안쪽 칼라에도 똑같은 게 남아 있었지. 박영도 박사팀이 분석 중일 거요."

형균이 안용수의 얼굴을 가리켰다.

"이게 목맨 사람의 얼굴이 맞습니까?"

"왜 그리 물으시오?"

곽 검시 역시 짚이는 바가 있다는 듯 코끝에 걸린 작은 돋보기 너머로 형균을 보며 빙그레 웃었다.

"목을 맨 사체는 대부분 눈알이 튀어날 정도로 눈을 부릅뜨고 혀는 빼물고 있었는데, 이 사람은 눈과 입을 꽉 닫고 있어요. 자살이라도 죽기 전엔 격렬하게 발버둥을 치기 마련이라 저 정도 덩치라면 빨랫줄이 대들보를 좌우 한 뼘 정도는 긁어놨을 텐데 한 줄로 깊게 파인 흔적뿐이니. 이것은 별로 흔들리지 않는 무거운 물건을 대들보에 걸어 잡아당긴 흔적인데. 그렇죠?"

"나야 뭐. 시체 전문이니. 허허. 죽은 양반도 정 반장의 말에 동의하는 것 같소. 여길 보시오."

곽 검시가 안용수의 손목을 가리켰다.

"양 손목에 찰과상과 열상이 있어. 이지선도 손과 발에 걸박흔이 있었지. 목매 자살할 사람이 자신의 손과 발을 묶었을 리는 없지. 문손잡이에 묶인 빨랫줄 한쪽 끝과 이 올가미에 콘스타치 가루가 남아 있소. 보나마나 이지선을 담았던 가방에 남은 것과 같은 것일 거요. 그리고 여기."

곽 검시는 볼펜 끝으로 사체의 목에 난 상처를 가리키며 말을 이었다. 밧줄이 목을 여러 번 긁어 만든 상처였다.

"대부분의 삭흔(목이 졸린 흔적)은 매달리는 순간 밧줄이 목을 깊이 조르면서 피부를 파고들기 때문에 목 윗부분에 뚜렷하게 한 줄이 남는 것이 보통이오. 그런데 이 사체는 턱밑에서 쇄골이 시작되는 목 아래까지 긁힌 흔적이 여러 개요."

곽 검시가 형균을 쳐다보며 말을 이었다.

"올가미에 매달린 사람이 고통에 발버둥을 치면 줄은 목 위쪽으로 더욱 깊게 파고들지 옆으로 이렇게 심하게 긁히지는 않아."

"여러 번 매달렸다는 거네요."

"올가미에 목을 걸어 시간 간격을 두고 여러 번 당겼어."

곽 검시는 양손에 밧줄을 잡고 비스듬히 아래로 당기는 시늉을 하며 용수가 죽기 전 살인자의 행동을 재연했다.

"목에 올가미를 걸고 딛고 있는 의자를 걷어차면 몸이 뚝 떨어져 턱밑에서 혈액의 흐름이 갑자기 차단돼요. 머리에 울혈이 생기고 눈 주위에 부종이 일어나지. 이 사체는 교사(絞死. 매달려 목이 졸려 죽음)의 특징인 얼굴 울혈이나 출혈 흔적이 없어. 상의 앞섶에는 토사물이 흘러내린 자국이 분명해. 목매인 사람이 구토를 했다? 허허! 무얼 의미하겠소?"

곽 검시는 답을 기다리는 듯 잠시 말을 멈추고는 숨을 들이쉬었다. 형균이 고개를 끄덕이며 답했다.

"죽은 후에 매달렸어!"

"그리고 이 매듭을 봐요. 목을 조르기 위한 매듭이 아냐. 결국 여러 번 매달렸으되 교살은 아니라는 말이오. 목에 밧줄을 건 채 고문을 당하다 숨이 끊어진 후 다시 매달렸어."

"외상이 직접적 사인이 아니라는 말씀이지요?"

"구토 흔적과 흉하게 일그러진 얼굴이 답인 것 같아."

"독물?"

형균이 고개를 끄덕이며 반문했다. 곽 검시가 살짝 미소를 띠며 용수의 왼쪽 손등을 볼펜으로 가리켰다.

"여기 손등 두 군데 나란히 찢어진 자국. 피부색깔이 더 어둡잖아? 혈관이 찢어져 생긴 피하출혈 때문이지. 주삿바늘 자국이야. 바로 밑이 정맥이거든. 약물반응 검사를 해보면 알게 되겠지."

거실 바닥에 내려와 용수의 사체를 올려보던 곽 검시가 나지막이 형균의 주의를 환기시켰다.

"정 반장! 단순한 살인이 아닌 것 같소."

"……."

"이건 처형이오. 이지선이 극심한 고통을 겪었겠지만, 안용수의 고통도 못지않았을 거야."

범인은 둘을 죽음까지 끌고 가면서 혹독한 고통을 선사했다.

필요 이상의 오랜 고통. 형균은 올가미를 풀고 자신의 거실에 누운 안용수의 사체를 내려다보며 낮은 목소리로 말했다.

"그래요. 그것도 참혹하고도 질긴 오랜 고문 후의 처형."

노인

2012. 11. 26. (월) 08:00

영등포경찰서

새벽부터 경찰서는 아수라장이었다. 3층 서장실까지 송곳 하나 꽃을 틈이 없었다. 형균은 언론사가 그렇게 많은 줄 몰랐다. 듣지도 보지도 못한 이름의 인터넷 언론사와 왼손엔 취재수첩 오른손엔 카메라를 두서너 개씩 든 지방지 기자까지 모두 서장실 문 앞에서 발돋움하고 있었다.

브리핑은 경찰서장이 직접 했다. 기자들은 사건의 윤곽과 범인의 몽타주를 기사에 넣고 싶어 했지만 브리핑 자료라고는 일요일 저녁 형균이 보고한 현장감식보고서와 수사계획서 단 두 장뿐이었다. 그럼에도 불구하고 서장은 자신을 향해 터지는 카메라 플래시만을 즐기는 것 같았다. 사건이 갖고 올 정치적 파장은 안중에도 없는 듯 보였다. 수사 중인 사건이라 구체적인 내용은 말할 수 없다는 궁색한 답변만 반복하고 있었다.

TV 방송은 새벽부터 지선과 용수의 죽음을 뉴스로 전하고 있었다. 특히 케이블 뉴스는 지선의 몸에 남아 있는 정액과 체모, 성행위를 묘사한 그림과 선정적인 글귀 등을 근거로 전 정권의 권력 핵심과 마약 전력을 의심받고 있는 대북 사업가의 추악하고 음탕한 치정사건임을 암시하는가 하면, 남파공작원에 의한 암살설까지 추측성 보도로 프로그램을 채우고 있었다. 대부분의 일간지들은 지선은 피살된 것이 틀림없으나 용수의 경우는 자살 가능성도 배제할 수 없다고 보도했다. 그러나 하나같이 이 사건이 상당한 정치적 파장을 갖고 올 수 있다고 논평했다. 이지선은 전 대통령의 최측근으로 죽은 대통령의 신원을 위해 노력해왔던 인물이요, 안용수 역시 전 정권의 가장 깊숙한 대북 비선라인이었다는 것이 그 이유였다.

형균의 책상에는 고동색 점퍼에 수염이 덥수룩하게 자란 장발의 배 기자가 새벽부터 앉아 졸고 있었다. 다른 기자들처럼 서장실 앞에 진을 치고 뉴스를 기다리는 것에는 애초부터 관심이 없는 것 같았다. 형균이 구두 끝으로 배 기자의 때 묻은 운동화를 툭툭 쳤다. 배 기자가 눈을 번쩍 뜨며 오랜 은인을 만난 것처럼 호들갑을 떨기 시작했다.

"아이고오! 드디어 납시셨네! 영감님 뵈올라고 눈이 빠지는 줄 알았어. 여기 안 들르는 줄 알고 노심초사했지."

어디서 새벽까지 술을 퍼마시다 왔는지 점퍼 앞섶에 허연 막걸리 자국이 군데군데 나 있었다. 밤새 추적거린 비를 온전하게

다 맞고 돌아다녔는지 쉰내와 절은 담뱃내가 물씬 풍겼다. 애당초 청결과는 거리가 먼 인물이지만 오늘따라 더욱 구질구질해 보였다.

"얼어 죽을 영감은! 웬일이야? 기사 쓸려면 서장실 앞에서 기다려야지. 그리고 제발 좀 씻고 다닐 수 없어? 화상하고는……"

배 기자와 형균은 동갑내기로 꽤 질긴 인연을 가진 사이다. 형균이 경찰간부 초년생으로 종로경찰서에 배치받았을 무렵 배기자 역시 견습기자로 종로경찰서에 출입하기 시작했다. 형균이 나이와 경험은 많지만 직급이 낮은 순경과 형사들을 상대로 기싸움을 하고 있을 무렵이었다. 배 기자 역시 경찰서 경리계장을 협박하다시피 해서 얻은 야전침대를 기자실 한켠에 놓고 밤낮없이 경찰서 안을 들쑤시고 다닐 때였다. 둘은 일간지 초짜 사회부 기자와 어리바리한 초급 경찰간부로 그렇게 처음 만났다. 이후 전혀 어울리지 않을 것 같은 둘은 자주 어울렸다. 근무지가서로 다를 때에도 달을 걸러 한 번씩은 번갈아가며 술자리를 청했다. 배 기자는 기자보다 몇 권의 베스트셀러를 낸 적이 있는 대중작가로 유명했다. 40대 중반의 나이에 경찰서를 어슬렁거려야 하는 일선 사회부 기자를 고집하는 것도 휴일 하숙집 구석에서 이야기로 꾸려 담을 글감을 구하는 것에 더 큰 목적이 있어 보였다. 그는 독자의 흥미를 자극하는 이야기를 낚는 노련한 낚시꾼이었다.

"힛힛. 경찰서장이 소설도 쓰는 자린 줄 오늘에야 알았네."

배 기자는 서장을 믿을 수 없다는 듯 깐죽거렸다.

"하기야 동기들은 벌써 진급 발표를 손으로 꼽을 때가 됐는데, 영등포가 아무리 요직이라지만 임기가 아직 일 년 반이나 남았으니 엉덩이가 들썩거리겠지. 아무리 그래도 그렇지."

배 기자 말대로 서장은 지금 자신을 알리는 일이 급한 듯했다. 평소에도 서장 임무보다 관내 대소사와 민원에 더 신경을 쓰는 인물이다. 동기들 중에서도 한참이나 뒤지는 처지라 진급 생각은 이미 접은 것 같았다. 그릇이 안 되는 사람일수록 허황된 꿈에 미련을 떼지 못하는 법이다. 몇 달 전 관내 기관장들 저녁 모임에서 취중에 지역구에 도전하겠다는 말을 호기롭게 떠들어대다 여당 중진인 지역구 국회의원의 노여움을 산 적도 있었다. 지금 서장은 마치 여당 대표라도 된 듯 집무실 소파에 앉은 채로 기자들을 상대하고 있지만 기자들 사이에서 "에이쒸!" 하는 소리가 수시로 터져나왔다.

"어이! 정 반장."

배 기자는 작은 눈을 초승달처럼 휘며 의자를 바짝 끌어당겨 앉았다.

"큰 건이야. 고생 좀 하시겠어."

"당신 고생이 아니잖아? 신경 *꺼*."

"히힛. 그렇게 퉁명스럽게 나올 것까진 없잖아."

"……"

"뭐 하나 잡힐 것 같아서 그러니 좋은 소식 있으면 알려줘. 내가 도움이 될지도 모르잖아! 안 그래?"

배 기자는 끈덕지게 말을 붙였다. 뭐가 잡힌다는 말에 형균도 솔깃했다.

"박수무당 신 내렸어? 뭐가 잡혀?"

"히힛. 궁금한가 보군."

출입문 앞에서 얼쩡거리는 고 형사가 할 말이 있는 듯했다. 딱 잘라 쏘아붙이며 일어섰다.

"흰소리 집어치워. 내 주머니에서 나올 건 아직 없어."

"뭐 도울 일이나 있나 해서 물었는데 퉁명스럽기는. 그래 갖고 이 바닥에서 출세하겠어?"

"출세할 사람에게나 가서 알아보셔. 내 귀에도 뭐 좀 들어와야 주머니를 열든가 하지."

형균은 귀찮은 듯 말을 던지고 문 쪽으로 걸어나갔다.

"우혜혜. 이지선이 죽기 한 나흘 전에 봤지 않겠어. 국회의원 회관이었지. 무슨 토론회를 연다구 해서 갔더니 쫑쳤더군. 토론회를 마치고 나오는 이지선을 봤지."

형균이 뒤돌아섰다. 배 기자는 형균을 힐끗 보고 말을 이었다.

"야아! 여전히 이쁘더라. 여당에도 뭐 하는 것 없이 인물 하나로 먹고사는 여자의원 있잖아. 그네들 한 트럭을 갖다놔도 이지선이 하나를 못 당하겠더라. 참 세상 울퉁불퉁하지? 그 인물에, 재능에, 배포까지. 안용수도 함께 있었어. 우락부락하게 생겼어도 둘이 잘 어울리더만. 쩝! 죽은 여자 이쁘면 뭘 해. 그런데 이상하지? 이지선과 안용수가 올 자리가 아닌데 말야."

"무슨 자리였는데? 무슨 일이 있었어?"

"별일 아니었어. 이지선이 그날 모인 것들이 마음에 안 들었나 봐. 이지선이 까칠하잖아. 까칠한 것이 그 여자 매력이지만. 논쟁이 좀 있었지. 정치하는 것들 편 갈라 싸우는 거 희한한 일은 아니지만. 흐흐."

"뭣 땜에 싸웠는데?"

형균이 묻자 말꼬리를 슬쩍 내렸다.

"별거 아냐! 옛날 학생운동 동지가 지금은 야당 여당으로 갈려 철천지원수가 됐으니. 그런데 정 반장! 내 귀에 뭐 안 들어왔는데 입이 더 열리겠어?"

조금 전 형균이 튕긴 말을 똑같이 되받아쳤다.

"그래서 말 못한다구?"

"스토리가 안 섰다구. 정 반장이 할 이야기가 있을 때 다 해주지. 히힛."

"젠장. 해줄 말 있을 때 어련히 안 해줄까? 그리고 어디 가서 좀 씻고 와. 맨날 그렇게 다니니 아직 장가를 못 갔지."

형균은 미련 없이 돌아섰다. 제일 어린 고 형사가 배 기자에게 지어준 이름은 영등포서 강력계 수사자문위원이다. 때가 되면 밑밥을 조금만 풀어놓아도 제가 조사한 것은 다 풀어준다. 수사에 도움받은 적도 없지 않다. 기자 상대는 불가근불가원이 원칙이지만 배 기자가 강력반을 물먹인 적은 없었다. 소설이 잘 팔릴 때는 가끔 비싼 술까지 사는 처지니 기자치고 홀대받는 존재는 아니었다. 형균은 속으로 되뇌었다.

'엿새 전 토론회라!'

배 기자도 두 손을 바지주머니에 찔러 넣고 어기적거리며 문을 나서다 고 형사의 어깨를 툭 치며 말했다.

"고 형사야! 너희 반장이 나보고 구질구질해서 장가 못 갔단다. 제깟 놈은 그래 뺀질뺀질해서 장가를 못 갔나? 헤헤! 고 형사야! 따끈따끈한 것 나오면 저 앞뒤 꽉 막힌 정 반장보다 내게 먼저 알려주라. 내가 너 출세시켜줄지 어떻게 아냐? 흐흐. 그럼 나중에 봐. 서장님이 또 무슨 구라를 칠라나? 구라도 스토리가 되어야 지면을 채우지! 대한민국에서 젤 쉬운 것이 순사질이야. 순사질 중에서도 서장질. 니미 젠장맞을."

배 기자는 큰 엉덩이를 어기적거리며 3층으로 올라갔다.

"뭐야?"

고 형사는 배 기자가 사라진 것을 확인하고 검은색 결재 파일을 건넸다.

"이지선과 안용수의 부검감정서, 현장감식보고서, 혈액검사, 마약검사, DNA 등 각종 검사보고섭니다. 오전 일찍 안용수 부검까지 끝냈답니다."

"그렇게나 빨리? 조 형사, 김 형사 모두 소집해."

"서장님이 빨리 결과 보고 하라십니다. 기자들 기다린다고."

"이 보고서 언제 왔어?"

"방금요."

"나도 읽어나 봐야 보고를 하든지 할 거 아냐?"

형균은 이지선의 파일을 펼쳤다.

"이게 뭐야?"

양미간이 깊게 패였다. 눈에 띈 것은 복잡한 화학물질의 이름들이었다. '총 10개의 체모와 8개의 정액 샘플에서 5종의 서로 다른 DNA 발견. DNA은행 조회 중'이라는 글귀가 눈에 들어왔다. 그리고 그 밑에는 '정액에서 검출된 물질 및 성분'이라는 큰 제목 밑에 물질명들이 나열되어 있었다.

- 아밀아세테이트, 아밀투틸레이트, 아밀빌레레이트, 벤질아세테이트, 다이아세틸, 에틸뷰레이트, 에스테르계 합성착향료 외
- 노녹실론-9 외
- 밀랍 성분의 탄화수소계열 왁스, 카민계 수용성 염료, 식물성 오일, 오르가닉 레이크(유기색소) 계열 색소. 비타민E와 극미량의 화학방부제, 계면활성제 및 산화방지제
- 동물성 단백질

'뭐야?'

예컨대 복잡한 화학식을 가진 물질들과 식물성 또는 동물성 기름이 합성되어 옷을 빨거나 손을 씻을 때 사용하는 '비누'라

는 것이 만들어진다. 대개의 부검결과보고서나 가검물분석보고서에는 항상 복잡한 생화학 용어들이 나오지만 '비누'처럼 '물건'의 이름이 나와야 하는 법이다. 오늘 이 보고서에서는 그 '이름'이 없다.

또 속칭 'DNA은행법'이 발효된 지 2년이 조금 넘었고, 유전자 데이터베이스 구축은 1년이 겨우 넘었을 뿐이다. 할 수 있는 일이라곤 새로이 들어온 범죄자 유전자정보를 미제사건 파일에 수집된 정보와 대조하여 중범을 골라내는 수준에 불과하다. 해외 과학수사드라마에서 보는 것처럼 단 몇 분 만에 DNA지문 조회로 정액의 주인을 찾기란 불가능하다.

안용수의 파일을 열었다. 결과는 현장에서 곽 검시와 나눴던 말과 일치했다. 체액 감정 결과 약물에 의한 심박동정지가 정확한 사인이라고 표기되어 있었다.

- 펜토탈소디움(펜토탈 나트륨)
- 숙시닐콜린
- 포타슘클로라이드(염화칼륨)

형균의 양미간이 깊어졌다.

"이것들은……."

알코올도, 니코틴도 아니고 또 용수가 한때 의심을 받았던 마약도 아니었다. 안용수의 사체 앞에서 곽 검시가 한 말이 떠올랐다.

'처형.'

파일에 든 사진 한 장이 형균의 시선을 끌었다. 지선의 입안에서 발견된 것과 유사한 그림을 담은 사진이었다.

이번에는 남자였다. 남자의 몸에는 오랜 세월 고된 육체노동에 시달린 노예의 그것인 양 깡마른 골격 위로 메마른 근육이 투박하게 불거졌고, 삶을 무겁게 짓누르는 그 무엇인가를 방금 내려놓은 것처럼 머리는 왼쪽 어깨에 바짝 붙을 정도로 뉘어 있었다. 꾸부정한 허리에 왼손은 주먹을 움켜쥔 채 앞으로 살짝 든 오른쪽 허벅지와 평행하게 뻗고 있었다. 그런데 그림 속 남자는 오른손이 없었다. 신성한 어떤 것을 훔쳤든가 혹은 불온한 그 무엇을 들고 있다 벌을 받았는지 팔꿈치와 손목 중간에서 비껴 잘린 대나무처럼 잘려 있었다. 꺾인 목 위에 얹혀 아래로 향한 얼굴은 무표정했다. 남성의 성기 위 치골을 덮고 있는 거웃과 머리카락의 곱슬거림은 중세의 대리석상이나 청동상의 그것과 흡사했다.

대리석으로 빚은 미켈란젤로의 다윗상이 천국으로부터 쏟아지는 빛 속에 아름답고 당당한 몸매를 드러낸 천사를 닮았다면, 그림의 주인공은 타락하고 상처받은 늙은 노예가 지옥과 연옥의 가장자리에서 신의 심판을 기다리며 신음하고 있는 것 같았다. 군데군데 지워진 서투른 선의 굴곡과 조화되지 못한 농담이 그림 속 인물이 주는 기형적인 느낌을 더해주고 있었다.

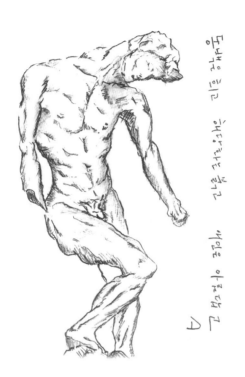

동세가 있는 에야리는 몸과 비음을 아랫답고 A

그리고 지선에게서 발견된 것처럼 몇 개의 낱말이 사내의 무릎에서 곱슬머리 아래까지 휘갈겨져 있었다. 목을 빼고 사진과 형균을 번갈아 쳐다보던 고 형사가 글씨를 천천히 읽어 내렸다.

"동백은 희고, 해당화는 붉고, 애인은 아름답고……. 마지막 글자는 영어로 '에이(A)'라고 써놓은 것 같은데요."

"6, 70년대 유행가 가사 같군. 그럼 이지선의 입에서 나온 것도 알파벳이겠군. L."

그때였다.

"삐리리리."

창가 형균의 책상 위 인터폰이 울렸다.

"삐리리리."

재차 울리는 인터폰은 목젖이 갈라질 듯 고음으로 질러대는 서장의 신경질적인 목소리와 흡사했다. 조 형사가 오른손 엄지손가락을 곤추세워 보였다. 형균은 턱짓으로 전화를 받으라는 신호를 보냈다. 밥 달라는 새끼 새들의 악다구니 같은 소리가 뾰족하게 솟아나왔다.

"정 반장요? 방금 올라갔습니다."

조 형사는 집게손가락을 세워들고 천장을 찔러댔다. 형균은 아랑곳하지 않고 두 피해자의 사진을 나란히 놓고 내려다보았다.

'알 수 없는 그림과 글귀. 그리고 알파벳.'

"삐리리리……."

인터폰이 다시 울렸다. 형균은 마지못해 파일을 덮어 쥐고 3층으로 발걸음을 옮겼다.

서장실 복도는 파업 농성장과 흡사했다. 제대로 발걸음을 옮기기도 힘들었다. 휴대전화 두 대를 양쪽 귀에 댄 채 입을 좌우로 돌리며 악을 쓰는 기자가 있는가 하면, 등산용 스티로폼 깔개 위에 앉아 ENG카메라를 무릎 위에 얹고 졸고 있는 카메라 기자도 있었다. 모든 시선이 형균에게 쏠렸다. 안면이 있는 기자들은 마이크를 앞세우고 달려들었다. 기자들을 피해 문 쪽으로 다가갔다. 문은 안에서 먼저 열렸다. 초로의 노인이 서장의 억지웃음을 뒤로하고 걸어나왔다.

"껄껄껄! 선배님 그럼 안녕히 가십시오."

'선배님?'

업무와 관계없이 드나드는 사람이 많은 서장실이었다. 그러나 지금 수십 명의 기자들이 진을 치고 있는 마당에 문을 굳게 닫고 손님들과 한담을 즐길 때가 아니다. 서장은 형균은 본체만체하고 허리를 굽히며 노인을 배웅했다.

"그쪽에 잘 좀 말해주십시오. 저도 노력하겠습니다."

노인은 60대 중반쯤으로 보였다. 작달막한 키, 깡마른 체격, 빠른 하관을 가진 사람이었다. 몇 올 되지 않은 머리카락은 머릿기름을 발라 곱게 빗어 넘기고 회색 점퍼와 검은색 단화를 신은 평범한 노인이었다. 뒷짐을 지고 허리를 꼿꼿이 세운 채 서장의 굴신을 당연한 듯 모두 받아 챙기는 것 같았다.

"살펴 가십시오. 상황이 정리되는 대로 연락드리겠습니다."

서장은 다시 허리를 굽혔다.

"그럽시다. 모레쯤 연락하지요."

노인은 말끝이 축축 처지는 경상도 억양에 물기 없이 깐깐한 목소리로 또박또박 말을 잘라냈다. 그러고는 기자들과 형균은 아랑곳하지 않고 발걸음을 옮겼다. 서장이 낮은 목소리로 형균을 불렀다.

"정 반장, 이리 들어와!"

형균은 걸어오는 노인을 비키며 서장실에 들어섰다. 스치는 노인의 머리에서 은은한 향내가 코를 자극했다. 오래전의 냄새. 고향 면사무소 옆 이발소에서 면도를 마치고 나오던 면장이 풍기던 냄새. 지금은 기억도 가물가물한 아버지가 나들이하신다며 두루마기를 걸치고 나설 때 나던 냄새. 아버지의 모습은 기억에서 사라진 지 오래지만 냄새는 또렷했다. 형이 아버지 냄새가 난다며 유품 중에 꺼내 발라보던 그 물건의 냄새. 눈과 뇌수가 되살려내는 기억보다 콧속 후각세포에 새겨진 기억이 더 오래간다.

'포마드……'

피마자기름에 식물성 향료를 섞은 머릿기름. 불현듯 형균을 과거로 안내한 냄새의 정체였다. 순간 뒤에서 또각거리던 단화 소리가 멎었다. 형균이 뒤를 돌아보았다. 노인의 찢어진 눈매가

88
적, 너는 나의 용기

형균을 쏘는 듯 보고 있었다. 시선이 마주친 노인의 입가에 얇은 미소가 스쳤다.

"정형균 반장?"

노인은 약간의 비음 섞인 목소리로 형균에게 뭔가 건넸다. 부검을 끝낸 지선의 상반신 폴라로이드였다. 기자들 사이를 비집고 들어오면서 떨어뜨린 것 같았다.

"감사합니다. 그런데 절 아십니까?"

"허허! 서장님이 영등포서 강력반장이 유능하고 인물도 좋다고 칭찬하셔서. 그럼."

뜬금없다고 해야 할까. 형균은 노인 앞에서 자신이 긴장하고 있음을 깨달았다. 노인은 돌아서 계단을 내려갔다.

"들어와! 문 닫고!"

닫히는 문틈으로 힐끗 이쪽으로 눈길을 돌리는 노인의 모습이 눈에 들어왔다.

'낯익다. 저 노인.'

조금 전 자신을 아래위로 훑던 노인의 표정을 떠올렸다.

'어디서 보았을까.'

형균은 자신이 과거를 구체적으로 재현해내는 재주가 있다고 믿고 있다. 기억을 되살리는 것은 연상력 게임과도 같다. 정확하게 생각나지 않는 사건은 그 시간대 어디쯤 떠오르는 기억을 뜨개질 코를 걸어 직물을 엮어나가듯 인과관계를 짚어나가면 의외로 많은 사건과 인물들이 재방영되는 연속극처럼 확연하게 기억난다. 교과서를 억지로 외우기는 힘들었지만 스쳐 지나가는 사람의 얼굴과 표정, 골목길 풍경은 아주 오래도록 기억에 남았다.

'기시감인가?'

자신을 흘깃 훔쳐보는 눈빛보다 노인의 뒷모습이 기억력을 시험하는 것 같았다. 기억이라기보다 가슴 한구석 깊은 곳에서 되살아나는 긴장 같은 것이었다. 자신을 괴롭히다 제대한 군대 고참이 다시 내무반으로 들어오는 꿈을 꾼 기분이랄까. 뒷맛이 개운치 않았다.

'포마드 냄새 때문이겠지.'

그럴지도 모른다. 가물가물한 기억 저 너머 아버지와 형의 냄새처럼 그리운 것이기도 하지만, 거만스러운 시골 면장의 냄새이기도 하고 기나긴 조회 끝에 매서운 눈빛으로 분열과 구보를 사열하던 초등학교 교장 선생님의 냄새이기도 했다. 정체 모를 기억의 꼬리를 끌어내느라 양미간에 주름을 잡고 있는 형균에게 서장이 물었다.

"자네 표정이 왜 그러나?"

"별것 아닙니다. 좀 피곤해서요."

"자기 몸은 자기가 관리해야지. 거기 좀 앉아."

인터폰으로 독촉하던 것치고는 말투가 은근했다.

"자네, 이번 사건 마무리가 얼마나 중요한지 알고 있겠지?"

"무슨 말씀……."

"전 대통령과 가까운 인물들 아닌가? 각자 집에서 고이 죽어도 뉴스에 오르내릴 사람들인데, 같은 날 같은 곳에서 맞아 죽고 목매 죽고. 더 시끄러워지기 전에 속히 마무리하잔 말이지. 사건수사에 속도를 더 내라, 이 말이야."

두 사람의 사인을 전혀 다르게 말하고 있었다.

"이지선은 경부압박에 의한 질식삽니다. 안용수는 약물중독에 의한 심박정지구요."

"알고 있어. 질식사고, 중독사고가 뭐 그렇게 중요해? 이 사람들 무슨 짓 하다가 죽었는지 모르잖아."

"네?"

"어허, 이 사람! 죽기 전 정황을 밝히는 거야 수사의 기본 중의 기본 아닌가! 평소 정 반장답지 않게 왜 이래?"

수사에 속도를 내라는 말은 당연한 말이다. 그러나 형균은 서장이 지금 어떤 메시지를 던지고 있다는 느낌을 받았다.

"내가 보기론 말이야……."

서장은 펼쳐놓은 사건파일은 본체만체 접어 멀찌감치 밀어놓고는 탁자에 놓여 있던 일간시를 '탁' 소리나게 펼쳐들었다. 새벽부터 몇 번을 보았을까? 신문 귀퉁이가 꼬깃꼬깃 구겨져 있었다. 서장은 형균을 슬쩍 곁눈질하며 뜸을 들였다.

"여자는 살해당한 것이 틀림없지만 남자는 자살도 배제할 수 없고, 여자 온몸에 남은 것이 여러 사람의 정액과 체모라면 뻐언한 것 아냐?"

"……."

대꾸를 하지 않았다. 부검보고서와는 다른 사인을 원하는 것 같았다.

"안 그래?"

"무슨 대답을 듣고 싶으신 겁니까?"

"모든 가능성을 배제하지 말고 수사하란 말이네. 그런 것 있 잖아. 약 먹고 여러 사람이 한 여자를 놓고. 참, 자네 서장 입에 서 그런 지저분한 말들을 듣고 싶나? 오랜 경험으로 보건대 이 건 치정이야. 또 안용수는 마약사건에 연루된 적도 있었지 아 마?"

단순하고 무능한 사람이다. 수사에 간섭하는 경우도 거의 없 었다. 시경청장이 닦달해도 그때뿐인 천하태평인 사람이다. 이 런 행동은 이례적이다. 서장 뒤에 누군가가 어른거리고 있는 것 같았다. 형균은 한 발 물러섰다.

"섣불리 결론을 내릴 때는 아닙니다만, 어떤 정보라도?"

눈앞으로 신문을 가져가는 서장의 입가가 살짝 들썩였다.

"정보는 무슨? 윗사람들 생각이 복잡한 모양인 게야."

"삐리리리."

서장의 두세 번 곁눈질을 눈치채고도 입을 다물고 있을 즈음, 이 어색한 긴장을 깬 것은 형균의 휴대전화였다. 영도였다.

"잠시 통화 가능해?"

여자 목소리가 흘러나오자 서장의 한쪽 눈이 치켜졌다.

"나가봐도 되겠습니까?"

"내 말 잘 생각해봐. 좋은 게 좋은 것 아니겠어? 잡음 없이 빨리 마무리해야 돼! 3년 전에 자살한 전 대통령과 연관시키는 기자 놈들도 있어. 타살설 운운하던 그 신문 말이야."

파일을 걷어들고 서장실을 나왔다.

"파일 봤어?"

"사인이 독극물일 것이라 짐작은 했어요. 피해자들을 잘 아는 면식범에 의한 계획살인 같아요."

"그래. 덩치 큰 남자와 성격이 강한 여자 둘이 저항 없이 고스란히 당할 수는 없는 거야. 시중에서 쉽게 구하기 힘든 약물이지. 의료기관과 관련 연구소에만 취급하는 독극물이야. 포타슘클로라이드는 몰라도……."

"포타슘클로라이드라면……."

"염화칼륨이야. 그리고 사람들이 왜 그러는지 모르겠어. 아무리 막중한 사건이라도 그렇지 부검도 절차가 있는데."

"왜요?"

"남부지청, 국정원, 청와대. 부검도 하기 전에 어제 자정부터 부검결과 어떻게 됐냐는 전화로 일을 못할 지경이야."

"전직이 있는 사람들이니까 그렇겠죠."

"현장 사진하고 부검결과 파일까지 미리 보내달라는 게 어디 있어?"

"파일까지요? 누가요?"

"이 사건 주인이 누구야? 그래서 줬지. 새벽에……."

"김세동이구나. 그렇죠?"

"지휘권자 아니면 내가 어떻게 줘?"

관할 남부지청의 사건 담당 검사다. 형균의 대학 친구이자 고시동기이기도 했다. 이지선의 부검 지휘를 빨리 내려달라고 부탁한 적도 있었다.

'그렇게 보챌 놈이 아닌데 그놈도 많이 닦이고 있구나.'

퉁방울 눈과 항상 뭔가 주워 담을 것을 기다리는 듯 쭉 찢어진 김세동의 입술을 떠올렸다.

"지금 올 수 있어? 서린대학교 사회심리학 연구소, 강인경 박사를 찾아. 같이 있을 테니."

"강인경?"

부검을 지켜보던 하얀 마스크 위의 검은 눈썹과 쏘아보는 듯한 눈매가 떠올랐다.

강력반에 들른 형균이 고 형사를 불렀다.

"조금 전 서장실에 있던 노인이 누군지 좀 알아봐. 무슨 얘기가 오고 갔는지 알면 더 좋고."

고 형사 입이 삐죽 나왔다. 신참에게는 어려운 일이다.

"곤란하면 장 형사님께 부탁해봐."

"서장님이 다시 찾으시면……."

"선보러 갔다 그래."

"선이요?"

형균은 동그랗게 뜬 눈으로 서 있는 고 형사를 뒤로하고 서둘러 서를 빠져나왔다.

BTK 살인

2012. 11. 26. (월) 11:00

서린대 사회심리학 연구소

서울 동북부 시가지 한가운데 자그마한 야산을 끼고 있는 서린대학교는 학교의 연륜만큼 오래된 석조건물로 유명한 명문사립이다. 교문을 들어서자 5, 60년은 됐음 직한 은백양 가로수와 황갈색 마사토를 간 진입로가 눈에 들어왔다. 가로수 낙엽이 비에 젖어 군데군데 길을 덮고 있었다.

20여 년 전 그대로였다. 형균은 그 시절 가끔 이 학교에 들렀던 기억을 떠올렸다. 지금 걷고 있는 길은 당시에는 시멘트 보도블록이 깔려 있었다. 허구한 날 학생들이 데모한답시고 뽑아 던져버려 학교 측은 마사토를 깔고 두꺼운 화강암 평석을 땅에다 박아 다져버렸다. 전경과의 전투에서 유일한 무기를 빼앗긴 학생들이 학교당국을 어용이라고 대자보에 욕을 잔뜩 써 붙이기도 했지만 지금은 본관 석조건물을 배경으로 은백양 가로수와

썩 잘 어울리는 길이 되었다.

형균은 이 학교와 남다른 인연이 있었다. 머리털 나고 처음 와본 대학교가 이곳이었다. 이제는 이 세상 사람이 아닌 형 성재의 입학식이었다. 지금도 연락이 닿는 형의 친구들도 대개 이 학교 졸업생이었다. 대학시절 형균이 짧은 풋사랑을 경험한 곳도 이 학교였다.

기말을 코앞에 둔 캠퍼스는 강의실을 옮겨 다니는 학생들로 부산했다. 인경의 연구소는 본관 뒤 대학원에 딸린 부속건물 2층이었다. 4층짜리 석조건물인 본관과 학교 뒷산 사이에 낀 이 건물은 오전인데도 햇볕이 들지 않아 어둡고 습했다. 건물 외벽 시멘트 마감이 군데군데 헐어 있고 회칠한 현관 벽은 세월의 때가 누렇게 눌어붙어 있었다. 오래된 목조 계단과 복도의 삐걱거리는 소리는 20년 전으로 돌아간 듯한 착각을 불러일으켰다.

2층에는 고만고만한 인문학 관련 학회와 연구소들이 모여 있었다. 나지막한 강의 소리와 칠판을 긁는 분필 소리만이 복도에 깔릴 뿐 적요한 곳이었다.

'사회심리학 연구소'

명색만 연구소지 정년을 넘긴 교수들이 가끔 찾아와 한담을 나누며 시간을 보내는 곳처럼 보였다. 행정실이란 곳에는 여학생 조교 둘이 좁은 책상을 마주하고 앉아서 휴대전화만 만지작거리고 있었다. 강인경 박사를 찾자 연구소 맞은편 강의실을 가리켰다. 복도를 가로질러 열린 문틈 사이로 강의실 안을 살폈다.

대학원 강의치고는 꽤 많은 학생들이 앉아 있었다. 강의실 뒤편에 다소곳이 앉아 강의를 경청하고 있는 영도의 모습이 보였다.

20분 후면 강의가 끝날 터였다. 조심스럽게 들어가 영도의 뒷자리에 앉았다. 강단을 향해 살짝 고개를 숙였지만 학생들을 훑는 인경의 눈길은 형균에게서 멈추지 않았다.

인경의 목소리는 맑고 자신에 차 있었다. 영어가 흑판에 빼곡히 들어차 있고, 그 한가운데 '개인과 집단의 경쟁에 있어 살인의 비용과 효용'이란 서로 연관 짓기 쉽지 않은 단어들이 나열되어 있었다. '살인'이란 단어만 빼면 영락없는 경영학 강의 제목이었다.

빛바랜 청바지에 운동화, 모직 스웨터 소매를 팔꿈치까지 걷어붙인 인경은 마치 반자동소총을 쏘듯 학생들을 하나하나 손으로 가리키며 질문에 답을 강요하고 있었다.

"조지프 로프레토는 '인간의 본성과 생물 문화적 진화'에서 살인에 관한 가장 간결한 정의를 내리고 있습니다. 그는 '다른 사람의 생명을 빼앗는 것은 자신의 적응도를 증가시키는 가장 효과적인 방법 중의 하나'라고 말합니다."

인경은 둘째 줄에 앉은 덩치 큰 남학생을 손으로 가리켰다.

"학생! 학생이 이 클래스에서 1등을 하는 가장 빠른 방법이 무엇이 있을까?"

"공부 열심히 해서 성적을 잘 받아야죠."

학생이 기어들어가는 목소리로 대답했다.

"재미없어요. 다른 학생?"

맨 앞줄의 한 여학생이 손을 들며 목소리를 높였다.

"나 말고 아무도 기말시험을 못 보게 하는 겁니다."

학생들이 와자지껄 웃었다.

"훨씬 나은 대답이군. 그런데 어떻게……?"

"……."

여학생은 답을 머뭇거렸다. 인경은 빙그레 웃으며 건조하게 말했다.

"나머지 학생들을 이 세상으로부터 영원히 격리시키면 되겠죠. 물론 기말시험에서 1등을 차지하려고 살인을 저지르는 바보는 없겠지만. 대부분의 살인에는 동기가 있어요. 살인과 폭력의 이유를 설명할 때, 통상 분노와 열정이 이성을 앞서고 잘못된 판단과 깊게 뿌리박힌 원시적 감정의 표출과 같은 인간의 불완전한 측면을 이유로 보는 경우가 많아요. 타인과의 공감능력이 결여되고, 양심이라곤 찾아볼 수 없는 그런 잔혹한 살인. 할리우드 영화의 주제가 되는 그런 것들 말이죠. 그러나."

인경은 말을 잠시 끊고 형균이 있는 곳으로 눈길을 돌렸다. 당신의 오랜 사건수사 경험은 내 주장에 어떤 반론을 갖고 있는지 대답을 기다린다는 듯한 표정이었다.

"이런 정신병증과 관련된 살인은 전체 범죄의 1, 2퍼센트에 불과합니다. 문제는 방화, 주거침입, 살인, 납치, 강도, 강간치상 등 중범죄에서 나타나는 사전에 계획된 살인입니다. 언제든지 가학적인 살인자로 변할 수 있는 평범한 이웃이 저지를 수 있는 살인 말예요."

인경은 학생들에게 눈을 감고 자신의 말에 동의하는 사람은 손을 들어줄 것을 주문했다.

"자신이 성인이라고 자각한 이후 이제껏 분노나 이해관계 때문에 다른 사람을 살해하고 싶다는 생각을 한 적 있다면 손을 들어보세요."

가느다랗게 새우 눈을 뜬 형균에게 학생 몇몇이 손을 드는 것이 눈에 띄었다.

"이뿐이에요? 마누라가 속 썩일 때나 새로 애인이 생겼을 때 남자들은 가끔 마누라를 어떻게 해버릴 상상도 한다던데."

학생들은 웃음을 터뜨렸다. 실눈을 한 좁은 시야 속에 한두 명의 남자가 손을 드는 것이 보였다.

"네, 좋습니다. 솔직한 학생이 적은 것 같군요."

또 학생들은 와자지껄 웃었다.

"살인은 누구나 한 번쯤은 빠져들 수 있는 판타지의 세계입니다. 참을 수 없는 분노가 자신을 지배할 때, 그 분노를 초래한 장본인을 이 세상에서 '삭제'시켜버리고 싶을 때 계획을 세워봅니다. 데이비드 버스의 연구결과에 따르면 아주 평범한 사람도 여러 가지 이유 때문에 살해 대상자를 고르고 살인계획을 상상한다는 보고가 있습니다. 살인 판타지는 순간적으로 나타났다 사라지기도 하지만, 어떤 때는 아주 정교하게 살인을 계획하고, 은

닉과 도주, 알리바이, 수사관을 따돌릴 수 있는 거짓말과 변명을 구상하기도 합니다."

인경은 가까이 있는 학생들의 얼굴 하나하나를 자세히 들여다보며 이들을 기발하고도 정교한 살인 시나리오로 살해하고 도주해버릴 것 같은 표정으로 강의를 계속했다.

형균은 인경의 강의에 빠져 있었다. 앞에 앉은 영도 역시 오른손으로 턱을 괴고 열중하고 있었다. 지금까지 수많은 살인 현장을 목도한 베테랑 수사관, 수천여 구의 시체를 주물럭거린 노회한 법의관이었지만 이렇게 대담하게 살인 본성을 인정하라는 주장은 들어본 적이 없었다. 무의식에 숨어 있는 살인 욕망이라는 진실을 거리낌 없이 들추는 것에 대해 당황스러웠다. 수업 종료를 알리는 차임벨이 울렸다. 인경의 말이 빨라졌다.

"살인은 하나의 전략적 행위입니다. 경쟁에서 이기는 가장 빠르고 확실한 방법이죠. 문명사회에서는 살인 이후에 부담하게 될지 모르는 구속, 복역, 사형 등의 법적 제재에 따라 살인을 유보하는 합리적인 선택을 하는 것이죠. 다음 시간에는 개인과 집단의 경쟁에 있어서 살인의 동기, 살인에 있어 젠더의 문제에 관해서 토론합시다. 다윈의 '인간의 유래, 그리고 성과 관련된 선택 The Descent of Man and Selection in Relation to Sex'을 읽어 오세요. 데이비스 버스의 저서 '이웃집 살인마', 원제는 The Murderer Next Door. 이것도 읽어야 합니다. 읽는 데 힘은 안 들 거예요. 두 책이 공통으로 주장하는 내용이 다음 시간의 주제가 될 거예요. 책 두 권에 대한 북리뷰 2쪽씩 제출하시고. 오늘은 이만. 수고들 했어요."

초겨울 오전, 벽면에 한기가 스민 강의실이었지만 일어서는 학생들의 얼굴은 상기되어 있었다. 수강생 중에는 굵은 뿔테 안경을 낀 교수로 보이는 이들도 있고 형균도 먼발치에서 몇 번 보았던 고위경찰간부도 있었다. 고위간부는 문을 나가며 영도에게 눈인사를 건넸다.

"오래 기다리셨죠."

인경이 밝은 표정으로 다가와 인사를 건넸다.

"아주 재미있었어. 매번 그렇게 학생들을 괴롭히나? 학생들의 생각을 입 밖으로 꺼내는 방법도 강의주제만큼 살인적이던데. 모모한 경찰간부도 학생으로 두고."

영도도 약간 상기되어 있었다.

"그렇게 느꼈어요? 강의실 분위기도 나라마다 많이 다른 것 같아요. 미국과 유럽의 분위기와 많이 달라요. 같은 텍스트를 읽고 유사한 내용의 주장을 펼치더라도 언어의 선택과 표정, 접근의 경로가 모두 다른 것 같아요. 문화라는 것이 인간 행동의 접근에 있어 필터가 된다는 말이 있죠. 살인에 대한 접근도 우리는 현실 그대로 받아들이지 않고 윤리와 터부를 갖고 접근해요. 한 해 천 건 이상의 살인사건이 발생하는 사회를 살아가면서."

영도의 장난기 어린 질문에 인경은 자못 심각하게 답했다. 영도는 흥미를 느끼는 듯 다시 질문을 던졌다.

"이유가 무얼까?"

"억압이 아닐까요? 윤리에 의한 억압은 보편적이지만, 남북 분단과 전쟁이라는 짧은 시간 동안 엄청난 대량살인의 경험 속에서 살인이라는 말 자체가 터부시된. 그런데 박 선생님, 성가신 학생이시네. 수업시간엔 가만히 계시더니."

인경이 샐쭉한 표정으로 대꾸했다.

"나도 피해자들을 부검하면서 이렇게 끊임없는 살인의 보편적 동기는 무엇일까 생각한 적은 많았어. 인간의 본성이 아닐까라고 생각한 적도 있었지. 가끔 와서 청강해야 되겠네."

"선생님 청강에는 조건이 있어요. 선생님처럼 유명한 법의학자 강의 듣기가 쉬운 일이 아닌데. 잘됐네요. 강의 한번 해주시면 그 뒤 제 강의는 무조건 공짜."

"생각해볼게. 호호."

두 사람은 나이차는 있지만 화목한 집안의 사이좋은 동서처럼 말을 주고받았다. 국과수부검실에서 느꼈던 인경의 차가운 첫인상과는 많이 달랐다. 형균은 두 사람의 농담을 들으며 맞은편 연구실로 걸음을 옮겼다.

"건물이 꽤 오래되었군요."

"네. 귀신 나올 것 같은 건물이죠. 90년대 초까지 학생회관으로 썼던 건물이래요. 저도 이 학교를 다녔는데, 그땐 이렇게 낡은 건물인지 몰랐어요."

영도가 인경의 말을 받았다.

"나도 이 학교엘 자주 왔었어. 이 건물에 숱하게 드나들었지."

"어머! 어쩐 일로?"

"⋯⋯."

영도는 답은 않고 미소만 지었다.

"세상에! 애인이 여기 계셨구나! 선생님도 그런 시절이 있었어요?"

"강 박사두. 난 젊은 시절도 없었던 사람인가?"

"어떤 분이신지 궁금하네요. 지금 어디 계세요?"

"저기 멀리."

영도는 형균을 힐끗 쳐다보았다.

"어디요? 외국에요?"

"응. 머얼리."

영도는 말꼬리를 흐렸다.

"어머나! 죄송해요. 어떤 분인지 궁금하네. 선생님 같은 분의 사랑을 얻은 분은⋯⋯."

형균이 헛기침으로 두 여자의 대화를 잘랐다.

"으흠. 박 선생님! 절 여기 부르신 이유부터 말씀해주심 좋겠는데요."

영도는 인경에게 먼저 물었다.

"검토해봤어?"

인경은 살짝 미소 지으며 고개를 끄덕였다.

"제 방으로 가시죠."

인경은 자료실 곁에 딸린 열 평 남짓한 방으로 두 사람을 안내했다. 작고 어두운 방이었다. 인경은 조교에게 회의를 방해하지 말라는 지시와 함께 연구실 문을 닫았다.

연구실에 불을 켠 순간 방은 여성심리학자의 연구실이 아니었다. 흰색의 커다란 벽면에는 수십 장의 사진과 메모들이 빽빽이 붙여져 있었다. 전부 사건파일에서 나온 것들이었다.

"이것들이 어떻게 여기에?"

"고 형사에게 부탁했어. 여기 강 선생 실력 좀 보려고 분석을 부탁했지. 그런데 내가 고 형사를 통해 보낸 파일 보았어?"

"네."

"결론은 뭐야?"

영도가 이 사건에 꽤 관심을 갖고 있구나 싶었다. 오늘 아침 서장실의 대화는 이런 것들이어야 했다.

"면식범에 의한 범행입니다. 외부에서 강제로 침입한 흔적은 없었습니다. 안용수와 같은 거구가 저항했다면 제압하기 힘들었을 텐데 싸운 흔적이 전혀 없어요. 두 피해자에게 가해진 MO(Modus Operandi-모두스 오퍼란디. 범행 현장에서의 범인의 행동양식. 여기서는 범행절차)를 보면 복합적입니다. 이지선에 대한 범행은 우발적입니다. 준비된 범행도구가 아니라 현장에서 조달한 흉기를 사용했어요. 반면 안용수는 약물을 단계적으로 사용했다는 점에서 사전에 계획된 살인입니다. 범행 현장도 지문 하나 안 나올 정도로 깨끗하게 닦아냈구요. 미스터리는 지선의 피부와 옷에서 발견된 정액과 체모예요. 양도 많고 종류도 최소 4, 5 종인데다, 지선이 아닌 다른 여성과 남성의 체모가 함께 발견되었다는 것이……"

영도가 말을 이었다.

"생각이 같아. 살인과 전혀 어울리지 않아. 낯선 장소에 있는 이상한 것들이지. 이걸 봐."

□ 확인된 4종의 DNA 외 이하 정액에서 추출된 성분

1. 아밀아세테이트, 아밀투틸레이트, 아밀빌레레이트, 벤질아세테이트, 다이아세틸, 에틸뷰레이트……, 에스테르계 합성착향료 외

2. 노녹실론-9 외

3. 밀랍 성분의 탄화수소계열 왁스, 카민계 수용성 염료, 식물성 오일(견과류 추출), 올가닉 레이크(유기색소) 계열 색소, 비타민E(립스틱) 또한 극미량의 화학방부제, 계면활성제 및 산화방지제 성분

4. 동물성 단백질

5. -------

아침에 정체를 궁금해했던 수십 개의 화학물질이었다.

"정액 속에 섞여 있던 것들이야. 1번 아밀아세테이트는 과일향을 내는 에스테르계 합성착향료야. 이 40여개의 착향료 성분들은 모여서 딸기향을 만들지. 2번 노녹실론-9은 살정제. 소량의 윤활제도 섞여 있어."

"살정제?"

"그래. 향이 있으며 살정제와 윤활제가 섞였다면 뭐겠어?"

형균은 영도를 쳐다보았다.

"뭔데요?"

"정형균! 총각티 너무 내고 있어. 뭐긴 뭐야. 콘돔이지."

"그럼 정액이 콘돔에서 떨어져 나온 것들이란 말인가요? 그것
도 여러 명의?"

영도가 천천히 고개를 끄덕였다. 형균이 리스트의 아래쪽을
가리키며 물었다.

"그럼 이것들은."

"밀랍 성분의 왁스, 염료, 식물성 오일은 립스틱의 주성분들인
데 무기색소가 많은 안료 성분이 섞여 있어."

"이지선의⋯⋯."

영도는 고개를 좌우로 흔들었다.

"달라. 이지선은 미량의 유기색소 성분의 립스틱을 사용하고
있었어."

"립스틱 성분도 정액에서 나온 겁니까?"

영도가 다시 고개를 끄덕였다.

"이번 건과 유사한 부검이 있었어. 3년 전 청량리 집창촌에
서 실려 온 살인 피해자였어. 거리 뒷골목 여관방에서 집단성폭
행 후 둔기로 살해된 사체였는데, 질은 물론 구강과 항문 등 온
몸에 정액 범벅이었지. 현장에 콘돔도 여러 개 발견되었고. 콘돔

표면과 정액에 립스틱 성분도 검출되었어. 섹스스타일에 따라서 충분히 가능한 일이지. 범인들은 범행 후 다섯 시간 만에 근처 다른 여관에서 매춘부를 불러 같은 방식으로 집단강간하려다 모두 검거되었어. 가해자들은 마약과 술에 취한 상태에서 매춘 여성을 불러 갖은 방법으로 강간하고 결국 둔기로 때려 죽였던 거야. 이지선의 몸과 옷에서 발견된 것만 보면 유사한 사건의 피해자로 볼 수 있지. 그런데 이지선의 성기와 구강에는 아무것도 없었어. 성적 접촉 자체가 없었지. 정액과 체모에서 발견된 DNA 지문은 모두 분석해서 유전자 데이터와 대조 중이야. 안용수의 것은 아니고."

난감한 노릇이었다. 성폭행이나 집단난교라고 할 만한 증거들은 많지만 정작 사체에는 그런 흔적이 전혀 없었다.

"여러 놈이 한 여자를 놓고 육체적인 접촉 없이 정액과 체모만 뿌렸다? 더구나 일부는 콘돔을 사용한 채?"

형균은 이 사건이 자신의 무능함을 증명하기 위해 발생한 것 같다는 생각이 들었다. 사건에는 맥락이라는 것이 있다. 맥락은 피해자의 생활사 또는 현장에서 발견된 증거들 간의 강력한 연관성에서 파악된다. 이 사건은 이틀이 넘도록 맥락을 가늠할 수가 없다. 형균은 용수의 사진으로 시선을 옮겼다.

"안용수의 사인 말입니다. 펜토탈소디움, 숙시닐콜린, 포타슘 클로라이드. 이 약물들의 배합은"

둘의 대화를 지켜보던 인경이 끼어들었다.

"'죽음의 칵테일'을 말씀하시는군요."

"네. 마취제, 근육이완제, 심박정지제. 미국의 일부 주에서 사형을 집행할 때 차례로 사용되는 약물들 아닙니까?"

영도가 고개를 끄덕이며 말했다.

"보다 정확하게 말하면 두 번째 근육이완제로 숙시닐콜린보다 판크로뮴브로마이드를 쓰지. 먼저 펜토탈소디움이 전신마취를 유도하여 의식을 잃게 하고, 다음에 판크로뮴브로마이드가 온몸의 근육을 마비시키는데 특히 호흡근에 강력하게 작용하여 호흡을 멈추게 해. 마지막으로 심장박동을 완전히 멈추는 포타슘클로라이드를 주사하지. 마취 속에서 죽음을 맞게 하는 일종의 안락사라고 할까. 여기엔 숙시닐콜린 역시 근육마비제로 쓰이는 약물이야. 그런데 안용수의 경우 사형집행이라고 하기엔 석연찮은 부분이 있어. 여길 봐!"

영도는 붉은 펜으로 용수의 파일 한 부분에 밑줄을 그으며 말을 이었다.

"안용수의 사체에서 검출된 펜토탈소디움이 그다음 투여할 약물이 주는 고통을 못 느끼고 죽기에는 너무 적어. 이 약물은 전신마취유도나 단시간마취에 사용되는데, 이때 시간당 투여량은 100밀리그램 미만이야. 이 정도 양으로는 전신마취에 들었다가 불과 10~15분 만에 다시 깨어나버려. 안용수 정도의 체격이면 더 짧았을 거야. 주사 방법도 미심쩍어. 대부분 효과를 보기 위해서는 정맥 주사를 하는데, 펜토탈소디움은 근육에 주사되었어. 여기 피해자의 승모근에.”

영도가 형균의 왼편 견갑골 바로 위 승모근 한가운데를 가리키며 말했다.

“누군가 뒤에서 주사기를 찔렀군요. 펜토탈소디움으로 안용수를 제압했네요.”

“그런 것 같아. 바늘 입구 피부가 찢어져 있었어. 약간의 저항이 있었던 것 같아. 약물은 충분히 주입된 것 같고. 의문점은 더 있어. 혈액 속 약물 분해된 상태를 보면 펜토탈소디움 이후 숙시닐콜린을 투여할 때까지 대략 한 시간 반 정도의 간격이 있었어. 숙시닐콜린은 왼쪽 손등 정맥에 주사 되었어. 이때 안용수는 얌전히 있었어. 염화칼륨도 같은 장소야. 두 번째와 세 번째, 즉 숙시닐콜린과 염화칼륨 주사 간격은 30분 이상이야.”

“그렇다면.”

형균의 짧은 대꾸에 영도가 고개를 끄덕였다. 세 사람은 서로의 눈을 번갈아 바라보았다.

“그건……”

영도가 말을 채 맺지 못하고 고개를 설레설레 저었다. 인경이 차분하게 말을 받았다.

“아마도 지옥이었을 거예요.”

“숙시닐콜린은 한정된 양을 적절하게 사용하면 마취효과와 숙면을 제공하지만 한도를 넘어서면 살인적인 독극물이 되어버려. 손가락 하나 꼼짝할 수 없는 상태. 횡경막과 호흡근이 운동을 못하게 되어 점점 숨을 쉬지 못하는 고통. 펜토탈소디움의 마취작용은 이미 풀린 상태이기 때문에 고통을 막아주지 못했어. 입만 벌린 채 숨을 쉬지 못하는, 마치 뭍에 낚여 오른 붕어 신세였을 거야. 그것도 다음에 온 고통에 비하면 행복이었겠지. 염화칼륨은 자연계에선 전갈 독의 주성분이야. 다량 주사하면 동물세포의 수용체를 차단해서 세포 밖의 칼륨 농도가 단시간에 크게 증가해버려. 그러면 세포 내부 칼륨이 세포막 밖으로 방출되지 못해 신경자극이 점점 마비되어 죽음에 이르게 돼. 죽기까지의 고통은 이루 말할 수 없어. 온몸이 바늘에 찔리고 불에 타는 것과 같은 고통이지."

영도는 약리작용을 설명하던 말미에 몸서리를 치며 양 팔꿈치를 두 팔로 감싸안았다. 인경이 영도의 전율을 공감하듯 말을 이었다.

"네. 혈관과 근육, 피부가 불에 타고 찢기는 고통. 고대의 형벌 중 끓는 가마솥에 던져지는 팽烹형, 기둥에 묶인 죄수에게 뜨거운 물을 부어 피부를 익힌 후 철빗으로 뼈가 드러날 때까지 긁어내는 소세梳洗형과 같은 고통."

안용수의 상반신 사진이 눈에 들어왔다. 두 눈을 꼬옥 감고 상악과 하악을 잇는 귀밑의 교근이 부풀어 어금니를 꽉 깨물고 있는 모습이었다. 영도가 다시 나지막이 중얼거렸다.

"뭘 했을까? 그 두 시간 동안……."

"전형적인 BTK 살인입니다. 묶어놓고binding, 고문하고torturing,

111

BTK 살인

죽이는killing 패턴입니다. 피해자의 고통을 목적으로 한 폭행이라고 하셨죠? 죽어가는 모습을 즐기려고 했다면 마지막에 포타슘 클로라이드를 소량씩 오랫동안 주입했겠죠. 목적은 고문이었습니다. 무엇을 강요하거나 밝히려 했겠죠. 그런데 피해자들이 버텼어요. 목적을 달성하지 못한 것 같아요. 이용가치가 없다고 생각했기 때문에 모두 한 방에 보냈어요. 물론 이지선을 골프채로 가격한 후 목을 누르기까지 시간 간격이 있었다는 의문은 남지만."

영도는 고개를 끄덕이며 인경을 바라보았다.

"강 선생?"

"동의합니다. 다른 근거에서요."

인경의 입가에 미소가 살짝 스쳤다.

"정 반장님의 말씀이 맞아요. 매질과 독극물보다 오히려 펜토탈소디움을 사용했다는 것이 그 추리를 강력하게 뒷받침해주고 있어요."

형균은 인경이 이지선의 죽기 전 행적을 재구성해내던 기억을 떠올렸다.

"제 추리의 비밀은 펜토탈소디움이 또 다른 용도로도 쓰인다는 것에 있어요. 마취용 외에 정신신경과용으로도 쓰이죠. 주로 공포증 치료와 진단용으로 투여속도를 분당 1밀리리터로 75~100밀리그램을 씁니다. 단순마취용과 비슷하죠. 시중 의료기관에도 판매되는 2.5퍼센트 용액으로 3~4밀리리터를 투여하여 잠들게 한 후, 2~10분 동안 반각성상태에서 환자와 인터뷰를 하는 겁니다. 뇌의 긴장이 이완되면서 환자가 말을 많이 하게 되고 질문에 순순히 답을 하게 돼요. 평소 말하기 어렵거나 거부하고 싶은 것들, 억압된 진실이나 트라우마를 털어놓게 하는 요법이죠. 간혹 맹장수술 후 각성 중에 애인 이름을 털어놓는 바람에 이혼하는 부부가 있죠. 비슷한 효과예요. 이런 약물들은 또 다른 이름이 있죠. 자백유도제truth serum. 진실을 말하게 하는 약이죠. 스코폴라민과 아미탈나트륨과 같이 과거 정보기관이나 수사기관에서 심문할 때 쓰였어요. 약물과 고문으로 피해자들에게 무엇인가 알아내려 했던 것 같아요."

영도가 인경의 말을 받았다.

"맞아. 아니면 펜토탈소디움을 일정한 간격을 두고 미량 사용한 것이나 그 후 한 시간 동안 다른 방법으로 극심한 고통을 준 이유를 설명할 수 없겠지."

"그렇다면 저 정액과 체모들은 뭘까요? 범행과 무관하다는 것을 입증하기 쉽지 않을 것 같은데. 쩝."

형균이 입맛을 다셨다. 영도와 인경이라는 아주 훌륭한 수사 자문관들이 있지만 현장의 증거로 범행을 입증해야 하는 사람은 자신뿐이다.

"범행을 은닉하기 위해서?"

인경이 형균의 말을 가로챘다.

"하하하! 그냥 뿌렸겠죠."

"네?"

형균은 짙은 속눈썹 가운데 말똥말똥 쳐다보고 있는 인경의 흑요석처럼 검은 눈동자가 자신의 눈 속으로 쑥 들어오는 것 같았다.

"어디서 네다섯 명의 정액과 체모를?"

"하하하하!"

인경이 갑자기 손바닥을 치며 웃었다.

"하하하하! 정말 순진하신 거예요? 능청을 떨고 계신 거예요?"

인경의 갑작스러운 말에 영도도 놀란 듯했다.

"강 박사!"

"대한민국 남자들이 금요일 저녁 룸살롱과 여관에서 쏟아내는 정액이 전국적으로 얼마 정도 되는지 아세요? 정확하지는 않아도 드럼통 몇 개는 족히 될 거예요. 이지선이 유기된 장소가 어디죠? 거기를 중심으로 사방 1킬로미터 안에 룸살롱과 호텔, 모텔, 여관이 몇 개 정도일 것 같아요? 영등포시장통 주변은 전국적으로 유명한 유흥가예요. 여의도는 말할 필요도 없고. 사람만 두서너 명 붙여주시면 내일 아침까지 남자 수백 명의 정액과 체모, 콘돔까지 정 반장님 차 트렁크 가득 채워드릴 수 있어요. 박 선생님, 청량리 매춘거리에서 실려 온 피해자 부검도 하셨잖아요. 사창가 여관방 쓰레기통 하나만 털어도 이 정도는 구할 수 있어요. 립스틱과 살정제가 도포된 콘돔과 거기에 담긴 정액. 남성들의 금요일 밤. 1인당 3, 40만원이면 알코올과 매춘이 제공하는 환락의 밤을 살 수 있죠? 그들이 지나간 자리에 무엇이 남을 것 같아요? 매춘여성에게 오럴과 애널 섹스를 요구하고 그 여성들의 성기 안에서 살정제가 코팅된 콘돔으로 자신의 정액을 받아내 쓰레기통에 버리죠. 간단하잖아요. 죽은 지선의 몸 위에 남은 것들이죠. 이지선의 죽음은 더러운 것의 공격에 희생되었을지는 몰라도 더러운 죽음은 아니에요."

인경의 말끝은 '남성들의 금요일 밤'에서 차가워져 있었다. 영도가 둘 사이에 끼어들었다.

"석연찮은 단서들을 높은 개연성으로 갈무리하다니 대단해. 그런데 그런 추리는 남자들이 더 쉬웠을 텐데."

형균을 보며 동의를 구했다.

"글쎄요. 이 자리에서 제가 전체 남성을 대표해도 될는지. 더구나 경찰간부는 '금요일의 남성'이 되면 가중처벌입니다."

"호호! 정 반장. 그런 뜻이 아니라……"

둘의 대화를 지켜보고 있던 인경의 눈이 빛났다. 인경의 눈에 이들은 친남매 같기도 하고, 새로 부임한 예쁜 여선생에게 마음 뺏긴 남학생과 이를 알고 당황하는 순진한 여선생 사이 같기도 했다. 인경이 대뜸 물었다.

"두 분은 어떤 사이예요?"

"어떤 사이일 것 같아? 호호."

영도는 상기된 얼굴로 말머리를 돌렸다.

"그런데 강 박사! 범인은 어떤 사람이야? 오늘 정 반장을 오라고 했던 이유야. 범죄심리학자로서 한번 분석했으면 해."

"답을 주시지 않으시네. 호호. 어쨌든 본론으로 돌아와서. 정 반장님이 거의 말씀하셨어요. 용수와 지선 둘 다 알거나, 최소한 용수는 잘 아는 사람이에요. 피해자들이 마음을 놓고 있다가 저항의 기회도 없이 불시에 당했어요. 왼손잡이예요. 펜토탈소디움 주사기를 왼손에 들고 용수의 뒤편에서 찔렀죠. 정 반장님 키가 몇이죠?"

인경이 왼손에 만년필을 들고 형균의 등 뒤로 걸음을 옮기며 물었다.

"175센티미터쯤 될까요."

"주사기의 위치로 봐서 피해자와 범인의 키 차이는 반장님과 저의 키 차이 정도 될 거예요. 안용수의 키가 179센티니까 범인은 170에서 175 정도라고 봐야죠? 안용수를 제압하고, 지상에서 1미터 이상 들어올려 매달았어요. 지선을 가방에 담아 고수부지에 유기했다면 아주 체력관리를 잘했거나 완력이 뛰어난 사람이에요. 혹독한 고문으로 무언가 알아내려 했다면 피해자들과 어떤 깊은 사연으로 서로 얽혀 있다고 봐야겠죠. 그렇다면 피해자와 비슷한 연배인 40대에서 50대 초반의 남성일 거예요."

인경은 조각가가 진흙더미를 주물러 상상을 형상으로 빚듯이 성별과 나이, 성격과 체격을 빚어냈다.

"범행도구 사용과 범행패턴을 보면 용의주도하고 계획적이에요. 체계적인 고문과 살인. 그 후 현장을 깨끗이 치우고 사라졌어요. 지적이고 고등교육을 받은 사람이죠. 또 범행에 약리작용과 작용시간을 정확히 알고 사용했다는 것은 약물을 다루는 위치에 있다거나, 가까이 접근할 수 있는 사람이에요. 펜토탈소디움이나 판크로늄브로마이드는 쉽게 접근할 수 있는 약물이 아니에요. 의료기관 종사자나, 그런 곳을 자주 드나들 수 있는 사람. 환자일 가능성도 있겠죠. 무차별적인 폭행, 입을 꿰매고 혀를 자른 행위는 극도의 증오를 표출한 행위죠. 정신병리학적인 접근이 필요해요"

인경은 무대 위에서 스포트라이트를 받으며 독백하는 모노드라마의 주인공 같았다. 혼자 의문을 던지고 답을 하고 자신의 가설을 뒤집기도 하면서, 자신만의 방법으로 사건을 분석해갔다. 영도와 형균은 인경을 따라 추적해나갔다. 영도가 물었다.

"꼼짝할 수 없는 피해자에 대한 엽기적 공격은 그 자체로 어떤 의미가 있지 않을까? 범행이 상징하는 거 말야. 범인의 메시지 같은 것. 부검을 하다 보면 범인의 정신적 결함을 유추할 수 있는 것들이 사체에서 발견돼. 여기서는 입을 꿰맸다는 것과 입 안에 그림과 글을 넣어두었다는 것이야. 대단한 상징이야"

인경이 고개를 끄덕였다.

"신체훼손이나 절단은 연쇄살인에서 자주 발견되죠. 이 사건은 신체의 특수한 기능에 대한 공격이 특별한 의미를 가지는 것 같아요. 혀를 절단하고 입을 꿰맸다는 것. 무엇을 의미할까요?"

"침묵."

형균이 답했다.

"네. 특정 신체기능에 대한 엽기적 공격은 가해자가 상상 속에서 어떤 욕망을 충족시키거나 혹은 특별한 증오를 표현하는 행위죠. 요컨대 입을 다물라는 경고겠죠. 아니면 뭔가 말하지 않아야 할 것을 발설했다는 것일 수도."

"입을 꿰맨 사례가 있나요?"

형균이 물었다.

"거의 없어요. 다만 문헌 속에 나타난 것들을 분석한 사례가 있죠. 16세기 트랜실바니아에서 '피의 여왕'으로 알려진 엘리자베스 바토리Elizabeth Bathory가 자신의 비밀을 떠벌리고 다녔던 하녀의 입을 실로 꿰매어 죽였다는 전설이 있어요."

인경은 서가에서 색도 높은 컬러 삽화가 내용의 절반을 넘는 커다란 책을 펼쳤다. 거기서 붉은 드레스로 성장한 청순한 귀족 여성의 초상화를 가리키며 말했다.

"인간의 터진 입은 정보를 전달하는 가장 효율적이고도 기초적인 기관이니까 이러한 행위는 어떤 비밀이 발설됨으로써 도덕적 위신에 손상을 입었다거나, 또 치명적인 위기나 공포를 겪게 되었다는 의미도 돼요. 바토리도 은폐하고 싶은 진실이 있었어요. 바토리 백작부인은 젊음을 유지하기 위해 자신의 영지에 살고 있는 수백 명의 젊은 여성을 살해해서 그 피로 목욕을 했다는 전설의 주인공이에요."

"그렇다면 범인은 정신장애 또는 심리장애 환자일 가능성이 있다는 것인가요?"

"정신분열증 환자는 이렇게 정교하게 범행을 계획할 수 없어요. 편집증이나 망상증일 가능성은 있어요. 대부분 용모도 단정하고 인격도 건전하게 보여 사회활동에 큰 지장이 없어요. 다만 편파적이고 적대적이며, 시비가 많고 잘 따지려 들어요. 과대망상일 때는 감정이 고양되고, 피해망상일 때는 경계심이나 의심이 증가하지만 다른 사고장애는 거의 없어요. 기억력과 지능은 대부분 정상이에요. 오히려 지능이 높은 경우도 있어요. 단지 충동조절장애가 있는 경우에는 자살, 살인, 강간 등 폭력을 행사할 가능성이 충분하죠."

인경은 이지선과 안용수의 사체에서 발견된 두 개의 그림을 나란히 압핀으로 꽂으며 말했다.

"이 사건에서 가장 흥미로운 것들입니다. 두 분은 이걸 보고 무엇을 느끼셨나요?"

인경은 수수께끼를 던진 뒤 학생들이 당황하는 그 짧은 상황을 즐기는 짓궂은 선생이었다. 인경의 눈동자가 두 사람을 향해 번갈아 움직였다. 입가에 엷은 미소마저 어렸다. 선생의 질문이 도전적일수록 학생은 쉽게 답을 내놓지 못한다. 그 답은 대부분 예상을 뛰어넘는 것들이기 때문이다. 침묵이 흘렀다. 인경은 질문 하나를 덧붙였다.

"사인sign일까요? 자신만의 독특한 범행흔적을 남기는?"

인경은 잠시 침묵 후 말을 이었다.

"범인의 서명이라고 하는 것들은 소설이나 드라마 속에서 흥미를 돋우기 위해 나와요. 현실범죄에서 사인은 가해자의 고유한 범행패턴 또는 범행절차상의 특징을 말하는 거죠."

형균이 고개를 끄덕이며 인경의 말을 받았다.

"이런 글과 그림은 중요한 단서가 되죠. 어느 범인이 자신의 꼬리를 잘라 현장에 남기겠어요? 간뎅이가 부었거나 수사방향을 오도하기 위해 일종의 트릭으로 남겨놓았겠죠."

"저도 같은 생각이에요. 보여주는 패는 대부분이 속임수죠."

영도가 끼어들며 말했다.

"메시지가 될 수도 있지, 사건을 좇는 사람에게 주는……."

"저도 같은 생각이에요. 그래서 재미있는 거죠. 이 그림과 글들이 의미하는 것이 무얼까요?"

형균이 사진 앞으로 한 발 가까이 다가가 두 그림을 번갈아 보며 말했다.

"무엇인가를 베낀 것 같군요. 그림 속 주인공들의 행동이 과장되어 있고. 누드로 표현되어 있는 데다. 인체의 근육도 그림이나 조각이 아니면 이렇게 표현될 수 없죠. 꿈을 꾸고 있달까? 세부묘사가 많이 생략되어 있지만 표정도 현실적이지 않고 과장되어 있어요. 연극배우들의 행동이나 표정처럼."

인경이 웃으며 말했다.

"관찰력이 날카로우시군요. 그림을 모방한 것은 아닌 것 같고

조소나 조각을 데생하다 만 것 같아요. 인체를 표현하는 데 비례가 없고 말라비틀어진 근육하며 다소 과장되고 비대칭적이라는 것들이 특징이랄까."

영도가 인경의 말을 받아 웃으며 말했다.

"그래. 지선의 입에서 발견된 그림은 초현실주의 포르노그라피랄까. 용수에게서 나온 그림은 달리를 연상케 하는군. 호호."

인경이 팔짱을 낀 채 그림을 주시하며 말했다.

"그림이 주는 메시지를 짐작키 어렵네요. 무엇을 표현하고 있는지. 글은 더 알쏭달쏭해요. 시구 같기도 하고 노래가사 같기도 하고."

〈비달기, 가슴에, 하얀 네 살 뜨거서 못 견딜 때, 얼골에다 대가리에다 메다처 버리어라. L〉

〈동백꽃은 희고 해당화는 붉고 애인은 그보다도 아름답고. A〉

국문학도였던 형균이 고어에 관한 기억을 더듬으며 말했다.

"맞춤법이 틀린 것이 아니라 옛글 같아."

인경이 웃으며 말을 이었다.

"그런데 말이죠. 정 반장님이 조금 전에 많은 것들을 말씀해 주셨어요. 범인은 확실히 미쳤거나 간뎅이가 부어 있는 것 같아요."

인경의 말에 형균은 약간 불쾌한 생각이 들었다. 미쳤거나 간뎅이가 부었다고 한 것은 그럴 가능성이 거의 없다는 뜻이었다. 살짝 찌푸린 형균을 의식해서인지 인경은 웃음을 거두고 자신의 주장을 입증해나갔다.

"수준 이상의 미술적 감각을 지닌 사람이에요. 그런데 무른 4B 연필이 군데군데 부러질 정도로 눌러 그린 흔적이 역력해요. 또 종이 표면이 헤져 일어날 정도로 여러 번 지웠다 다시 그렸어요."

"정신병증이 의심된다는 것인가?"

영도가 물었다.

"네. 신경증이나 정신병증이 있는 환자들의 그림을 보면 일정한 패턴이 있어요. 성격이 단호하고 자기주장이 강하며 사회적인 야심이나 포부가 높은 사람. 편집증이 있거나 공격적 성향이 강한 사람. 이런 사람들이 상당한 긴장과 불안을 겪거나 스트레스 상황에 처해 있을 때 필요 이상으로 선을 굵고 강하게 그려요. 그림의 내용도 충동적이죠. 또 그림을 여러 번 지우고 다시 그렸다는 것은 불확실성과 내적갈등으로 인한 우유부단함, 초조감, 자기불만족 등이 표현된 거죠. 지우고 다시 그린 부분을 보세요. 선이 얇고 필치가 흔들리고 음영도 옅어져 있어요. 다시 그린 것에 자신이 없어요. 불안감이 아주 강하게 작용하고 있다는 것을 말해주죠."

"정신분열증은 아니라고 했으니, 인격장애나 편집증이 의심된다는 건가?"

영도가 다시 물었다.

"몇 개의 징후가 있어요. 증오라고 하기엔 너무 심하게 지선을 구타했어요. 입을 꿰매고 혀를 잘라냈어요. 정상적인 사람의 행위로 볼 수 없어요. 그럼에서도 그런 장애가 보인다는 거죠. 결론을 말하자면, 반사회적인격장애 즉, 소시오패스sociopath일 가능성이 높아요."

형균이 고개를 끄덕이고는 인경의 말을 요약했다.

"40대의 완력이 강한 남자. 고등교육을 받고 용의주도하게 범죄를 계획할 만큼 지적이나 한편으로 편집증과 망상, 충동장애와 같은 신경증을 가진 반사회적인격장애자. 지선과 용수를 잘 아는 면식범에 의한 준비된 살인이라는 결론이네요."

"네."

"그리고 범인이 찾는 것을 아직 얻지 못했다면 앞으로 또 다른 흔적이 드러날 가능성이 높다고 봐야겠네요."

미모의 여성과학자는 단정적으로 결론을 내렸다.

"정확하게 보셨어요. 100퍼센트 살인일 겁니다."

세 사람은 교수식당에서 점심을 간단하게 때운 후 헤어졌다. 형균은 영도를 태우고 서린대를 빠져나와 강변북로를 달렸다. 인경의 분석은 수사범위를 상당히 좁혀주는 인상적인 프로파일링이었다. 그러나 용의자군이 없는 지금 이 탁월한 분석도 당장 써먹을 데가 없다. 가장 큰 혐의를 받고 있는 자는 이지선의 남편인데 형편없는 약골에다 이 정도의 범죄를 기도하거나 청부할 만한 배포도 없어 보인다는 것이 조 형사의 판단이었다.

'죽은 두 사람이 함께 얽힌 과거의 어떤 사건이 발단이 아닐까?'

그러나 과거 정부에서 상당한 중책을 맡았다는 것 외에는 두 사람이 활동했던 분야가 전혀 달랐다. 대통령의 언론 담당이었고 친북사업가로서 대북 비선라인이었다. 범인이 두 사람에게 얻고자 했던 것을 짐작하기 어려웠다.

옆자리의 영도도 무엇인가 골똘하게 생각하는 것 같았다. 한강으로 삐져나온 두무개길 언덕을 지나 동작대교 가까이 달리자 멀리 노들섬을 먹이처럼 누르고 있는 한강대교가 거대한 곤충의 뒷다리처럼 모습을 드러냈다. 뒤이어 푸르고 둥근 국회 지붕이 보였다. 형균은 푸른색의 파충류가 민대가리만 내놓고 주위를 경계하는 것처럼 보이는 이 건물이 상징하는 바가 무엇일까 항상 궁금했다.

'배연묵이 그랬지. 지선이 죽기 엿새 전, 국회의원회관에서 무엇인가 있었다고.'

능글맞은 배연묵이 입을 열지 모르겠지만 오랜만에 술이라도 한잔 먹여 말문을 틔워볼 작정이었다. 단서는 엉뚱한 곳으로부터 올 수 있는 법이니까.

라디오를 켰다. 3시 정각을 알리는 금속음과 함께 아나운서의 높낮이 없는 음성이 빠르게 흘러나왔다. 뉴스는 국회에서 논의 중인 영리의료법인 도입과 이를 반대하는 시민단체와 보수단체의 충돌에 관한 소식을 전하고 있었다.

차가 여의도를 막 접어드는 순간 형균의 휴대전화가 울렸다. 경찰서였다. 보나마나 경찰서장일 것이다. 전화기 전원을 꺼버렸다. 그때 라디오에서 뉴스 속보를 알리는 아나운서의 상기된 목소리가 흘러나왔다.

"방금 들어온 속보를 전해드리겠습니다. 전 청와대 대변인 이지선과 대북사업가 안용수를 살해한 용의자가 붙잡혔다는 소식입니다. 사건 발생 사흘 만입니다. 현장에 나가 있는 기자를 연결하겠습니다. 이상연 기자?"

"뭐야?"

라디오의 볼륨을 올렸다. 속보를 전하는 아나운서의 목소리는 의기양양했다.

"네. 영등포경찰서에 나와 있는 이상연 기자입니다. 경찰이 체포한 이지선과 안용수 살해사건 용의자는 영등포 일대를 무대로 활동하는 조직폭력배인 32세 송 모 씨로 밝혀졌습니다. 폭력, 마약, 절도, 성폭행 등 전과 9범으로서 현재 영등포경찰서 수사경찰관으로부터 취조를 받고 있습니다. 용의자는 범행을 부인하고 있지만, 현장에서 발견된 정액의 유전자 샘플이 송 모 씨의 것과 일치하여 범행을 입증하는 것은 시간문제라고 수사팀은 밝히고 있습니다. 영등포경찰서장의 수사진행 보고를 들어보겠습니다."

뒤이어 귀에 익은 목소리가 흘러나왔다.

"금일 오후 13시경, 현장에서 채취한 샘플로 분석한 유전자정보를 2010년 7월부터 발효된 'DNA 신원확인정보의 이용 및 보호에 관한 법률'에 의해 축적되고 있던 유전자정보은행 데이터베이스와 대조하던 중 작년 연말 영등포역전 룸살롱 여종업원 강간치상사건으로 입건, 복역한 바 있는 송 모 씨의 유전자정보와 일치함을 확인하고, 소재를 파악한 후 경찰병력을 현장에 급파하여 물샐틈없는 체포작전을 전개한 결과, 금일 14시 30분경 영등포역 앞 시장골목의 한 모텔에 투숙해 있던 용의자를 체포함으로써 국민적 관심에 부응하는 경찰상 확립에……."

"네. 영등포경찰서장의 사건경위 보고를 들어보았습니다. 경찰은 공범이 있을 가능성을 배제하지 않고 송 모 씨를 추궁하고 있습니다. 유력한 용의자의 검거로 사건 수사는 급물살을 탈 전망입니다. 한편 전 정권 핵심인사들의 살해사건으로 긴장하고 있던 정치권은 경찰의 수사결과를 깊은 관심 속에 관망하고 있습니다. 영등포경찰서에서 KBS 이상연이었습니다."

국민교육헌장을 읽듯 하는 경찰청장의 자화자찬 사건보고는 다급한 현장기자의 말 속에 묻혀버렸다.

"누님! 서에 먼저 들러야겠어요. 어떻게 생각하세요? 범인의 유전자정보가 유전자은행 데이터베이스에 있고, 유전자정보 확인 후 한 시간 반 만에 그놈이 투숙한 여관까지 확인하고 검거했다. 이런 경우는 경찰간부 생활 십수 년에 처음입니다."

"그러게. 우연의 일치치고는. 그런데 전혀 개연성 없는 것도 아니잖아?"

병리학을 전공한 과학자는 일말의 가능성 위에 얹힌 개연성을 무시할 수는 없다는 듯 말했다.

"우연도 개연성의 일부가 될 수는 있겠죠? 그런데 우연이 지나치면 그 개연성은 신뢰하기 힘들죠. 송가 성을 가진 조폭에 폭력, 강간, 마약 전과 9범. 제 손으로만 세 번이나 집어넣었던 놈이란 말입니다."

멀리 경찰서 건물 꼭대기 대형 안테나가 눈에 들어왔다.

강력반 분위기는 썰렁했다. 발걸음이 늦은 기자들은 2층 계단까지 밀려나 있었다. 정작 주무부서인 강력반은 미어터지는 대박 음식점 옆에 파리 날리는 짝퉁 식당 신세였다. 영도와 함께 사무실을 들어서자 조 형사가 눈을 동그랗게 뜨고 일어섰다.

"어디 계셨어요? 난리도 아니었는데……."

"전부 걸어 채인 강아지 상들을 하고는. 범인이 잡혔다면서 무엇들 하는 거야?"

신참 고 형사가 기어들어가는 목소리로 말했다.

"아유! 그게 아니에요. 범인이……."

"마쟁이라고?"

"아니! 반장님도 벌써 알고 계셨어요?"

"알긴 뭘 알아? 벌써 뉴스 떴는데. 영등포 조폭에 전과 9범 뽕쟁이 송 모라면, 마쟁이 말고 더 있어? 그리고 반장님도라니? 범인을 알고 있던 놈이 있어? 누구야?"

"서장님요! 당신께서 강력반장에 전경 중대장 노릇까지 다 해야 하냐면서."

형균은 피식 웃었다.

"생색내고도 싶겠지. 그런데 마쟁이가 범인이라는 것을 서장이 어떻게 알았지?"

"용의자 위치 제보를 직접 받으셨던 같아요. 정액 DNA 조회 결과 서장님께 보고한 지 30분도 안 돼 1개 중대 출동명령이 떨어졌어요."

고참 장 형사의 보다 자세한 답변이었다.

"서장도 역전에 정보원을 기르고 있나 보군. 마쟁이 놈 지금 어딨어? 자백은?"

"지하 취조실에요. 그런데 이놈 제정신이 아니에요. 서장님도 증거가 확실하니까 자백은 천천히 받아도 된다고. 아! 박 박사님 안녕하세요?"

조 형사가 영도에게 고개를 숙이며 뒤통수를 긁적거렸다. 석 달 전 늦깎이로 장가간 조 형사의 신부 쪽 중매가 영도였다.

"그게 서장이란 작자가 할 소리야? 증거가 99퍼센트 확실해도 자백이 뒷받침되지 않으면 뒤집힐 수 있다는 것도 모르나? 그리고 자네는 천사 같은 제수씨 데려다준 분께 인사 빨리도 한다."

"천사는 무슨……."

"늙어가는 노총각 구해줬으니 천사지."

형균은 조 형사의 궁시렁거리는 소리를 따라 취조실로 향했다. 푸르스름한 조명이 겨우 길을 밝히고 있는 지하 복도를 지나 좁은 방으로 들어섰다. 취조실 옆방이었다. 취조과정을 용의자가 모르게 관찰할 수 있도록 차광코팅을 한 큰 유리창이 있는 방이다. 조 형사가 어두운 방 한쪽면의 블라인드를 위로 올렸다. 창 너머 취조실이 한눈에 들어왔다. 천정에서 늘어진 삿갓등 아래 마쟁이가 허리를 의자에 비스듬히 뉘고는 다리를 건들거리고 있었다.

"저 자식 나온 지 얼마나 되었지?"

"석 달이 안 되었죠."

"마약반응은?"

"음성일 때가 없을걸요. 붙잡힐 때 여관방에서 필로폰을 놓고 있었답니다. 마약반 주 형사 목을 주사기 꽂은 팔로 감아 쥐는 바람에 애먹었습니다. 주사기에 약이 얼마 안 남아 있었다니까 말짱한 정신은 아닐 겁니다."

백열등을 올려보고 있는 마쟁이의 얼굴을 자세히 뜯어보았다. 32살이라고는 믿기 힘들 정도로 이마와 뺨의 주름이 깊고 굵었다. 반사광과 주름의 깊은 음영이 대조되어 놈의 얼굴은 악마와의 교미 끝에 사탄의 운명을 타고난 신생아 얼굴처럼 보였다. 눈썹이 있어야 할 자리엔 또 면도질로 밀어버렸는지 눈두덩 뼈가 허옇게 드러나 보였다. 체격은 크지 않았으나 팔뚝에 불거진 힘줄과 근육은 손목에 감긴 은색 수갑을 끊어버릴 것 같은 완력을 짐작하게 해주었다.

마쟁이는 호적상 1980년생으로 영등포역 앞 사창가에서 포주인 아버지와 윤락녀 사이에서 출생한 사생아였다. 출생 후 바로 영아원으로 보내졌고 고아원을 전전하며 성장했다. 중학교 3학년부터 소년원과 교도소 잡범들 틈에서 범죄를 배우며 그 세계의 경력을 쌓았다. 스물을 넘기고부터는 임도식이 일파의 행동대원으로 잔뼈가 굵었다.

축 처진 눈꼬리와 뻐드렁니가 주는 인상대로 약간 처지는 지능이지만 잔혹한 성격으로 역 앞 유흥가와 노점상들 사이에서는 공포의 대상이었다. 태생이 역전 윤락가여서 그런지 시장과 역 주변을 떠나지 않았다. 형균이 마쟁이의 검찰 송치 서류에 한 서명만도 세 번이나 되었다.

"저 자식 세 번 들어왔지?"

"반장님 오시고 세 번이었죠."

"그때도 저렇게 여유가 있었나?"

"항상 약에 취해 있었죠. 저놈이 돌대가리처럼 보여도 떠들면 불리하다는 것 정도는 아는 놈입니다. 살인은 처음이라 지금 제 처지를 잘 모르고 있나 보지요."

"어이! 어이! 이 짭새 새끼들아! 이리 오라고. 이 개새끼들아!"

취조실 출입문에 대고 고함을 질러댔다.

"씨발놈들! 날 왜 잡아들여? 개새끼들! 웃기는 놈들."

연신 입술을 씰룩거리며 누런 뻐드렁니를 드러내고 웃었다.

마약이 교감신경과 중추신경을 한껏 흥분시켜놓았는지, 아니면 선과 악의 구분을 제대로 배우지 못한 짐승에 가까운 무감각인지 자신이 처한 상황에 대해 그다지 관심이 없는 것 같았다.

"저놈 지금 웃고 있는 거야?"

"그러네요."

"DNA 샘플 중 저놈 것 말고 나머지는?"

"데이터베이스 안에 없었습니다."

'저놈이 범인일까? 기껏해야 조폭 꼬붕에다 마약중독자에 불과하다. 생활세계가 전혀 다른, 운명의 선이 만날 가능성이 거의 없는 거물급 정치인 남녀 둘을 한 장소에서 체계적인 고문절차를 밟아 살해했을까? 펜토탈소디움의 양을 조절하여 투약하고, 숙시닐콜린과 포타슘클로라이드를 정확한 위치에 정맥 주사하여 고통 속에서 죽게 만들었을까? 예술성이 엿보이는 그림과 글이 적힌 메모지를 남겨가면서?'

웃음이 터져나왔다. 형균의 생각을 아는 듯 마쟁이가 고함을 쳤다.

"야아! 이 짭새 새끼들아. 날 왜 여기 가뒀어? 새끼들아!"

메탐페타민이 놈의 대뇌피질과 뇌간을 점점 떠나고 있는 것 같았다. 처지를 구체적으로 인식하기 시작했는지, 혹은 각성 후의 불안과 초조가 약물이 떠난 자리를 대신하기 시작했는지 몽롱한 눈동자와 누런 이빨 사이에 흘리던 미소와 콧노래는 사라지고 고함소리와 의자를 끌고 다니는 소란으로 바뀌고 있었다.

'범행을 부인하고 있군.'

엑스터시 같은 마약은 뇌에 치명적인 손상을 초래해 치매와 같은 상태로 만들 수도 있다지만 일정 시간의 기억을 완전히 파괴할 수는 없다. 또 짐승에 가까운 저놈이 범행 시의 충격으로 해리증상을 보이는 것은 더더욱 아닐 것이다. 놈이 범행을 기억하지 못하는 것만은 확실한 것 같았다. 범행을 저질렀다면 입을 다물고 눈치를 살피고 있을 놈이다. 곁에서 마쟁이를 살피고 있는 영도에게 물었다.

"누님! 지금 제 머릿속에 드는 생각이 뭔지 아세요?"

"짐승에 가까운 놈 같지만 적어도 거짓말을 하는 것 같지는 않군."

창 너머로 시선을 고정시키고 있던 영도가 높낮이 없는 메마른 억양으로 말을 뱉었다. 형균이 고개를 끄덕였다.

"그래요. 누군가 장난을 하고 있어요. 저놈을 소품으로."

신보련

2012. 11. 26. (월) 18 : 00

여의도 어느 선술집

형균은 시선을 출입문에 고정한 채 책상에 앉아 있었다. 많은 사람들이 쉴 새 없이 드나들었지만 그의 대뇌피질은 시신경에서 오는 신호를 무시했다.

'서장이 두 사람의 부검감정서를 먼저 받았다. 마쟁이의 현 위치 제보를 직접 받았고 현장을 지휘하여 체포했다. 마쟁이 놈은 사람을 살해한 놈치고는 당당하다 못해 왜 잡혀 들어왔는지 아예 모르는 것 같다.'

마쟁이를 범인으로 보기에는 사건의 정황들이 어긋난 문쩌귀처럼 삐걱거렸다.

"조 형사! 강남역과 여의도역 공중전화 지문 말야!"

"삐리리리리."

배 기자였다. 형균은 전화기를 열었다 다시 닫았다.

"지문 확인됐어?"

"삐리리리리."

휴대전화는 다시 울렸다. 마지못해 전화기를 열자 배 기자의 볼멘소리가 들렸다.

"거 사람 참. 이제 전화 안 받기로 했어? 아무리 궁한 기사 찾아 헤매는 기자라 해도 그렇게 대하는 거 아냐. 하루 이틀 봤어?"

"웬일이야?"

"해 떨어졌어. 저녁이나 먹자. 여의도로 와!"

"나 바빠! 바쁜 사람 붙잡고 실없는 소리 하려면 다음에 해."

"까칠하게 군다고 사건 해결되지 않아! 집착한다고 진범이 제 발로 들어온다든?"

"……."

배 기자의 은근한 말투에 쉽게 전화를 끊지 못했다. 칼칼한 소주 한잔이 생각나던 터였다. 소주를 삼킨 것처럼 시장한 배 속에 불이 확 붙는 것 같았다. 입안에 침이 고였다. 배연묵의 끈적끈적한 유혹이 집요하게 이어졌다.

"히힛! 배 속이 벌써 따끈따끈해졌을걸? 그리고 오늘 저녁 내 주머니가 열릴지 어떻게 알아? 그리고……."

"그리고 뭐?"

"긴 얘기는 만나서 해. 인도네시아대사관 근처야. 그저께부터 구상한 내 소설 도입부 한번 들어봐. 대박 예감이야. 히힛."

"그제?"

"이지선이 발견된 그날. 소설이 시작되었어. 빨리 오기나 해."

무엇인가 맥락을 잡은 것 같다는 생각이 들었다.

"기다려."

"쳇! 늦으면 주머니 다시 닫혀. 6시 반까지 와. 흐흐."

휴대전화를 닫고 조 형사에게 다시 물었다.

"지문 어떻게 됐어?"

"감식반에서 거의 날밤을 새고 있는데 아직……."

형균은 고개를 끄덕였다.

"이지선이 책을 낸다던 출판사 사장과 통화해봤어?"

"통화가 안 됩니다. 출장 중이랍니다. 사장이란 사람이 워낙 기행이 심하고 연락 없이 몇 주일간 사무실을 비울 때도 있답니다."

"출판하는 책이 무언지 직원들도 모른대?"

"중요한 일은 사장 혼자 결정한답니다. 특히 외부 기획물들은 출판사가 인쇄소 역할뿐이라고. 그게 불만이라면 불만이라고."

"사장 이름이 뭐야?"

"최용철입니다. 출판사 이름은 광해사고요."

"최용철?"

"네. 아는 사람입니까?"

"흠! 같은 이름 쓰는 사람이 어디 한둘인가? 사장 행방 빨리 알아봐. 그리고 자네 마쟁이를 어떻게 보나? 그놈 잘 알잖아!"

"황당하죠. 피해자들과 부딪힐 일이 없는 놈이잖습니까? 영등포시장통 바깥으로는 잘 나가지도 않는 놈인데. 강도질을 한 것도 아니에요. 항상 약값에 후달리는 놈이 금고 안 그 많은 현금을 그냥 두었을 리 없죠. DNA가 발견됐으니 청부를 의심할 수는 있겠지만."

"청부살인에 연루된 일이 있었나?"

"청부받은 놈이 현장에 정액을 떨어뜨리고 옵니까?"

조 형사는 고개를 가로저었다.

형균은 배 기자의 주머니에 든 것이 궁금했다. 단서라고는 황당한 문구와 그림, 조회하기도 힘든 체액과 체모뿐인 사건에 형사들의 감을 앞서는 상상력에 대한 기대도 없지 않았다.

약속 장소는 여의도 인도네시아대사관 옆 골목의 선술집이었다. 배 기자와 몇 번 들른 적 있는 꽤 유명한 곳이다. 드럼통을 개조한 연탄 화덕 위에 둥근 테이블을 얹고 눈이 퇴화되어 앞 못 보는 기다란 심해생선을 산 채로 불에 구워 먹고 마시는 집이다.

추워진 날씨 때문인지 초저녁부터 만원이었다. 군데군데 회칠 벗겨진 벽에 걸려 있는 것이라곤 주류회사 홍보용 달력뿐이었다. 달력이라고는 하나 날짜와 요일은 거의 보이지도 않고 사타구니 언저리에 어린애 손바닥만 한 헝겊 하나 달랑 걸친 여자 모델들이 술병과 잔을 들고 보는 이를 유혹하는 벽보 같은 것들이다.

왁자지껄한 소음과 자욱한 연기 속에 배 기자는 벌써 소주 반병을 비우고 있었다. 소주는 냉동고에서 방금 꺼냈는지 허연 성에가 병을 덮고 있었다. 차디찬 알코올 희석액이 목젖을 긁고 내려가는 듯했다. 형균이 들어서는 것을 힐끗 본 배 기자는 남은 술을 입에 털어넣었다. 그러고는 맞은편 빈자리에 '탁' 소리 나도록 잔을 내려놓고는 말간 술을 가득 채웠다. 잔에 차가운 김이 서렸다. 형균은 앉자마자 잔을 집어 목 안으로 털어넣었다. 그러고는 배 기자 앞에 잔을 놓고 술을 채운 후 접시에 몇 점 놓인 깍두기를 집어 우적우적 씹었다.

"진전 있어?"

석쇠 위에 꿈틀거리는 장어몸통을 집게로 꾹 누르며 배 기자가 물었다. 굵은 장어몸통이 둥글게 말리며 허옇게 익어갔다. 주인인 듯한 중년 여자가 다가와 익숙한 솜씨로 장어몸통을 가위로 뚝뚝 잘라냈다. 손가락 마디 크기로 잘려진 살점이 석쇠 위에 구르며 기름이 끓는 소리를 질렀다. 덜 익은 고기 한 점을 성급하게 집어 입에 넣으려다 주인여자에게 젓가락을 뺏긴 배 기자는 찬 소주만 꿀꺽 소리가 나도록 들이켰다.

"이모. 이 친구 오기 전에 미리 좀 구워놓으래도 딴 손님들 신경 쓰느라 단골은 푸대접하고…… 배고파 죽겠구면."

소주가 빈속을 쥐어 비틀고 있는지 배 기자는 젓가락을 다시 집어들고 안절부절못했다.

"이모는 무슨? 내가 배 기자 이모여? 배 기잔 몇 살이여? 나 이제 겨우 마흔다섯이야."

"나보다 두 살이나 많구먼. 우리 막내이모 나하고 동갑이야! 낄낄!"

"점점. 이래 뵈도 남자라고는 모르는 진짜배기 처녀여!"

"유통기한이 지나도 한참은 지났네. 여자 나이 마흔 넘으면 누가 거들떠보기나 한대?"

"흥! 나가서 술이나 한잔 먹자구 수작 부릴 땐 언제고……."

통통한 체격에 인상 좋아 보이는 주인여자는 배 기자의 수작이 익숙한 듯 맞장구쳤다. 옆 테이블에 넥타이를 풀어 헤친 손님들도 단골인 듯 여주인에게 농을 걸었다. 주인여자는 큰 엉덩이를 흔들며 접시를 따로 갖고 와 고기를 먹기 좋도록 덜어주었다. 배 기자는 이 여주인에게 은근한 마음이 있는지 자주 들르는 눈치였다. 배 기자는 주위를 한번 둘러보고는 술잔을 집으며 목소리를 낮추었다.

"더 나온 게 있어?"

형균이 자신의 잔에 소주병을 기울이며 답했다.

"단서가 있어야 조사를 하지. 서장은 빨리 마무리 지으라고 독촉이고."

"히힛. 그 인간 좀 멍청한 줄은 알고 있었지만 이번에는 앞뒤 없이 서두르는 느낌이야. 누가 봐도 마쟁이는 사건과 거리가 먼 놈인데."

"……."

"애먼 놈 하나 잡는 거지. 송광수 그놈 나이가 서른둘이랬지? 조폭에다 뽕쟁이가 전직 청와대 고위공무원과 약혼자를 살해했다고? 쯧쯧. 그놈 최소 환갑 전엔 나오기 글렀네. 하긴 뽕쟁이는 빵에서 몇십 년 썩어 약 끊어서 좋겠고 영등포서는 강력사건 건수 하나 올려 좋겠고 이 사회는 나쁜 놈 하나 사라져서 좋겠고 정권은 부담 덜어서 좋겠지만, 사건해결 발표한 후 진범 나타나면 어쩌나? 안 그래?"

"……."

"아 참! 담당 반장이 입 다물고 있음 어떻게 해?"

"범인이 하나가 아니야."

배 기자는 플라스틱 국그릇에 담긴 동치미 국물을 후루룩거리다 말고 작은 눈을 동그랗게 뜨며 형균을 쳐다보았다.

"무슨 얘기야?"

"범행 직후 범인이 제일 먼저 생각하는 게 뭐겠나?"

"그야 도망가야겠지."

"그냥?"

"……."

"살인범들은 사건을 은폐하려 하지. 제일 먼저 하는 게 뭔지 아나?"

"현장을 치워야겠지."

"그래. 이 사건현장도 깨끗하게 닦였어. 그런데 사체는 그렇지 않단 말이야. 하나는 범행 현장인 자신의 집 천정에 매달려 있었고 또 하나는 반쯤 벗겨진 채 여의도 고수부지에 유기되었어."

"숨길 생각이 없었다는 거야?"

"이제 감이 오나? 사체가 발견된 곳은 새벽에 한강 낚시꾼들이 다니는 길이야. 오히려 일찍 발견될 가능성이 높은 곳이지. 더구나 가방은 열려 있었어. 보란 듯이 다리 한쪽이 바깥에 나와 있었어. 깃발처럼."

"깃발처럼……."

배 기자는 형균의 끝말을 되뇌며 고개를 끄덕였다. 형균이 소주잔을 들이켜고는 다시 잔을 채웠다. 배 기자가 소주를 한 병 더 주문했다.

"이 집에는 이 얼음소주 때문에 온다니까. 계속해봐. 깃발이라……."

소주병을 돌려 따르며 형균을 재촉했다.

"범행을 은폐하고 싶다면 사체를 숨기는 일밖에 없겠나?"

"훼손하여 알아볼 수 없도록 만들어야겠지."

"소설가라 말귀를 제법 알아듣네. 이번 사건처럼 잔혹하게 다루어졌다면 대부분 사체가 발견되어도 신원확인을 불가능하게 만들어버리지. 파묻거나 태워버리든가 아니면 토막 내서 흩어버리지. 또 금방 알아보지 못하도록 얼굴을 짓이겨놓거나 지문을 모두 밀어버리거나 손가락을 전부 잘라 없애버리기도 해. 치열을 정과 망치로 모조리 부수어버리는 놈도 있어. 그런데 범인은 빠른 시간에 피해자의 신원파악이 가능하도록 했어."

"……."

"그리고 범행이 복합적이야. 특히 현장 뒷정리는 프로의 솜씨야. 그런데 한편으로는 우발적인 데도 있어. 이지선을 살해할 때 쓰인 도구들은 현장에 있던 것들이었어. 사전계획에 없었던 살인이었던 거지. 반대로 안용수에게 사용한 주사약들은 사전에 면밀하게 준비된 것들이야. MO가 다르다는 거야……."

"MO?"

"모두스 오페란디Modus Operandi. 범행에 나타나는 일관된 행동 패턴 정도로 이해하면 되겠지. 연쇄살인과 같은 반복된 범행과정을 조사할 때 드러나는 패턴이지."

"쳇! 대한민국 경찰이 언제부터 그렇게 유식해졌어?"

"깐죽거려? 이야기 안 들을 거야?"

"그렇다면 이지선과 안용수의 살해범이 다르단 말야?"

"아냐. 한 사람에게 살해되었어. 그런데 범행을 저지른 사람과 범행 현장을 정리하고 떠난 사람이 다를 수 있다는 거야."

배 기자는 답답한 듯 내뱉었다.

"단도직입적으로 말해봐! 자네 주장이 뭐야?"

"범행에 가담한 범인이 둘이야. 첫 번째 범인이 안용수에게 무엇인가 자백을 강요하면서 고문 후 죽였고, 안용수 앞에서 역시 이지선을 고문하고 죽였어. 그런데 이지선의 죽음은 애초 계획에 없었고 다만 이지선에게 엄청난 증오를 품고 있었다. 두 번째 나타난 범인이 현장을 깨끗이 정리하고 이지선의 사체를 고수부지에 유기하고는 정액과 체모를 거기다 뿌려두었다. 연결이 쉽지 않은 퍼즐게임 같지만 논리상으로는 그래."

"히힛. 두 번째 범인과 첫 번째 범인은 서로 아는 사이야?"

배 기자는 두 사건의 연결이 마뜩찮았는지 빈정거렸다. 형균은 배 기자의 말에 개의치 않고 말을 이었다.

"그 시나리오가 아니면 이지선의 사체에서 발견된 5종류의 체모와 정액을 설명할 방법이 없단 말이야."

"범행을 숨기지는 않되 사건수사에 혼선을 주기 위해 체모와 정액을 구해와 뿌렸단 말이지."

"어느 젊은 범죄심리학자가 그러더군. 제2의 인물이 그 쓰레기를 이지선의 몸 위에 버린 것 같다구."

"제2의 인물이 마쟁이란 말야?"

"그게 이상해. 그렇게 머리가 잘 돌아가는 놈이 아냐. 기껏해야 역전 창녀들에게 약이나 팔고 애들 돈이나 뺏는 재주는 있어도. 또 죽은 이들과 무슨 악연이 있어서……."

"제1의 인물이 마쟁이를 불렀을 수도 있잖아."

"알리바이가 있어. 놈은 다음 날 새벽까지 나이 어린 창녀 하나와 약을 하고 함께 잔 모양이야."

배 기자가 담배에 불을 붙여 물며 말했다.

"서장의 독촉이 심하다며?"

"시간을 좀 끌어보지 뭐. 마쟁이 놈 범인으로 몰아봐야 헛수고야. 재판까지도 못 가. 그런데 말야."

형균이 살짝 말소리를 낮추자 배 기자가 등받이 없는 의자를 바짝 당겨 앉았다.

"안용수에게 첫 번째로 사용한 약물이 펜토탈소디움이라고 자백유도제라고 하더군. 범인이 뭔가 알아내려고 했다면 그게 사건을 푸는 열쇠가 되겠지."

"자백을 못 받아냈다면?"

배 기자가 눈을 초승달처럼 흘겼다.

"사건은 여기서 멈추지 않을 것 같아."

"추가로 살인사건이 발생할 수도 있다는 거네?"

"스토리를 만들어보라구. 자네 감으로 말야."

형균은 반쯤 남은 소주를 들이켜고 석쇠 한쪽에 타고 있는 고기 도막을 입에 넣고 씹었다.

"범인이 찾고 있는 것이 뭐 같아?"

"자네 기자 맞아?"

"뭔 소리야?"

"그게 감이 왔으면 지금 이 자리에서 물이라고는 구정물도 구경 못한 것처럼 구질구질하게 해다니는 자네와 마주 앉아 술 마시고 있겠어? 영등포경찰서 전 병력을 다해서라도 찾아냈겠지."

배 기자는 입맛을 쩝 다시며 술잔을 입에 털어넣고는 한 병을 더 주문했다. 형균이 물었다.

"자네 주머니에는 뭐가 들었나?"

배 기자는 깎다 만 돼지털 같은 수염이 드문드문 난 턱을 손바닥으로 문지르며 말했다.

"나? 별거 없어."

"뭐야? 술 한잔 먹이고 수사기밀 꺼내 써갈기려고 했어? 자네 주머니 안 열리면 지갑을 열어야 할 거야."

"지갑은 내가 열 거야! 그런데 내 주머니에 있는 것이 수사에 도움이 될지 모르겠어."

배 기자는 헛기침을 하며 입을 열었다. 퉁퉁한 뺨 위에 얹힌 눈이 초승달처럼 휘었다.

"이지선과 안용수가 죽기 나흘 전 국회에서 열린 토론회에 참석했다고 했잖아. 그런데 그 자리는 안용수와 이지선이 올 자리가 아니었거든."

"토론회야 아무나 간들 어때?"

"이런 무식한 강력반장을 봤나? 우리나라 토론회가 어디 그래? 비슷한 말을 하는 놈들 끼리끼리 모여서 말 주고받는 것이 토론회라고. 생각의 간격이 큰 놈들을 말싸움 붙여놓으면 이내 이종격투기장으로 변해버리지. 그날 토론회는 좀 희한한 자리였어."

형균은 배 기자의 말이 알 듯 모를 듯 했다. 기자라는 직업이야 이런저런 사람들을 모두 만나고 다니며 별의별 것들을 다 보고 듣는다. 잡학다식하지 않을 수 없다. 경찰이야 어디 그런가? 허구한 날 상대하는 놈들은 살인자, 도둑놈, 강간범에다 주둥이를 좀 재게 놀려댄다 싶으면 전과가 화려한 사기범들이다. 그러다 보니 순사질 십수 년에 형사법 분야는 책을 하나 써도 될 만큼 경험을 갖고 있지만 그보다 복잡한 것들이 여의도 1번지에서 쏟아지는 스토리들이다. 배 기자는 형균에게 핀잔을 준 후 다시 말을 이었다.

"야! 정가야! 신보련新保聯이라고 들어봤어?"

둘은 가끔 반말을 해도 경찰간부와 기자 사이라 삼가는 맛이 있지만 술이 오를라치면 대부분 막말 짓거리다. 배 기자는 형균보다 10개월가량 생일이 앞선다는 이유로 형 노릇을 하려들었다.

"신보련? 뭐 옛날 학생운동으로 이름 날린 총학생회장, 노동운동가 그런 사람들이 학생운동, 노동운동은 다 좌익빨갱이 짓이었다. 그래서 자신은 회개하고 전향해서 아직 이런 일을 하고 다니는 사람들을 고발하련다, 뭐 이런 취지로 만든 단체 아냐?"

"이런 벽창호를 봤나? 이런 무식하고 답답한 사람이 대한민국 경찰이니, 검찰청 공안과 영감들이 자네 보면 땅을 치고 한탄하겠다. 자네가 말하는 단체는 2006년인가 만들어진 '자유주의청년연합'라는 단체를 말하는 것 같은데."

"그게 그거 아냐?"

"달라. 신보련, 신보수연대의 약자지. 지금 여당 대통령 후보의 오른팔 노릇을 하고 있는 정백이란 사람이 있어. 지금 청와대 시민사회비서관을 하고 있는 사람이야. 이 사람 1980년대 후반

학생운동에서 패권을 쥐고 있었던 주사파 내 유명한 이론가이자 조직의 대부였어. 이 정백이란 사람이 2006년에 자유주의청년연합, 약칭 자청련을 결성했지. 이들은 국내 각계각층에서 활동하는 좌익세력을 감시하고, 북한 민주화를 앞당기겠다는 것을 단체의 목표로 표방하며, 지난 정권부터 격화된 좌우대립에서 우파의 선봉 역할을 해왔어. 그런데 정백을 비롯한 자청련 핵심인물들이 신보련을 재결성한다는 거야. 자청련이 과거 학생운동가 출신으로 이루어진 우익단체라면, 신보련은 자청련을 거점으로 하나의 정치세력으로 재출발하는 것이었지. 내가 말한 토론회 장소가 신보련의 출범식이었어."

"이 사건과 무슨 상관이야."

"문제는 이지선과 안용수가 거기 왜 갔냐는 거야."

"순사질하는 무식한 내가 알 턱이 있나! 잡학다식한 자네나 알겠지."

"자청련이 초기에는 진보세력으로 분류되는 386세대 정치인들에 대립각을 세우고, 나름대로 한국의 보수이념을 정립하려는 노력을 했다고 보수언론으로부터 평가받았지. 그런데 신보련은 자청련 중에서 정치적 진출을 노리고 다음 총선을 준비하려는 사람들의 모임이라고 보면 돼. 이 신보련이 자신들의 이념적 선명성을 드러내고 보수세력들로부터 지지를 얻기 위해 이전 정권의 핵심논객인 이지선을 불러들여 싸움을 건 거야. 언론에서 크게 받아줄 것이라는 생각을 한 거지. 그 자리에서 신보련 집행위원장으로 추대된 정백이 토론회 발제문에 정계에 진출한 386운동권 출신 정치인들 이름을 구체적으로 거명한 후 이들에게 자신이 빨갱이임을 고해성사하도록 요구했다는 거야."

"고해성사?"

"그래! 주체사상을 아직 포기하지 않았으며 남조선혁명을 위해 정치활동을 하고 있다는 것을 고백하란 거지."

"진짜로 그렇게 친북적이야?"

"경제교류도 하고 금강산에 사람들도 들락날락하고 시민단체다 재벌기업이다 할 것 없이 쌀과 소를 트럭에다 바리바리 실어 올라갔었잖아. 남북이 서로 총질하던 때와 비교하면 엄청 친북적이지. 우헤헤헤!"

"이지선이와 안용수가 왜 거길 갔어? 이지선이 주사파였던가?"

"이지선은 이념적으로 반대파였어. 주사파라면 치를 떨 정도였다더군. 안용수는 핵심인물이라 할 만했지. 하지만 안용수를 잘 아는 사람들은 그가 이념과는 거리가 먼 아주 실용주의를 추구하는 인물이었다는 거야."

"주사파는 주사파였구먼."

"주사파 출신들의 처지가 그래. 아니었다 말 못하고 주사파라 그러면 공격받을 것이고. 안용수가 정백으로부터 공격을 받자 이지선이 벌떡 일어나 '군부독재의 잔재들에 투항한 자청련과 신보련은 민중과 민주주의를 배신한 자들'이라고 했대. 그러자 정백이 '무능한 전 정권의 종북좌파들은 민주주의를 운운할 자격이 없다'고 맞받아쳤대."

"전 정권의 젊은 정치인들이 무능했다는 비판은 있었잖아."

"그 정도 비난에 수그러들 이지선이 아니지. 신보련 멤버들을 하나하나 거명하며 과거 동지들의 등에 칼을 꽂는 파렴치한들이라 몰아붙이고 대뜸 김종철 이야기를 했다더군."

"김종철?"

"응! 자네나 나나 89년도에 학교에 들어갔기 때문에 잘 모르지만, 김종철은 서린대학교 사회학과 85학번으로 정백의 서클 후배였어. 신입생 때부터 정백에게 교육을 받았던 직계후배. 87년도 6·10민주화시위가 당시 여당의 유력 대선주자가 직선제를 수용함으로써 수그러들었는데, 그해 7, 8월 노동자들이 다시 들고일어났지. 공안기관에서는 노동자와 학생들의 이른바 '노학연대'를 차단하기 위해 시위를 주도한 학생회 간부들을 대거 잡아들이기 시작했어. 당시 김종철은 서린대학교 총학생회 연대국장으로 구로공단지역의 노동자 지하서클과 총학생회 간 연락을 담당하고 있었대. 이 김종철이 갑자기 행방불명이 되었지. 자취집 아줌마 말로는 새벽에 건장한 사람 네 명이 와서 납치하듯 데리고 갔다는데, 한 달 뒤 경부고속도로 추풍령휴게소 근처에서 발견되었어. 아무것도 기억을 못했다더군. 그 뒤 말을 잃어버리고 친구들과 어울리지도 못했어. 학교를 마치지 못하고 낙향했는데 몇 달 뒤 결국 미쳐버렸다더군. 그 후 정신병원을 제집처럼 드나들다가 몇 년 전에 죽었어. 자살했다지 아마. 이지선이 정백에게 김종철의 묘지 앞에서 그런 소리를 해보라고 다그쳤다더군."

"정백이는 뭐라고 했대?"

"종철이가 살았으면 자신과 같은 생각을 하고 있을 거라고 그랬대지 아마? 위대한 자유주의 전사가 되어 있을 거라고."

"자유주의? 위대한?"

"응. 그날 정백의 발제문 요지는 신보련의 지상과제는 좌익맹동주의를 척결하고 대한민국의 선진화와 번영을 구가할 수 있는 강력한 이념적 등대로서 자유주의를 신봉하며, 이 자유주의 사상의 가르침에 따라 진군해야 된다는 것이었어. 김종철이 살았으면 자신과 함께 자유주의 전사들을 지도하고 그 선봉에서 어깨를 걸고 함께 투쟁하고 있었을 거라더군."

"자유주의 전사?"

"나도 모르겠어. 자유주의 전사란 말이 웃기는 거야. 자유주의란 것이 뭐 특별하게 정연한 체계로 묶을 수 있는 이론도 아니고 고대에서 근대까지 워낙이 광범한 정치사상인데 그걸 무슨 세상을 갑자기 바꿀 수 있는 급진적 이념체계인 것처럼 선전하고 다니는 걸 보면 그네들을 또라이라고 욕하는 사람들이 맞는 것 같기도 하고."

"낄낄. 천하의 배 기자가 모르는 것도 있구만."

"박이부정博而不精이란 말도 있잖아. 꽤 널리 알고 있지만 깊진 않고. 내 별명이 따로 잡학다식이겠어? 그런데 이 신보련 간부들이 하는 말은 무슨 말인지 도통 모르겠어. 초등학교 반공시간에 듣던 말 같기도 한데, 말투나 용어를 보면 대학시절 집회에서 쓰던 것들과 비슷해. 북한식 용어나 말투는 흉내를 넘어 거의 내면화된 것 같고. 말로는 자유주의 한다는데 행동은 여전히 극렬 주사파들인 것 같아."

"배지나 한번 달아보려고 하는 정치놀음, 출세놀음이겠지. 야당 여당 정치인들이 대단한 경력인 양 내세우는 학생운동도 일종의 정치놀음이 되어버린 거야. 60년대, 70년대 핵심 학생운동가들이 대부분 정계로 진출해 지금 보수정치를 주도하고 있는 것처럼. 안 그래?"

배 기자가 고개를 끄덕이며 말했다.

"그런데 토론 마지막에 이지선이 정백을 몰아붙이며 무어라고 한마디했는데 정백이 그만 입을 다물어버렸다더군."

형균이 긴장하면서 물었다.

"무슨 말?"

"후배 기자 놈도 고성과 야유가 오가는 중에 듣지 못했어. 단상에 앉아 있던 정백과 신보련 간부들이 서둘러 대회장을 빠져나갔다고 했어. 신랑 신부 없는 초례청이 되어버렸지."

"무슨 말이었을까?"

"그 말을 꼭 알아오라고 했는데. 여태 소식이 없어. 히힛."

"그게 대박소설의 줄거리야? 오늘 지갑은 니가 열어."

"학생운동과 이념투쟁. 그 역사에 얽힌 음모와 인간군상들의 욕망 그리고 연쇄살인. 어때? 노벨문학상감이지?"

"왜 현장에서 그 말을 확인 못했지?"

"위남청…… 무어라고 하는 소리까지는 들었다는데. 정백을 따라 나가는 여러 간부들에게 물었지만 아무도 답을 주지 않았다더군."

"그 말이 사건의 실마리가 될 수 있다는 거야?"

"내 감이야. 자네도 수사할 때 감이 있듯이."

"흐흐. 소설가의 감? 이 친구야! 술 먹고 소설 쓰지 마. 나까지 헷갈리니까."

형균이 빈정거렸다.

"소설가의 상상력이 사건의 열쇠를 찾아낼 수도 있어."

"마음대로 하세요. 정치살인은 무슨……."

"흐흐. 수사는 자네가 하는 거구. 난 밑져야 본전이지. 아냐. 소설 줄거리는 남았어. 여지껏 한국에는 없었던 정치소설이야. 낄낄."

"수사보고서 카피해달라는 말은 하지 말라구."

"빡빡하기는. 구차하게 구걸하지는 않을 거니깐 안심하라구. 그런데 말이야."

둥근 테이블 위에는 벌써 소주병 다섯 개가 쓰러져 있고 안주접시는 이미 오래전에 비었다. 배 기자는 담배를 피워 물고 허공에 연기를 뿜으며 물었다.

"자네는 왜 장가 안 가?"

형균은 질문을 무시하며 되물었다.

"그날 토론회에 반대파는 이지선과 안용수뿐이었나?"

"동행으로 보이는 몇 명이 있었대. 묻는 말엔 왜 대답 안 해?"

"누군지는 모르고?"

"알고 있음 내가 말했겠지. 우헤헤헤!"

술기운이 적당히 올랐는지 배 기자는 말끝마다 실없이 웃었다. 대뜸 박영도 박사에 관해 물었다.

"자네와는 어떤 사이야? 그냥 강력반장과 법의관 사이는 아닌 것 같고."

"……."

"이 친구 입을 다물어버리네. 점점 이상해!"

"다섯 살 차이지."

"극복 못할 나이는 아니군. 대하는 눈빛이 남다르던데."

알코올 기운이 배 기자의 목소리를 은근하게 적시고 있었다. 잠시 침묵이 흘렀다.

배 기자가 눈을 동그랗게 뜨고 의외란 듯 물었다.

"그렇게 심각한 사이야?"

형균의 입가에 엷은 미소가 흘렀다.

"그렇게 궁금해?"

"응. 아주 궁금해. 밤에 잠이 안 올 정도로. 자네가 연모하는 연상의 여인인가 했지. 신문에 안 낼 테니 걱정 말고 털어놔봐."

형균이 쓴웃음을 지었다.

"그래, 숨겨둔 애인이다. 그것도 이루어지지 못한 아련한 옛 추억의. 속 시원하냐?"

배 기자의 작은 눈이 다시 동그랗게 커졌다. 술기운에 붉게 충혈된 흰자위가 드러났다. 십수 년간의 만남에도 여태 배 기자의 눈 흰자위를 본 적이 없었다.

"이지선이 피살사건보다 더 충격적인데."

형균이 호탕하게 웃으며 말했다.

"하하! 농담이야. 내가 잘 아는 어떤 사람의 애인이었어. 아니 약혼녀였다는 말이 정확하지."

"누구? 친구? 선배? 박영도 박사 그 양반 지금도 예쁘지만 옛날엔 정말 예뻤겠더라. 웃을 땐 아직 갓 스무 살 앳된 처녀처럼 보여. 누군지 몰라도 억세게 운이 없는 사람이네. 저렇게 예쁘고 똑똑한 사람을 놓치고 말야. 국과수에서도 학계에서도 평판이 아주 좋던데."

"……"

"이것도 소설 줄거리가 되겠는데. 좀 더 이야기해줄 수 없어?"

형균은 자리에서 일어섰다. 옆 테이블의 마지막 취객들도 자리를 털고 일어났다.

"가자! 피곤해. 지갑은 내가 열지. 소설 대박나면 크게 한턱 사!"

형균이 카운터에서 지갑을 꺼내자 여주인은 계산을 마다했다. 뒤를 돌아 배 기자를 보았다. 일어설 생각을 않고 병에 남은 술을 잔에 기울이며 짧게 말했다.

"그냥 가!"

형균이 지갑을 거두며 주인여자를 본 순간 그녀가 생긋 웃으며 말했다.

"같이 또 오세요."

배 기자는 술잔을 내려다보며 말했다.

"한잔만 더 먹고 갈게. 희정 씨, 거기 술 한 병 갖고 이리 앉아!"

'이름이 희정인가 보다.'

여자는 형균의 입가에 걸린 미소를 보고 비밀스러운 것을 들키기라도 한 듯 고개를 숙였다. 여자의 마주 쥔 두 손이 꼼지락거렸다.

아름다운 시절

2012. 11. 27. (화) 00:00

여의도 샛강 고수부지 언덕길

술집을 나왔다. 코끝 아릿한 찬 공기가 가슴까지 스며들었다. 두어 병의 알코올과 생선기름과 매운 양념들의 누릿하고 매캐한 냄새들로 생긴 현기증이 겨우 사라지면서 주변의 것들이 눈에 들어왔다. 술집 안을 돌아보았다. 손님이 모두 나간 뒤 여자는 남자 옆에 바짝 다가앉아 잔에 술을 채웠다. 남자 역시 여자의 잔에 술을 채워주었다.

인도네시아대사관 옆 앙카라공원을 지나 고수부지 쪽으로 발걸음을 옮겼다. 샛강에서 불어오는 시린 바람이 뺨을 스쳤다. 머릿속에 떠오른 이름을 되뇌었다.

'영도. 형을 사랑했던 여자.'

발걸음을 멈추고 담배를 꺼내 물었다.

형균에게 '영도'라는 이름은 가슴 한켠이 시린 사랑과 억울한 죄의식이 함께하는 이름이다. 기억 속에 자리한 젊은 영도의 얼굴이 떠올랐다. 고향집 뒷마당 감나무 신록 아래 하얀 이를 가지런히 드러내고 웃는 형의 얼굴이 겹쳤다.

'형……'

형균에게 아버지에 대한 기억은 아득했다. 빛바랜 몇 장의 사진만으로는 기억을 만들 수 없었다. 아버지를 빼닮았다는 형의 모습만이 아버지를 대신할 수 있었다. 키 높이쯤 부러진 가지 부리가 아버지의 손때가 묻어 반들반들해졌다는 뒷뜰 늙은 감나무. 그 가지 부리에 손을 얹고 있는 사람은 형이었다.

형의 곁에 언젠가 한 여자가 서 있었다. 늦봄 앞산의 신록 속에 숨었다가 어느 틈엔가 알싸한 향기와 함께 모습을 드러낸 하얀 아카시아꽃 같은…….

형은 대학교 졸업반이 훨씬 넘도록 군대를 가지 않았다. 졸업도 하지 않았다. 그러던 어느 날 형균이 중학교 3학년이 되던 해 5월이었다. 서울의 대학들이 일제히 동맹휴학에 들어갔다는 소식이 있었다. 담임선생님이 수업시간 복도를 살핀 후 쉬쉬하며 들려준 말로는 5년 전 광주에서 시위 진압 군인들에게 희생된 억울한 죽음을 기리며, 학살과 함께 들어선 정권을 규탄하는 시위와 파업이었다고 했다. 텔레비전 뉴스에서는 좌경 학생들이 정권타도를 위해 폭력시위를 벌이고 있고, 국정질서가 어지러워져 강경진압이 불가피하다고 했다. 뒤이어 서울 한복판에 있는 미국문화원이 극렬시위 학생들에게 점령되었다는 소식도 들렸다. 많은 학생들이 검거되었다고 했다. 다른 한편으로는 중부 전선 어디에선가 남북한 간 교전을 벌였다는 소식도 있었다. 그 후 몇 개월 동안 서울의 학생 시위와 인천·경기 지역의 노동자 파업, 일촉즉발의 전운이 감도는 전방 소식이 초저녁부터 밤늦게까지 교대로 보도되었다.

그 무렵 읍내 지서의 차석은 하루가 멀다 하고 어머니를 만나고 갔다. 어머니가 안 계실 때면 형균에게 형의 소재를 은근히 물었다. 투덜거리며 자전거를 몰고 돌아서는 차석의 넋두리에서 소식이 끊긴 형에게 무슨 일이 벌어지고 있다는 느낌이 쌓이기 시작했다. 막연했지만 형이 시위와 집회, 국가보안법과 같은 낱말들과 연관이 있고 그것은 어린 형균에게 형의 안위에 대한 불안과 근심을 가져다주었다. 그러나 꼭 불안과 근심만은 아니었다. 지서의 차석이 다녀간 날이면 형균은 어머니 몰래 안방 다락 위 어두운 구석에 놓여 있는 오래된 고리짝을 열었다. 거기에는 어머니가 손수 꽃과 나비를 수놓은 하얀 광목천 아래에 아버지의 손때가 묻은 자그마한 문고본 수십 권과 잉크로 무엇인가 빼곡하게 적혀 있는 열서너 권의 노트가 차곡차곡 포개져 있었다. 낡은 고리짝 속에 묵어 귀퉁이가 누렇게 헤진 아버지의 유품들. 그것들과 6개월이 넘도록 소식 한 장 없는 형은 어떤 뿌듯하고 질긴 비밀로 은밀하게 연결되어 있는 것 같았다. 지난 겨울 방학 형이 읽기를 권했던 체르니솁스키의 소설 속 주인공 로쁘호프가 바로 형인 것처럼 느껴졌다.

앞뜰의 라일락이 스러지고, 뒷산 아카시아가 매운 향기를 내뿜는 5월도 거의 지난 어느 날, 형은 세 명의 친구와 함께 노을을 지고 갑자기 나타났다. 이마에 새긴 듯한 깊은 주름과 두툼한 입술, 넓직한 콧등에 경상도 억양이 인상적인 문혁이란 친구. 그리고 가냘픈 체구와 갸름하고 창백한 얼굴, 여자처럼 기다란 손가락을 가진 시우라는 친구였다. 나머지 한 사람은 그날 처음 보는 여자였다. 상큼한 향기만 남기고 아쉽게도 저버린 보라색의 라일락이었을까, 알싸한 향기를 뿜고 있는 아카시아였을까. 하얀 손과 부드러운 미소. 집 마당으로 찾아든 붉은 노을과 어지러운 아카시아 향기 때문인지 형균은 그 여인을 바로 쳐다볼 수가 없었다. 그녀의 이름은 영도라고 했다. 그 후 오랫동안 형균은 영도의 얼굴을 잘 기억하지 못했다. 그저 하얀 손과 부드러운 미소로만 남아 있었다. 영도를 본 어머니 역시 당황스러움과 반가움이 얽혀 생각의 갈피를 잡는 데 시간이 걸렸다. 남편을 잃은 후 홀로 길러낸 아들. 제 자식이 아니었어도 그 인물과 성품에 기대를 아끼지 않았을 그런 아들이 배우자가 될지도 모르는, 아니 그렇게 되었으면 좋을 아름답고 총명한 여학생과 함께 집을 찾았을 때 어머니로서 당황함이 없다면 오히려 이상했을 것이다. 늦은 저녁상을 차려주고 별채에 친구들의 방을 따로 비워주는 어머니의 얼굴에 잔잔한 미소가 스치는 것을 형균은 보았다.

그네들이 머무는 사흘 동안 형균은 학교에서 돌아오는 길에

158
적, 너는 나의 용기

지서 앞을 지나쳐 순경들의 동정을 훔쳐보는 임무를 충실히 수행했다. 형균은 항상 그들의 주변을 맴돌았다. 자신을 귀여워해주던 형의 친구들이 오랜만에 왔다는 반가움도 있었지만 이번에는 매우 특별했다. 사흘 동안 형균의 볼따구니는 봄볕에 노니는 세 살배기 어린아이처럼 붉게 화끈거렸고 가슴은 콩닥거렸으며 말수는 줄었다.

문혁과 시우는 형이 대학 1학년 때부터 사귄 친구들이었다. 방학이면 들러 일주일이고 보름이고 묵곤 했고, 함께 도보여행을 떠나기도 했던 단짝들이자 동지였다. 영도는 나머지 두 친구와는 달랐다. 누가 봐도 형의 여자였다. 평상에 둘러앉아 봄볕을 쬐며 담소할 때도 문혁과 시우는 영도의 옆자리를 항상 형에게 양보했다. 둘이 낮은 목소리로 열띤 대화를 주고받을 때 형과 영도는 뒷산 과수원 옆 산모롱이 길을 같이 산책하곤 했다. 영도는 형의 눈빛을 좇고 있었고 영도에게 향한 형의 미소는 부드럽고 따뜻했다.

친구의 여자를 보는 문혁과 시우의 눈빛은 달랐다. 영문학을 전공했다는 문혁은 친구들과 이야기를 나누지 않을 때에는 여백에 깨알 같은 글들이 가득 적혀 있는 두툼한 시집에 항상 눈길을 파묻고 있었다. 영도를 바라볼 때는 친오빠처럼 담담하고 따스한 눈빛이었다.

시우는 달랐다. 형의 눈길 몰래 영도를 좇았다. 서양화를 전공했다는 시우는 캔버스에 두꺼운 붓과 손가락으로 선이 굵고 어두운 그림을 그렸다. 그림의 주인공은 청년이었다. 여자의 그것인 양 가냘프게 꺾인 고개를 가진 청년은 이룰 수 없는 꿈을 안고 신음하는 것 같았다. 강렬하지만 우울한 기대가 섞인 청년의 눈망울은 영도를 훔쳐보는 시우의 눈과 닮아 있었다. 시우는 형과도 영도와도 눈을 맞추지 못했다. 그의 푸석푸석한 입가에는 항상 쓸쓸한 미소만 맴돌았다.

시우는 캔버스를 펼쳐놓고 형균에게 모딜리아니라는 불행한 화가에 대해서 말해주었다. 약과 술로 시대를 한탄하다 생활고와 병으로 일찍 생을 마감했던 천재 화가라고 했다. 역시 화가였던 부인 잔 에뷔테른도 배 속에 아기를 가진 채 자살해버린 비운의 여인이었다고 했다. 모딜리아니는 단순하면서도 기다란 목을 꺾고 있는 여인의 초상을 즐겨 그렸다고 했다. 항상 슬픈 표정이었던 그림 속의 여인들도 그가 에뷔테른과 사랑에 빠졌을 때만은 곧은 목과 밝은 표정을 가지고 있었다고 했다.

시우는 그림을 그릴 때 두꺼운 붓으로 밑칠을 하고 송진내 나는 테레빈유에 안료를 개어 붓으로, 때로는 엄지와 검지와 중지 손가락으로 자유롭고 분방하게, 또 굵고 거칠게 캔버스를 문지르곤 했다. 어둡지만 큰 눈망울을 가진 예수의 얼굴을 그린 루오의 몸에 고독하고 여린 영혼의 모딜리아니가 깃든 것처럼 선은 두껍고 색은 단순하고 선명했으며 표정은 슬펐다. 어린 형균의 눈에도 그림의 형상과 색조는 루오였으나 주인공은 모딜리아니였다.

형균은 뒤뜰 감나무 아래에서 곧잘 시우와 그림에 관한 이야기를 나누었다. 언젠가 시우는 가죽으로 겉을 둘러싼 오래된 원통형의 대나무 화구통을 자랑스럽게 꺼내 안에 든 것들을 보여주었다. 나무틀에서 뜯어 말아놓은 여러 겹의 캔버스였다.

"이건 아버지가 물려주신 화구통이야. 아버지도 화가셨지."

 시우가 행복한 표정으로 펼쳐놓은 그림은 경기도 어느 공단에서 그렸다는, 푸른색 작업복을 입고 얼굴에는 웃음을 띤 공장노동자의 초상이었다. 갯벌에 끌어올려진 채 붉은 황혼을 배경으로 기우뚱하게 서 있는 크고 작은 어선의 무리들을 그린 그림도 있었다. 남해의 어느 포구에서 그린 것이라고 했다. 그림들 중에서 형균의 눈길을 서늘하게 잡아끈 것은 강원도 정선 함백과 사북의 경계 어디쯤 이름 모를 광산촌에서 그렸다는 야윈 광부의 얼굴이었다. 하얗게 눈 덮인 산을 배경으로 광부는 시커먼 석탄가루가 묻은 얼굴로 웃고 있었다. 비쩍 마른 광부의 허리춤에는 역시 탄을 뒤집어쓴 어린 자식들이 매달려 있었다. 시우는 황갈색과 검푸른색의 물감이 교대로 덧칠된 광부의 얼굴 어두운 쪽을 가리키며 물었다.

"이게 무슨 색깔인지 아니?"

"……."

 그때까지 형균에게 그림이란 밑그림의 연필선을 경계로 나뭇잎은 초록색, 하늘은 푸른색으로 메꿔 넣는 것이었다. 유화라고는 교무실 출입문 위 먼지를 뒤집어쓰고 걸려 있는 정물화 외에는 본 적이 없었다. 사람의 얼굴에 살색을 칠하지 않고, 초콜릿 색깔과 푸른색과 검은색을 뒤섞어 고난의 땟국이 줄줄 묻어나는 팍팍한 인생을 그려낼 수 있다는 것을 그때 처음 알았다. 시우는 웃으며 말했다.

"이건 아주 오래전 반다이크라는 유명한 화가가 즐겨 만들어 썼다고 해서 반다이크브라운이라는 이름이 붙은 색깔이란다."

형균은 반다이크브라운과 검푸른색이 시우의 그림 전체를 지배하고 있다고 생각했다. 마치 태양이 세상의 모든 것을 비추는 것처럼 반다이크브라운은 시우의 캔버스 속 사람 얼굴에, 옷에, 숲에 전체에 녹아 있었다. 형균이 광부의 작업복을 가리키며 물었다.

"이건 무슨 색인가요?"

"내가 섞어 만든 색이야. 동녘이 붉어오는 이른 새벽, 해가 서쪽 하늘에 자취를 감출 때 반대편에 있는 하늘을 본 적이 있니? 눈이 시리도록 검푸른색. 베를린블루라고 하는 색이지. 광부들은 일 년 내내 검은 탄가루를 뒤집어쓰고 살아. 그래서 베를린블루에 석탄과 같은 차콜그레이를 섞어 이들이 항상 입고 사는 색깔을 만들었지. 형균아! 이네들은 가슴속에 숨 쉬는 폐도 이같은 색이란다. 평생 막장에서 탄가루를 마시며 일하는 광산노동자들의 폐 말이다."

광부 그림 아래엔 어떤 여인을 그린 그림이 있었다. 여인은 어느 학교의 교정인 듯 이끼 긴 커다란 화강암 벽돌 건물을 배경으로 하얀 블라우스와 검은색 치마를 입고, 분홍색 모자를 쓰고 있었다. 거기에는 어두운 반다이크브라운과 우울한 베를린 블루가 없었다. 오직 밝고 화사한 봄꽃 색깔만이 화면 전체에 가득했다. 여인은 환하게 웃고 있었다. 형균이 그림에 손을 뻗치자 시우는 그것을 황급하게 화구통에 말아 넣었다. 그때 시우는 탱자가시 울타리 뒤에서 형과 이야기를 나누고 있는 영도를 황급히 곁눈질했다. 형균은 그림 속 여인의 미소가 영도의 것과 아주 닮아 있다고 생각했다. 허둥대며 화구를 챙기는 거친 손길만큼이나 시우의 눈은 당황에 젖어 흔들리고 있었다.

봄볕 속에서 그들은 사흘을 그렇게 지냈다. 나흘째 되는 날 저녁 무렵, 그들은 도보여행자의 행색으로 들판 사이로 난 오솔길을 따라 어둠 속으로 사라졌다. 형균은 흩날리는 가랑비 사이로 떠나는 그들을 말없이 지켜보았다. 전날 밤 성재와 문혁이 주고받는 말을 엿들어 짐작컨대 이들은 밤새 40여 리를 걸어 새벽녘에 이웃 군소재지 터미널에서 각자 헤어져 서울로 간다고 했다.

그들은 떠났지만 그해 봄 형균은 자신을 에워싼 짙푸른 신록 속에서 누구에게도 말 못할 기찬 응어리를 가슴에 안게 되었다. 절절한 가슴앓이. 세상 모든 것을 온전히 바치고 싶은, 그러나 범접할 수 없는 이성이란 사실에 아파했고, 또 형의 여자를 가슴에 담았다는 죄의식에 시달렸다. 형균은 지금까지도 그때를 가장 아픈 시절로 기억하고 있다.

그 후 오랫동안 영도는 물론 형의 얼굴도 보지 못했다. 일 년이 지난 이듬해 5월 말 영도를 제외한 세 사람은 모두 체포되었다. 그해 봄까지 인천과 서울에서는 노동자와 학생, 야당 정치인들의 대규모 시위가 연일 끊이지 않았다. 시위가 소강상태에 접어들자 대규모 검거 선풍이 일었다. 형 성재는 시우의 자취집에서, 시우는 서린대학교 학생회관에서, 문혁은 몸을 숨기고 있던 성당에서 각각 일주일 간격으로 붙들렸다. 성재와 친구들이 고향집을 다녀간 후 일 년 만이었다.

이들이 받은 혐의는 '반국가적 목적의 단체를 구성 가입하고, 사회질서와 혼란을 조성할 목적으로 허위사실을 날조, 유포했으며, 그런 표현물을 취득, 복사, 소지, 운반, 반포한 죄'였다. 세 명의 친구들이 기소된 이유는 자신들이 대학에 입학하던 해 5월 광주에서 있었던 일들을 학내와 이웃 학교의 친구와 동지들에게 열심히 알리고 시위를 주동한 것 때문이었다.

훗날 형균이 발견한 성재의 일기장에는 체포된 후의 경험을 상세히 적고 있었다. 형을 묻던 날 그 일기장을 함께 읽었던 문혁의 말에 의하면 그 경험은 "자신이 인간임을 증오"할 만한 것이었다고 했다.

벌거벗긴 채 굵은 빨랫줄에 꽁꽁 묶였다. 억센 손에 머리채를 잡혀 욕조 속에 거꾸로 처박혔다. 자신이 할 수 있는 일이라고는 목구멍으로 밀려들어오는 구정물을 금붕어마냥 꿀꺽꿀꺽 들이마시며 욕조 밑바닥에서 조금씩 다가오는 죽음을 기다리는 것

뿐이었다. 신의 구원이 미치지 않는 곳이었다. 유일하게 구원자가 있다면 자신을 공포와 절망으로 몰아넣는 자들이었다. 그 자들은 한 주부의 남편이자 자식을 사랑하는 아빠였다. 젊은 생명을 죽음의 경계에 올려놓고도 바가지 긁는 마누라를 흉보고 딸의 성적을 걱정했다. 자신들의 손끝에서 만들어지는 무지막지한 고통에 대해서는 아무런 관심이 없었다. 지시를 이행하고 명령을 수행하며 실적을 올리고 싶은 단순한 의욕뿐인 것 같았다. 누가 그랬다. 악의 평범함, 일상의 악마. 바로 그들이었다.

변압기처럼 생긴 양철상자에서 삐져나온 붉고 푸른 단자를 친구들의 손가락과 혀, 성기 끝에 감았다. 그제 퇴근 후 들렀던 술집 마담과 여급의 젖가슴이 누가 더 크네 작네 농지거리를 하며 변압기 채널을 돌렸다. 친구들의 몸은 활처럼 휘며 온몸 마디마디 힘줄이 터지도록 발버둥 쳤다. 전선이 박힌 여린 살갗은 구운 생선가죽처럼 검게 변했다. 차라리 죽는 것이 편할 정도의 경련과 뜨거움을 견뎌내야 했다. 무엇보다 참을 수 없었던 것은 누구도 이 고통을 막아줄 수 없다는 절망의 공포였다.

"여기 들어오는 자, 희망을 버려라."

친구들과 둘러앉아 강독하던 서사시의 한 구절. 아무리 읽어도 다가오지 않던 그 "희망을 버려라" 하는 구절이 그제야 코와 입으로 마구 밀려드는 구정물처럼, 살 끝을 굽는 구리선의 뜨거움과 경련처럼 뼈저리게 다가왔다고 했다.

'희망을 버려라…… 희망을 버려라……'

그 구절만이 유일한 신의 목소리였다.

며칠이 지났을까. 누구의 입에서인지 일 년 전부터 그들이 했던 모든 것들은 이미 다 밝혀져 있었다. 성재와 문혁, 시우가 모르는 일들까지 경찰은 모두 파악하고 있었다.

세상에서 가장 아름다운 곳이 대학이라 했던가? 대학이기에 가능했던 손바닥만 한 자유의 공기 속에 아직 여린 영혼들의 작은 책읽기 모임 〈파스큘라〉는 그 시대를 떠돌던 전설처럼 불온한 좌경 운동권 서클이 되어 무참하게 해체되었다. 형균이 고등학교를 들어가던 해 1986년 5월이었다.

영도로부터 소식은 있었다. 복역 중인 형의 소식을 간간이 편지와 전화로 전해주었다. 어려운 의대 공부 중에도 연인의 옥바라지는 정성스러웠다. 비운의 연인은 성재가 특사출감 후 다시 강제징집되면서 영원히 이별해야 하는 운명을 맞았다.

시간은 12시로 가고 있었다. 형균은 택시를 잡기 위해 손을 들었다.

"삐리리리리."

안주머니에서 휴대전화가 울렸다.

"자네! 집에 들어갔나? 딸꾹."

"그 짧은 시간 동안 얼마나 마셨기에 벌써 혀가 꼬부라졌나?"

"우헤헤헤! 내 혀가 퍼질 때가 있던가? 딸꾹."

"더 마시자고? 난 됐네."

"아냐. 그 후배 기자놈에게서 전화가 왔어. 거 있잖아. 이지선이 토론회…… 이지선과 안용수 말고 몇 사람 더 있었대. 어이! 희정 씨 여기 한 병만 더 갖고 와."

"누군데?"

"그 사람도 옛날 운동권들 사이에 유명했던 사람이야. 거 이름이…… 최용철. 맞아! 광해사 최용철 사장."

"최용철?"

"서린대 출신들한테는 출판사보다 막걸리집 사장으로 더 유명했지. 막걸리집 너른바다. 자네는 모르겠지만 50명도 더 들어가는 너른 술집이었어. 교수고 학생이고, 그 집 앞 길거리에까지 멍석을 깔고 퍼질러 앉아 마시던 집이었지. 이름도 같잖아. 너른바다. 넓을 광廣. 바다 해海. 그 최 사장이 안용수와 함께 씩씩거리는 이지선이를 부둥켜안고 토론회장을 빠져나갔다고 하더군. 진국대학교 유강재 교수도 함께 있었어."

형균은 순간 취기가 싹 가시는 듯했다.

"최용철이라는 사람이 거기 있었다구?"

"응. 자네, 그 사람 알아?"

"……"

"그 사람 아냐구?"

배 기자가 혀 꼬부라진 소리로 재차 물었다.

"내일 연락하지……"

"잠깐, 잠깐. 이 사람아, 이야기 마저 들어! 최용철 사장 이 양반 아주 재미있는 사람이야."

형균은 휴대전화에 귀를 댄 채 세차게 불어오는 샛강의 마파람을 맞으며 오랫동안 서 있었다. 삼킬 생각이 없는 듯 질긴 안주를 한참이나 질겅거리며 뱉어놓은 배 기자의 옛날이야기는 오랫동안 가슴에 꼭꼭 묻어두었던 격정과 슬픔, 한없는 아쉬움의 봉인을 갈기갈기 뜯어 열고 있었다. 상대방의 가슴속에 핏물이 들고 있는 것을 아는지 모르는지 배 기자는 취기 섞인 수다를 멈추지 않았다.

형균은 며칠 전 지선의 사체를 처음 보았을 때 떠올렸던, 온몸에 퍼렇게 멍이 들고 머리가 깨져 죽어 있던 몸을 다시 기억했다. 형균은 그 기억이 마치 누대에 걸쳐 얽히고설킨 업보와 악연을 소재로 한 소설이 그 결말을 드러내기 전에 독자를 농락하듯 불쑥불쑥 던지는 복선과 같은 것이 아닐까 생각했다. 20여 년을 훨씬 넘긴 세월 저편에서 때때로 형균의 기억 속에 뛰어들곤 하던 억울한 죽음과 그에 얽힌 질긴 인연들이 처연한 모습을 드러내고 있었다.

최용철. 죽은 형이 평소에 형님처럼 따랐다고 했다. 서린대학교 앞 막걸리집 〈너른바다〉 주인장. 이지선이 책을 낸다던 출판사의 사장이며, 이지선이 죽기 며칠 전에 만난 사람이다. 어쩌면 이 사건의 비밀을 알지도 모르는 사람이다. 배 기자는 자신이 아는 최 사장의 이야기를 이렇게 쏟아놓았다.

"알다시피 나도 서린대 출신이야. 1학년 때였던가? 함박눈이 펑펑 쏟아지던 날이었어. 초저녁부터 너른바다에서 막걸리를 퍼마시고 있는데 최 사장이 갑자기 삼베로 된 두루마기를 입고 나타나, 탁자를 죄다 치우고는 한가운데에 굿상을 차리는 거야. 졸지에 굿판이 크게 한판 벌어졌지. 난 영문을 모르고 동이째 들이는 공짜 술만 계속 날라다 퍼마셨지. 굿판 중간에 신위가 들어오고 영정이 들어와서야 알았는데 그게 억울하게 죽은 영을 위로하고 저세상으로 안내하는 진오귀굿이었던 거라. 죽은 이가 누구냐 하면 말이야. 이름이 성재. 그래, 정성재였어. 우리보다 아홉 해쯤 선배였지. 정성재는 요즘 언론에 자주 얼굴이 내비치는 신부 고문혁 선배와 함께 우리 학교 '권'에서 신화와 같은 존재였어. 1987년 학생들이 벌떼처럼 일어나 '호헌철폐, 독재타도'를 외치며 서울을 점령했던 때가 있었어. 자네나 나나 그때 고등학교 2학년이었으니 특별한 기억이 없겠지만, 그해 겨울 대통령선거가 있었어. 당선된 대통령이 한 1~2년 유화조치랄까, 학생운동으로 투옥된 이들에 대한 특사와 복교조치가 있었어. 그런데 특사로 풀려난 사람들 중 요주의 인물들은 대부분이 다시 붙들려 감방이나 군대로 끌려갔어. 정성재 선배도 징집당했는데, 군 복무 중에 무슨 조직사건인가에 연루되었다고 했어. 조사과정에서 동지이자 절친한 친구가 밀고를 했다는 소문이 돌았지. 전부 끌려가고 조직은 와해됐는데, 사건 조사 중에 정성재 선배는 군에서 자살했다더군. 그 굿판이 바로 정성재의 천도제였어. 그날 밤 학교 운동권 출신 선후배들이 다 모였더랬어. 쉰이 넘은 대선배들도 오셨지. 엄청나게 마시더군. 나도 문간 말석에 앉아 덩달아 퍼마셨어. 그 사람들 목구멍에 퍼 넣던 막걸리만큼 눈물들을 쏟아내더군. 쏟아내고는 다시 퍼 넣고. 밤새 꺼이꺼이거리며 노래를 부르고 춤을 추고. 무슨 천도제가 그렇게 눈물도 많고 신명이 나던지. 탈반 출신에 전통굿을 전수받고 있다던 영문과 여자 선배 하나가 새하얀 모시적삼 단장에 눈은 새파랗게 입술은 새빨갛게 귀기 어린 화장을 하고는 너풀너풀 신들린 몸부림으로 망혼길 평안을 비는데 눈물 없이는 못 보겠더만. 정성재 선배가 호남형에 인간성도 좋았나 봐. 여학생들에게 인기가 많았다던데, 그 굿춤을 추던 여자 선배도 정성재를 마음에 담고 있었던가 봐. 굿춤을 한바탕 흐드러지게 추고는 마치 낭군 장사 지내고 돌아온 아낙처럼 모시적삼 소복 차림으로 앉아 청승이 주렁주렁 구성지게 소리를 뽑더군. 한차례 부르고, 술 한잔 들이켜고, 또 부르고 들이켜고. 죽은 이에 대해선 말로만 들은 나도 밤새 덩달아 울었지. 밤이 이슥하도록 눈은 어찌 그렇게 많이 내리는지. ……그날 밤 굿상 앞에서 술집 사장 최용철이 영전에 술 한잔 부어 올리고는 한참을 울더군. 생생하게 기억나! 작달막한 키에 스포츠머리를 한 양반이었는데, 좁은 어깨에 호리호리한 체구에 비해서 손은 도둑손이었어. 공사판에서 잔뼈가 굵은 듯한 시커멓고 큼지막한 주먹으로 올 굵은 새끼줄로 엮은 멍석바닥을 소리나게 두드리며 울었어. 그렇게 흐느끼더니 술장사 그만한다고 했어. 앞길 창창한 젊은 놈들 다 죽이는 세상을 한탄했어. 술장사 이제 그만하고 이제 싸우는 놈들 키우는 장사 하겠다고 그랬어. 새벽까지 고문혁 선배를 비롯해 망자의 친구 동지들과 함께 마시더군. 그날 이후 술집은 다시 열리지 않았어. 며칠 뒤 술집 상징이었던 회색 바탕에 붉은 페인트로 대충 그려졌던 '너. 른. 바. 다.' 양철 간판은 사라지고 한자로 그럴듯하게 광해사廣海社라는 아크릴 간판이 올려졌어. 그 너른 술집을 반으로 나눠 한쪽은 출판사와 기획사, 한쪽은 서점으로 꾸며졌지."

형균은 말을 끊으며 물었다.

"친구를 배신했다던 그 사람은 지금 어디서 무얼 하는지 알어?"

"몰라. 미대 출신이라던데. 복역 후 노동운동판에 뛰어들었다는 소문이 있었어. 경기도 어디에⋯⋯."

휴대전화 종료 버튼을 눌렀다. 형균이 전화를 끊은 뒤에도 배 기자의 수다는 희정이란 꼼장어구이집 여주인의 불만에도 아랑곳하지 않고 몇 분 동안 이어졌을 것이다. 형균에게 형의 죽음은 세상에 눈떠가는 청년의 가슴을 피로 아로새겼다. 그의 인생은 그 죽음 이전과 이후로 나뉘었다. 십수 개월의 방황이 있은 후 군에 입대하고 제대 후 고시를 준비했고, 합격 후에도 경찰간부로 지원했던 것들은 모두 그 죽음 때문이었다.

형균의 꿈은 소설가였다. 국문학과로 진학하면서 법대에 다니는 형이 판검사가 되면 집안에 소설을 쓰는 작가 한 명쯤 있어도 되지 않겠냐는 생각으로 문학서클이나 교지 편집위원회에 기웃거리곤 했다. 꽤 잘나가는 선배 작가의 작품을 미학개론 수준의 설익은 이론으로 난도질해 막걸리 안주로 삼아 밤을 새웠다. 방학 때에는 신춘문예 준비한답시고 쌀자루 짊어지고 선산 너머 먼 일가붙이 대처승 부부의 암자에 하숙을 청했던 적도 있었다. 그런 치기 어린 삶도 형이 있었기에 가능했다. 일찍 남편을 여읜 어머니의 눈에 둘째아들의 삶은 눈에 차는 구석이 없었다. 그러나 형은 동생에게 학생시절의 그 어리석음이란 것도 오히려 자신의 인생을 찾아가는 지름길이요, 대학생이라는 선택된 자들만이 누릴 수 있는 아름다운 경험이라고 말하곤 했다. 그때 형균은 형 역시 이미 어머니가 기대하는 남부럽지 않은 풍요롭고 안락한 삶을 추구하고 있지 않다는 것을 확실히 느끼고 있었다.

고시를 준비한 것은 형의 죽음의 이유를 파헤쳐보겠다는 구체적인 계획에서 나온 것은 아니었다. 그것보다 그 사회질서에 가장 충실한 인간으로서, 형처럼 죽을 수 없다는 생존본능이었다는 것이 맞을지도 몰랐다.

맞아 죽은 것이 확실했다. 병리학 전공의 의대 본과 3학년 영도가 예비의사로서의 소견을 내세우며 맹렬하게 따졌던 것도 판단을 뒷받침했다. 억울한 죽음을 밝히고 죄의 책임을 묻고자 하는 계획을 몇 번인가 세워보기는 했다. 그러나 형의 죽음 앞에서 자신과 어머니, 영도를 감시하던 부대지휘관과 군의관, 그리고 우두커니 떼를 지어 서서 이쪽을 향해 힐끗거리던 하사관들과 병사들을 상기하면 가해자와 그들을 비호하고 있는 세력을 상대로 진실을 밝히는 것이 얼마나 힘든 일인가를 직감적으로 느꼈다.

그가 고시를 선택한 것에는 또 다른 이유가 있다. 어머니의 형에 대한 기대가 거기에 있었을 것이라는 추측이었다. 아버지의 죽음 이후 기울어가는 집안을 돌려놓을 수 있는 가장 빠른 방법이라고 어머니가 생각하고 계실 것이라는 판단이었다. 정작 어머니는 그런 말을 입 밖에 낸 적이 없었다.

영도와 함께 떠난 봄날. 그 후 형균이 형을 다시 본 것은 고등학교 2학년 겨울방학이었다. 형은 문혁과 시우와 함께 체포되어 18개월간의 옥살이를 한 후, 1987년 12월 크리스마스특사로 막 풀려났다. 단지 사흘을 집에 머물렀던 형은 비슷한 시기 석방된 문혁과 시우 들을 만난다는 핑계로 상경한 후 또 소식이 끊어졌다.

그로부터 20여 개월이 지난 1989년 8월. 여름의 마지막 뙤약볕 아래 앞뜰에 활짝 핀 월계화가 장미보다 더 붉었던 날이었다. 매일 집 주위를 얼쩡거리던 지서 차석이 서울에서 왔다는 형사와 함께 집으로 찾아왔다. 청량리경찰서 정보과 김 아무개라는 자였다. 그는 어머니와 꽤 오랜 시간을 마주 앉아 있었다.

키가 작고 비쩍 마른 뱁새눈이었다. 낮은 음성의 경상도 사투리를 썼다. 형사는 형의 일거수일투족을 찍은 흑백사진 여러 장을 내밀며 어머니를 설득하고 있었다. 형은 지금 후배 학생들을 꾀어 불온한 조직을 만들고 있고 발각되어 체포되기까지는 시간문제이며 이번에는 진짜 빨갱이로 몰리게 될 것이라고 했다. 빨리 입대시키는 것이 다시 감옥으로 가지 않을 유일한 방법이라 했다. 그 뱁새눈은 형이 아주 똑똑하고 장래 큰일을 할 수 있는 재목이라는 것을 진작부터 알아봤으며 이번이 자신이 줄 수 있는 마지막 기회라는 생색도 잊지 않았다.

어머니는 고개를 끄덕이셨지만 믿지는 않으시는 것 같았다. 형사는 어머니와 대화 중에도 흰자위를 희번덕거리며 할긋할긋 주변을 살폈다. 필요 이상으로 느릿느릿한 말투와 사람 가슴속을 헤집는 듯한 시선을 어머니는 흉한 짐승을 대하듯 끝내 바로 보지 않으셨다. 형사 앞에서 굴신하고 있었지만 표정은 내려다보고 계셨다. 사범학교를 나와 읍내 초등학교 교편까지 잡았던 어머니셨다. 자식의 생사여탈권을 쥐고 있는 권력 앞에서 시골 아낙의 우둔함을 연기하고 계셨지만 세상 돌아가는 이치를 꿰뚫어 보는 눈은 닳고 닳은 형사보다 못하지는 않으셨다. 큰아들이 푸른 대쪽 같은 그 성정 때문에 이기지 못할 큰 힘에 행여 꺾여버리지 않을까 염려하셨지만, 큰아들에게 고향에 돌아와 입대를 준비하라는 편지를 내주지는 않으셨다.

한 달쯤 지난 9월이었다. 형의 옷가지가 소포로 배달되었다.

발신지는 춘천 어딘가의 보충대였다. 형이 다시 체포되고 강제 입대를 했다는 소식을 나중에야 들을 수 있었다.

어머니는 곪아터지는 속을 다잡고 묵묵히 집안일만 하셨다. 아버지의 대학 친구 중에 현직 장관도 있었다. 지역의 국회의원 도 아버지의 후배였고 집안의 도움을 적잖게 받은 이라 했다. 어 머니는 그들에게 기대지 않았다. 어렵고 힘들지만 시간은 흐르 고 언젠가는 큰아들이 환하게 웃으며 대문을 열고 들어설 날만 기다리시는 것 같았다.

그해 겨울. 겨울비가 추적추적 내리던 날이었다. 방학이 시작 되었지만 아르바이트를 한다는 핑계로 서울 자취집에서 빈둥거 리고 있었다. 새벽까지 마신 술 때문에 욱신거리는 머리를 베개 에 파묻은 채 아침나절을 뒹굴고 있던 참이었다. 자취집 삐걱거 리는 대문이 열리고 낯익은 목소리가 형균을 부르며 댓돌을 올 랐다. 어머니였다. 얼굴은 파랗게 질려 있었다. 어머니 뒤에는 흐 느끼는 영도가 서 있었다.

"균아! 니 형 말이다. ……성재가 죽었단다."

어머니의 꽉 잠긴 목소리를 채 알아듣지 못해 눈을 동그랗게 뜨고 멀뚱거리는 둘째아들을 보며 어머니는 힘겹게 다시 말씀 하셨다.

"옷 챙겨 입고 나오너라. 형 보러 가야지."

부대는 서울에서 버스를 타고 다섯 시간. 시골 전세택시를 타고 한 시간을 더 들어가야 했다. 부대 입구에 내려 다시 산길을 한 시간 더 걸어 들어가야 했다. 산 중턱에 있는 중대 규모 부대였다. 시신은 막사 옆 스스로 목을 매 죽었다는 어둑어둑한 창고에 뉘어 있었다. 국방색 마대자루를 꿰어 만든 들것 위에 판초 우의를 덮고 있었다. 옆에는 목을 매었다는 색 바랜 굵은 나일론 줄이 놓여 있었다.

곰팡내 짙게 나는 싸늘한 창고바닥에 털썩 무릎을 꿇은 어머니는 축축한 판초 우의를 걷어 꿈에 그리던 큰아들의 얼굴을 확인했다. 아직도 형균의 기억 속에 사진처럼 찍혀 있는 참혹한 주검이었다.

영도는 부대 지휘관과 입회한 군의관에게 맹렬하게 따졌다. 왼쪽 팔목과 양쪽 정강뼈가 모두 부러진 이가 어떻게 의자에 올라 대들보에 올무를 걸 수 있으며, 의자를 걷어찰 수 있는가를 해명할 것과 온몸의 무수한 상처와 멍이 구타에 의한 타살의 증거가 아니냐고 조목조목 집요하게 따졌다. 영도의 항의에 지휘관은 일언반구 없이 현장을 떠나버렸다. 군의관은 고개를 옆으로 돌리고 묵묵부답 줄담배만 피우고 있었다. 형균은 타살이 분명한 죽음 앞에 무기력한 자신을 원망했다. 어머니는 군의관에게 의사의 자격을 힐난하고 양심을 요구하는 영도를 만류했다.

"얘야, 가자. 저놈들이 죽이지 않았으면 누가 죽였겠니? 죽여 놓고 자살이라고 우기는 놈들이다. 따져봐야 소용없다. 가자! 성재 데리고 가자."

그날 시신을 모시고 나오지 못했다. 군의관은 보호자 시신확인서와 부검동의서에 서명해줄 것을 요구했다. 그러면 부검 후 시신을 인도해주겠다고 했다. 손바닥에서 흐르는 땀에 서류조각들이 흠뻑 젖도록 망설이던 어머니가 마지못해 서명하고, 형균이 서류를 들고 의무대에 들렀을 때 군의관은 상사계급을 단 헌병대 하사관과 무엇인가 쑥덕거리고 있었다. 군의관은 어머니의 이름과 주민등록번호를 확인하고는 헌병대 하사관에게 서류를 건네지 않고 의무관실 안으로 들어갔다. 반쯤 열린 문 안에는 붉은색의 굵고 두꺼운 하사관 계급장이 달린 군복에 레이밴을 낀 사내 한 명과 자그마한 체구의 회색 점퍼를 입은 남자가 앉아 있었다. 그들은 서류를 확인하고는 채 닫히지 않은 문틈으로 형균을 내다보았다. 머릿기름으로 번지르르한 머리카락 밑 레이밴의 검은 렌즈가 기분 나쁘게 번득거렸다. 하사관은 검은 레이밴이 자신의 권위를 나타내는 것인 양 어두운 군의관실 안에서도 벗지 않았다. 회색 점퍼는 힐끗 문 밖을 쳐다보다 급히 얼굴을 돌렸다. 후일 새삼스럽게 다시 찾아든 기억에 의하면 점퍼를 입은 사내는 형의 입대를 강권했던 그 형사임이 틀림없었다. 장래 큰 재목이 될 형을 보호하기 위해서가 아닌 불온한 학생운동 지도자 정성재를 감시하며 유사시 체포를 지휘하는 이른바 '담당'이라는 것을 충분히 짐작할 수 있었다.
　　형의 죽음은 군생활 부적응으로 인한 자살로 통보되었다. 집에 돌아올 때는 한 줌의 재로 변해 있었다. 골분을 담은 작은 항아리는 고향집 뒤 언덕배기, 아버지의 묘 옆 조그만 봉분 아래 묻혔다. 눈물마저 말라버린 어머니와 영도는 옆 마을 사촌 형과 형균의 삽질을 망연자실 지켜보았다. 언덕에 묻힌 두 사람은 명민함으로 여러 사람의 기대를 모았고, 집안을 다시 일으킬 재목으로 가족의 소망을 한 몸에 받았던 이들이었다. 서로 닮은 훤칠한 키와 흰 피부에 붉은 입술, 항상 환하게 웃는 얼굴로 다른 이들의 주목을 끄는 용모였다. 무엇보다 자신을 진심으로 사랑하는 아름다운 여인이 인생의 끝을 지켰던 행복한 이들이었다. 두 사람은 그들이 사랑했던 고향집이 내려다뵈는 언덕 양지바른 곳에 나란히 묻혔다.

해질녘 언덕을 내려왔다. 영도는 석양 속에 형의 마지막 가는 길을 지켜보고 싶었던지 어두워져서야 내려왔다. 그녀는 그날 뉘엿뉘엿 넘어가는 붉은 해 속으로 걸어 들어가는 연인의 환영을 보았다고 했다. 몇 년 전 문혁과 시우, 영도가 함께 비를 맞으며 밤길을 재촉하던 바로 그 길을 항상 입고 다니던 검은 물 입힌 군복 야전상의를 입고 걸어갔다고 했다. 어깨에는 가방을 매고 환하게 웃으며 영도를 향해 손짓했다고 했다. 홀로 된 여인의 맏아들이었으며, 동생에게 존경받던 형이었으며, 아름다운 한 여인의 연인이었고, 동지들에게 신망받던 청년학생 지도자 성재는 그렇게 이생을 떠났다.

호모 엑스쿠탄스

사흘을 넘기면 사건은 대개 장기화되기 마련이다. 형균의 양 미간에 초조함이 깊어졌다.

"고 형사! 조 형사에게서는 연락이 없나?"

사건의 비밀을 쥐고 있을지 모를 최용철 사장을 찾는 것이 급선무였다.

"아직 연락 없습니다. 장 형사님은 곧장 마포서로 가셨는데요?"

"왜?"

되묻는 것과 동시에 휴대전화 벨이 울렸다. 발신자는 장종철이었다.

"반장님! 오늘 새벽에 안용수의 집에 도둑이 들었습니다."

"없어진 게 있답니까?"

"현장에 와 있습니다만, 아직……."

"좀도둑이 살인현장을 털려 했을까요? 범인이면 찾는 게 있는 것 같군요. 달라진 게 있는지 면밀하게 확인하세요."

휴대전화를 닫은 형균은 조 형사의 번호를 눌렀다.

"어디야?"

"상수동입니다."

"거긴 왜? 최 사장과는 연락이 닿았나?"

"엊저녁에 파주 출판사에 들렀습니다. 다들 최 사장의 행방을 모른답니다. 닷새 전인 22일 새벽에 출판사에 도둑이 들어 직원들이 여러 번 통화를 시도했지만, 연락이 안 되었답니다. 전화기는 지금까지 꺼져 있구요."

"상수동엔 무슨 일이야?"

"최 사장 최종 행선지가 상수동 홍대 앞입니다. 여직원 말인즉 홍대 앞에 무슨 사무실을 내려고 했답니다. 최근 출판사 일은 제쳐두고 바쁘게 돌아다녔다는데 일주일 전 키가 크고 몸집이 좋은 남자와 이지선, 유강재 교수가 사무실에 함께 찾아왔다더군요."

"몸집 좋은 남자? 안용수?"

"틀림없습니다. 이지선은 출판사에서 책을 낸 적도 있어서 정확하게 기억하더군요. 이지선 피살사건 때문에 많이 불안해하는 것 같았습니다."

"그날이 정확하게 언제라고?"

"19일 월요일 저녁 무렵이었답니다."

신보련 출범식이 있던 날이다.

"토론회가 있던 날이군."

"토론회요?"

"아냐! 계속해."

조 형사는 또박또박 말을 이었다.

"그다음 날 최 사장이 서울로 가면서 여직원에게 상수동 소재 주소를 하나 주며 등기소에 조회를 지시했답니다. 무슨 재단 사무실을 낼 곳이라고 임대계약서와 3억에 가까운 돈도 준비하라고 지시했답니다. 지금 그리로 가는 중입니다. 징크스랄까요? 최 사장은 새로 입주할 사무실에는 계약하기 전 꼭 혼자서 밤을 새워본다더군요. 자신과 그 땅의 운명을 가늠해본다며."

"유강재 교수는?"

"진국대학교 사학과 교수로 오래전에 광해사 편집주간을 했고 광해사에서 출판한 책도 꽤 된답니다. 최근 부쩍 자주 들렀다던데요. 원고를 집필하고 있었답니다."

"이지선과 안용수가 죽기 전 같이 자주 만났던 사람이 최 사장과 유강재라는 결론이군. 유강재 교수도 추적해봐!"

휴대전화를 접고 김 형사를 찾았다. 그제부터 김 형사는 마쟁이와 씨름하고 있었다. 서장은 빨리 검찰로 송치하라고 닦달하고 형균과 김 형사는 조사가 더 필요하다고 우기는 판이었다. 마쟁이 건은 검찰에 송치된다 하더라도 기각될 것이 뻔했다. 기

181

소를 유지한다 하더라도 제대로 된 변호사라면 범죄구성요건도 희박한 사람을 온 나라가 관심을 집중하고 있는 대형사건의 범인으로 몰고 있다고 검찰과 영등포서를 공격할 것이 틀림없었다. 검찰 송치는 마쟁이의 석방과 다름없다. 법정 구금시한인 48시간은 아직 24시간이 남았고 구금을 연장하면 이틀은 더 묶어둘 수 있다. 서두를 필요가 없다. 영등포 깡패조직에 마쟁이의 뒷배를 봐줄 놈도 없다. 원래 이런 놈은 소모품이나 마찬가지다. 서장이 안달복달하는 것은 논리적으로 마쟁이의 석방을 서두르고 있는 것이나 마찬가지였다.

'마쟁이는 아니다.'

형균은 확신했다.

'놈이 이 사건에 끌려 들어온 이유는 정액 때문인데.'

립스틱과 콘돔 윤활제가 섞인 정액. 여관방 쓰레기통 하나만 털어도 이 정도는 5분 안에 구할 수 있다는 인경의 말이 떠올랐다.

'그래, 그 쓰레기들이야.'

형균은 김 형사를 불러올렸다. 또 밤을 새웠는지 얼굴에 수염터가 시커멓게 잡혀 있었다.

"금요일 저녁 마쟁이가 묵었던 모텔 주인을 한 번 더 족쳐봐. 근처 CCTV도 조사해보고! 분명 모텔을 한번 나갔다 왔을 거야. 쓰레기봉지 같은 것을 들고 어슬렁거리던 놈이 있나 한번 봐!"

"쓰레기봉지요?"

김 형사는 황당하다는 표정을 지었다.

　　"마쟁이 놈의 체모와 정액은 현장에 버려진 쓰레기에 불과해! 마쟁이가 공범과 함께 안용수와 이지선을 죽이고, 이지선을 한강변에 유기하면서 죽 둘러서서 딸딸이를 쳤겠어? 그것도 콘돔을 끼고? 수사에 혼선을 주기 위해서 거짓 단서를 뿌려놓은 것이지. 그 쓰레기들을 거기까지 갖고 온 놈들이 있을 거야."

　　임무를 지시하던 형균이 싱긋 웃었다.

　　"쓰레기를 갖고 나온 놈이 마쟁이일 거야. 그놈은 단지 심부름꾼일 뿐……."

　　"그래서 놈이 그렇게 태연했군요."

　　"고 형사를 데리고 가!"

　　김 형사가 고 형사의 어깨에 손을 얹고 나간 후 형균은 지하 구치소로 내려갔다. 정말 쓰레기 심부름꾼이었는지 확인해볼 심산이었다.

　　유치장 입구에서 형균은 장 형사의 전화를 받았다.

　　"뭐 달라진 게 있어요?"

　　"도둑맞은 물건은 없어요. 손가락 자국이 있고 거기서 지문이 하나 나왔어요."

　　"처음 현장감식 때 놓친 지문은 아니겠죠?"

　　"분명 사건 이후에 생긴 지문입니다. 보시겠습니까?"

　　휴대전화로 내려받은 사진은 서가에 보얗게 내려앉은 먼지 위에 가지런히 찍힌 네 개의 손가락 자국이었다. 검은 윤기가 흐르는 흑단 원목이 선명하게 드러나 그 흔적이 돋보였다. 장 형사의 설명이 휴대전화 스피커에서 흘러나왔다.

"완전한 것은 아니고 부분지문입니다."

"손가락은 네 개가 찍혔는데 지문은 하나뿐이에요?"

"네. 장갑을 끼고 있었는지 두 번째 손가락, 엄지가 함께 찍히지 않았다면 중지 끝이 되겠죠. 거기에만 아주 옅은 쪽지문이 남아 있었어요."

"서가에서 무얼 찾고 있었군."

"감식반 말로는 여의도역과 강남역 공중전화에서 채취한 지문과 같답니다. 부분지문의 형태와 융선의 패턴이 같은 사람이 틀림없답니다."

그렇다면 사건 당일 낮 1시경 강남역에서, 저녁 7시경 여의도역 2번 출구 공중전화 부스에서 전화를 걸었다. 저녁 7시경이라면 지선과 용수가 식사를 하고 있을 때다. 부분지문의 주인공은 이지선에게 계속 통화를 시도하면서 뒤따라 다녔다는 말이다. 범인의 지문일 가능성이 높다. 그렇다면 발신지 추적이 금지된 전화는 어디서 걸려온 전화였을까?

'지랄 맞을! 뭐 하나 속 시원히 맞아떨어지는 게 없네.'

마쟁이는 지하 유치장 한쪽을 독차지한 채 사지를 뻗고 코를 골고 있었다. 연신 눈을 사방으로 할긋할긋 굴리며 주변을 살펴

는 노인 하나와 취중에 싸우다 잡혀온 듯 머리와 코가 깨진 중
년 남자가 함께 수용되어 있었다. 둘 다 마쟁이와 기싸움에서
졌는지 구석에서 벽면을 향해 고개를 숙이고 앉아 있었다.

"야! 광수! 송광수!"

형균이 유치장 창살문 앞에 바짝 다가서 큰 소리로 불렀다.
놈은 코골이를 멈추었으나 눈을 뜨지는 않았다.

"마쟁이! 안 일어나?"

해병대 교관이 훈련병에게 겁을 주듯 말끝에 힘을 실어 고함
을 쳤다. 놈이 부스스 일어나다 형균을 보고는 히죽 웃었다.

'이놈 봐라! 웃는다!'

잡혀 들어오면 쥐새끼처럼 눈치를 봐가며 어설픈 거짓말을
둘러대던 놈이다.

"왜 불러요? 쳇!"

코웃음을 쳤다.

"너 어젯밤에 아주 재미있게 놀았다며? 민쯩도 없는 애를 데
려다가 약까지 놓고 곤죽을 만들었다지?"

"히힛."

형균이 슬쩍 넘겨짚었다.

"소래염전 소금보다 더 짜다는 쏘가리가 어쩐 일이냐? 술 사
주고 약 주고 계집까지 넣어줬어?"

쏘가리는 마쟁이가 속한 행동대 두목이다. 나이는 마쟁이보
다 여섯 살이나 어리지만 머리회전이 빠르고 성격이 잔인하여

그 바닥에서 출세가 빠른 놈이다.

"아냐!"

"아니면 누구? 너 다른 놈들한테 술 얻어먹고 뽕값 받다 쏘가리한테 걸리면 죽을라구."

"……."

입을 열지 않았다.

"그런데 어쩌냐? 죽은 사람 몸에서 네 정액과 터럭이 나왔어. 정액 속에 필로폰도 검출되었고. 게다가 미성년자 성매수에 강제 마약투약. 살인까지 합하면 30년은 썩겠다."

30년이란 말에 놈의 두툼한 입술이 바르르 떨렸다.

"쏘가리가 아니면 번영회 규율부장 절름발이 도식이?"

"……."

"야이! 개새끼야! 바른대로 대지 못해? 너 혼자 깜빵에서 한 30년 썩고 싶어? 이 멍청한 뽕쟁이 새끼가 지 처지도 모르고 개기고 있어?"

형균은 큰 소리로 몰아붙였다.

"도식이가 맞네! 도식이가 약값까지 직접 주다니 네가 아주 큰일을 한 모양이구나! 응?"

형균이 넘겨 찔렀다. 마쟁이가 고개를 끄덕였다.

'이놈의 입을 열려면 자신이 배신당했다고 믿게 해야 한다.'

"어쨌든 넌 살인범이야. 다른 놈들 다 도망갔어."

형균은 유치장을 나오며 뒤를 슬쩍 돌아보았다. 놈은 얼굴을 철창에 박고 형균을 바라보고 있었다.

'저놈이 지금까지 뭘가 믿고 있었던 게야.'

임도식. 영등포 조폭의 제일 윗선에 있는 놈이다. 30대 후반으로 상가번영회 규율부장으로 행세하며 입주한 상인들에게 자릿세를 받아먹는 놈이다. 말이 자릿세지 매출을 어림하여 한 집당 일 년에 수백만 원씩 상납을 챙기기 때문에 상가 규모를 고려하면 수십억이 간단하게 넘는 액수다. 10여 년 전 일대 유흥가에서 제일 큰 나이트클럽 영업권을 두고 경쟁조직과 전투를 치를 때 왼쪽 무릎관절을 크게 다친 후 다리를 절어 '절름발이 임도식'으로 불린다.

임도식이 시장을 쥐락펴락할 수 있는 데는 든든한 뒷배가 있기 때문이다. 그 배후란 바로 영등포와 구로 일대 조폭조직의 대부로 알려진 그의 형 임도수였다. 역 앞과 시장 일대에 빌딩을 다섯 채나 소유하고 있고 부동산 임대사업가로 명함을 파고 다니는 작자다. 동생 임도식을 통해서 상가번영회를 장악하고 역전과 시장 상권을 떡 주무르듯 하는 일대 유흥가의 황제로 알려져 있다. 사건에 직접 연루된 적이 없어 경찰에 꼬리를 밟힌 적도 없거니와 오히려 주변 노숙자 보호단체에 거액을 기부하면서 자선사업가로 알려져 있다. 영등포 지역신문인 정도일보의 실소유주이기도 하다. 시경 첩보에 의하면 대전 어디엔가에서 대학까지 나온 학사 출신 조폭이라는 말도 있지만 과거가 성확하게 밝혀진 것은 없었다. 옛날 노량진과 마포, 영등포를 주름잡던 이북 출신의 전설적인 건달 임 모라는 자의 아들이란 말도 있으나 확인된 바 없기는 마찬가지다. 어쨌든 생각하지도 못한 인물이 마쟁이를 통해 수사무대에 등장한 셈이다.

'임도식이라……'

사건은 빙산처럼 수면 아래 훨씬 넓은 배경이 있을 것이라고 짐작은 했지만, 아직 물밑 사정을 알 수 없다. 마쟁이의 자백은 수사 영역을 마포와 여의도에서 영등포로 넓혀주고 있었다.

최 사장이 발견된 곳은 홍대 앞 상수동 주택가에 위치한 건물이었다. 형균이 조 형사의 다급한 연락을 받았을 때는 마쟁이 건으로 경찰서장과 기싸움을 한판 벌인 후였다. 평소 과장급들에게 큰소리 하나 지르지 못하는 인물이었다. 뒷배가 든든한 후배들에게는 노골적인 아부마저 서슴지 않았다. 그러던 서장이 요즘 들어서 터무니없는 고집과 큰소리가 부쩍 잦았다. 서장의 지시는 마쟁이를 법정구금시한을 넘기지 말고 알리바이가 확실하면 석방하고 불구속으로 수사하라는 것이었다. 드러난 증거로 즉시 조서를 꾸며 검찰에 송치하라던 어제와는 완전히 다른 지시였다. 마쟁이는 사건의 진범으로 연결되는 끈 같은 것이다. 더구나 시장 깊숙이 숨어버리면 다시 붙잡기 힘들다.

서장실 소파에서 눈을 감고 협박과 회유가 섞인 잔소리를 듣고 있을 때였다. 전화기 너머 '최 사장을 발견했다'는 보고에 그것이 곧 주검임을 직감했다. 형균은 결론을 짓고 가라는 채근에 아랑곳하지 않고 서장실을 박차고 나왔다.

집 정원에는 군데군데 잡초가 웃자라 우거져 있었다. 잡초 사이에 바비큐 그릴이 녹이 슨 채 쓰러져 있어 적어도 올봄부터는 사람의 손길이 닿지 않은 것 같았다. 주인 없는 개 사슬이 둘둘 말린 채 개집 앞에 놓여 있었다.

외관은 가정집이었지만, 자세히 들여다보면 처음부터 사무실 목적으로 지어진 듯했다. 정원으로 난 건물의 한 면 전체가 통유리로 되어 있었다. 통유리 안으로 왼쪽에는 기다란 탁자와 철제의자가 가지런히 놓여 있는 회의실과 휴게실이 칸막이로 나뉘어져 있고, 오른쪽에는 10평 규모의 서재를 겸한 사무실이 있었다. 사무실 안이 훤히 들여다보이는 통유리에 형균의 시선을 강렬하게 붙잡는 무엇인가가 있었다. 안쪽에서 매직으로 휘갈긴 글자였다.

〈너의 慘酷한 肉迫, 우리들 가슴 속에 불타는 청춘의 정신〉

"참혹한 육박, 불타는 청춘의 정신?"

시구 같았다. 이번에는 알파벳은 없었다. 최 사장은 서재를 겸한 사무실 마룻바닥 가죽소파 옆에 양팔과 다리를 벌린 채 엎드려 있었다. 얼핏 보기엔 술 한잔 거나하게 걸친 노인이 자기 집 거실에 엎어져 편히 잠든 것처럼 보였다. 한눈에 최 사장임을 알아볼 수 있었다. 옛날 학사주점 너른바다에서 술주전자와 안주접시를 가득 들고 테이블 사이를 누비다, 남아 있던 학생들과 늦은 밤까지 술잔을 기울이며 젊은 울분과 얇은 객기들을 넉넉하게 받아주던 걸죽한 입담의 중년 사내가 떠올랐다. 작달 막하고 다부진 체격, 각진 얼굴과 스포츠형 머리 때문에 퇴역하 사관의 인상을 주던 사람이었다. 그때도 희끗희끗한 새치와 이 마의 굵은 주름 때문에 실제 나이보다 더 늙어 보였다. 20년 세 월 탓인지 어깨는 더 좁아지고 마른 듯했다. 새치는 백발로 변 해 있었다. 머리를 안쪽으로 돌린 채 엎드려 있었기 때문에 얼 굴은 보이지 않았지만 옷차림은 과거와 크게 변한 것이 없었다. 팔꿈치가 닳고 탈색된 낡은 고동색 가죽점퍼와 짧은 기장의 면 바지 차림이었다.

시신 옆에 눈에 익은 사람이 최 사장의 백발을 핀셋으로 헤 집고 있었다. 집 안은 관할 마포서 형사들과 과학수사대 요원들 로 부산스러웠다. 현관에서 시신이 있는 사무실까지는 좁은 통 로로 연결되어 있었다. 건물 내부는 사람의 온기가 떠난 지 오래 된 듯 싸늘했다.

사무실은 바깥에서 보는 것보다 훨씬 넓었다. 통유리 벽 앞 마호가니 책상과 의자가 안쪽을 향하여 덩그렇게 놓여 있었고 연필 한 자루, 메모지 한 장 없는 책상 위에는 어울리지 않게 골 판지 케이스에 든 두꺼운 책 한 권이 놓여 있었다. 사무실 삼면 은 책장이 차지하고 있고, 발간된 지 적어도 2, 3년은 넘은 것으 로 보이는 잡지류와 역사서, 철학서가 잡다하게 꽂혀 있었다. 소 파 위에는 최 사장이 갖다놓은 것으로 보이는 야전침낭이 있었다. 바닥에 펼쳐진 신문지 위에는 시중에 판매되는 연두색 빈 막걸리 병 두 개와 먹다 남은 새우깡 봉지가 놓여 있었다.

"며칠 자 신문이지?"

"11월 21일."

막걸리를 따라 마셨음 직한 찌그러진 종이컵 표면에 묻은 푸르스름한 얼룩을 면봉으로 닦아내던 과학수사요원이 답했다. 형균은 과학수사요원의 손을 당겨 종이컵에 코를 박고 냄새를 맡아보았다.

'막걸리와 인연이 깊은 양반이군……'

조 형사가 형균에게 손을 들어 보이자, 외과의 출신 알코올 중독자 검시관도 돌아보며 씨익 웃었다. 그의 코끝에 겨우 얹혀 있는 알 작은 금테 돋보기가 반짝였다.

"늦었소."

형균도 곽 검시의 불쾌한 얼굴을 보고 싱긋 웃으며 대꾸했다.

"네. 오전부터 꽤 하셨네."

"허헛. 엊저녁부터라고 해야 되겠지. 새벽에 술집에서 바로 불려나가 신당동에서 한 건 하고, 남산골 아래 시장통에서 늦은 아침 먹으면서 해장술 한잔 걸쳤지. 술집을 나오다 또 이렇게 끌려나오지 않았겠소. 술 먹을 복도 지지리도 없지."

"술 복 없는 분이 그 정도면 술 복 터진 양반들은 술통에 빠져 죽겠네."

곽 검시의 과다한 음주를 넌지시 비꼬았다. 형균은 쪼그려 앉아 시신을 살피는 곽 검시의 등 뒤를 조심스럽게 돌아 걸어갔다.

형의 천도제에서 형균의 손을 잡고 형과의 깊고 질긴 인연을 토하며 눈물을 흘리던 그를 떠올렸다. 어금니를 악다물었다. 시신의 얼굴은 이미 생명의 여운이 남아 있지 않았다. 새하얀 눈빛에 가까운 백발과는 대조적으로 검고 푸르게 변색한 이마와 뺨은 군데군데 수포가 부풀어 있었고, 목과 턱 언저리에는 피부가 일어나 말라붙어 있었다. 역한 시취마저 풍겼다. 형균은 이 썩어 들어가는 시신이 그 옛날 형의 죽음을 화려하고 신명나게 마무리해준 고맙고도 강렬한 인연의 주인이었다는 생각이 들지 않았다. 오히려 좀비영화의 분장처럼 느껴질 뿐이었다. 낯선 안도 감이었다.

"얼마나 됐어요?"

"사후경직도 거의 풀린 것 같고. 일주일?"

곽 검시가 무덤덤하게 대답했다.

"부패가 많이 진행되지는 않았군요."

"난방도 없었고 현관문이 열려 있었습니다."

조 형사가 곽 검시를 거들었다. 죽은 이의 목에 드러난 부패망을 확인하던 곽 검시도 고개를 끄덕였다.

"여기서 이 자세로 숨이 끊어졌어. 일부 부패가 진행되었지만 지난주 금요일까지 전형적인 가을가뭄이었잖아. 저온건조한 날씨 때문에 급속하게 건조화가 진행된 것 같아요. 최근 2, 3일간 눈비가 오면서 부패가 진행된 것 같고. 최소 일주일 이상은 된 것 같소."

'일주일 전이면 지선과 용수가 피살되기 전이다.'

토론회에 참석한 후 파주 출판사 사무실에서 모인 날이 11월 19일. 그날로부터 이틀이 지난 시점에 살해되었다는 뜻이 된다. 그리고 2, 3일이 지난 후 지선과 용수가 살해되었다.

"사인은?"

졸음과 숙취 때문인지 눈을 무겁게 끔뻑이며 입맛을 다시던 검시관이 시신의 턱 바로 밑 와이셔츠 칼라 모양으로 찍힌 검푸른 문양을 가리키며 단정적으로 내뱉었다.

"경부압박에 의한 질식사."

"그냥 당하고 있었을까요? 다른 외상이 없는 것 같은데."

형균이 고개를 갸우뚱거렸다. 검시관은 힘없이 흔들거리는 최 사장의 머리를 이리저리 돌려보며 말했다.

"잘 봤어요. 의식을 잃은 상태에서 당한 거요. 머리 한가운데 시상봉합부 가까운 두정골에 외상이 있소. 그리고 두개골과 목을 이어주는 1번 경추에 골절이 있는 것 같아. 두정골 타박상은 밖으로 출혈은 없는 것으로 보아 무게는 나가지만 모서리가 없거나 표면은 부드러운 것으로……."

형균은 고무장갑을 낀 손으로 책상 가장자리에 비뚜름히 놓인 두꺼운 책을 조심스레 들어올렸다. 두께가 10센티미터, 가로세로가 30센티미터, 25센티미터쯤 되는 무거운 책이었다. 흰색 바탕에 위와 아래에 붉은 줄이 그어져 있고, 검은색의 선명한 고딕체로 책 제목이 쓰여 있었다.

〈철학사전〉

낯설지 않았다. 80년대 중반에서 90년대 초까지 사전류로서는 드물게 학생들에게 꽤 팔렸던 책이었다. 책값이 비싸 웬만큼 철학에 관심이 있는 학생이 아니면 구입할 엄두를 쉬이 내지 못했던 사전이다. 옛날 형의 자취집 책상 위 새까맣게 손때가 묻은 채 놓여 있던 것이기도 했다. 어린 형균에게 사전 속 단어들은 생소했다. 철학사전이라면 현실을 초연하는 고답적이고 형이상학적인 언어들을 풀이한 것인 줄 알았다. 그러나 이 사전이 담고 있는 낱말들은 형균이 알고 있는 철학과는 완전히 거리가 먼 것들이었다. 변혁의 원리와 저항의 역사, 그리고 혁명을 가르치고 반란을 선동하는 어휘들을 분석하고 설명해놓은 책이었다. 그 어원들은 학교에 개설된 교양철학 강좌보다 고향집 다락 구석에 잠자고 있던 아버지의 오래된 고리짝, 그 속에 숨겨진 색바랜 책들과 노트에 적혀 있는 가르침에 가까웠다. 가까운 역사 속 숱한 사람들의 목숨을 좌우했던 불온한 반역의 개념들이 흰색의 깨끗한 종이 위에 현대적 편집으로 인쇄되어 되살아 온 물건이었다.

'이것으로……'

곽 검시와 조 형사는 시신을 살피다 말고 책을 든 채 눈을 부릅뜨고 있는 형균을 바라보았다. 형균은 마치 앞에 부수어버려야 할 무엇인가 있는 것처럼 사전을 천천히 머리 위로 올렸다가

내렸다. 곽 검시가 고개를 끄덕였다.

"그게 맞을 거요. 체중을 실어 윗머리 정중앙을 내려치면 강한 충격으로 뇌기능이 일시정지돼. 뇌진탕이지. 목뼈도 강한 충격을 받을 수 있어. 충격의 각도에 따라 경추가 비틀어지거나 심하면 부러져. 피해자는 두정골 중앙에서 약간 오른쪽에 경추가 부러질 정도로 강한 충격을 받아 정신을 잃었고, 그 상태에서 목이 졸려 살해되었소. 마지막에 목을 누르지 않았어도 경추골절과 뇌출혈, 둘 중 하나로도 충분히 사망했을 거야."

늙은 검시관은 해부학을 강의하는 노교수처럼 눈앞에 쓰러져 있는 죽음의 과정을 담담하게 재현해냈다. 그러고는 형균을 물끄러미 쳐다보며 말했다.

"정 반장! 범인을 쫓는 데 너무 몰입하면, 쫓는 자와 쫓기는 자가 구분이 없어져. 눈에 살기가 돌아."

형균은 대꾸하지 않았다.

'살기가 보인다고? 이 늙은 검시관은 나와 최 사장의 인연을 모른다. 늙으면 안 보이는 것까지 본다더니. 그렇게까지 보였나?'

형균은 형을 죽게 만든 이들이 과거로부터 튀어나와 최 사장을 살해하고 사라진 것 같은 느낌이 들었다. 베일에 싸인 어떤 위협에 대한 방어본능, 아니 복수본능이 살기로 뿜어나오고 있는지도 모른다. 굳은 표정으로 조 형사에게 물었다.

"흔적은?"

"지문이 있었습니다. 부분지문이······."

"용수의 살해현장에 있었던 것과 동일한 것인가?"

"모양이나 형태가 육안으로 확인될 정돕니다. 푸른색 물감 같은 것이 함께 찍혀 있었거든요."

"어디서?"

"플라스틱 막걸리통과 종이컵. 그리고 방금 반장님이 들었던 그 책 커버에서 발견되었습니다."

"지문의 주인공과 막걸리를 나눠 마셨을까?"

"틀림없습니다. 또 이지선과 안용수의 목 부근 칼라에 남아 있었던 얼룩 색깔과 종이컵 지문 색깔이 똑같습니다. 당시 보고서에는 그 얼룩 성분이 페로시안화철이라고 했습니다. 안료라고 하더군요. 이 검푸른색 얼룩."

조 형사가 증거보관용 비닐팩에 든 찌그러진 종이컵을 들어 보이며 말했다.

"피해자와 잘 아는 사이란 말인데. 이지선과 안용수의 경우도 면식범이라는 결론이었지? 조 형사! 비슷한 패턴의 부분지문이라면 같은 장갑을 끼고 범행을 저질렀을까? 아니면……."

형균이 다시 물었다.

"부분지문이 어떤 경우에 생길 수 있지?"

곽 검시가 둘의 대화에 끼어들었다.

"화상이겠지. 끓는 물이나 염산 같은 것에 화상을 입는 경우 훼손되지 않은 부분에 지문이 남을 수 있지."

형균은 최 사장의 시신을 오른쪽으로 돌아 통유리 창 바깥을 바라보았다. 아무렇게나 자란 풀이 겨울바람에 누렇게 변색되어 있었다.

"조 형사! 최 사장의 파주 출판사에 도둑이 들었다고 했지?"

"지난주 22일 새벽이었습니다."

"없어진 물건은?"

"피해는 없었답니다. 서고와 자료실이 난장판이 되었고, 컴퓨터가 전부 켜진 채로 있었답니다. 그리고 새로 출간한 문고판 전집 한 질이 없어졌다고 하더군요."

"전집? 그 책을 훔치려고 컴퓨터 파일까지 뒤지진 않았을 테고. 직원은 경찰에 신고했다던가?"

"안 했답니다. 벽면걸이 고급 TV, 노트북도 그대로이고 파손된 컴퓨터도 없었답니다. 책 몇 권 없어졌다고 신고하지 말랬답니다. 경찰에 불려 다닐 때가 생각나 진절머리 난다고."

형균은 고개를 끄덕였다.

"파주 사무실에 든 도둑과 안용수 살해현장에 든 도둑. 컴퓨터와 서고를 뒤졌다면 활자화된 문서 같은 것일 거야. 유 교수부터 찾아! 이 사람들 죽기 전 어울려 다닌 이유 중에 범인이 찾는 물건이 있을 거야."

형균은 시신을 담는 비닐백의 지퍼가 올려지는 것을 물끄러미 바라보았다. 사건 현장을 나온 형균은 곽 검시와 함께 영등포서로 방향을 잡았다.

'처형'

인경이 분석한 살인의 의미. 용수의 사체를 검시한 곽 검시도 같은 말을 했다. 영도 역시 지선을 부검하면서 비슷한 언질을 준 적이 있다. 양화대교 북단 교차로 가로수들이 세찬 바람에 흔들리고 있었다. 처형이란 말을 곱씹었다. 형균의 뇌리에 어떤 이미지가 떠올랐다. 홍대 앞 어느 재즈카페 벽에 걸려 있던 그림이었다. 큰 입과 두꺼운 입술의 흑인 여가수가 가슴 깊은 곳에서 터져나오는 고통을 조금씩 조금씩 흐느끼듯 노래하는 사진의 배경 그림이었다. 그림은 넓은 대지의 수평선에 뉘엿뉘엿 넘어가는 태양과 그 태양을 감싸고 있는 검붉은 노을을 배경으로 서 있는, 비틀어지고 굽은 악마의 손처럼 앙상한 고목의 실루엣이었다. 고목에는 또 다른 실루엣들이 주렁주렁 매달려 있었다. 목이 옆으로 부러진 채 깡마른 사지를 늘어뜨리고 매달려 있는 검은 노예들의 실루엣이었다. 그 가수가 살았던 1930~1940년대의 이미지였을 것이다. 이미지는 세상에서 가장 슬픈 목소리를 가졌다던 검은 가수의 허스키한 흐느낌으로 변했다.

Southern trees bear strange fruit,

(남부의 나무들은 이상한 과일을 맺는다)

Blood on the leaves and blood at the root,

(나뭇잎에도 피가, 뿌리에도 피가 맺힌다)

Black bodies swinging in the southern breeze,

(남부의 산들바람에 검은 시체들이 흔들거린다)

Strange fruit hanging from the poplar trees.

(포플러 나무에 매달린 이상한 과일)

"곽 검시님. 빌리 홀리데이Billie Holiday를 아십니까?"

"아다마다. 빌리 홀리데이. 오랜만에 들어보는 이름이오. 비록 시체 뒤적거리는 일을 하고 있지만 한때는 재즈광이었다오."

"……."

곽 검시는 뜬금없는 질문 뒤에 말이 없는 형균을 쳐다보았다. 그러고는 낮은 소리로 흥얼거렸다.

"서던 추리즈 베어 스트레인지 프룻. 블러드 온 더 리브즈 앤 블러드 앳 더 룻. 스트레인지 프룻을 떠올리고 있구먼."

"……."

곽 검시의 흥얼거리는 노래에 고개를 옆으로 꺾인 채 매달린 용수의 모습. 바짝 마른 억새밭 한가운데 버려진 지선의 모습이 겹쳤다. 백인 인종주의자들의 잔인한 린치에 희생되어 불에 반쯤 그슬린 채 포플러 가로수에 매달린 흑인의 모습과도 겹쳤다. 이 모습을 처절하게 읊고 있는 여가수의 흐느낌이 젖어왔다.

'처형인가?'

처형은 권력을 가진 집단이 그 권력에 동의하지 않거나 저항하는 개인 또는 집단에 가하는 살인이다. 국가의 이름으로 법의 근거하에 집행되는 것이 가장 보편적이다. 그러나 사전에 인쇄된 짧은 정의는 처형에 얽힌 유혈낭자한 역사와 비극적인 현실을 설명해주지는 않는다. 역사는 법에 근거하지 않는 처형이 더욱 많다는 것을 가르쳐준다. 또 지배집단이 자신의 얼굴을 드러내놓고 싶지 않을 때, 국가가 은밀하게 관리하는 폭력집단의 손을 빌어 암암리에 자행하는 처형도 있다. 그뿐인가? 국가의 힘이 미치지 못하는 곳엔 그 사회를 실질적으로 지배하는 기득권 집단이 그들의 권력을 지키기 위해 처형을 자행한다. 백주대낮의 신작로에서든, 인적이 드문 깊은 계곡에서든 힘을 가진 집단이 가하는 폭력행위이다. 불행한 역사 속에는 억울한 처형의 역사가 숱하게 존재한다. 지배집단의 불법적 처형일수록 보다 많은 희생자가 보다 잔인하게 살해되는 법이다.

모든 처형은 정치적이다. 처형을 통해 어떤 정치적 결과를 의도한다. 첫 번째 결과는 공포다. 처형을 목격하거나 그 소식을 듣는 이들로 하여금 처형의 대상이 되지 않도록 경고한다. 가장 극단적인 수단을 사용한 처참한 처형일수록 경계의 효과는 높아진다. 둘째는 처형의 대상이 되지 말라는 경고다. 대부분이 어떤 행동과 말을 금하는 것이다. 또 그런 방법으로 자신의 권력에 도전하지 말라는 메시지이기도 하다. 한때 문단의 태두로 존경받던 한 작가의 소설 제목이 떠올랐다.

'호모 엑스쿠탄스, 처형하는 존재로서의 인간.'

판초우위 밑, 흙과 피가 범벅이 된 얼굴을 반쯤 내민 채 널브러져 있는 형의 죽은 얼굴이 어른거렸다. 한강 한복판 양화대교가 경유하는 선유도공원의 잘 꾸며진 가로수길을 보며 곽 검시가 말했다.

"겨울바람에 나무들이 흔들거리고 있어요. 그렇죠?"

경찰서에서는 김 형사가 형균을 기다리고 있었다.

"반장님! 어떻게 아셨어요?"

김 형사가 웃으며 말을 건넸다.

"무얼?"

"마쟁이 놈 말입니다. 놈이 검은 봉지를 들고 나오는 장면을 잡았습니다."

"그놈이 묵던 모텔인가?"

"맞은편 편의점 정문에 달린 CCTV를 확보했죠. 이것 보시죠."

희미한 흑백의 명암이 엇갈리는 모니터에는 등이 꾸부정하게 굽은 사내가 오른손에 검은색 봉지를 움켜쥐고 모텔에서 느릿느릿하게 걸어나오는 모습이 담겨 있었다. 마쟁이였다. 화면 속의 마쟁이는 모텔 앞에서 휴대전화로 전화를 건 후 담배 한 대를 피워 물고는 화면 오른편으로 사라졌다.

"어디로 전화를 걸었나? 행선지는?"

형균이 다급하게 물었다.

"대포폰이더군요. 소유자 주민번호도 행불 신고된 자였습니다. 통화료도 선불결제라 통신회사로서는 사용자 찾기가 힘들답니다."

"어디로 간 거야?"

"어디로 갔는지, 누굴 만났는지는 입을 닫고 있습니다."

"국회 CCTV CD는?"

"아직입니다. 국회의원들보다 국회공무원들 권력이 더 세더군요. 공문으로 신청했으니 곧 나오긴 할 겁니다. 마쟁이 구금시한 연장해야겠지요? 오늘 임도식이가 다녀갔습니다."

"뭐? 마쟁이를 만났나?"

"네."

"둘을 만나게 하면 어떡해? 임도식이가 마쟁이 배후 아냐?"

김 형사를 큰 소리로 질책했다. 경찰간부들의 눈길이 둘에게 쏠렸다. 둘 사이에 예전엔 없던 광경이었다.

"임도식이가 영등포구 청소년 선도위원 아닙니까? 오늘 정기 회의가 서장님 방에서 있었습니다. 그 자리에서 서장님이……."

김 형사가 말꼬리를 흐렸다. 형균은 언젠가 배연묵 기자가 건네준 지역상가번영회와 지역경찰간부와의 유착관계 첩보자료를 떠올렸다. 영등포시장 입구 고급 안마시술소 인허가 관련하여 지역 경찰고위간부가 실소유주인 번영회 간부로부터 상당한 지분을 챙겼다는 제보를 내사한 자료였다.

"둘 사이에 무슨 말이 오갔는지는 확인해봤나?"

김 형사는 임도식이 마쟁이를 만난 것이 자신의 잘못인 양 목소리를 낮추었다.

"소매치기로 들어온 학생에게 둘 사이에 무슨 말이 오갔냐고 물으니, 그저 입만 다물고 있으랬답니다. 내일 중으로 나가게 해준다고."

형균은 고개를 끄덕였다.

"변호사 대동해서 구금연장에 이의제기하면 직접적인 증거가 없는 상태에서 구금연장이 여의치 않을 것 같은데요?"

"구속영장을 신청해버려!"

"기각될 텐데……."

"영장 처리되는 시간만큼은 벌어놓자고. 김세동 검사에게 전화해놓을 테니. 유강재 교수 신병만 확보된다면 윤곽이 드러나겠지. 지금은 놈이 유일한 끈이야."

영장이 기각되더라도 기각서류가 당도하는 날까지는 마쟁이를 붙들어놓을 수 있을 것이라는 심산이었다. 조폭 따위들이 인권 운운하며 경찰에게 대들지는 않을 것 같고, 그렇더라도 담당 검사의 지시였다고 하면 더 이상 따지지는 않을 것 같았다. 형균은 김 형사 옆에서 잔뜩 긴장한 채 서 있는 고 형사를 불렀다.

"고 형사는 이지선, 안용수, 최용철, 유강재. 이 사람들의 공통점을 조사해봐! 현재 하는 일과 과거 몇십 년 전까지 전부!"

범인이 집요하게 찾는 것이 과거 이들이 공유하고 있는 그 무엇일 가능성이 있다. 이지선과 안용수, 유강재 모두 서린대학교 출신이며, 최용철 역시 그 학교와 무관하지 않은 사람이다. 형균은 조 형사에게 전화를 걸었다.

"어디야?"

"진국대학교 사학과입니다."

"유 교수는?"

"완전히 잠적한 것 같습니다. 전화기도 꺼져 있고요. 일요일 오전에 연구실에 한 번 들렀다 나갔답니다. 월요일 9시쯤 학과 장실 조교에게 연락해서 당분간 외국 출장을 간다고 했답니다. 누가 주소와 휴대전화 번호를 묻거든 절대 가르쳐주지 말고 당분간 휴강을 지시했답니다. 조교들이 경찰공무원증을 내밀어도 막무가내로 입을 다물어 애먹었습니다. 그런데 유 교수를 찾는 전화가 수십 통 왔답니다."

"여러 명이었던가?"

"조교 말로는 몇 사람인지 잘 모르겠지만, 유독 한 사람이 여러 번 전화를 했는데 누군지 밝히지 않았답니다."

"연구실은?"

"별다른 이상 없습니다. 교내에 보안업체가 설치한 CCTV가 없는 곳이 없더군요. 부인은 교환교수로 애들을 데리고 미국에 거주하고 있고, 학교 근처에 오피스텔을 얻어 살고 있는데 문은 굳게 잠겨 있고 외부인의 침입 흔적은 없었습니다."

"학교에 협조를 구해 유 교수 연구실을 조사해봐! 자료나 문서, 눈에 띄는 것들이 있을 거야. 컴퓨터 하드디스크에 있는 자료도 검색해봐. 최근 작성된 자료 위주로. 아냐! 컴퓨터 본체를 아예 갖고 와서 찾아봐!"

"삐리리리릿."

조 형사와의 통화가 끝나자마자 휴대전화가 울렸다.

"야! 형균아! 내다. 세동이다."

약간 쉰 듯한 목소리에 진한 경상도 사투리가 터져나왔다. 김세동 검사의 쭉 찢어진 두툼한 입술과 부리부리한 눈을 떠올렸다.

"김 검사! 너 전화 잘했다."

"뭐? 김 검사? 야! 일개 경찰서 수사반장이 사건 지휘 검사보고 김 검사? 제대로 삥삥이 함 돌아볼 끼가?"

"검사나리가 삥삥이 돌리면 돌아야지, 뭐. 그런데 너도 편한 처지는 아닐걸. 내가 어떻게 수사하느냐에 따라 너도 삥삥이 돌수 있지, 안 그래?"

"아! 정말 이 사건 때매 골치 무진장 아프다. 지청장하고 지검장이 하루에 한 번씩 수사경과 보고하란다. 그런데 내일 나하고좀 갈 데가 있다."

"어딜?"

"높은 사람들이 이번 사건으로 꽤 긴장하는 눈치다. 청와대에서 수사보고 좀 하라 카는데. 담당 검사하고 수사책임자가 직접했으면 좋겠단다!"

"언제? 어디?"

"내일 오전 10시 효자동 삼거리 정독빌딩 1층 커피숍에서 보자. 간단한 브리핑 자료 하나 만들어 온나. 구두보고 하라는데

205

그래도 빈손으로 갈 수는……."

"알았어. 너도 하나 해결해!"

"또 뭐?"

"마쟁이 송광수! 영장 신청했는데, 처리해줘."

"적부심 들어가면 기각될 낀데. 그 뽕쟁이 새끼가 저질렀다는 명백한 증거가 없어. 현장에 떨군 여러 놈의 정액 중에 몇 방울이 그놈 것이라는 것밖에. 아닌 말로 그 개차반 같은 놈이 약기운에 강가를 헤매다 여자 시체 발견하고 거기다가 개짓거리 했다면 어쩔래?"

"그러니까 시간만 좀 끌어줘. 그놈 배후가 이 사건과 연관이 있는 것 같아!"

"영등포 깡패노무 새끼들이 무신 연관?"

"아직 말하긴 좀 일러."

"수사반장이 지휘 검사 묻는 말에 말하긴 이르다고? 명색이 담당 검사야, 임마! 니도 수사권 독립하자 카나? 좌우지간 알았다. 그런데 이번 주는 넘기기 힘들 끼다."

"충분해! 주말까지만 버텨줘!"

"내일 약속시간 이자뿌지(잊지) 마라."

야망의 불씨

2012. 11. 28. (수) 10:00

삼청동의 한 카페

김세동은 약속시간보다 늦게 나타났다.

"지랄 같네. 아침 먹을 시간도 없어. 여봐! 아가씨, 여기 커피!"

세동은 얄팍한 서류가방을 테이블에 던지고는 의자에 털썩 주저앉아 커피숍 내부를 휘이 둘러보았다. 손님이라고는 세동과 형균 둘뿐이었다.

"새벽부터 위엣 놈들이 여기저기서 불러 제끼는데, 낸들 몸이 두서너 개씩 되는 것도 아니고."

"누굴 만나고 온 거야?"

"으흠! 민정수석을 좀 만나고 왔지."

"고교 선배라며?"

"그래. 경북 문경 촌놈이 서울 와서 믿을 사람이라곤 뭐니 뭐니 해도 고향 선배뿐이더라. 민정수석이 남부지청장 부르면서 담당 검사 배석하라 캐서 안 갔더나. 민정수석 같은 양반 뵐 일이 쉽나? 지금 대선후보도 옛날에 신세 크게 졌다던데 선거에 이기면 법무장관까지 바라보는 사람 아이가?"

세동이 넥타이를 느슨하게 풀며 말을 이었다.

"지금 대통령은 물론이고, 여당 대선후보까지 이 사건에 관심이 많은 모양이다. 피살된 사람들이 지난 정권 핵심들이고, 야당에도 영향력 있는 사람들 아이가? 더구나 이지선이는 TV토론 같은 데서 대통령과 여당을 엄청 까대는 여잔데 대선 목전에서 피살됐으니 안 글캤나? 지청장이나 민정수석 그 양반들 속내는 바짝 달아 있을 끼다. 원래 여론이라 카는 게 바람 방향에 따라 확확 옮겨붙는 봄날 산불 같은 거 아이가? 선거에 악재지."

고위층들에겐 악재지만 그에게는 호재다. 사건이 클수록 담당 검사의 역할과 존재감은 커지고 권력과의 교감도 짙어진다. 정치에 꿈이 있는 검사에게 이런 사건은 쉽게 오는 기회가 아니다. 세동의 입장에서 이 사건은 반드시 정치적인 사건이 되어야한다. 쉽게 해결되어서도 안 된다. 검사 이름이 신문방송에 오르내리고 TV에 얼굴도 나와야 한다. 영등포 조폭 마약쟁이 잡범송광수가 범인이 되어서는 안 된다는 뜻이다. 형균은 세동의 두뇌에 회전되는 생각들이 손에 잡히는 것 같았다. 사법연수원 시절 내로라하는 세도가와 재력가 교인들이 많다는 강남 대형교회를 6개월 주기로 바꾸어가며 장가갈 집안을 물색하고 다닌 위인이었다. 형균의 입가에 슬쩍 미소가 흘렀다.

"니 와 웃노? 뭐 알고 웃나?"

세동이 두툼한 입술을 쑥 내밀며 눈알을 굴렸다.

"아냐. 우리가 볼 사람은 누구야?"

"응. 시민사회비서관이다. 이름이 정백이라 카던데."

"뭐? 정백?"

"와? 아는 사람이가?"

형균은 긴장했다. 피살자들이 죽기 직전 토론회에서 치열한 설전을 벌였던 상대가 아닌가. 수사상 꼭 만나야 할 사람이었다.

"정백이란 사람이 직접 오나?"

"안내하는 사람이 온다 캤는데. 늦네."

세동의 말이 떨어지기 무섭게 카페 문이 열리며 두리번거림 없이 성큼성큼 다가오는 사내가 있었다. 만면에 웃음을 띤 그는 둘을 번갈아 보며 물었다.

"김세동 검사시죠? 이쪽은 정형균 반장님?"

넓은 이마가 드러나도록 깨끗하게 잘 빗어 넘긴 앞머리에 검은색 높은 터틀넥 니트와 브라운색 재킷이 몸에 잘 맞는 금테안경의 남자였다. 오른뺨에 팬 보조개가 유난히 돋보였다. 머리가 커 보였지만 중키의 당당한 체격이었다. 첫인상으로는 대기업의 엘리트 간부나 중앙부서의 촉망받는 공무원으로 보이는 40대 중반쯤의 지적이고 세련된 외모의 사내였다.

"많이 늦었군요. 최헌제리고 합니다. 가시죠."

사내는 명함을 꺼내 번갈아 건넸다. 세동과 형균이 엉거주춤 일어나 명함을 받자마자 사내는 문을 향해 성큼성큼 걸어나갔다.

〈신보수연대 전국위원회 청년위원장 최헌재〉

"신보수연대? 시민사회비서관실에서 일하시는 분이 아닙니까?"

세동이 최헌재라는 사내에게 물었다. 앞서가던 사내가 뒤돌아보며 대답했다.

"네! 저는 시민사회비서관 특보라고 할까요. 정백 비서관이 신보련 집행위원장이시죠. 시민사회비서관이란 자리가 시민단체의 동향을 잘 아는 사람이어야 하거든요."

"아! 네에……"

세동은 의외란 듯 헌재의 명함을 보며 고개를 끄덕였다.

'피살된 사람들과 정치적으로 갈등관계에 있던 사람들이다.'

형균이 배연묵의 말을 떠올리며 질문을 슬쩍 던졌다.

"신보련이라면 시민단체라기보다는 정치단체에 가깝지 않은가요?"

사내는 길을 가다 말고 힐끗 뒤돌아보며 히죽 웃었다.

"시민단체나 정치단체나 다를 게 뭐 있습니까? 정치하지 않는 시민단체가 있던가요?"

딴은 일리가 있는 말이다. 사내는 말을 계속 이었다.

"시민의 올바른 정치참여를 위한 단체입니다. 시민의 정치를 올곧게 실현하는 것을 목표로 합니다. 지금 정치는 종북주의 좌파 운동권들에게 위협받고 있습니다. 야당은 좌파 종북분자들의 아지트가 된 지 오래입니다. 전 정권을 보세요. 주사파 학생운동권 출신들이 청와대와 국회를 장악하고, 당시 보수야당은 그들 앞에 무력했어요. 이 땅의 자유민주주의와 선량한 시민들을 지키기에는 너무나 늙고 무능했지요. 신보련은 자유로운 시민들을 정치적으로 영도하기 위한 임무를 갖고 자발적으로 분연히 일어선 단체입니다. 시민들의 역량을 총화하여, 보수적 자유민주주의 사상혁명을 이 땅에 실현하고 그 기치 아래 조국 대한민국의 발전과 민족통일을 이루고자 하는 것이죠."

이 사내는 효자동 로터리의 호젓한 늦가을 오전 청와대 담벼락에 자신의 정치적 사변을 낙서하고 있었다. 얼른 다가오지 않는 사내의 언설은 계속되었다.

"검찰과 경찰에서 젊은 시절을 보낸 사법일꾼들에게는 생소하게 들릴지 모르겠지만 정치는 시민의 권리이자 의무이기도 하죠. 그런데 수사는 어떤가요? 범인의 윤곽은 드러났어요? 안용수란 사람은 북을 제집처럼 드나드는 지난 정권의 대표적인 종북분자인데, 혹 북쪽에서 그러지 않았을까요? 전문적인 약품으로 아주 참혹하게 살해했다던데, 수사범위를 그 방향으로 넓혀볼 필요가 있지 않을까요?"

사내는 사건에 관심이 많은 것 같았다. 형균은 대답의 필요를 느끼지 못했다. 답변의 의무도 없다. 무엇보다 갈색 플라타너스 나뭇잎이 가득 굴러다니는 고궁 담벼락을 거닐며 하고 싶은 대화가 아니었다. 사내는 분위기를 눈치챘는지 한마디 던졌다.

"제게 보고할 일이 아니라고 생각하시는 거죠?"

사내는 싱긋 웃고는 다시 말을 이었다.

"앞으로 제게 보고할 일이 많아질 겁니다. 자주 보게 될 거예요. 다 왔군요. 저깁니다."

헌재가 가리키는 곳은 청와대 경내 7층 회색건물 두 동 중 오른편 건물이었다.

비서관동 우측건물 4층 한 사무실에서 형균과 세동을 맞은 사람을 헌재는 시민사회비서관이라 소개했다.

"정백이오."

비서관은 자신을 짤막하게 소개했다. 중키의 비만한 체형이었다. 유난히 좁아 보이는 어깨와 짧은 목 위에 얹힌 머리는 기형으로 보일 정도로 커 보였다. 귀 뒤까지 하얗게 바짝 깎아 올린 짧은 스포츠형의 머리스타일이었다. 잘 입지 않는 신사복으로 갈아입은 고교 체육교사를 연상케 했다. 사무실엔 책상 하나와 의자 하나, 낡은 소파와 둥근 차탁이 고작이었다. 벽면 서가에는 사회과학과 철학 서적들이 빽빽이 꽂혀 있었다. 나머지 서가엔 갖가지 서류철들이 켜켜이 쌓여 있고 책상 위에도 펼쳐진 서류철로 넘쳐날 지경이었다. 효자동 로터리 쪽으로 난 넓은 창가에는 자그마한 관상수가 꽂힌 화분만 하나 달랑 놓여 있다. 관상수 화분은 비서관동 4층까지 올라오는 계단에도 몇 개씩 눈에 띄었다.

"앉지요!"

정백은 형균 일행에게 맞은편 소파에 앉기를 권했다. 오만에 가까울 정도로 자신감이 꽉 찬 말투였다. 청와대 권력의 핵심이 아니라면 상대를 매우 불쾌하게 만드는 행동일 수도 있었다. 아니나 다를까 방 안을 휘휘 둘러보는 세동은 심사가 뒤틀려 있는 것 같았다. 두툼한 입술이 댓 발 나왔고, 눈썹은 송충이처럼 꿈틀거렸다. 정백은 세동에게는 눈길도 주지 않은 채 형균에게 물었다.

"송광수 외에 용의자가 있습니까?"

단도직입이었다. 수사내막에 대해서 상당하게 알고 있는 것 같았다.

"옙! 아직은 없습니다."

상사의 하문에 답하는 직원처럼 세동이 답했다.

"정 반장님?"

정백이 형균에게 답을 청했다.

"송광수는 종범이거나, 아니면 중간에 끼어든 하수인에 불과합니다. 범행은 복합적입니다. 적어도 둘 이상의 주범이 있다고 보고 있습니다만, 용의자의 윤곽은 아직 드러나지 않았습니다."

정백의 뒤에 선 헌재가 눈을 동그랗게 뜨고 물었다.

"둘 이상이라고요? 확실합니까?"

"아직 확실한 것은 없습니다. 드러난 정황으로 구성한 추론일

뿐입니다."

정백이 고개를 끄덕이며 말을 이었다.

"연쇄살인으로 본다면 사건들을 관통하는 무엇인가 있을 텐데. 범인이 추구하는 그 어떤 것 말예요."

"잘 보셨습니다. 범인은 무엇인가 집요하게 찾고 있는 것 같습니다."

"무엇이죠?"

"아직 모릅니다. 그런데 사건에 연루된 것으로 보이는 한 사람이 있습니다. 진국대학교 사학과 유강재 교수라고. 이지선, 안용수, 최용철 이들이 피살 전 자주 만나던 사이였습니다. 공동으로 책을 출판한다고도 했구요."

창가에 걸터앉아 화분에 꽂힌 관상수의 잎사귀를 따 만지작거리던 헌재가 대화에 끼어들었다.

"무슨 책인가요?"

잠자코 있던 세동도 따지듯 물었다.

"책이라꼬? 그게 뭔데? 사건보고서에는 없었잖아?"

정백은 천천히 손을 들어 세동을 제지하고는 형균을 뚫어지게 쳐다보며 물었다.

"무슨 책인가요?"

"모릅니다. 최 사장과 출판을 기획한 사람들만 알고 있었던 것 같습니다. 기획자 중에 세 사람이 피살되었죠."

정백이 단정하듯 말했다.

"책을 찾으면 살해동기를 알 수 있겠군요."

"책은 아닐 겁니다. 인쇄물로 제본되었다면 직원들이 모를 리 없겠죠. 아직 편집이 안 된 원고 상태일 거라고 짐작됩니다. 유강재 교수가 집필하고 죽은 이들이 함께 편집하고 있었을 거라고 생각됩니다."

헌재는 무엇인가 메모를 하며 고개를 끄덕였다.

"편집위원들이었다는 말이군요."

형균이 고개를 끄덕였다.

"편집위원은 죽은 이들 말고 더 있나요?"

정백이 다시 물었다.

"출판사에 드나든 이는 안용수와 이지선, 유강재가 모두였습니다."

정백은 눈을 지그시 감은 채 고개를 끄덕이며 말했다.

"더 있을 수도 있겠군."

형균은 정백의 말에 숨을 멈칫했다.

'더 있을 수도 있다? 정백은 이미 나름대로 사건의 맥락을 짚고 있다. 그렇다면 저 사람만이 알고 있는 사건의 스토리가 있을 수도 있다. 이지선과 안용수, 최 사장 들을 죽음으로 이끈 이유. 범인이 집요하게 찾고 있는 어떤 것. 과거 어느 한 시점 저들에게 일어났던 일. 토론회 마지막 이지선이 던졌다는 그 한마디. 이 사람은 과연 어디까지 알고 있을까?'

정백이 눈을 감고 있던 시간. 그 잠깐의 침묵 속에 많은 생각들이 스치고 지나갔다. 형균은 정백의 머리에서 컴퓨터 드라이브 회전음이 들리는 것 같았다. 깊은 침묵의 긴장을 깨고 먼저 입을 연 사람은 정백이었다.

"유 교수의 신병을 확보하는 것이 급선무겠군! 연쇄살인의 이유를 알고 있는 사람. 그렇죠?"

"그렇습니다."

"유강재와는 전혀 연락이 안 됩니까?"

만지작거리던 관상수 잎사귀를 이 사이에 넣어 깨작거리고 있던 헌재가 또 끼어들었다.

"탐문 중이니 찾아낼 겁니다. 살해되지만 않았으면."

"희생자가 세 명이나 되는데 아직 명확한 단서도 없는 것 같네요. 무슨 묘책이라도 없나요?"

헌재는 입가에 옅은 웃음을 흘리며 빈정대듯 말했다.

"없지는 않습니다만."

"무엇인가요?"

말이 끝나기도 전에 헌재가 되물었다.

"말씀드릴 수 없습니다."

형균의 똑똑 끊어지는 답변에 고개를 끄덕이던 정백이 말을 받았다.

"범인이 노리는 다음 희생자가 유 교수란 말이지요?"

"밝혀진 편집위원 중 남은 사람이 유 교수 한 사람뿐이니까요. 더구나 주 집필자였습니다. 원고에 비밀이 있다면 당연히 피해자 리스트에 있을 겁니다."

정백의 얼굴에 미소가 흘렀다.

"소문대로군."

"네?"

"기분 나쁘게 생각지 말게. 보고 요청하기 전에 경찰간부들에게 정 반장에 대해 수소문을 해봤어. 똥오줌 못 가리는 영등포 경찰서장이 하는 평가만 빼고 아주 좋더군. 역량도, 실적도 훌륭한 일꾼이라더군. 경찰대학에서 하는 수사실무 강의도 매우 인기가 좋다던데."

"……"

공무원치고 권력의 핵심으로부터 이런 얘기를 듣는 것이 나쁠 것은 없다. 그런데 정백이란 사람이 사건과 연관이 있다면 좋은 징조가 못 된다. 정백이 형균을 대하는 태도가 달라져 있었다. 우선 후배를 대하듯 말을 놓고 있다.

"성재가 죽은 지 얼마나 됐나?"

형균은 순간 멈칫했다.

"무슨 말씀이신지?"

"정성재 말야! 형이 아니었던가?"

"그렇습니다만."

사건의 길목마다 형이 어른거린다. 형의 친구라고 했지만 이제껏 듣지도 보지도 못한 사람이 사건보고 중에 죽은 형 이야기를 꺼낸 것이 달갑지 않았다.

정백은 어조마저 친구의 동생을 대하는 것처럼 부드러워져 있었다.

"고인이 된 지 23년이구먼. 친구였네!"

"……."

"아까운 친구였지. 친구였지만 존경했어. 높은 학식과 정연한 논리, 품성과 리더십, 인격의 고매함까지. 후배들은 물론 친구들에게서조차 존경과 선망의 대상이었어. 가끔 질시와 모함으로 바뀌기도 했지만. 나도 질투가 난 적이 한두 번이 아니었으니. 자네를 보니 생각이 나는군. 사실 깜짝 놀랐네. 자네가 걸어 들어올 때 성재가 들어오는 것 같았어. 형제라 해도 너무 닮았어. 성재가 죽지 않고 지금 자네 나이였다면 똑같았을 거야."

담배를 피워 문 정백이 자리에서 일어나 창가로 걸음을 옮겼다. 말이 없었다. 옛 생각에 잠긴 듯했다. 입가엔 엷은 미소까지 걸려 있었다.

"꽤 좋은 성적으로 사법시험까지 합격했더군. 그런 인재가 영등포 시장바닥을 왜 헤매고 다니나?"

"제 일입니다."

"그럼 저는……."

정백과 형균, 둘 사이의 사적인 대화라고 여겼는지 세동이 자리에서 일어섰다.

"김 검사! 잠시만 기다려주시오. 정 반장, 수고스럽겠지만 사건의 진척사항을 내게 직접 보고해주게. 대통령께서도 이 사건에 관심이 많아. 전 대통령이 자살한 지 겨우 3년이 지났을 뿐이야. 그런데 그 핵심측근들마저 하나둘씩 피살되고 있다는 것이 원인을 떠나 여간 신경 쓰이는 일이 아냐. 내게 보고할 의무가 없다는 것은 잘 알고 있네만 부탁일세. 이런 일을 챙겨야 하는 게 내 일이라서 말이지. 그리고 날 도와주면 혹 자네를 도울 기회가 있을지도 모르지. 성재의 동생이라면 더더욱."

"그러겠습니다. 다만 수사에 기밀이라는 것도 있습니다."

정백이 사건수사에 자신의 의도를 개입시키려는 것 같지는 않았다.

"알고 있네. 수사에 방해되지 않는 한에서 최대한 배려해주게. 신세는 갚겠네."

"알겠습니다. 그럼……."

일어서려는 형균에게 정백이 다시 물었다.

"문혁이는 가끔 만나나? 시우는?"

정백은 여전히 창가에 서서 타들어가는 담배를 손에 쥔 채 바깥을 보고 있었다.

"두 사람을 아시는군요."

"친구라지 않았나?"

"문혁 형님은 가끔 뵙습니다. 백시우는 안 본 지 오래 됐습니다. 볼 일이 없는 사람이죠."

"고문혁? 옛날 그 고문혁 선배 맞지요? 종현성당에 계시다던대……."

헌재라는 사내가 갑자기 둘의 대화에 끼어들었다. 그의 얼굴에 밝은 미소가 흘렀다.

"네. 경기도 안성인가 어디 주임신부로 계시다 최근에 종현성당으로 옮기셨죠. 세상일에 무관심한 분이시니······."

"시우를 미워하고 있군."

정백이 나지막한 목소리로 시우의 이야기를 꺼냈다.

"그 사람 때문에 형이 죽었습니다."

"그랬나?"

"자신의 배후로 형을 지목하지 않았나요?"

"흠······."

정백은 거의 다 타버린 담배를 깊이 빨아들이며 말했다.

"지목하고 싶지 않아도 그렇게 만들었을 거야. 버티기 힘들었겠지. 나도 그때 시우가 심문받던 그 옆방에 있었거든. 난 말이야. 이 사건이 죽은 이들의 과거와 굳게 연관되어 있을 것이라고 믿네. 나도 예외가 아닐세."

이미 짐작했던 바다. 다른 것은 문혁과 시우의 이름이 거론되었다는 것뿐.

"무슨 과거 말입니까?"

"막연한 생각일세. 근거가 아주 희박한 추측. 확신이 서면 자네에게도 말해주겠네."

정백은 잠시 망설이다 무언가 결심한 듯 말했다.

"최 위원장! 그것 갖고 있소?"

젖어 있던 정백의 말에 물기가 빠졌다. 헌재는 기다리고 있었다는 듯 안주머니에서 CD 한 장을 꺼냈다. 정백이 다시 창가로 시선을 돌리며 말했다.

"약간의 갈등이 있었네. 피살된 사람들은 모두 며칠 전 우리 신보수연대의 출범식에 초청되었던 사람들이야. 내가 초청했지. 당시 토론회 행사를 녹화한 CD일세. 수사에 도움이 될지 모르겠군."

형균은 오늘 정백이 자신을 찾은 이유가 이것일 거라는 생각이 들었다.

'그렇다면……'

토론회 마지막 지선과 정백의 언쟁. 그 끝에 이지선이 내뱉은 한마디. 그 의문의 단어를 정백은 알고 있을 것 같았다.

"하나 물어봐도 될까요?"

"얼마든지."

"위남청이 무엇이죠?"

"무어? 위남청?"

정백의 얼굴은 이미 굳어 있었다. 양미간에 패였던 깊은 주름이 펴지며 두터운 눈두덩에 파묻혀 있던 눈동자가 확연히 보였다. 꾹 다문 입선 아래 사각턱이 더욱 도드라졌다. 헛기침과 함께 턱을 앞으로 쳐들었다. 느낌에 불과했을까? 말투에 약간의 노기까지 느껴졌다.

"위남청이라니. 그게 무언가?"

"제가 묻는 말입니다. 위남청을 모르십니까?"

정백이 고개를 돌려 헌재를 쳐다보았다. 조금 전까지 쌍꺼풀 진 큰 눈에 생글생글 미소를 띠고 있던 헌재의 표정도 바뀌어 있었다. 하얀 얼굴이 핏기가 빠져 폐병환자처럼 창백했다. 정백과 다른 점이 있다면 긴장된 눈매에 알 듯 모를 듯 엷은 미소가 머물러 있다는 것이다.

'알고 있다.'

확신이 들었다. 무심한 듯 말을 이었다.

"토론회 마지막에 이지선이 한 말이라더군요. 비서관님과 설전이 있은 후 이지선이 '위남청'이란 말을 했고, 그 직후에 토론회가 서둘러 끝나버렸다더군요."

"글쎄. 이지선이 그런 말을 했나? 바쁜 일이 있어 급히 회의장을 나오느라 기억이 나지 않는군."

정백은 부정했다. 어느새 표정을 바꾼 헌재가 웃으며 말을 받았다.

"사람 이름이 아닐까요?"

"듣고 보니 그럴 수도 있겠군. 당시 이지선이 논쟁 중에 김종철이 이야기를 했지. 김종철 말고 또 언급된 사람이 있었나? 위남청. 모르겠군. 그걸 밝힐 사람은 우리가 아니라 자네인 것 같네. 안 그런가, 최 위원장?"

최헌재는 창백한 미소와 함께 고개를 끄덕였다. 그러나 그들의 표정엔 아직 긴장이 머물러 있었다. 정백이 쐐기를 박았다.

"도움이 못 되어 미안하네. 그게 무엇인지 모르겠군."

건물을 나오자마자 세동은 담배를 피워 물며 씩씩거렸다.

"내한테 말 한마디도 안 시킬 꺼면 와 나를 부르노? 차도 한 잔 안 주고. 담배는 친구 동생한테만 권하나? 씨바. 대한민국 현직 검사를 좆으로 보고. 내가 세빠지게 고시한 이유가 뭔데? 누릴려고 했지 길려고 했나. 개 좆같은!"

그러나 권력에 푸대접을 당한 중년 검사의 푸념이 선망으로 바뀌기까지 그리 많은 시간이 필요하지 않았다.

"야아! 차세대 유망주들이 포진한 전국청년조직은 다 정백이 손안에 있다던대. 너거 세이(형) 친군 줄 몰랐네. 니 사건보고 할 때 혼자 가지 말고 내 꼭 불러야 한데이."

형균은 세동의 하소연에는 관심이 없었다. 위남청을 언급할 때 두 사람의 표정이 눈에 어른거렸다.

"그런데 위남청이 머꼬?"

"나도 몰라. 아직은……."

"먼지 모르겠지만 분위기 싸하더라. 사람 얼굴색 그렇게 확 변하는 거 첨 보네. 그건 그렇고. 형균아! 어디 가서 낮술이나 한 잔 빨까? 기분도 그렇잖은데."

말술로 이름난 폭탄주 제조전문가 김세동 검사의 유혹이었다. 그렇지 않아도 따뜻한 국물과 소주 한산으로 스산한 오후의 허기를 달래고 싶었던 차였다. 점심시간을 갓 넘긴 초겨울 해는 오렌지색으로 서둘러 이울고 있었다.

순간 출입문을 나오는 형균과 세동 앞에 나란히 걸어오는 두 사람이 눈에 띄었다. 한 사람은 작달막한 키에 깡마른 체격의 노인이었고 또 한 사람은 중키의 딱 바라진 체격에 유난히 짙은 눈썹과 네모난 턱을 가진 중년이었다. 두 쌍의 행인은 서로를 쳐다보며 멈칫했다. 먼저 입을 연 것은 딱 바라진 중년이었다. 그가 빠른 걸음으로 다가오며 소리쳤다.

"어이구! 여기서 우리 영감님을 뵈옵는군요. 허허!"

"쳇! 우리 영감? 내가 우째 당신 영감이오. 임 회장! 그런데 당신이 이런 데는 웬일이야?"

서너 살은 손위로 보이는 사내에게 세동의 말투는 거의 하대였다. 오래전에 굳어진 강력통 검사 김세동의 말버릇이었다. 주로 살인범, 강간범, 파렴치범, 사기범과 같은 사회의 어두운 곳에 서식하는 범법자들을 다루며 십수 년을 살아온지라 상대의 신분이 여간 확실하지 않은 경우는 모두 '야', '자'로 깔아버렸다. 사내를 바라보는 눈길에 멸시가 가득했다.

'임 회장? 마쟁이의 배후 임도식의 형, 임도수?'

영등포서 생활 2년 남짓 되지만 임도수를 직접 대면하는 것은 처음이었다. 형사들 중에서도 임도수와 말을 섞어봤다는 이는 영등포서와 구로서, 노량진서 등에서 잔뼈가 굵은 장 형사 정도였다. 임도수는 적잖이 언짢은 표정이었다.

"뭐? 그렇게 사람을. 저는 높으신 어른들 뵈면 안 되는 사람입니까? 허허!"

발밑에서 꿈틀거리는 자존심과 불가항력적인 굴종이 충돌하는 듯 새파란 면도자국이 덮인 입가에 경련이 일었다. 불편한 대화를 자르고 나선 이는 일행인 깡마른 체구의 노인이었다. 그저께 경찰서장실을 나서던 바로 그 노인이었다.

"정 반장이시네요? 그리고 이분은 남부지청 김세동 검사님? 반갑습니다."

노인은 만면에 웃음을 띠고 점잖게 아는 체를 했다. 세동도 엉거주춤 노인의 인사를 받았다.

"그럼……."

노인은 어금니 꽉꽉 깨물며 관자놀이에 힘줄을 돋우고 서 있는 임도수의 소매를 잡아끌었다. 정문을 나온 형균이 세동에게 물었다.

"저자가 임도수 회장이야?"

"응. 니도 잘 알잖아? 저쪽 세계에서는 알아주는 실력자다. 배포는 물론이고 화이바(머리)도 비상한 놈이지. 배신하는 놈은 아들은 병신 만들고 딸은 사창가에 팔아먹는다는 놈이다. 영등포와 구로 일대 폭력배조직 다섯 개 파가 전부 저놈 밑에 있어. 영등포와 강남에 소유하고 있는 건물이 다섯 채, 고급 룸살롱, 식당이 열 개가 넘더라."

"그린 놈이 왜 청와대에 얼쩡거리지?"

"조폭새끼가 아쉬운 기 권력 아이가? 줄 댈 일이 한두 개겄나? 그라고 저치도 정치 욕심이 있는갑더라. 영등포에 버티고 있는 배지가 여당중진으로 워낙 세니까, 구로 쪽에 돈을 퍼붓고 있다는 거 이 바닥에 모리는 사람이 없다."

"저 노인은 누군지 알어?"

"저 사람? 자세히는 모린다. 전직 경찰이라 카던데. 고위간부 출신은 아닌 모양이더라. 경찰계 인맥이 꽤 넓어서 고위급 퇴직 간부 몇몇을 이사로 이름 올려놓고 꽤 큰 경호업체를 운영한다 더라. 또 노무사 몇몇도 거느리면서 노사관계 전문 컨설팅업체 를 만들어 서울, 경기, 인천은 물론이고 부산, 울산까지 노사분 규에 개입해서 꽤 매출을 올리고 있다지 아마. 니 파업 깨는 용 역깡패라는 말 들어봤제? 노인네가 저 임도식이 밑에 있는 놈 들을 아주 싸게 갖다 쓴다더라. 몇 년 전 어디 재개발지역에 개 입해서 사람 여럿 죽였지 아마. 그 일로 남부지원에 몇 번 드나 드는 것 보고 알았지. 별명이 청독사라고. 누가 지었는지 별명은 제대로 지었지. 기분 나쁜 영감이다. 그런데 왜?"

"영등포서장과 꽤 친분이 있는 것 같아서."

"서장하고? 영등포 로타리 옆에 종업원 한둘 데리고 있는 마 찌꼬바들이야 뭐 노사분규 일으킬 일도 없고. 영등포 역사 개발 할 때도 별일 없었고. 시장상인들이야 임도식이가 장악하고 있 으니 역시 별일 없을 테고. 니 내하고 관할이 다른갑다. 그런데 임도수란 저놈 말야……"

세동은 임도수에 대해 계속 지껄이고 있었다. 면전에서 멸시와 무시로 대하던 태도와는 딴판이었다. 형균은 '청독사'란 말이 머릿속에 맴돌았다. 월요일 서장실 앞에서도 안면이 익은 사람 같았다. 단순히 아는 정도가 아니라 무슨 즐겁지 않은 인연으로 엮여 있는 것 같은, 다시는 떠올리기 싫은 불쾌한 기억과 같은 것이었다. 슬쩍 흘겨보는 노인의 눈매와 끈적끈적 달라붙는 것 같은 경상도 사투리도 귀에 익었다.

'어디서 보았을까?'

과거의 어느 한 모퉁이를 분명 스쳐 지나갔지만 기억을 덮고 있는 막막함을 걷어낼 수 없었다.

둘은 가까운 민물매운탕 집으로 들어갔다. 일대에 꽤 유명한 집이었지만 점심때가 지난 시간이라 식당은 한산했다. 폭풍처럼 휩쓸고 간 점심 손님들의 뒷설거지가 한창인 듯 주방과 홀 종업원들이 부산하게 움직이고 있었다. 조용한 구석자리를 잡고 마주 앉은 후에도 세동은 임도수 이야기에 열을 올렸다.

"깡패새끼가 무슨 정치를 한다고. 니 '고다마 요시오'란 사람 아나? 야쿠자 출신으로 전쟁 때 중국에서 문화재 약탈로 긁어모은 막대한 재물로 일본 극우파운동을 주도하고, 일본 정계를 떡 주무르듯 한 거물 말이다. 한일수교협정 배후에도 있었고 록히드 마틴 뇌물사건에도 관여한 유령 같은 인물이제. 내 전임자가 임도수 저놈한테 되게 엮인 모양이더라꼬. 이임하면서 다리를 놓아 술을 한잔 산다 캐서 자리를 함께한 적이 있었는데 그 깡패새끼가 지가 제일 존경하는 사람이 고다마라 카더라. 내 옷음이 마려워서. 킬킬."

"엄청난 재력가에다 야망도 큰 놈인데, 무시했다가 앙심 품으면 골치 아픈 거 아냐?"

일선 검사의 권력이라도 임도수와의 경쟁에서 크게 유리한 위치가 아니지 않느냐는 뜻으로 넌지시 말꼬리를 흔들었다.

"틀린 말은 아이다. 그래서 저런 놈하고 술잔 잘못 돌렸다간 깜빵 동기 되기 십상잉 기라. 사람은 근본이 중요한 기라. 저런 놈은 아무리 손에 든 기 많아도 생각과 행동이 한계가 있다꼬. 아예 깡그리 무시하고 기를 죽여놔야 꼬리 내리고 기어들어오는 법이다. 무엇보다 저놈 너무 위험해. 내가 동기 중에 진급이 좀 늦은 거 이유가 무어겠노? 절대 박카스 박스에 넣어 오는 돈 안 받는다. 비싼 술 먹고 저런 놈들한테 연락해서 계산 안 시킨다. 연말이고 명절이고 저런 새끼한테 연락처 수백 개씩 주면서 비싼 선물 돌리돌라 안 칸다. 저놈한테 불알 잡힌 간부들 한둘이 아이다. 그 조폭새끼가 날 얼매나 견제하는 줄 아나? 나! 김세동이 마음만 먹으면 제놈이 한 달 안으로 감옥소 간다는 거 알기 때문이다. 언젠가 저 새끼는 물론이고, 동생놈 절름발이 임도식이부터 밑엣 놈덜 굴비 엮듯이 깡그리 처넣어뿔끼라. 굴비 두름 꼬랑지에 너거 서장새끼가 있을 끼라. 경찰서장이나 되는 놈이 깡패 꼬붕질이나 해묵고."

세동이 소주 석 잔을 연거푸 들이켜며 나름대로 지켜온 공직 소신을 털어놓았다. 초겨울 여린 햇살이 길 건너 건물 흰 벽에 부딪혀 어두운 식당 안을 창백한 얼굴로 걸어 들어오고 있었다.

"그런 놈이 정백 비서관에게 공을 많이 들이고 있다 아이가. 신보련 전국위원회 재정분과 부위원장 명함 파고 다닌다더라. 돈을 숱하게 끌어 박았을 끼다. 그런데 형균아! 이 사회는 말이다! 아니 어느 사회나 마찬가질 끼다. 젤 아랫목에서 사회를 지배하고 운전해나가는 사람들 말이다. 그런 사람들은 저 조폭같이 어두운 데서 밝은 데로 나갈라 카는 사람, 더군다나 지딜 세상 갈아엎을라고 했던 학생운동 노동운동 했던 사람들 안 받아준다. 받아주더라도 시간 마이 걸린다. 자기편 아닌 사람은 절대 쉽게 안 믿거든. 정백이도 너거 형매이로(처럼) 학생운동 하던 사람 아이가. 우리도 학교 다닐 때 돌도 던지고 했지마는 그 정도는 축에도 못 드는 기라. 주사파 대부였던 기라. 그쪽 파에 최고로 유명한 그 조직 있다 말이다. 민족해방조국전선 말이다. 약칭 민전. 그 민전을 정백이가 만들었단 말도 있는데. 그런 사람 전향했다고 받아주겠나? 받아주는 척하지. 단물 다 빨아묵고 뱉아뿌는 껌이다. 지금 정권이나, 다음 정권이나 정백이 저 사람을 중용할 끼라고는 하지만, 내 장담하께! 절때로 권력의 핵심에는 몬 간다. 정백이는 지금이 최고일 끼라. 저 자리에 오를 때도 여당에서 반발 많았지. 모모한 시민단체 간부 하고 있는 대학 과 동기가 그러더라. 그놈도 골수 주사파였는데, 정백이는 지금도 위장취업 중일 끼라고. 그리고 임도수? 그놈은 약 팔고, 주먹질해서 삥 뜯은 돈 다 털린 후, 깜빵 안 가면 그나마 다행일껄.

야망의 불씨

그런 새끼 깜빵 처넣어야 할 때쯤 내 거턴 놈이 필요하겠제? 흐흐!"

빈속에 거푸 털어넣은 한 병의 소주 때문인지 세동의 말엔 열기가 돋아 있었다.

"니 사상검증이란 거 알제? 연좌제야 없어진 지 오래라 국가보안법으로 징역 산 사람이 변호사도 하고 국회의원도 하고 하지마는 이 사회 핵심에는 몬 끼는 기라. 사상검증이 남아 있단 말이다. 갤국은 그놈들 개 노릇이나 하다가 가는 거제. 어줍잖은 재산 갖고 있는 우리 장인도 첨 인사 갔을 때, 집안 내력을 물으시더라꼬. 어디 김씨 무슨 파 몇 대손 몇 세손이라고 말씀드렸더니. 대뜸 학생 때 데모했냐? 검찰총장까지 될 수 있겠냐고 물으시더라꼬? 야당이야 종북 소리 듣는 사람들이 국회의원으로 있지만 여당은 택도 음따. 수십 년 전부터 권력을 쥐고 돈을 주무르고 그걸 세습해온 대한민국의 성골 중의 성골들은 한때라도 반역했던 사람은 결코 안 받아준다. 그기 사회고 체제가 굴러가는 기본 원리잉 기라! 니는 그렇게 생각 안 하나? 나도 경북 문경 사람이라 이 정권에서 성골인 줄 알았제. 저번 선거 때 여당 쪽으로 이래저래 간도 함 봤는데 택도 엄떠라. 일찍 돌아가신 우리 아부지. 찢어지게 가난했어도 대구사범 나와가꼬 영주에, 봉화에, 문경에서 교사생활 하셨다 아이가. 정년을 10년이나 앞두고 일찍 돌아가실 때는 문경에서 교감까지 하셨지. 대단한 거신 줄 알았제. 시골에서는 대단했제. 내도 어렸을 때 집안에서 신동 소리 들었다. 문경 시골 초등학교 교감을 지낸 성실한 김영술 선생님 큰아들 검사 김세동이! 그 세동이가 소위 주류라 카는 것들한테는 머슴에 불과하거덩. 쓰기 좋고 말 잘 듣는, 알아서 이래저래 심부름 잘해주는 상머슴. 킥킥. 형균아! 내가 그런데 니는 머꼬? 머슴 말 잘 듣는 머슴이가? 킥킥."

중년에 들어선 일선 사법공무원 둘은 해가 서쪽에 채 떨어지기도 전에 신분과 출세에 심각한 위협이 될지도 모르는 지배세력에 대한 불만으로 소주 네 병을 비웠다.

전향한 빨갱이 출신 청와대 고위공무원에게 검사 대접 제대로 받지 못해 우울한 오후를 소주로 달래고 있는 세동의 혀끝은 반이나 감겨 있었다. 오늘 세동은 평소에 익히 알고 있는 현실주의자요 뺀질뺀질한 출세주의자가 아닌, 꽤나 진지하게 자신의 속마음을 터놓는 20년 지기 같아 보였다. 그도 인생의 고비를 지나고 있는 것이 틀림없었다. 장래 전망이 점점 불투명해지고 있는 것일 게다. 당대 엘리트들이 모여 있는 국가 최고 권력기관에서 그 정점을 목표로 패기를 불사르며 지내왔지만 패기는 조만간에 허연 재만 남기고 사그라지고, 중년의 좌절을 매일 새벽 뜬눈으로 만나고 있을지도 모를 일이다.

"시발! 더러버서. 안 되모 옷 벗고 대구나 부산 목 좋은 데서 개업하지 머. 인생 머 있나? 안 그나?"

혼잣말처럼 궁시렁거렸다. 야망이 클수록 좌절의 심연은 헤어나오기 힘든 법이다. 이 친구는 좌절의 목전에서 속으로만 눌러오던 아쉬움을 술김에 털어놓고 있는지도 모른다. 내일 아침이면 또 야망의 불땀을 다시 살리기 위해 분주할 것을. 취한 친구는 말을 이었다.

"서초 대검찰청 1층에 있는 디케상 니도 알제? 법공부할 때 교수들이 '법이 구현하는 정의'를 설명할 때 예시하던 그리스신화의 여신상 말이다. 우리 그때 디케가 눈을 가리고 있는 것은 애써 '진실'을 외면하기 위한 것이고, 왼손에 든 저울은 자신에게 오는 금의 무게를 재기 위한 것이며, 오른손의 칼은 권력을 수호하기 위한 무기라고 비웃었다 아이가? 그러면서 여신이 눈가리개를 푸는 날이 언제려나 그랬제? 흐흐. 여신이 와 눈가리개를 하고 있는 줄 니는 아나? 내가 갤쳐주까? 흐흐흐."

"……."

"문디. 니거치 고지식한 넘은 모릴 끼다. 빙신 거턴 넘. 흐흐. 여신은 절대 눈가리개를 풀지 않을 거거든. 왜? 흐흐. 봉사란 말이다! 겉으로 불편부당, 정의의 잣대를 공정하게 적용한다는 흉내를 내느라고 눈을 가린 척하는 거지. 실상 여신은 정의를 한번도 본 적이 없는 맹인이라꼬. 우리 초등학교 다닐 때 탱크 앞세워 정권 잡은 그 머리 벗겨진 대통령이 뭐라 캤노? '정의사회 구현.' 그 정의는 여신의 정의가 아니라, 권력자의 정의지! 권력자의 정의와 저항하는 자들의 정의가 서로 싸우고 있응께, 정의가 갈팡질팡하는 거 아니겠나? 임마. 내 말 무신 뜻인지 알겠나?"

마지막 술잔을 테이블 위에 놓은 세동이 벌떡 일어섰다.

　"잘 가라. 정백 비서관한테 보고할 땐 내게 먼저 알리주고. 우리 친구 아이가! 오늘 내가 씨부린 것들은 한 귀로 흘리뿌라. 정의가 눈깔 없는 봉사든 눈뜬 당달봉사든 우리는 계속 정의사회 구현하는 흉내라도 내야제. 나 같은 검사, 니 같은 갱찰이 해야 할 일 아이가? 빠이빠이."

　야망의 불씨는 아직 꺼지지 않았다. 야망이란 원래 그 불길이 쉽게 잦아들지 않는다. 새까맣게 타버린 후 식은 잿더미 속에서도 미련이란 이름으로 도사리고 있는 물건이다.

　창백한 햇빛이 검은 구름 속에 갇혔다. 비가 오기 시작했다. 형균은 고궁 담벼락을 배경으로 스산한 오후를 휘적휘적 걸어가는 세동의 뒷모습을 물끄러미 바라보았다.

미끼

형균은 훈훈한 술기운과 오랜만에 맛보는 여유를 잃기 싫어 초겨울 젖은 거리를 터벅터벅 걸었다. 건춘문을 지나 광화문대로에서 사직동 쪽으로 방향을 잡았다. 대리석 보도 위 행인들의 발걸음이 분주했다.

'범인은 무얼 찾고 있을까? 살인을 감수할 정도면, 자신의 운명을 좌우하는 것임에 틀림없다. 범인을 끌어내려면 미끼가 필요하다. 미끼가 될 수 있는 것은 범인이 찾고 있는 무엇 또는 유강재. 그러나 유강재는 숨어 있고 범인이 찾는 것을 나는 모른다. 그럼 내가 쓸 수 있는 미끼는 없는가?'

형균은 걸음을 멈추었다. 헌재가 범인을 잡을 묘책이 있냐고 물었을 때 없지는 않다고 대답했다. 새벽에 용수의 집에 도둑이 들었다는 소식을 들은 후 범인을 유인할 길이 있을 거란 생각을 하고 있었지만 문제는 미끼였다.

'타초경사打草驚蛇.'

풀을 치면 뱀은 모습을 드러낸다. 두 사람의 얼굴이 떠올랐다. 전화기를 꺼내 인경의 번호를 눌렀다. 그녀라면 이 꽉 닫힌 교착에 작은 구멍이라도 뚫어줄 수 있을 것 같았다. 바흐의 무반주 첼로 컬러링은 꽤 오랫동안 울렸다.

"강인경입니다."

낮지만 맑은 목소리가 새어나왔다. 순간 형균은 잠시 대답을 망설였다. 인경의 목소리에서 갑자기 영도의 얼굴이 떠올랐다. 그것도 가운을 걸친 중년의 법의과장 영도가 아닌, 청바지에 흰 블라우스를 입고 고향집 감나무 아래에서 신록과 같은 미소를 보내던 그 얼굴이었다.

"여보세요?"

응답을 재촉하는 인경의 목소리 톤이 높아졌다.

"정형균입니다."

"아! 정 반장님. 어쩐 일이세요? 언제 한번 전화를 주실 거라고 생각은 하고 있었어요. 호호."

당돌하고 구김살 없는 응답이었다.

"도움을 청할 일이 있어 전화했습니다. 이따 좀 늦은 시각에라도 같이 만나줘야 할 사람이 있습니다."

"하하! 제가 도와드릴 일이 무얼까요?"

예상 밖으로 흔쾌한 대답에 형균의 목소리가 자신감을 되찾았다.

"9시쯤 대학로에서 뵙죠. 간단하게 술 한잔하기 좋은 곳으로 모시죠."

"좋아요! 그럼 밥까지 사주셔야 해요. 내친김에 하고 있는 일 마무리하고 가죠. 그때까지 무지 배고프겠다. 장소는 어딘가요?"

"문자로 보내드리죠."

"그래요. 그럼 나중에……."

인경은 거침없는 목소리와 함께 전화를 끊었다.

"삐리리릿."

휴대전화 착신음이 발작적으로 울렸다. 김 형사의 다급한 목소리였다.

"반장님! 마쟁이가 풀려났습니다."

형균은 자신의 귀를 의심했다.

"누구?"

"마쟁이 말입니다. 송광수."

"어떻게 된 거야?"

"조금 전에 절름발이 임도식이가 나이가 꽤 돼 보이는 변호사를 하나 데리고 나타나 구금시한이 지났으니 석방하라고 서장한테 직접 따지더군요."

"지청에 김세동 검사에게 연락하지 그랬어!"

"했죠! 김 검사님도 씨발씨발거리시더니, 그냥 석방하라시더군요."

"미행은 붙였나?"

"아뇨. 경찰서 대문을 나서는 순간 임도식이 수하 네다섯 명이 납치하듯 차에 태워 가버렸습니다."

"알았어! 지금 들어간다!"

"그리고 국회 CCTV 영상기록 CD와 차량출입기록 왔습니다."

"먼저 분석해봐!"

택시를 잡아 영등포서로 향했다. 뒷좌석에서 세동에게 전화를 걸었다.

"형균이가?"

"어떻게 된 거야? 석방하랬다며?"

"야! 씨발! 내라꼬 그라고 싶어서 그랬나? 니하고 헤어지고 사무실로 들어오는데 마쟁이 변호사라 카는 사람이 전화했더라. 임도식이하고 같이 간 그 늙은 변호사 말이다. 서울지검장 출신으로 대학 선배에다 내가 초임 검사 때 직속 부장검사 하던 양반이다. 내가 상황 설명했지! 이틀만 더 붙잡아두면 확증이 가능하다꼬. 씨발! 이 영감탱이가 머라 카는 줄 아나? 검찰이 아직까지 혐의가 입증되지 않은 사람을 48시간 이상 불법으로 감금하나 그카더라! 개새끼 지가 현직에 있을 때는 용의자고 뭐고 없이 그냥 야지미리 잡아들여서 쪼인트 까고, 싸다구 올리고, 피의자라 카면 늙으나 젊으나 무슨 깡패새끼널 신입 다루데끼 하면서 1주일이고 2주일이고 유치장에 처박아두던 막가파였는데

237
미끼

완전히 인권변호사 흉내를 내더라꼬. 그라고 말이다! 너거 서장 그 씨발쌔끼가 한통속인 기라! 내보고 하는 말이 빨리 안 풀어주면 영등포경찰서하고 남부지청 이미지 나빠진다 안 그카나. 아무리 경찰 수사가 검사 지휘를 받는다 카지만 현행법을 위반할 수는 없다 캄서로 빙신 육갑 떨고 안 있나. 바깥에 사회부 기자들이 떼거지로 몰려와서 담당 검사 이름 대라 그카고 있다는데 낸들 우야겠노? 내 열받아서! 근데 미행이라도 붙여놓지!"

세동도 마쟁이를 놓친 것이 못내 아쉬웠던 모양이었다.

"날 샜다. 납치하듯이 차에 태워 내뺐단다. 꼭꼭 숨겨버리겠지."

"기냥 두겠나? 후환을 없애삘라 카겠지. 사람 목숨 파리 목숨보다 쉽게 생각하는 넘덜이다."

강력반에는 김 형사와 조 형사가 어둡고 흐린 동영상 화면에 코를 박고 있었고 고 형사 자리에는 곽 검사가 앉아 서류를 뒤적이고 있었다. 형균이 젖은 트렌치코트를 털며 말을 건넸다.

"곽 검사님! 어쩐 일이십니까?"

곽 검사는 서류에 눈을 떼지 않고 대답했다.

"최용철 사장 손가락 밑에서 상피조직과 혈액이 발견되었는데, DNA 데이터가 확인된 게 있나 하고."

"마쟁이 DNA와는……."

"애초에 뽕쟁이 잡범이 저지른 사건은 아니잖소."

형균은 국회 CCTV 동영상이 더 궁금했다.

"조 형사! 의심 가는 차량이 있나?"

"네! 국회 정문을 통과한 차량 중에 다른 문으로 나간 차량이 석 댑니다."

"사건 현장 가까운 북문으로 나간 차량은?"

"한 댑니다. 미등록 대포찹니다. 차종은 독일제 비엠따블유."

"임도식이나 쏘가리가 타고 다니는 차량과 비교해봐! 당일 국회 앞 북쪽으로는 서강대교 방향, 남쪽으로는 마천교 방향 모두 새벽 2시까지 음주단속을 하고 있었기 때문에 사체를 옮기려 했다면 국회를 통과하는 것이 가장 안전했겠지. 시신을 싣고 경찰검문을 통과하려 하지는 않았을 거야."

그때 옆 책상에서 여관을 나온 마쟁이의 동선을 확인하던 김 형사가 모니터를 가리키며 말했다.

"확인할 필요도 없겠는데요? 여기……."

모니터에는 꾸부정한 체형의 마쟁이가 오른손에 비닐봉지를 든 채 골목 어귀 청바지와 점퍼 차림의 사내들에게 느릿느릿 걸어가는 모습이 찍혀 있었다. 사내들의 뒤에는 BMW의 둥근 엠블럼이 박힌 검은색 승용차가 서 있었다. 승용차 번호판의 숫자와 한글자모가 국회 차량출입기록상의 번호와 일치했다. 손으로 턱을 괴고 모니터를 주시하던 형균이 김 형사를 보고 말했다.

"주차장 부근에 장애인 지팡이 자국이 어느 발 옆에 있었지?"

"오른쪽."

"임도식이가 저는 발이 오른쪽인가?"

김 형사가 고개를 끄덕이고 있는 바로 그때 그들 뒤에서 배 기자의 목소리가 들렸다.

"뭐야! 저건 임도식이 차네. 검은 색 베(B), 엠(M), 붸(W)."

"배 기자님! 여기서 지금 뭐하세요?"

조 형사가 기밀을 들킨 것처럼 신경질적으로 목소리를 높였다.

"나? 뭐하긴. 당신 대장이 오라고 해서 왔지."

배 기자가 툴툴거렸다.

"내가 못 올 데를 왔나? 영등포서 강력반 수사자문위원에게 너무들 하네!"

형균이 물었다.

"이 차를 어떻게 알아?"

"어찌 잊을 수 있겠어? 작년에 영등포시장 입구 건물 신축공사 관련해서 사건을 하나 물었는데 임도식이 놈이 어떻게 알고 신문사까지 찾아오지 않았겠어? 저 차에 태우고는 자유로를 달리면서 봉투를 두 개 내밀더라고. 뭐냐고 했더니, 이놈이 실실 웃으면서 두꺼운 봉투 안에는 5만 원권 지폐가 들어 있을 거고, 얇은 봉투에는 벽제화장터 예약증이 들어 있을 거라고 하더군. 벽제로 가고 싶다면 자기 기사가 안내할 거라고 하더군. 능곡IC 가까이 가자 조수석에 앉은 놈이 화장터로 갈까요, 묻더라고. 지금도 검은색 베엠붸만 보면 아주 깜짝깜짝 놀라."

"이놈은 누구야?"

형균이 모니터 안 중키의 호리호리한 사내를 가리켰다. 사내는 서너 명의 어깨들에게 무엇인가 지시하고는 승용차 뒷좌석에 앉은 이와도 말을 주고받는 것 같았다.

"쏘가립니다. 임도식이 측근인데 아주 독종이죠."

"맞아! 그때 앞좌석에 앉아 있던 놈 같아. 장발에 뱁새눈을 한 비쩍 마른 놈이었어. 저 차 뒷좌석에는 임도식이 앉아 있을걸."

형균이 웃으며 말했다.

"김 형사! 이 CCTV 동영상 어떻게 확보했나?"

"마쟁이 놈이 찍힌 편의점 골목 입구에 편의점이 하나 더 있더군요."

"수고했어. 마쟁이가 들고 있는 저 비닐봉지. 저 봉지에 마쟁이의 DNA가 있었어."

"DNA요?"

김 형사와 조 형사가 한소리로 물었다.

"이놈들이 사건 뒤처리를 맡았던 것 같아. 수사에 혼선을 줄 목적으로 마쟁이에게 모텔 쓰레기통 내용물을 가져오라고 지시했을 테고, 멍청한 놈이 제 방에 있는 쓰레기통을 털어 왔을 거야. 그래서 이지선이 몸에 마쟁이 놈과 남녀 여러 명의 체모와 정액이 남았던 거야."

"야아, 추리가 그대로 맞아떨어졌네. 그런데 그거 정 반장 추리가 아니고 미국유학파 심리학자의 추리라며?"

형균은 배 기자를 한번 째려보고는 조 형사에게 마쟁이를 추적하라는 지시를 내렸다.

"마쟁이 행방을 찾되 그쪽에서 눈치채면 안 돼. 마쟁이를 영원히 잠수시키면 곤란해. 고 형사는 어디 갔나? 내가 임무를 맡긴게 있는데."

"네. 피해자들 경력을 조사하다가 전과기록을 발견했다며, 검찰수사와 법원재판 기록을 확인한다고 오후에 나갔습니다."

형균은 재킷 안주머니에서 CD를 꺼내 동영상 파일을 실행했다.

배 기자가 물었다.

"그건 뭐야?"

"국회 토론회 동영상. 이 속에 범인이 있을지도 몰라. 오늘 당신을 부른 첫 번째 이유야. 위남청 기억나지?"

동영상은 르포 프로그램의 현장실사 화면처럼 흔들렸다. 영상은 처음부터 끝까지 전부 녹화된 원본이 아니었다. 40여 분 정도로 축소 편집된 것이었다. 군데군데 말과 화면이 끊겨 있어, 현장 분위기와 발언 내용을 모두 파악하기 어려웠다. 70, 80년대 공안검사로 이름을 날렸던 여당 원로의 발언을 시작으로 내빈 소개와 축사가 20분 넘게 이어졌다. 대부분이 여당 외곽단체의 고문 격인 노인들로서 정권에 대한 지지 발언과 젊은 신보련 간부들에 대한 찬사, 다가오는 선거에서 정권 재창출을 선동하는 내용이었다.

　다른 부분과 달리 정백의 발제는 비교적 자세하게 남아 있었다. 한국 현대사에서 이승만 정권의 공적, 5·16혁명과 유신에 대한 긍정적 재평가, 학생운동과 민주화운동 속에 자생했던 급진적 사회주의와 주체사상의 오류, 북한 민주화와 인권문제들이 나름대로 정연하게 소개되었다. 결론에서 정백은 대한민국에서 종북좌익의 척결과 자유주의로의 이념적 단결을 강조하고 대선에서의 승리를 부르짖었다. 정치연설에 가까운 발제가 비교적 또렷한 음향으로 장내에 울려퍼지는 가운데 관중의 대부분을 차지하고 있는 머리 허연 노인네들 사이에서 "옳소! 맞소!"와 같은 동감의 표현들이 자주 흘러나왔다.

　카메라 렌즈는 장내를 한번 훑은 후 청중석 중간에 앉아 있는 이지선과 최 사장을 끌어당겼다. 두 사람 바로 뒤에 안용수가 40대 후반의 금테안경을 쓴 깡마르고 자그마한 체구의 사내와 귓엣말을 주고받고 있었다. 조 형사가 금테안경을 지목했다.

　"유강재 교수네요."

　정백과 신보련 간부, 여당의 실력자들을 제외하고는 이들이 앉아 있는 자리에 카메라 앵글이 비교적 많이 머물렀다. 그중에서도 지선이 나타난 화면이 가장 많았다. 화면 속의 지선은 최 사장 옆에서 서류 뭉치를 손가락으로 짚어가며 읽고 있었다. 정백이 발제하는 동안 지선은 손안의 서류 뭉치에 눈을 떼지 않았다.

마지막 10분은 지선과 정백의 설전이 녹화되어 있었다. 지선의 발언 역시 꽤 많은 부분이 편집에서 살아남아 있었다. 자리에서 일어난 지선은 정백과 그의 동료 간부들을 하나하나 거명하며 반론을 시작했다. A대학 총학생회장, B대학 학자추위원장, C대학의 민민투, D대학의 삼민투, 그리고 반제투쟁위원회, 반미청년회, 애국전선, 조국전선. 과거 수많은 학생조직과 그 책임자들이었던 신보련 간부들을 일일이 지목하며 족보와 이력을 두루 읊어내렸다. 과거 그들의 발언과 행동을 상기시키며 분신하고, 끌려가 고문에 죽고, 다치고, 미치고, 자살한 선배와 후배, 동료들을 상기시켰다. 또 타도하려 했던 무리들에게 굴종하며 공천을 구걸하고, 동지들의 등에 칼을 꽂는 이유를 추궁했다. 지선은 신보련을 일제감정기 친일 전향단체 대화숙(시국대응전선사상보국연맹의 후신)과 6·25전쟁 당시 변절자들이 좌익척결의 명목으로 전시학살에 앞장섰던 국민보도연맹에 비유하며 녹화사업의 중단과 반성을 촉구했다. 마지막에는 정백에게 쐐기를 박는 듯 정백을 보호하기 위해 고문을 견디다 희생된 김종철을 언급했다. 지선이 발언하는 동안 카메라는 지선과 최 사장, 뒤에 앉은 용수와 유 교수에게 초점을 둔 채 움직이지 않았다.

김 형사가 유강재의 좌석 뒤에 앉은 이를 가리키며 물었다.

"유 교수 뒤에 앉은 사람은 누구죠? 같은 일행 아닌가요?"

뒤에 앉은 이는 검푸른색의 허름한 작업복 위에 자주색 조끼를 걸치고 있었다. 논쟁의 열기가 뜨거운 실내임에도 불구하고 마스크를 벗지 않고 모자를 깊이 눌러쓰고 있었다. 허벅지 위 맞잡은 손은 얼룩덜룩 때가 묻은 작업용 목장갑을 끼고 있었다. 용수와 지선, 최 사장과 유 교수 등은 정백과의 설전에 약간 흥분한 듯 보였으나 이 사람은 미동도 없이 토론을 지켜보고 있었다.

화면이 차지하고 있는 범위와 구도를 보면 일행으로 보였다. 그러나 형균의 관심은 지선의 발언 하나하나에 쏠려 있었다. 위남청을 포함하여 그녀의 말에 사건의 열쇠가 섞여 있을지도 몰랐다.

지선의 목소리가 높아지자 야유와 발언의 중단을 요구하는 목소리도 함께 고조되었다. 정백의 반론에 이어 지선이 재반론을 하려는 순간 화면은 잠시 끊겼다가 이어졌다. 몇 초 정도 편집되었을까? 이어진 화면에는 빨갱이라 외치며 삿대질하는 노인들 사이로 용수와 최 사장이 지선의 어깨를 감싸안으며 토론장을 급히 빠져나가고, 그 뒤를 유 교수가 따라 나가고 있었다. 뒤에 앉아 있던 마스크의 사내 역시 카메라 뒤쪽으로 걸음을 옮기고 있었다. 지팡이를 짚지는 않았지만 다리를 저는 사내의 자세가 불안했다. 무대 가운데 토론석에는 이미 아무도 남아 있지 않고 장내를 메운 노인들만이 삼삼오오 웅성거리고 있었다.

'편집되었군.'

형균과 배 기자는 위남청 발언 장면을 찾기 위해 몇 번인가 되돌려봤으나 헛수고였다. 그때였다. 형균은 무엇인가 발견한 듯 동영상을 다시 되돌렸다. 화면에는 청중석 앞자리에서 일어나 출입구 쪽으로 돌아나가는 사람이 보였다. 감색 정장을 입고 앞서나가고 있는 여당 중진의 뒤를 열심히 따라가고 있었다. 배 기자가 중얼거렸다.

"임도수. 이 깡패 형제가 오늘 두 동영상의 조연들이구먼."

"저치가 저기 있는 이유가 뭐지?"

김 형사가 혼잣말로 묻자 배 기자가 말했다.

"신보련 활동자금은 임도수가 다 댄다는 말이 있어. 깡패 출신인 걸 누구나 다 아니까 재정위원장을 줄 수는 없고 부위원장 명함을 내줬겠지."

"저놈이 오늘 낮에 청와대에 얼쩡거리던데."

"내년 대선 끝나면, 곧 재보선이 있을 거야. 공천받으려면 여당 실력자들과 청와대 고위급들 미리 삶아놔야 되지 않겠어? 그런데 이 깡패새끼들이 왜 이 사건에 얼쩡거리나?"

배 기자가 콧구멍을 벌름거리며 컴퓨터 모니터에 눈을 바싹 갖다 대고 말했다. 무언가 흥미로운 이야깃거리를 찾았다는 뜻이다.

형균과 배 기자의 대화가 끊겼을 무렵 뒤에 서 있던 조 형사가 김 형사를 쳐다보며 중얼거렸다.

"녹화사업이 뭐지? 대화숙과 보도연맹은 또 뭐야……."

두 개의 CCTV 동영상 분석을 뒤에서 유심히 관찰하던 곽 검시가 말했다.

"유신 시절과 5공 시절 데모하는 학생들을 빨갱이로 몰아 감옥 보내고, 군대 보내고 하는 게 녹화사업이야. 빨갱이 물을 빼고 푸른색으로 만든다는 뜻이었지. 대화숙은 일제총독부가 독립운동가, 공산주의자들과 같은 사상범들을 감찰하고 전향시켜 써먹기 위한 사상교화단체였어. 보도연맹, 약칭 보련은 해방 후 이승만 정권이 반정부인사와 좌익계 인사들을 관리하고 전향시키기 위한 단체였고. 공통점은 둘 다 주로 일제에 협조한 독립운동가, 이승만 정권에 전향한 좌익계 인사들을 전면에 내세워 만든 단체였다는 거지."

"전향이 아니라 변절이었죠."

배 기자가 끼어들었다. 곽 검사는 고개를 끄덕이며 말을 이었다.

"그런데 보도연맹은 경찰과 공무원들이 좌익과 관계없는 사람까지 실적 위주로 끌어들여 전국적으로 수만 명 조직으로 만들어놨지. 그런데 6·25가 터진 후 보도연맹 회원들 중 많은 사람들이 실종되었어. 일부는 군인과 경찰에 의해 집단처형된 사실이 확인되기도 했지만 대부분의 진실이 아직까지 규명되지 않았어. 좌익 적대세력으로 몰려 처형되었다고 봐야지."

"네? 우리나라에서도 그런 사실이 있었어요? 다른 나라에나 있는 인종청소 같은 일이?"

조 형사는 믿을 수 없다는 듯 되물었다.

"밝혀진 것은 극히 일부야. 역대 정권이 사실을 은폐했고, 사건의 진상을 밝히려던 사람들은 모두 유언비어 유포나 좌익사범으로 몰아 감옥살이를 시켜버렸거든. 당시에는 저놈 마음에 안 든다, 이놈 재산이 탐이 난다, 딸이나 마누라를 내 것으로 만들고 싶다. 그러면 '저놈 빨갱이다'라는 딱 한마디면 모든 게 가능했지. 육군 중위, 말단 지서장의 명령으로도 즉결처분이 가능했으니까. 총알도 아깝다고 골짜기에 몰아넣고 생매장하거나, 나무를 베어내어 태워 죽이고, 굴비 엮듯 줄줄이 묶어 바다에 처넣고. 국군이 도망가면, 인민군이 내려와서 또 그 지랄들을 하고."

"빨갱이들 처형 아니었어요?"

"빨갱이? 처형? 죽은 사람들 태반이 노인들과 애들, 여자들이었어. 그리고 대량처형이 학살 아닌 적 있어? 나치 놈들에게 물어봐. 유대인 처형이라고 하지 학살이라고 하나. 요즘 젊은것들은 TV 앞에 앉으면 홀딱 벗고 산발한 어린 계집애들 엉덩이 흔드는 것에만 혼을 빼지. 책은 물론이고 뉴스도 안 본다니깐. 책상머리 앉으면 맨날 인터넷이나 딸깍거리며 히히덕거리고."

곽 검사는 혀를 끌끌 차며 다시 서류를 집어 들었다.

"우헤헤헤! 곽 검사님! 의대에서 역사공부 제대로 하셨네요."

배 기자가 낄낄거리며 맞장구쳤다.

'위남청.'

형균은 정백과 헌재의 굳은 표정 뒤에 도사리고 있던 강렬한 부정과 외면이 떠올랐다.

'임도수 같은 깡패들에게 범행동기가 있을 리 없다. 전 정권이지만 이지선 정도 고위층에 손을 댈 배짱이 있을까? 하수인에 불과하다. 사건은 투 트랙으로 돌아가고 있다. 최 사장 출판사의 하드디스크와 용수의 책장을 뒤지고 다니며, 지선과 용수를 잔혹하게 살해한 주범의 궤도. 그 1막이 끝난 뒤 현장을 처리하고 사라진 종범의 궤도. 종범들은 대충 윤곽이 드러났다. 그러나 주범은 흔적조차 찾지 못했다. 주범의 궤도를 그려줄 사람은 유 교수와 위남청뿐이다.'

"정 반장! 비 오시는 날 비 피하기보다 술 피하기 더 힘들다는데 고생하는 양반들하고 삼겹살에 소주나 한잔합시다."

곽 검사가 술자리를 청했다. 곽 검사가 술 먹자는 말은 갓난 애가 배고프면 젖 달라는 말과 같다. 그러나 지금은 분위기가 좀 다르다. 장 형사, 김 형사, 조 형사는 물론 젊은 고 형사까지 일제히 형균을 쳐다보았다. 강행군으로 피곤에 절은 이들 얼굴 앞에서 거절할 수 없는 제안을 한 것이다. 형균도 세동과의 술자리 끝에 몇 잔이 더 아쉬운 차였다. 배 기자도 뚫리다 만 눈을 제 딴에는 크게 뜨고, 먹이를 기다리는 강아지처럼 입맛을 다시고 있다. 당연히 끼겠다는 표정이었다.

"선약이 있어. 어디 좀 다녀올 테니 경찰서 앞 기사식당에 그 어놓고들 천천히 드셔! 배 기자는 나하고 같이 가! 만나볼 사람이 있어. 이게 오늘 당신을 부른 두 번째 이유야."

두 사람이 급히 서를 나섰을 때는 어둠이 내린 지 한참이나 지나서였다. 빗줄기가 꽤 굵어져 있었다.

둘은 혜화역에서 나와 대학로 거리를 우산도 없이 뛰었다. 옷가게, 음식점, 카페에서 쏟아져 나온 휘황한 불빛이 젖은 보도 위에 번질거렸다. 배 기자는 전철을 타고 오는 동안 만날 사람이 누군지 집요하게 캐물었으나 형균은 말이 없었다. 약속시간보다 30분이나 늦었다. 소극장이 몰려 있는 거리를 지나 작은 골목으로 접어들자 안이 훤히 들여다보이는 아담하고 깨끗한 식당이 눈에 띄었다. 형균의 뒤를 짧은 걸음으로 종종거리던 배 기자가 식당 안을 흘낏 보며 말했다.

"우아! 저 여자 얼굴은 되게 이쁘게 생겼는데, 먹는 건 엄청 야만적으로 먹네."

형균은 걸음을 멈추고 식당 안을 들여다보았다. 여자는 큰 유리창가 테이블에 앉아 불판에 익힌 고깃덩이를 상추에 싸 볼따구니가 터질 듯 입에 욱여넣고 손의 물기를 털고 있었다. 그러고는 몇 번 씹지도 않고 꾸역꾸역 힘들게 넘긴 후 작은 소주잔에 담긴 말간 액체를 단숨에 털어넣었다.

"배가 많이 고팠나 보네."

형균이 손을 흔들었다. 여자의 입가에 싱긋 미소가 흘렀다. 배 기자의 작은 눈이 크게 찢어졌다.

"만날 사람이 저 여자야?"

"그래. 미국유학파 심리학자."

형균은 짧게 한마디 흘리고는 식당으로 들어섰다. 맞은편 자리를 잡는 형균에게 인경이 말했다.

"늦으셨네요. 먼저 시작했어요."

"회의가 길어져……."

"괜찮아요! 수사관생활이 그렇지요, 뭐."

"맛있게 드시네요."

"배가 고파서. 호호."

"소주도……."

"많이는 못 마셔요. 반주는 좋아하는 편이죠. 호호. 그런데 옆에 계신 분은?"

핑퐁게임을 보는 관중처럼 두 사람의 대화를 좇던 배연묵이 엉거주춤 엉덩이를 들고는 고개를 숙였다.

"고려일보 배연묵 기잡니다."

"배연묵 기자시라구요?"

"저를 아십니까?"

"알고말고요. 기사를 정말 재미있게 쓰시는 분이죠. 2개월 전인가? 주간고려에 조폭에 관한 르포기사 정말 재미있게 봤어요. 조폭들 행동분석도 아주 흥미롭더군요. 불안정하고 심리적으로 미숙한 조폭들이 일부러 몸통을 불리려 돼지기름을 매일 배터지게 먹는다면서요! 하하하!"

인경이 큰 소리로 웃었다. 경찰서에서는 이 부서 저 부서 불쑥불쑥 참견할 정도로 얼굴 두꺼운 배 기자도 인경 앞에서는 얼굴을 붉혔다. 형균이 슬며시 농을 걸었다.

"당신 오늘 왜 그래? 술 한 방울 안 들어갔는데 얼굴이 벌게. 선보는 노총각처럼. 그리고 입 좀 다물지."

"이 사람 무슨? 식당이 좀 더워서 그렇지. 그리고 총각이 아리따운 여성을 보고 얼굴 벌게지는 것이 그렇게 흉한가? 먼저 술이나. 아줌마, 여기 소주 한 병!"

배 기자는 속마음을 들킨 듯 너스레를 떨었다. 그의 넉살이 다시 고개를 들기 시작했다.

"그래? 꼼장어집 사장 희정 씨는 어떡허고?"

"허! 이 사람……."

배 기자는 형균의 입을 막을 듯 손사래를 치며 인경을 향해 헤벌쭉 웃었다.

"두 분 다 미혼이세요? 제가 복도 지지리도 없어요. 그죠? 웬 늙은 총각들이래?"

"그래도 아직 총각이니까. 헤헤! 강 박사님 맞죠? 서린대학교에 계시다는."

"네. 서린대에 잠시. 그리고 저 서린대 나왔어요. 94학번."

"그래요? 저도 서린대 출신인데. 89학번. 우리 강 박사가 제 후배네. 반가워요."

"네. 반가와요. 선배님!"

배연묵의 말끝이 점점 짧아지기 시작했다. 인경도 유쾌하게 맞장구를 쳤다. 세 사람은 아주 오래전부터 알고 지낸 선후배처럼 매일 전국에서 수만 마리가 식용으로 죽어갈 것이 틀림없을 불쌍한 짐승의 뱃살을 숯불에 구워 소주와 함께 열심히 먹어댔다. 한참을 깔깔거리며 학창 시절 이야기를 이어가던 인경이 빈 술병 네 개를 한쪽으로 치우며 물었다.

"오늘 보자고 한 일이 무엇이죠?"

잠시 고개를 끄덕이는 것으로 답을 대신한 형균은 벌써 두 병 이상 술을 들이켜 얼굴이 불콰해진 배연묵에게 말을 돌렸다.

"배 기자! 당신 도움이 필요해. 기사를 내줄 수 있겠나?"

배연묵의 눈이 다시 동그래지고 눈썹 끝이 휘어졌다. 그의 호기심이 최고조라는 표시이다. 배 기자가 음성을 낮추었다.

"무슨 기사?"

이번에는 배 기자에게 답하지 않고 인경에게 말을 걸었다.

"범인이 영리한 편이지만 신경증이나 정신병증의 가능성이 있다고 그랬죠?"

"네. 고등교육을 받고 용의주도하게 범죄를 계획할 만큼 지적이지만, 편집증이나 망상, 충동장애와 같은 인격장애, 또는 낮은 정도의 정신병증 기질도 있을 것이라고 했죠."

인경이 고개를 끄덕이며 며칠 전 프로파일링을 반복했다.

"상당한 긴장감과 불안감 속에 살고 있는, 반면 주장이 강하고 야심이나 포부가 높을 수도 있다고도 했죠?"

"네. 그럴 경우 좌절이나 패배 때문에 편집증이나 공격성향이 강할 수도 있다고 했죠. 반사회적 인격장애, 즉 소시오패스일 가능성이 있을 거라고도 했어요. 정확하게 기억하고 계시네요."

"피살자들을 고문하면서까지 얻으려던 것을 아직 얻지 못했다면 다른 흔적이 드러날 가능성이 높다고도 했어요. 그렇죠?"

"살인행각이 계속될 것이라고 했죠."

운율에 맞춰 한시의 대구를 주고받는 사람들처럼 두 사람은 프로파일링을 반복 확인했다. 배 기자는 다시 핑퐁 관객이 되었다. 형균이 말을 이었다.

"21일 최 사장, 23일 밤 안용수와 이지선을 살해한 후 주범의 행방은 오리무중이에요. 결정적인 단서도 없고. 시신을 훼손하고 유기하는 데 동원된 종범 중 한 놈은 잡혔지만, 증거가 불확실하다는 이유로 석방해야만 했구요. 그래서 말인데, 미끼를 썼으면 해요."

배 기자가 무릎을 쳤다.

"타초경사打草驚蛇! 범인을 자극하는 기사를 내서 그놈의 꼬리를 잡자는 거지?"

형균이 고개를 끄덕였다.

"언제?"

"빠르면 빠를수록."

"벌써 마감했는데 무슨 수로?"

"인터넷판이 더 좋아."

"어떤 내용으로?"

대화를 듣고 있던 강인경이 끼어들었다.

"범인의 자존심을 상하게 하든지, 아니면 범인이 찾는 물건의 행방을 알려주거나. 둘 다면 효과가 더 좋겠죠!"

"바로 그거야!"

형균이 고개를 끄덕이며 말했다. 배 기자가 갑자기 눈을 동그랗게 뜨고 말했다.

"그럼 내가 미끼네?"

형균이 무표정하게 말했다.

"할 수 없지 않나?"

인경이 웃으며 자신의 의견을 풀어놓았다.

"범인의 상을 이렇게 만들면 될 것 같아요. 내면에 불안감과 자기불만족이 주는 스트레스에 시달리는 우유부단한 인물. 그렇지만 자신을 대단한 천재로 알고 있는 과대망상증 환자. 그리고 스트레스를 견디지 못해 가끔 잔혹한 짓을 서슴지 않는 사이코패스라는 말도 잊지 마세요. 또 그림을 현장에 남겨놓는 것은 자신을 대단한 영웅으로 생각하여 경찰과 게임을 즐기는 것 같지만 사실 이런 행위들은 의식이 배트맨이나 슈퍼맨을 상상하는 소년기에서 전혀 성장하지 못한 일종의 지체현상이라는 것. 그림 역시 미술시간에 옆 친구의 그림을 흉내 내고 있는 수준에 불과하다는 말을 덧붙이세요."

"후배님! 이 정도 갖고 범인을 흥분시킬 수 있겠어?"

"선배님처럼 넉살 좋고 얼굴 두꺼운 사람은 전혀 자극이 안 되겠죠. 그러나 범인은 민감하고 자부심이 대단한 유형이에요. 이 정도 자극도 참기 어려울 겁니다. 하나 더 덧붙이세요. 선배님 같은 분도 이 말엔 발끈하실걸요."

"기대되네."

"죽이 척척 맞는군. 그 유명한 서린대 동문들이시라."

"당연하지. 후배님, 이 술자리 마치면 정 반장은 빼고 맥주 한 잔 더 합시다. 오랜만에 선배 노릇 한번 하게. 또 무엇을 덧붙일까?"

"지선을 살해한 것은 '성불능 때문에 초래된 성도착 범행일 가능성이 높다'라고 쓰세요. 이지선에게서 다량의 정액과 체모가 발견되었는데, 부검 결과 강간의 흔적은 없다. 이건 무엇을 의미하는가? 성불능자들은 여성들을 실제로 사귀기 힘들어해요. 성적 무능 때문에 모멸당할 것이 두려운 거죠. 이런 사람들 중에 살아 있는 여성보다 죽은 여성에게 관심을 갖는 케이스가 아주 드물게 있어요. 또 이런 사람들은 자신을 무시하는 여성 일반에 대한 분노와 혐오증이 대단해요. 피해자를 꼼짝 못하게 묶어놓고 가한 끔찍한 고문과 죽은 여성에 대한 능욕은 성불능 때문이라고 하세요. 그것도 시신을 강간한 것이 아니라 시신 위에 마스터베이션을 한 후 정액으로 시신을 더럽혔을 가능성이 크다고 쓰세요. 열등감 때문에 시신에마저 주눅이 들어 자위행위만 했다고. 성적으로 가장 무능한 경우이며, 또 정신분열에 가까운 극심한 신경증도 성적 무능 때문에 초래된 것으로 추정된다고 반드시 덧붙이세요. 어때요?"

배연묵은 인경의 거침없는 표현에 낄낄 웃으며 말했다.

"너무 자극하는 거 아냐?"

옆자리에 술잔을 주고받던 노인들도 인경에게 흘낏흘낏 눈길을 주었다. 배연묵이 수첩을 끼적이며 말했다.

"이런 심리적 현상이 있나요?"

"이 정도 복합적인 심리현상은 찾아보기 힘들어요. 먼저 저능한 사이코패스는 거의 없어요. 우유부단한 사람이 이렇게 체계적인 연속살인을 저지르는 경우도 없구요. 특히 정신분열에 가까운 신경증이란 말도 어폐가 있어요. 외견상 유사한 정신장애가 나타나지만 증상의 변화에 따라 정신분열과 신경증은 다른 질병이죠. 다만 성적 무능이 초래한 여성혐오와 여성살해, 시체능욕 사례는 간혹 보고되고 있긴 하지만 이번 사건과는 거리가 멀어요. 범인을 약 올리기 위해서 드러난 사실만을 꿰어 소설을 쓴 거죠. 진실보다 자극적인 소설이 필요하신 것 아니에요?"

"이 친구 꽤 유명한 소설가예요. 가끔 소설인지 기사인지 잘 구분이 안 되는 글에 탁월한 능력을 가졌죠."

인경이 웃으며 말했다.

"범인은 굉장히 모멸감을 느낄 것이고, 억울하다고 생각할 거예요. 범인은 여론에도 민감하기 때문에 사체능욕과 성도착이라는 표현에 굉장한 분노를 느낄 거예요."

인경의 말에 형균이 덧붙였다.

"경찰이 약 30페이지 분량의 원고를 발견해 전문가들과 함께 내용을 분석 중인데, 범인이 찾고 있는 것으로 추정된다고 해줘."

"범인이 찾는 원고가 어떤 내용인지 짐작되는 것이 있어?"

형균이 고개를 저었다.

"죽은 이들이 책을 낸다고 했잖아. 그 내용 중에 범인이 찾는 게 있는 것 같아."

배 기자는 미끼가 되어버린 처지가 약간 두려운 듯 긴장 섞인 표정으로 말했다.

"범인을 유인하려는 거잖아? 어디로?"

"당신이 있는 곳."

형균은 긴장하고 있는 배 기자의 어깨를 툭 치며 말했다.

"건장하고 유능한 형사 둘이 밀착 경호할 테니 걱정 마! 범인을 잡으면 사건기록 전체를 넘겨주지. 손해 보는 거래는 아닐 거야."

"걱정은 무슨……."

그래도 불안한 듯 배 기자는 냉수를 연거푸 마셔댔다. 이들은 자정이 넘도록 술잔을 기울였다. 일곱 개의 술병을 모두 비울 때까지 비는 음식점 유리창을 줄창 때려댔다. 겨울비가 밤새 올 모양이었다.

파스큘라

2012. 11. 29. (목) 08:00

영등포서 강력반

　유강재 교수의 전화를 받은 것은 날이 채 밝기 전이었다. 잠 못 이루는 이른 새벽에 낯선 전화는 가끔 있는 일이었다. 주로 형균의 손에 체포되어 실형을 산 전과자들이 늦은 밤이나 이른 새벽에 전화를 하곤 했다. 대부분 전화를 들기가 무섭게 고함을 질러대거나 밤길 조심하라는 협박을 일삼는가 하면, 개과천선의 다짐과 눈물 섞인 하소연으로 경제적인 도움을 청하기도 했다.

　전화벨이 울리고 통화 버튼을 눌렀으나 긴장된 낮은 숨소리만 새근새근 들릴 뿐이었다. 침묵 끝에 가녀린 목소리가 조심스레 흘러나왔다.

　"정형균 반장이십니까?"

　말끝이 심하게 흔들렸다. 유강재임을 직감했다.

"유강재 교수님?"

"네. 유강재입니다."

"어디십니까?"

"서울에서 한 시간 정도 떨어진 곳입니다. 말씀드릴 수 없습니다."

"이해합니다. 그런데 교수님을 빨리 뵈어야 수사에 진척이 있겠는데요."

"고문혁 선배께 물었더니 수사반장이 정 반장님이라고 도움을 청하라시더군요."

"문혁 형님도 관련 있습니까?"

"몰라요! 왜 이런 끔찍한 사건이 일어나고 있는지 이유를 모르겠어요. 이유를 안다면 저나 문혁 선배나 일찌감치 신고를 했겠죠."

"최근에 어떤 책을 출판하실 계획이라고 하셨죠? 피해자들과 함께."

"네."

"책에 단서가 있을 것 같은데 원고를 갖고 계시지요?"

"그냥 회고록입니다. 학생 시절에 대한 회고. 재단창립기념으로 출판하는 거예요. 지난 몇 년간 숱한 사람들이 그와 같은 글들을 썼는데, 그것 때문에 살인이? 절대 그럴 리 없습니다. 원고는 출판사 최 사장 컴퓨터에도 있어요."

"오늘 출판사에서 뵙지요. 이후 신변을 저희가 책임지겠습니다."

"알겠습니다. 범인이 잡히면 피해 다니지 않아도 되겠죠. 그런데 생각해보니 한 가지 의문이 있긴 하지만 자세한 진상은 제가 모르는 일이라."

"뭡니까?"

"제가 책을 편집하기로 했지만, 총 6장 중 제 4장을 아직 보지 못했어요."

"집필자가 누굽니까?"

"모릅니다. 현장 노동운동가 출신이 쓰기로 했답니다. 최 사장이 원고를 받아오면 함께 검토하기로 했어요. 원고는 들어오지 않았습니다."

"최 사장 외에 또 누가 알고 있죠?"

"최 사장과 고문혁 선배의 의견이었습니다. 재단을 만든 거나 진배없는 두 분이 양해를 구한 것이고 원고가 들어오면 같이 검토하자는 제안인데 거부할 이유가 없죠. 최 사장은 작가를 알고 있는 것 같았습니다."

"고문혁 선배는 작가를 알고 있습니까?"

"확실히는 모릅니다만, 두 분이 의논을 한 것 같아요."

"조금 전에 재단이라고 말씀하셨죠? 무슨 재단입니까?"

"만나서 말씀드리면 안 됩니까? 외딴 곳이라 통화가……."

"오전 10시까지 파주 광해사로 오세요. 전화기를 꺼놓더라도 제 번호 확인되면 반드시 회신 주세요. 꼭입니다. 꼭."

유 교수는 말이 끝나기도 전에 전화를 끊었다. 형균은 김 형사에게 파주 출판사로 바로 출근할 것을 지시하고 집을 나섰다.

고려일보 인터넷판에 배 기자의 기사는 아직 올라오지 않았다. 땟국 절은 외투도 벗지 않은 채 하숙방에 널브러져 있을 것이 틀림없었다. 인터넷 기사가 좋은 점은 댓글이란 것으로 독자들의 반응을 곧바로 파악할 수 있다는 것이다. 댓글을 다는 사람은 기사에 관심이 많은 사람들이다. 동의 수준이 아주 높거나, 혹은 극렬한 반대의 의견을 갖고 있는 사람들이기 쉽다. 기사에 가장 큰 관심을 갖고 있는 사람은 물론 범인일 것이다. 댓글에 흔적을 남길지도 모른다. 파주에서 문제의 원고가 확인되면 유강재와 함께 문혁을 만나볼 참이었다.

고 형사는 피해자들의 과거 행적 중 서로 일치하는 부분과 죽기 전 근황에 관한 몇 장의 보고서를 깔끔하게 준비해놓고 있었다. 보고서는 1980년대 중반 이들의 학창 시절 행적부터 기록되어 있었다.

1. 이지선
- 강원도 정선 출생(48세)
- 서린대학교 정치학과 1985년 입학
- 1차 국가보안법 위반
  • 이적단체 결성 / 이적표현물 소지 및 배포

- 1986년 5월 수배 후 9월까지 도피 중, 강원도 정선에서 체포
- 1987년 2월 징역 1년 6개월 확정
- 1987년 12월 특사 출감
- 1989년 9월 구속
- 1990년 2월 2차 국가보안법 위반
  - 이적단체 결성(카프문학연구회) / 이적표현물 소지 및 배포
- 1993년 사면 및 복권
- 1995년 사법시험 합격
- 1995년 ~ 2002년 법무법인 지선 대표변호사
- 2003년 ~ 2006년 청와대 춘추관장
- 2006년 ~ 2008년 청와대 대변인
- 2008년 법무법인 치암 대표변호사
- 2012년 재단법인 '영원한 청년' 기획이사

2. 안용수
- 부산 출생(50세)
- 서린대학교 중어중문학과 1983년 입학
- 1차 국가보안법 위반
  - 이적단체 결성 / 이적표현물 소지 및 배포
  - 1986년 5월 수배 후 10월까지 도피 중, 서울 이문동에서 체포
  - 1987년 2월 징역 1년 6개월 확정

- 1987년 12월 특사 출감

- 1989년 9월 구속

- 1990년 2월 2차 국가보안법 위반

  • 이적단체 결성(카프문학연구회) / 이적표현물 소지 및 배포

- 1993년 사면 및 복권

- (주)광성무역 대표

- 민족통합국민협의회 집행위원

- 한중경제인협회 이사

- 2012년 재단법인 '영원한 청년' 재정이사

3. 최용철

- 서울 출생(60세)

- 1989년 도서출판 광해사 대표

- 1991년 전국사회과학서적상연합회 총무국장

- 1990년 ~ 1991년 복역: 국가보안법 위반

  • 이적표현물 출판 및 배포

- 2012년 재단법인 '영원한 청년' 이사장

4. 유강재

- 전남 해남 출생(49세)

- 서린대학교 사학과 1984년 입학

- 1차 국가보안법 위반

- 이적단체 결성 / 이적표현물 소지 및 배포
- 1986년 5월 수배 후 10월까지 도피 중, 서울 신림동에서 체포
- 1987년 2월 징역 1년 6개월 확정
- 1987년 12월 특사 출감
- 1989년 9월 구속
- 1990년 2월 2차 국가보안법 위반
  - 이적단체 결성(카프문학연구회) / 이적표현물 소지 및 배포
- 1993년 사면 및 복권
- 1998년부터 진국대학교 사학과 교수로 재직
- 2012년 재단법인 '영원한 청년' 연구이사

…

형균이 고개를 끄덕였다.

'서린대학교 카프문학연구회와 재단법인 영원한 청년이 이들의 공통점이군.'

유강재를 통해 고문혁의 이름이 사건 언저리에 있음을 알고 난 후 예상했지만 정성재라는 익숙한 이름도 보고서에 박혀 있었다. 고문혁과 정성재 옆에 또 한 사람의 이름도 볼 수 있었다.

'백시우.'

입에 올리기도 불편한 이름. 형의 가장 친했던 친구였으나 형을 죽음의 구렁텅이로 몰아넣은 이. 그때 문혁이 "결코 그런 일

을 하지 못할 사람"이라고 변명을 대신했고, 어제 정백도 불가피한 상황이었을 것이라고 했지만 재판기록과 주변의 정황으로 보아 그가 형을 배후로 지목했다는 것이 확실했다. 무엇보다 형이 죽은 후 20여 년이란 변명의 시간이 주어졌음에도 그는 한 번도 나타나지 않았다.

"이지선, 안용수, 유강재는 1986년과 1990년 두 차례에 걸쳐 각각 집회및시위에관한법률 위반, 그리고 국가보안법 위반으로 복역한 바 있습니다. 당시 이들은 서린대학교 학생운동권의 핵심인물들이었습니다. 이들 윗선으로 고문혁, 백시우, 정성재가 있었구요. 이 세 명은 모두 두 차례 같은 시기에 같은 조직에서 활동했고, 국가보안법 위반으로 구속 복역했습니다. 그중 정성재는 두 번째 혐의를 받았을 때 군 복무 중 자살했습니다. 최근에 피살된 세 사람과 유강재, 고문혁이 '영원한 청년'이라는 재단을 설립했습니다. 최 사장이 피살된 홍대 앞 그 사무실이 재단 주소였습니다. 살해된 이들의 공통점이 카프문학연구회와 영원한 청년 재단입니다."

고 형사는 문서를 손으로 짚어가며 설명을 계속했다.

"고문혁은 서울 종현성당 주임신부로 있더군요. 2차 국가보안법 위반 복역 후, 가톨릭 사제에 입문했던가 봅니다. 96년에 사제서품을 받고 6년간 독일에 유학한 후 2002년에 귀국했습니다. 가톨릭계에서 신망이 높은 분이더군요. 백시우는 2차 복역 만기 출소 후 구로, 안산, 시흥 등지에서 노동운동에 투신했던 것 같습니다. 공문서위조에다 집시법, 노동조합법 위반은 물론 국가보안법 위반 전과도 있었습니다. 일 년 이상 복역기록도 세 번이나 되더군요. 입원기록도 있었습니다. 10년 전 안산 파업현장에서 분신을 시도하고는 장기입원했더군요. 7여 년 전부터는 전과기록이 없습니다."

"공문서위조?"

"네. 위장취업 말입니다. 주민등록증을 위조해서 공장에 취업하여 노조 만들고 파업하고 그런 것 있지 않습니까?"

"고 형사도 그런 것 아나?"

"저도 대학 다닐 때 선배들 이야기 많이 들었습니다."

고 형사는 보고서 아래에 적혀 있는 한 사람의 이름을 손으로 가리키며 말을 이었다.

"어제 정백 비서관을 만났다고 하셨죠? 백시우, 정성재, 문혁 등이 카프문학연구회를 결성할 때, 서린대학교 내 다른 서클에 속한 학생들도 함께 참여했는데, 주도인물이 정백입니다. 여기에 속했던 인물은 정백, 김인태, 정진혁, 최헌재, 이강일 등입니다."

"최헌재?"

어제 만난 신보련 청년위원장이란 인물이 떠올랐다.

"서린대 출신 64년생 김인태라면 현직 국회의원인 그 사람을 말하는 건가?"

"네. 김인태는 2004년 17대 총선에서 당선했고, 18대에 낙선했다가 올해 재선에 성공했죠. 정진혁은 2012년 고향인 경북에서 출마하려 했으나 경선에서 떨어졌습니다. 이강일은 현재 신보련 기획위원으로 있습니다. 야당 의원인 김인태를 제외하고는 모두 신보련 간부입니다. 최헌재는 신보련 청년위원장을 맡고 있고, 마지막 직업은 작년까지 S그룹의 전략기획자문역으로 되어 있네요."

"최헌재의 전과기록은?"

"집시법 위반, 폭력, 국가보안법 위반 전과가 있네요. 최헌재는 1989년 서린대 총학생회장이었습니다."

'이들이 과거 같은 시기 같은 장소에 있었군.'

"그런데 여기를 보세요. 혐의 내용이 조금씩 다릅니다."

고 형사가 가리키는 곳은 시우와 정백의 국가보안법 혐의에 관한 것들이었다.

"1990년 2월에 이들은 전원 국가보안법 위반 혐의로 형을 받았습니다. 그런데 시우와 정백의 죄목이 조금 다릅니다. 시우는 '반국가단체 결성, 해외단체와의 회합 및 교신 혐의', 정백과 최헌재는 '국가보안법 4조 잠입, 탈출 미수'까지 포함되어 있습니다. 고문혁을 비롯하여 안용수, 이지선, 유강재 등은 단순하게 '이적단체 가입 및 이적표현물 소지'로 되어 있습니다. 죄질로 봐서는 백시우와 정백이 수괴쯤 되겠네요."

"정성재에 대한 기록은 더 없었나?"

"23년 전에 죽은 사람인데 이후 기록이 있을 리 없죠."

고 형사의 관심 밖이다. 오래전 죽은 사람이 수사에 무슨 소용인가? 상관의 친형이라는 사실을 알 리가 없다.

 "백시우와 정백 등은 11월 초에 체포되었는데, 그때쯤 정성재
는 기초훈련을 마치고 동부전선 철책대대에 배치되어 있었습니
다. 사단보안대가 움직였겠죠. 자살이나 타살이나 그게 그거였
을 겁니다. 안 봐도 뻔하죠. 아마 엄청난 가혹행위가 있었을 겁
니다. 그런데 이상한 건 재판기록 중에 정성재가 언급된 것은 딱
한 번뿐입니다. 백시우가 정성재를 배후로 지목했다는 사실 말
입니다. 카프문학연구회도 독서회, 토론회, 시위 주도 정도로 국
가보안법 관련 혐의들이 너무 희박합니다. 정백과 백시우를 제
외하고는 '이적표현물 소지' 정도고. 정작 반국가단체라고 죄목
을 구성할 만한 단체는 정성재가 죽은 후 2년 뒤에야 나타납니
다. 정백이 만든 민족해방조국전선, 약칭 민전이라는 단체였습
니다."

 "백시우가 지목한 것이 확실해?"

 "재판기록입니다. 백시우의 자백증거. 죽은 자는 말이 없고."

 20년이 넘는 세월 동안 가슴에 얼음처럼 박혔던 기록들. 형의
죽음에 얽힌 사연들을 파헤치지 말라는 어머니의 간곡한 부탁
으로 그냥 묻고만 있었던 것들이었다.

 "백시우 외에는 정성재를 지목한 사람이 없단 말이지?"

 "없었습니다. 그런데 기록을 뒷받침하는 증언이 있었습니다."

 "증언?"

 "네. 당시 사건을 수사했던 담당 형사와 통화했습니다. 김천갑

이라고. 수사기록이 틀림없다고 확인해주었습니다."

'백시우가 무고한 것이 틀림없다. 죽은 형에게 떳떳했다면 여태껏 내 앞에, 박영도 앞에 나타나지 못할 이유가 무언가?'

"반장님! 고문혁 신부도 아는 분이시지 않습니까? 어떻게 반장님이 아는 분들이 많습니다."

고 형사는 우연의 일치라고 했다. 세상사 우연의 일치는 확률의 법칙을 무시한다. 소가 뒷발로 쥐도 잡는다. 그것을 인연이라고 한다.

'악연이다. 죽은 이들은 형이 아끼던 후배요 동지들이다. 문혁과 시우는 영혼을 함께 공유했던 사람들이었고, 최 사장도 물론이었다. 형을 죽였던 카프문학연구회가 20여 년의 세월을 넘겨 재단으로 다시 모이자마자 사람들이 의문의 죽음을 당하고 있다.'

조 형사가 비명을 질렀다.

"이야! 기사 검색순위 1위네요."

기사는 어제 강인경 박사가 일러준 말 그대로 문자화되어 올라왔다.

"정신이 말짱한 사람이라도 이 기사 보면 꼭지 돌겠네. 댓글에 '배 기자와 강인경 박사 밤길 조심해' 라고 올라와 있어."

"뭐야? 강 박사의 이름이 기사에 나왔어?"

형균이 목소리를 높이며 김 형사의 노트북을 잡아채 기사를 손가락으로 짚어가며 읽어내렸다.

"……한편 서린대학교 범죄심리학 교수 강인경 박사는 범인이 반사회적 인격장애자이며, 자신을 천재로 알고 있는 과대망상증도 함께 갖고 있을 것이라고 진단했다. 또 이지선의 사체에서 발견된 증거로 볼 때 범인은 심각한 성적 장애를 갖고 있으며, 정상적인 여성과의 관계가 불가능하기 때문에 자신을 무시하는 여성에 대한 극도의 혐오를 갖고 있을 것이라고 말했다. 범인은 성적 열등감 때문에 피해자를 장시간의 고문 후에 살해했으며, 피해자가 사망하여 자신을 거부할 수 없게 된 후에야 자신의 체액을 사체에 뿌리는 등 간접적인 방법으로 능욕한 것으로 추정된다. 경찰은 이 사건이 일주일 전 홍대 앞 광해출판사 최용철 사장 살해사건과 무관하지 않은 것으로 판단하고 수사 범위를 확대하고 있는 것으로 알려졌다. 한편 경찰은 피해자들이 출판을 준비하고 있던 책의 원고와 중요한 1차 자료들을 입수하여 편집에 참여한 관계자들을 참고인으로 소환해 조사하고 있는 것으로 알려졌다. 경찰 관계자에 따르면 이 책의 출판이 범행동기와 관련 있다."

　"배 기자, 이 사람이 일을 이따위로……."

　강인경 박사가 기사에 인용되었다면 보호해야 할 사람이 한 사람 더 느는 셈이다. 더구나 이 사건과 전혀 무관한 연약한 여자가 아닌가?

　휴대전화를 들어 배연묵의 번호를 눌렀다. 한참 만에 잠이 덜 깬 배 기자의 쉰 목소리가 느릿느릿 기어 나왔다.

"기사에 강 박사 이름을 왜 집어넣었어?"

"······."

"무슨 일을 그렇게 해? 자네야 경찰서에서 숙박을 하다시피 하는 사람이니 보호하기 수월하잖아! 강 박사에게 무슨 일이 생기면 책임질 거야?"

"······."

"말 좀 해봐! 자네만 살짝 피하고 강 박사를 희생시킬 작정이었어?"

"그렇게 걱정돼?"

배 기자의 대답은 뜻밖이었다. 강인경이 흉악범에게 당할 수도 있다는 것에는 전혀 관심이 없는 말투였다.

"그럼 그 여자도 미끼가 되어야 해? 자네 하나만으로 충분하잖아!"

"자네 날 하루 이틀 봤나? 거기까지 생각 못했을 것 같아? 내가 왜 강인경의 이름을 기사에 넣었을까? 위험에 빠뜨리기 위해서?"

배 기자도 인경에게 닥칠 위험을 모를 리 없다. 그러나 목소리는 너무나 차분했다. 형균이 목소리를 낮추었다.

"강인경이 그랬구나!"

"이제야 말귀를 알아듣네."

"왜?"

"그 여자 보통이 넘더군. 자네가 제안한 대로 기사를 쓰되, 범인의 반사회적 인격장애와 성적 무능에서 오는 분노는 자신에게 향하도록 쓰고, 범인이 애타게 찾고 있는 문건은 내게 향하도록 하자는 거야. 낚싯대를 한 대보다 두 대 내리는 것이 대물을 낚는 데 유리하지 않겠냐고 하더군."

"위험을 무릅쓰고라도 그렇게 하겠다는 거야?"

"그 여자 뱃속에 강력계 형사 두서너 명은 들어앉아 있어. 미국에서처럼 책상 서랍에 22구경은 들어 있지 않지만, 남자 한두 명 정도의 위험은 충분히 버텨낼 수 있다더군. 자기 걱정은 붙들어 매어두라는 거야."

"내게 상의했어야지!"

"하하하! 정 반장에게는 기사 뜰 때까지 알리지 말라던데. 반드시 반대할 거라고. 자네 머리 꼭대기에 올라앉아 있어. 하하하! 정말 재밌어!"

조심스러운 성격의 형균에게 배 기자와 강인경은 무모한 모험꾼이었다.

"내가 걱정하는 건 그뿐만이 아냐!"

"뭐가? 또 있어?"

"자네 기사 속에 참고인이 누구야?"

"범인이 찾는 원고가 무언지 모르는데 참고인이 있을 턱이 없지. 굳이 있다면 사라져버린 유강재나 출판사 직원 정도겠지."

"참고인이 생겼어. 그것도 누 사람이나."

형균은 배 기자의 조그만 눈이 번쩍 뜨이는 것을 눈앞에 보는 듯했다. 배 기자가 낮은 목소리로 말했다.

"유강재와 연락이 닿았구나! 나머지 한 사람은 누구지?"

"재단 영원한 청년에서 최용철 사장과 함께 이 출판을 기획한 고문혁 신부!"

"종현성당 주임신부?"

"지금 사건 내막을 누가 가장 잘 알고 있겠나?"

"사건이 오리무중인데, 내막이야 범인이 제일 잘 알겠지."

"그렇다면 범인은 유강재 교수는 물론 고문혁 신부까지 사정권에 넣고 있겠지."

"그것까지는 생각 못했네."

배 기자도 형균의 걱정이 조심성에서 오는 기우가 아님을 수긍하는 듯했다.

"오늘 고문혁 신부를 만날 거야. 내게도 참고인이 되어버렸어. 사건의 이유를 알고 있을 것 같아."

"⋯⋯."

배 기자는 말이 없었다. 어젯밤 재기발랄한 재원인 데다 미인이기까지 한 학교 후배와의 술자리를 겸한 저녁식사. 게다가 범인을 잡기 위한 음모에 가까운 삼자공조. 약간의 위험을 감수하더라도 분노에 이성을 잃은 범인이 커튼 밑으로 꼬리를 내밀게 되면 그걸 잡을 수 있으리라 생각했다. 그런데 그것이 몇 사람을 위험에 빠뜨리게 되었다는 것을 새삼 깨닫는 듯했다.

"자네에게 말하지 않은 사실이 있어! 자네 카프문학연구회 사건이라고 아나? 1989년도 12월."

"잘 알지. 서린대 출신치고 모르는 사람은 없을걸?"

"사건 연루자 중 한 사람이 강집당한 지 몇 개월 만에 의문의 죽음을 맞았다고 했어. 피살된 것이 틀림없다고 자네가 말한 적 있지."

"그래. 정성재 선배. 문혁 선배와 함께 학교 운동권의 신화와 같은 존재였어. 그 선배의 시신이 화장당하고 한 줌 재로 돌아오던 날, 최용철 사장이 너른바다에서 천도제를 지내주었지."

"그 자리에 나도 있었어."

"자네가 천도제에? 왜?"

"……."

"혹? 언젠가 일찍 돌아가셨다던……."

"그래. 망자가 내 친형이었어."

둘 사이에 잠시 침묵이 흘렀다. 말을 먼저 꺼낸 것은 형균이었다.

"사건의 희생자들 모두 당시 형이 연루됐던 사건의 연루자들이야."

"기막힌 인연이군. 옛날부터 자네를 보면 누굴 꼭 닮았다고 생각했는데. 천도제 젯상에 올려놓은 사진이었어."

"유강재는 물론 고문혁도 범인의 리스트에 분명 있을 거야."

전화기에서 배 기자가 뱉는 한숨 소리기 새어나왔다.

"그런데 문혁 선배는 사건의 내막을 진작부터 알고 있었을까?"

"알았다면 말했겠지. 아니면 말을 못할 상황이었거나."

"무슨 의미지?"

"가장 유력한 용의자가 한 사람 있어. 역시 카프문학연구회 회원이었던 사람이지. 그 사람이 맞다면 문혁 형은 사건을 직접 해결하려 했을지도 몰라."

"누구야? 그 사람이……."

"백시우! 배신자. 고문혁과 정성재의 절친한 친구요 혁명의 동지였으나, 이들을 배신하고 형을 배후로 지목했던 자."

"고문혁 선배를 취재해야겠군."

"기다려. 그 사람이 범인이라면 고문혁 신부는 자수를 권유하고 있겠지. 시간이 필요할 거야. 반대로 내 추측이 틀렸다면 고문혁 신부도 생명의 위협을 느껴 성당 깊은 곳에 숨어 있을지도 몰라."

"이런 기막힌 내막을 기자에게 털어놓는 이유는 뭐야? 그리고 취재를 말라구?"

"어차피 그 기사로 자네와 나는 한배를 탄 거야. 보호해야 하는 사람이 자네와 강인경, 고문혁, 유강재까지 네 사람이야. 빨리 사건을 해결하는 것이 상책 중의 상책이지. 서로 도와야 해. 빠르면 오늘 오후에라도 고 신부를 만날 거야. 그때 부르지. 지금 경찰서로 들어와 기자실에서 꼼짝 마."

형균은 강인경에게 전화를 걸었다. 범인이 언제 어떤 방식으로 분노를 표출할지 모른다. 신호가 떨어지자마자 인경의 목소리가 흘러나왔다.

"기사 때문에 전화하셨군요?"

다 알고 있다는 듯 말했다.

"지나친 것 같아요. 너무 위험해요."

"저 나름대로 생각이 있어요. 너무 걱정 마세요."

"성북경찰서에 경호를 요청했으니 경찰관들의 권유에 따르세요. 한번 들르겠습니다."

'용감한 것인지, 아니면 무모한 것인지.'

그때 전화기의 신호음이 울렸다. 카랑카랑한 중년의 목소리가 새어나왔다.

"최헌재입니다."

"무슨 일이시죠?"

한시가 급한 이 와중에 달갑지 않은 전화였다.

"네. 정 비서관님의 지시로 몇 가지 질문이 있어 전화했습니다."

"말씀하시죠!"

형균은 자신의 목소리가 저쪽에 고분고분 들리지는 않을 것이라고 생각하면서도 말투를 바꿀 생각은 없었다.

"강인경 박사가 누군가요? 범인이 과대망상에 성적 불능이라는 인터넷 기사는 근거가 있는 분석인가요? 그리고 사체능욕의 흔적이 있다는데 사실인가요?"

"현장감식 결과에 따른 분석입니다. 사체에서 다량의 정액과 체모가 발견되었기 때문에 배제할 수 없는 가능성을 분석에 포함시킨 겁니다. 왜 그러시죠?"

"부검 결과에는 성적인 접촉이 없었다고 했는데, 그런 내용들이 기사화되었기에 특별한 목적이 있는 기사인가 해서요."

"어떤 목적이요?"

"하하! 아닙니다. 제가 범인이라면 기사를 읽고는 무척 화가 날 것 같아서요. 이 기사가 정 반장이 말한 사건해결의 묘책이 아닌가 하는 생각이 드는군요."

"……."

최헌재가 다시 물었다.

"유강재의 행방은 파악이 되었나요?"

"오늘 중으로 만나기로 했습니다."

"그것 잘되었군요. 어디서?"

"말씀드릴 수가 없습니다. 살해될 것이라는 두려움 때문에 알려지길 원하지 않습니다. 저도 연락이 오기만을 기다리고 있을 뿐입니다."

"그렇겠군요. 아! 고문혁 선배의 연락처를 알 수 있을까요? 정백 비서관이 고문혁 선배와 통화를 원하고 있습니다. 종현성당엔 계시지 않더군요. 있는데 없다고 하는 건지. 휴대전화 번호를 가르쳐주는 사람도 없고."

문혁의 휴대전화 번호를 가르쳐주었다.

"정 반장님! 내일 아침에 뵐 수 있을까요? 수사에 진전이 있었는지 알고 싶군요."

"네에?"

형균은 자신의 귀를 의심했다. 어제 오전 정백에게 보고한 것이 전부다.

"추가로 보고할 것이 없습니다."

"그래요? 내일은 진척이 있을 수도. 하하! 강인경 박사와 함께 보고 싶군요. 범인에 대한 분석도 듣고 싶고. 내일 아침 제 사무실에서……."

"내일 시간이 날지 모르겠네요."

사건해결에도 머리가 아픈 지경에 정백이 아닌 최헌재에게 진척도 없는 수사보고를 할 이유가 없었다.

"정 반장님!"

최헌재의 목소리가 갑자기 낮아졌다.

"정백 비서관이 수사보고를 내게도 하란 말을 잊지 않았으면 좋겠군요. 아니 상관없어요. 정 반장에게 수사보고를 지시할 위치에 서게 될 거요. 조만간에……."

"무슨 말이시죠?"

형균이 되물었다.

"곧 알게 될 거요. 그리고 기사엔 피살자들이 출판하기로 한 책 원고와 중요한 1차 자료를 확보하고 출판기획 관련자들을 소환했다던데. 그 자료가 무엇인가요? 관련자들이란 누구를 말하는 건가요? 고문혁 신부인가요?"

"아직 말씀드릴 수 없습니다. 수사기밀이라고 해두죠."

"정 반장!"

목소리에 짜증 섞인 위압감이 느껴졌다. 물러서면 안 된다. 강압에 굴복할 필요도 의무도 없다. 이런저런 정보를 주었다가 언론에 노출이라도 된다면 부담은 고스란히 자신의 몫이 된다. 무엇보다 위험을 감수하고 쳐놓은 덫에 큰 구멍이 생겨버릴 수도 있다. 그러나 형균도 살짝 물러섰다.

"특별한 진척이 있다면 보고 드리죠."

헌재 역시 물러섰다.

"내일 오후에라도 제 사무실로 방문해주세요. 강인경 박사와 함께."

9시쯤 경찰서를 나온 형균은 고 형사와 함께 자유로를 달렸다. 바람이 오랜만에 얼굴을 내민 햇볕에 얹혀 강을 거슬러 오르고 있었다.

형균은 생각에 잠겼다. 범인을 꾀기 위한 1차 미끼는 배 기자였지만 범인은 기자를 미끼로 보지 않을 수도 있다. 범인은 '참고인' 즉 유강재를 찾을 것이다. 그러나 유강재도 범인이 자신을 쫓는 이유를 모른다면 범인이 유강재를 찾아 고문한대도 목적을 달성할 수 없을 것이다. 범인의 마지막 방문처는 고문혁이다.

"고 형사! 재단에서는 책을 내는 것 외에 다른 일은 하지 않았나?"

"민주화운동보상법 시행에 따라 나온 동지들의 보상금을 십시일반 모아 만든 재단이었어요. 설립 신고한 지 두 달이 채 안 됐더군요. 구해놓은 사무실로 이사도 못하고 이사들이 거의 다 죽었습니다. 무슨 일을 했겠습니까?"

"고 형사! 형이 있나?"

"위로 형이 하나, 누나 하나 있습니다."

"자네는 꿈이 뭔가?"

"꿈요?"

운전대에 바짝 다가앉아 전방을 주시하던 고 형사는 형균을 힐끗 돌아보았다. 무슨 뜬금없는 질문이냐는 표정이었다.

"일이 년 안에 장가가서 애 낳고 공부시키고, 집 넓히고, 이럭 저럭 나이 60 가까이 되면 부모님 계시는 시골로 땅 좀 사서 들어가는 게 제 꿈이죠. 뭐. 형이나 누나도 다 그렇게 하기로 했습니다."

"행복한 꿈이군."

"반장님! 그거 아십니까?"

"……."

"꿈을 이루는 경우는 매우 드물다는 거. 오죽하면 꿈은 이루어진다는 말이 유행이겠습니까? 이루기가 어렵기 때문이죠. 제가 받는 봉급으로 전셋집이나 얻겠습니까? 하물며 집을 넓히겠습니까? 애 교육요? 땅을 산다구요? 9급 공무원이 특진을 거듭

하지 않으면, 대충 6급에서 정년 맞을 텐데 애 대학에 보낼 수나, 아니 장가라도 갈 수 있을지 모르겠습니다. 세상이 뒤집어지기 전에는⋯⋯."

"세상이 뒤집어진다? 세상을 뒤엎는 꿈을 꾸던 시절이 있었지. 자네는 그런 꿈을 꾼 적이 없나?"

"제가요? 세상 뒤집어지는 것 막는 사람이 경찰 아닙니까? 뒤집어지면 경찰 노릇 해먹기도 힘들지 않을까요? 헤헤!"

명료하고 현실적인 생각이었다. 형균은 고개를 끄덕였다.

"그런데 반장님! 요즘 같으면 세상을 뒤엎는 생각을 누구나 한 번쯤 해볼 것 같아요. 제 살길 팍팍한 것보다 자식새끼가 부모 잘못 만나 한세상 고생만 하다 가겠다 생각하면 뒤집어버리고 싶을 겁니다."

"정성재, 고문혁, 정백과 같은 사람들은 최고 명문대생들이었지. 그런 사람들이 세상을 갈아엎으려다, 체포되고 고문받고 옥살이하고, 출감하면 또 체포되고 옥살이하고 그런 삶도 있었잖아. 어떻게 생각해?"

"글쎄요. 저 학교 다닐 때는 그런 사람이 없었습니다. 독립운동, 민주화운동, 다 남 좋은 일이죠. 누가 알아주기나 한답니까? 제 한 몸 살아내기 힘든데. 요즘 데모하는 학생들도 없잖습니까? 죽자고 학점 따고, 그것도 모자라 학원 다니고, 취직 공부하고. 데모래야 등록금 깎아달라는 데모뿐이죠. 제가 경찰시험 볼 때 경쟁률이 20대 1이었어요. 서린대학교, 진국대학교 출신도 있었어요. 어떻게 제가 합격할 수 있었는지 모르겠어요."

고 형사의 현실론에 반박의 근거를 찾기 힘들었다. 지금 젊은 이들은 현실을 살아내기가 너무 힘들다.

"지금 제 누나, 형님 모두 비정규직입니다. 정규직이라고는 경찰공무원 저 하나뿐입니다. 조카들이 곧 고등학생이 되는데 3~4년 후 걔들 대학 보낼 엄두조차 내지 못해요. 형수도 애들 학원비라도 벌어야 한다고 식당에 나가 일해요. 누가 세상을 바꾸자고 외쳐도 누가 따라나섭니까? 나설 시간이 없든지, 아니면 이놈의 세상 바꿀 수 없다고 생각하는 모양입니다. 그런 시대는 이미 예전에 가버렸습니다. 옛날에는 돌 들고 화염병 들고 데모하는 학생이라도 있었는데……."

"화염병……."

노동자파업과 학생시위 현장에서 완전히 사라진 물건이다. 형균의 눈앞에 그때 그 시절 학교 교문 앞 풍경이 펼쳐졌다. 교문은 시위대와 전경들 간 전선이다. 자욱한 최루탄 연기 사이로 학생들의 까맣고 동그란 뒤통수들이 분간이 될 즈음, 학생들이 하나씩 깡충깡충 뛴다. 그때마다 빨간 불꽃이 핑그르르 돌며 정문 쪽으로 날아간다. 다시 총류탄에 후방이 밀리고 사과탄에 전열이 깨질 때, 시위대오의 측면을 호위하던 10명 남짓의 전위가 경찰 방어선 앞으로 돌진하며 일제히 화염병을 다시 던진다. 종종걸음으로 물러나는 전경들. 방어선 제1열 방패를 든 진경들의 발등과 허리께에 불이 붙는다. 지켜보는 학생들 사이에서 탄성이 터진다. 소화기 흰 분말이 전경 대열 사이에서 치솟는다. 다음 순간 총류탄이 일제히 불을 뿜으며 전경들이 다시 전진한다. 전경들 뒤엔 눈 코 입을 손수건으로 틀어막고 바쁘게 걸음 치는 행인들이 보인다. 정문 양쪽 담벼락 밑에 엎드려 있던 청재킷에 하얀 헬멧을 쓴 백골단이 일제히 침입해 들어온다. 미처 후퇴하지 못한 학생들을 넘어뜨려 허리를 짓밟고 머리채를 거머쥐고 교문 바깥으로 질질 끌고 나간다. 이를 목격한 시위대는 더욱 맹렬하게 저항한다. 시위대열은 물러서지 않는다. 불꽃과 각목이 어지럽게 교문 밖으로 날아간다. 이때 막아놓은 정문 반쪽이 활짝 열린다. 학생들의 함성과 구호, 최루탄 터지는 소리로 소란하던 교정에 잠시 정적이 흐른다. 전경대 후방 대로변에 주차되어 있던 시커먼 포니밴이 열린 문으로 엉덩이를 꾸물꾸물 들이대며 들어온다. 시위대의 전위고 후방이고, 구경하던 학생들마저 약속이나 한 듯 냅다 튄다. 정문 시계탑 뒤에 숨어 뒤돌아보면 달아나는 학생들이 마치 센 불 위에 탁탁 볶이는 날콩 같다. 아니 대바구니에 죽은 듯 얽혀 있다가 소금벼락을 맞은 미꾸라지 같다. 번쩍이는 화염과 함께 지랄탄이 기관총 소리를 내며 작렬한다. 새까만 숯검정 같은 지랄탄이 회색 연기로 곡선을 그리며 캠퍼스 여기저기 떨어진다. 교정은 무덤처럼 잠잠해진다. 간간이 쿨럭이는 기침 소리와 욕지기만이 들릴 뿐이다.

형균도 죽자고 화염병을 던졌다. 교문을 막아선 전경들이 형을 죽인 놈들인 양 복수라도 하듯 던지고 또 던졌다. 형이 죽은 그 이듬해 봄부터 둘째아들마저 그렇게 보낼 수 없다는 어머니의 눈물 어린 호소에 고개를 떨구던 때까지 일 년 반의 시간들. 그 무슨 언더조직에 속한 것도 아니었고, 교양 수준 이상으로 이념서적을 탐독하던 것도 아니었다. 왼손엔 각목, 오른손엔 화염병을 움켜쥐고 흔들며 자욱한 최루탄 연기 속에서 전경들이, 백골단이 쳐들어오기만을 기다렸다. 그때가 제일 편안했다. 한 치 앞이 분간 안 될 정도로 자욱한 최루탄 속에 있으면 안개 가득한 새벽에 고향 강변을 걷고 있는 것처럼 안온했다. 아니 덜 불안했다. 덜 무서웠고 형에게 덜 미안했다. 억울하게 죽은 형을 위해서 무엇인가 하고 있다고 생각했다. 하지만 형에게 덜 미안할수록 둘째아들 걱정으로 밤잠을 설치고 계실 어머니에게는 더 미안했다.

'열망의 세월, 혁명의 시대를 살던 그들에게 도대체 무슨 일이 있었던가?'

국가권력의 향배를 결정하는 대선을 한 달여 앞둔 지금 이 시점에 정치토론회가 열리고, 책을 출판하고, 그 책에서 그들의 긴 시간을 엮어놓았던 비밀이 드러나 피비린내 나는 살인극이 벌어졌다.

광해사는 서적 물류기지 한편의 도드라진 야산 기슭에 자리하고 있었다. 야산 줄기를 따라 인공으로 조성된 숲을 끼고 아담하고 세련되게 지어진 사옥이었다. 약 6년 전 파주에 출판단지가 조성되자 서린대 앞을 떠나 이곳으로 이전했다고 했다.

두 눈이 퉁퉁 부어 있는 젊은 여직원과 김 형사가 형균을 맞았다. 여직원은 자신을 사장 비서라고 소개했다. 최 사장이 직접 설계했다는 사무실에 들어서자 넓은 유리창 밖에 펼쳐진 파주벌이 한눈에 들어왔다. 천정에 뚫린 둥근 창으로 자연광이 사무실 전체를 은은한 미색으로 채우고 있었다. 실내는 간결하고 깨끗하게 꾸며져 있었다. 1층 큰 홀은 완전히 개방하여 직원들의 작업실과 출판서적 전시실로 쓰고 있었다. 벽면은 바닥에서 천정까지 빽빽하게 책으로 채워져 있었고 긴 사다리가 두 개나 서가에 기대어 있었다. 1층 사무실 중간에 넓은 목재계단이 2층 사무실과 휴게실을 연결하고 있었다. 2층에도 벽면은 모두 책으로 채워져 있었다. 2층 창가 한쪽 귀퉁이에 투명한 유리로 칸을 막은 작은 방이 있고, 그 방 안에 따로 책상과 차탁, 의자가 놓여 있었다. 현관 입구에 '도서출판 광해사'라는 팻말이 붙어 있지 않았다면 잘 꾸며진 개인도서관으로 여길 만한 곳이었다.

"저기가 사장실입니까?"

"네."

여직원은 형균이 가리키는 쪽을 물끄러미 바라보며 젖은 목소리로 대답했다. 형균은 2층으로 올라가는 계단 중간에서 사무실 전체를 훑어보았다.

1층 홀을 둘로 구획하고 있는 기다란 진열대에는 출판사가 발간한 문고판인 듯 20여 권의 책들이 반쯤 포개져 가지런히 놓여 있었다. 겉표지에는 책 제목과 그림이 깔끔한 디자인으로 배치되어 있었다. 피해자가 그의 일터에 남겼을지 모르는 사건의 실마리를 찾으러 온 경찰이었지만 한때 국문학도였던 형균의 눈에 서너 걸음 저쪽에 진열된 책의 제목이 금방 들어왔다. 1920년대 일제치하에서 활동했던 작가들의 작품과 평론들을 모아 문고판으로 엮은 것들이었다.

〈카프KAPF문학전집〉

평생 학생운동을 후원하고 출판운동에 헌신해온 최 사장이 카프작가 전집을 기획한 것은 오히려 자연스러운 일이겠지만, 사건의 희생자들이 학창시절 카프문학연구회 동인이었다는 사실이 관심을 자극했다. 살해당한 자들과 카프작가들 사이에 얽혀 있을 정체 모를 인연 같은 것이 느껴졌다.

형균에게도 카프는 어린 문학청년의 여린 감성과 꿈을 무자비하게 흔들었던 기라성 같은 작가들의 언어였다. 카프가 형균과 동급생들에게 충격을 주었던 것은 그들의 섬세한 필치와 풍부한 감성뿐만 아니라 날카로운 현실비판이었다. 1930년대 식민지 청년의 절규와 1980년대 신군부독재의 억압에 저항하는 청년학생의 언어들은 무척이나 닮아 있었다. 반세기를 격한 세월이었지만 동시대인 것처럼 시대의 아픈 영혼들을 일깨웠던 것이다. 도서관에서 종일 읽었던 것들이고, 밤에 베고 잔 것들이었으며, 밤을 새운 통음에 함께한 벗들이요 안주였다. 그뿐이었을까. 밤과 낮이 바뀌는 것도 모르고 원고지 위에 적어 내렸던 언어들의 원주인이었다. 전집들은 다른 문고판들이 흔히 그렇듯이 유명한 서양화가들의 그림을 표지로 사용하고 있었다. 어두운 음영 가운데, 강렬한 색깔과 터치로 인간군상의 그로테스크한 몸짓이 독특하게 그려져 있었다. 멀찌감치 진열된 문고판이 끌어내온 중년 경찰공무원의 상념은 부하 형사의 한마디에 순식간에 증발해버렸다.

"반장님! 여기……."

김 형사가 두꺼운 일반용지 뭉치를 내밀었다. 전부 6장으로 구성된 250여 페이지의 출력본은 군데군데 꺽쇠로 삽화나 사진이 들어갈 자리를 표시만 하고 비워둔 초고였다. 첫 페이지에 책 내용을 소개하는 목차가 나란히 찍혀 있었다.

목차

1. 1980년대 그들의 저항

2. 열망과 절망 – 386 학생운동의 이상과 그들의 현재

3. 자화상: 좌절과 변절의 보고서 – 1980년대 학생운동 지도자들의 오늘

4. 과거의 그늘: 어느 운동가의 삶

5. 절망의 미래 – 무엇을 모색하고 어디서부터 시작할 것인가

6. 편집후기

형균은 사무실 한가운데 놓인 소파에 앉아 원고를 찬찬히 살

폈다. 서문에 의하면 1장은 1980년대 학생운동사에 할애되어 있었다. 2장은 1980년대 학생운동세대가 이룬 성과와 실패를 "열망과 절망"이라는 제목으로 다루고 있었다. 내용을 간단하게 요약하자면, 60년대, 70년대 선배들의 숱한 희생과 패배의 바탕 위에서 운동을 계승한 80년대 학생운동세대는 1987년 학생혁명의 승리자로 "386세대"라는 독특한 세대명을 얻었지만, 당시의 급진적이고 자신감 넘쳤던 전망이 지금은 부끄러울 정도의 실패로 귀결되고 말았다는 절망의 보고서였다. 3장은 청년 시절의 열정을 뒤로하고 타도하고자 했던 적에게 투항한 이후, 과거의 동지들을 공격하고 있는 일군의 집단에 대해 다루고 있었다. 한순간 특별한 변명 없이 바뀌어버린 그들의 이념과 역사관은 물론이요, 적의 앞잡이가 된 변절자들의 모습을 통렬하게 비판하고 있었다. 3장은 이지선이 집필한 것 같았다. 토론회 동영상에 담긴 지선의 목소리가 문자로 바뀌어 있었다. 지선은 이들 집단을 "해리성 정체성장애 또는 역사적 다중인격자들"로 규정했다. 원고에서 인용한 각주에 의하면, "해리성 정체성장애란 자기의 정체성에 관련된 것만 기억을 못하는 심리적 장애로서, 어떤 시간 또는 어떤 사건을 기억하기 싫어하는 내부의 충격, 또는 자기가 누군지 지워버리고 싶은 동기로 발생하는 정신적 장애"로 표기되어 있었다. 지선은 이들을 출세에 대한 추악한 욕망 때문에 동지와 선후배들에게 보였던 신념과 주장, 약속들을 깡그리 지워버린 심각한 장애인들이라고 규정하고 있었다.

형균은 불현듯 유강재 교수를 떠올렸다. 출판사 벽에 걸린 고색 짙은 커다란 괘종시계는 10시 35분을 가리키고 있었다. 도착했어야 할 시간이 30여 분이나 지났다. 휴대전화를 꺼내 통화기록에 남아 있는 유강재의 번호를 눌렀다. 신호음만 울릴 뿐 전화는 받지 않았다.

'지금쯤 파주에 도착했겠지.'

원고 뭉치의 다음 페이지를 넘겼다. 다음 장은 "과거의 그늘"이란 제목 옆에 "어느 운동가의 삶"이란 부제가 붙어 있을 뿐, 제목 아래는 하얀 여백이었다. 여직원에게 물었다.

"4장 원고는 아직 들어오지 않았나요? 저자는 누구죠?"

눈두덩이 붉은 여직원이 여전히 눈물과 콧물을 훌쩍이며 떠듬거렸다.

"모르겠어요. 저도 이 원고는 처음 봐요."

"지난주 수요일 밤에 도둑이 들었다 그랬나?"

김 형사가 대답했다.

"정확히 22일 목요일 새벽입니다."

"최 사장이 피살된 그다음 날 새벽이군. 다음 날인 23일 금요일 늦은 밤에는 이지선과 안용수를 용산 자택에서 살해한 후, 27일 화요일 새벽에 용수의 집에 다시 잠입했고. 바쁘게 움직였군."

전화기에 신호음이 울렸다. 문자였다.

〈문혁 선배를 급히 만납니다. 오후 3시쯤 경찰서로 가겠습니

다. 가능한 시간 메시지 남겨주세요. _유강재〉

형균은 강재에게 전화를 되걸었다. 전화기는 꺼져 있었다. 형균은 원고 뭉치를 들고 벌떡 일어서며 일행에게 소리쳤다.

"서울로 간다. 빨리……"

출입구로 발걸음을 옮기며 문혁에게 전화를 걸었다.

"형균이구나!"

"형님! 유강재 교수와 통화하셨어요? 어디서 만나기로 했어요?"

"무슨 말이냐? 그런 일 없다. 연락도 하기 힘든 사람인데, 어젯밤 늦게 전화가 걸려왔더구나. 불안해하길래 네게 도움을 청하라고 했어. 그뿐이다."

"유 교수가 위험합니다. 오늘 광해사에서 만나기로 했는데, 오지 않았어요. 방금 형님을 급히 뵈어야 한다는 문자메시지가 왔길래 확인한 겁니다. 짚이는 데 없습니까?"

"큰일이구나. 누가 내 전화번호를 빌어 나인 척 메시지를 넣은 것 같구나!"

문혁의 말에는 불안감 섞인 한숨이 묻어나왔다.

"형님은 알고 계셨죠? 이 사건은 1990년 카프문학연구회 사건과 관련이 있어요. 유 교수가 살인마의 덫에 걸렸을지도 모릅니다."

"……"

말이 없었다.

"당시 사건에 연루된 사람들, 지금 영원한 청년 재단 이사들이 범행대상입니다. 형님도 틀림없이 포함되어 있을 겁니다. 지금 형님께 가겠습니다. 유 교수도 3시쯤 경찰서로 온다고 했습니다. 무사하다면……."

"……."

수화기에서 전해오는 것은 한숨에 이은 침묵뿐이었다. 형균은 갑자기 화가 치밀어 올랐다. 자신과 가까운 사람들이 차례차례 죽어나가고 있는데 장년의 고비를 넘기고 있는 이 신부가 이렇게 우유부단한 사람이었던가? 아니면 내게 말할 수 없는 어떤 비밀이 있다는 말인가?

"고 형사! 종현성당으로!"

형균은 급히 차를 댈 것을 지시하고 출입문으로 방향을 돌렸다. 방향을 돌린 형균의 손에 들고 있던 원고 뭉치가 진열대 모서리에 부딪혀 떨어졌다. 원고들이 바닥에 흩어졌다. 급히 원고들을 주섬주섬 주워 허리를 펴는 바로 그 순간 형균의 눈을 꽉 채우는 것이 있었다. 그림이었다. 아니 그림들이었다. 2층으로 올라가는 계단 옆 서가에 전시되어 있던 책 〈카프문학전집〉의 표지에 박힌 그것들.

형균은 반사적으로 성큼 다가가며 손을 뻗었다. 얽혀 있는 두 남녀의 정사. 혹은 두 여성동성애자의 격렬한 섹스. 뜨거운 몸뚱이가 함께 어우러지는 폭발적 관능의 순간을 포착한 굵고 거친 선…….

292
직, 너는 나의 용기

"형균아!"

형균의 머릿속에는 자신을 다급하게 불러대는 문혁의 목소리를 하얗게 밀치고 몇 개의 단어가 흘렀다.

'비달기 가슴에 하얀 네 살 뜨거서 못 견딜 때, 얼골에다 대가리에다 메다처 버리어라.'

형균은 여직원을 불렀다.

"도둑이 훔쳐간 것이 이 전집인가요?"

여직원은 고개를 끄덕였다.

'카프문학전집 1권 이상화 작품집'

형균은 이상화 작품집을 밀쳐냈다.

"형균아! 무슨 일 있니?"

문혁의 목소리가 점점 높아졌다. 그러나 멀리 강 건너편에서 부르는 소리처럼 점점 멀어졌다. 이상화 전집이 반쯤 가리고 있는 두 번째 책 표지가 눈에 들어왔다.

'2권 김기진 작품집'

표지 그림은 벌거벗은 사내의 모습이었다. 수직으로 꺾인 모가지와 마르고 비틀어진 팔을 늘어뜨린, 지옥과 연옥의 가장자리에서 희망을 잃고 방황하는 사내.

'동백꽃은 희고 해당화는 붉고 애인은 그보다도 아름답고……'

형균은 전화기에 대고 낮고 차분한 목소리로 문혁에게 말했다.

"범인이 누군지 알 것 같아요. 유 교수에게는 다른 짓거리 말고 경찰서로 오라고 말해주세요. 형님은 성당에서 꼼짝 말고 계세요. 제가 그리로 갑니다. 백시우에 관해 알고 싶은 게 있어요."

"형균아!"

형균은 전화를 끊었다. 이상화 작품집의 표지는 검고 푸른 바위 위 서로 얽혀 있는 두 여자의 나신을 역시 어두운 흑갈색의 안료로 사용하여 굵은 붓 터치로 그린 유화였다. 아마도 유화가 기름과 안료가 섞여 캔버스에 칠해지기 전 밑그림이 있었다면 분명 지선의 입안에서 발견된 그 조악한 스케치가 틀림없을 것이다.

'반다이크브라운……'

김기진의 작품집도 마찬가지였다. 허옇게 부식된 푸른 녹이 군데군데 벗겨진 청동상을 그려낸 것이었다. 역시 표면에 꾸덕꾸덕 덧칠된 청동색의 안료를 긁어낸다면 용수의 사체에서 발견된 말라비틀어진 사내의 스케치가 드러날 것 같았다. 머릿속이 하얘지는 것 같았다.

'베를린블루……'

눈치 빠른 김 형사가 다가서며, 이상화 작품집 표지 그림을 가리키며 말했다.

"지선의 입에서 발견된 그림이군요."

형균은 말없이 고개를 끄덕였다.

'백시우. 그자다.'

심장이 요동치고, 가슴속 큰 혈관이 터질듯 부풀어 오르는 것 같았다. 무릎이 부들부들 떨려 제대로 서 있기도 힘들었다. 2층으로 올라가는 계단의 난간을 붙들고는 소리쳤다.

"이 그림 모두 어디서 구한 거요? 누가 그린 거요?"

큰 소리로 속사포처럼 따져 묻는 기세에 질린 듯 여직원은 또 울음부터 터뜨렸다.

"몰라요. 사장님이 직접 그림을 받아왔어요. 저희들은 그냥 사진을 찍거나 스캔해서 표지로……."

형균의 다그침에 여직원은 절도죄로 심문당하고 있는 무고한 여학생처럼 떨면서도 또박또박 말했다.

"사용된 그림 모두 어디 있어요?"

"사장님이 다 갖고 가셨어요. 한 작품만 빼고."

"어디?"

여직원은 2층의 자그마한 방을 가리켰다.

"사장실?"

여직원이 고개를 끄덕였다. 형균은 단숨에 계단을 뛰어올라 사장실의 유리문을 열어젖혔다. 통유리 벽면 한 가득 밀고 들어오는 초겨울 햇살이 대여섯 평 넓이의 방을 밝게 비추고 있었다. 직각의 칸막이, 책상과 의자 하나, 그리고 좁은 간이 책장이 전부였다. 고개를 들어 의자 뒤편 벽을 쳐다보았다. 액자에 넣지 않은 캔버스가 걸려 있었다. 그림은 세로가 두 뼘가량 되는 6호 크기 캔버스를 세워 그린 여인의 나상이었다. 어두워가는 사막의 색깔과 같은 반다이크브라운의 배경에 청색과 녹색이 섞인 청동상을 그린 것이었다. 청동이 부식되어 흘러내리는 갈색과 흰색의 얼룩도 희미하게 표현되어 있었다.

나체의 여인은 반석같이 평평한 돌 위에 앉아 항아리인지 바위조각인지를 모를 큰 덩이를 왼쪽 어깨에 올려놓고 있었다. 그리고 오른쪽 무릎을 세우고는 그 위에 얹은 팔꿈치에 뺨을 묻고 있었다. 어깨를 짓누르는 무거운 바위조각이 몸의 일부인 양 생각에 잠긴 듯한 표정은 아주 평온해 보였다.

캔버스의 오른쪽 귀퉁이에 갈색으로 그려진 글씨가 보였다. 카프문학전집의 표지에 박힌 다른 그림에는 보이지 않는 화가의 서명.

〈悔月(회월)〉

'뉘우칠 회悔, 달 월月……'

"아아……! 회월 박영희."

형균은 나지막히 탄식했다. 열린 사무실 문턱에서 뒷걸음질 쳤다.

"파스큘라! 그 알파벳"

중부유럽 트란실바니아 지방의 잔혹했던 귀족을 소재로 한 서양 괴기극의 고전을 연상케 하는 이름. 파스큘라.

형균은 눈앞에 어지러이 흩어진 카프문학전집의 작가 이름과 이니셜을 메모지에 거칠게 써내려갔다.

회월 박영희의 Pa

성해 이익상의 호 S

팔봉 김기진의 K

연학년의 Yu

백아 이상화의 L

석영 안석주의 A

"Pa, S, K, Yu, L, A, 파스큘라."

그리고 각 이니셜 뒤에 다시 이름을 써넣어 내려갔다.

회월 박영희 Pa – 백시우의 Pa

성해 이익상의 호 S – 성재의 이니셜 S

팔봉 김기진의 K – 고문혁의 K

연학년의 Yu – 유강재의 Yu

백아 이상화의 L – 이지선의 L

석영 안석주의 A – 안용수의 A

사건 현장에 남겨진 알파벳은 피해자의 이니셜임에 틀림이 없었다. 최 사장은 파스큘라가 아니었기 때문에 알파벳 이니셜을 남길 수 없었을 것이다.

"범인은 파스큘라를 알고 있다. 이 그림들! 백시우! 그자가 범인이다."

형을 배후로 무고하여 강원도 산골짜기 황량한 변경의 끄트머리에서 그 누구의 도움도 받지 못한 채 참혹한 죽음을 맞게 한 자. 사체에 남겨졌던 그림은 〈카프문학전집〉 표지 그림의 밑그림이었고 백시우가 그렸음이 틀림없다. 백시우와 고문혁, 형 성재와 영도가 들렀던 그해 봄의 사흘이 마치 영화처럼 눈앞에 펼쳐졌다. 형균에게 여태 지울 수 없는 뚜렷한 기억을 남긴 그 사흘. 생애 처음으로 연모의 감정을 불러일으킨 영도의 모습과 여리고 순수하지만 강렬한 메시지를 남겼던 시우의 그림이 그것이었다. 그 기억 때문에 매년 봄이면 홍역을 치르듯 가슴앓이를 해야만 했다.

'공중전화에 남은 지문. 분신의 화상을 피해 겨우 남아 있는 부분지문. 종이컵에 남은 검푸른색의 쪽지문. 지선과 용수의 옷에 묻었던 페로시안화 철 성분의 안료. 베를린블루. 저 그림들을 지배하고 있는 색조. 반다이크브라운. 그림쟁이. 그놈이야.'

연관을 찾기 힘들었던 단서들이 한순간 하나의 고리에 엮였다.

형균은 주민등록기록상의 백시우의 지문과 현장에 남은 부분지문을 대조하고, 확인되면 전국에 수배령을 내리라고 지시했다. 여직원과 광해사 부사장을 불렀다.

"표지를 그린 화가의 소재지를 찾아내세요. 당신네 사장을 죽인 살해범이에요. 지금 또 한 사람을 살해하려고 하고 있어요. 그림을 받아 책 표지로 썼다면 대가를 지불한 송금영수증 같은 기록이 있을 테니 찾아요. 김 형사는 이 사람들을 도와 화가의 소재를 찾아봐! 주소나 전화번호가 확인되면 바로 연락을 주고. 고 형사! 가지."

형균은 문을 나가다 말고 돌아서서 여직원과 부사장에게 다시 소리쳤다.

"저 화가의 본명은 백, 시, 우예요. 회월이라는 별호를 가지고 활동하고 있어요. 빨리 찾아내세요."

고 형사에게 종현성당까지 최대한 밟을 것을 지시했다. 1시를 지나고 있었다.

'문혁은 알고 있다.'

형균은 휴대전화를 만지작거렸다. 말과 행동에 선이 굵은 문혁과 현재의 우유부단함과 침묵은 어울리지 않는다. 더구나 지금의 상황에는 더더욱. 범법자가 몸을 숨기기에 가장 좋은 곳이 절이나 성당이다.

'문혁은 시우를 보호하고 있는 것일까? 아니면 자수하도록 설득할 시간을 벌고 있는 것일까?'

순간 머릿속에 풀리지 않는 의문이 반기를 들었다.

'인격장애와 정신병증적 기질, 용수와 지선이 잘 아는 면식범. 그리고 40대의 완력이 강한 남자.'

인경의 프로파일링이었다. 대체로 맞아떨어지는 것 같으면서도 40대의 완력 강한 남성이란 대목에서 벽에 부딪혔다. 시우는 중키지만 가냘픈 체격과 쥐새끼 하나 죽일 수 없을 것 같은 여린 성격이었다. 항상 붓이나 목탄을 쥐고 있거나, 검고 푸른 안료를 손에 묻히고 있는 허약한 화가에 불과했다. 현장에 남아 있는 증거들은 범인이 시우임을 가리키고 있지만, 아직 조각을 완전히 찾지 못한 퍼즐게임처럼 한가운데 가장 중요한 그림에 구멍이 뚫려 있다. 마쟁이와 도수와의 연관도 맞지 않는 열쇠와 자물쇠 같았다.

'시우와 마쟁이, 임도식과는 어떤 관계일까? 시우가 주범이고 임도식이 종범이란 말인가?'

시우의 앳되지만 음울한 얼굴이 떠올랐다.

'그간의 세월은 성자가 악마로 변할 수 있는 충분한 시간이다. 사람의 변화는 경계가 없다.'

성재를 죽음까지 몰아넣은 비겁함과 교활함이 가녀린 손가락과 유순한 눈매 뒤에 똬리를 틀고 있었다는 생각에 이르자 학생시절 시우가 빌어썼던 박영희의 호, '품을 회懷' 자 '회월懷月'을 지금은 '뉘우칠 회悔' 자 '회월悔月'로 바꿔 쓰고 있는 것도 가증스러웠다.

"반장님! 파스큘라라고 하셨잖아요? 그게 무슨 뜻입니까? 범인의 이름은 어떻게 아셨어요?"

생각에 잠겨 있는 형균을 살피던 고 형사가 슬그머니 말을 꺼냈다.

"카프라고 들어봤어?"

"공무원 시험에도 나오죠! 일제강점기 공산당 소속 소설가, 시인, 그런 사람들이 만든 단체 아닙니까?"

"공산당? 정확하게 조선프롤레타리아작가동맹이지. 카프는 기존의 두 개 예술가 단체가 모여 만들어졌어. 파스큘라와 염군사. 파스큘라는 구성원들 이름의 영문 이니셜 알파벳을 하나씩 가져와 이름을 붙였어. 머리 좋은 예술가들이 말의 유희로 만든 단체명이었지. 이지선, 안용수들도 서로를 비밀스럽게 부를 수 있는 이름을 찾다가 파스큘라가 자신들의 이름과 유사하단 걸 발견하고 단체명까지 빌렸던 거겠지. 백시우 역시 파스큘라 멤버였어. 멤버 중 백시우는 이 사람들과 갈등관계에 있었어. 배신자였지. 정성재가 죽은 것도 백시우 때문이야. 현장에 남은 부분 지문과 푸른색 안료. 이 단서들이 모두 화가인 백시우의 흔적이야."

잠시 고개를 끄덕거리던 고 형사가 또 물었다.

"어떻게 그렇게 백시우와 정성재를 잘 아세요?"

"……"

형균은 입을 다물었다.

1980년대의 마지막 해. 대학가 몇몇 학생운동가들이 1930년대 반제사회주의 혁명가들의 단체 이름을 가져와 경찰들의 촉수에 걸리지 않을 비밀스러운 이름으로 사용했다. 불행히도 파스큘라는 이제 잔혹한 연쇄살인범이 되어버린 한 동료의 손에 든 피살자 명단이 되어버렸다.

파스큘라의 비밀은 밝혀졌지만, 시구 같은 그 글들은 무엇인가?

'비달기 가슴에 하얀 네 살 뜨거서 못 견딜 때, 동백꽃은 희고 해당화는 붉고 애인은 그보다도 아름답고……, 최 사장 살해 현장 통유리 벽면에 매직으로 휘갈겨져 있는, 너의 참혹한 육박, 우리들 가슴속에 불타는 청춘의 정신.'

형균은 머릿속을 아슴아슴 돌아다니는 그 무엇을 붙잡기 위해 신경을 곤두세웠다. 사투린지 옛날 말인지 인터넷을 뒤져도 찾을 길 없었던 그 글들.

'그래! 카프들의 작품일지도…….'

암흑의 정신

2012. 11. 29. (목) 13:00

구로 문래동 예술공단

형균은 고 형사를 재촉했다. 자유로를 지나 강변북로로 접어들었을 때였다.

"삐리리릿."

광해사에 남았던 김 형사였다.

"송금기록은 없구요. 최 사장이 2주일에 한 번씩 그림을 들고 오는 날과 일치하는 지불영수증이 있더군요."

"어디야?"

"영등포구 문래동 1가 XXX번지 소재. 상호가 예술촌삼겹살인데요. 여기가 옛날 철공소가 즐비하던 마치코바 거리였는데, 지금은 예술하는 사람들 작업실이 모여 있는 예술창작촌이랍니다. 식당 종업원이나 사장이 최 사장 얼굴을 기억할지도 모르니 사진을 모바일로 보내겠습니다."

"수고했어. 그리고 카프작가전집 말야. 그것 한 질 갖고 서로 들어와."

형균은 고 형사로 하여금 문래역 쪽으로 방향을 틀게 하고, 영등포서에 지원을 요청했다.

70-80년대 산업화 시대를 풍미했던 소규모 공장들이 망하거나 떠나버린 도심공단. 그 비어버린 거리에 가난한 예술가들이 하나둘씩 들어앉아 작업실을 만든 곳이 예술창작촌이다. 지하철 문래역 근처 아파트촌 뒤 한 블록의 골목에 붙여진 또 다른 이름이다. 창작촌 입구 파출소에서 장 형사와 조 형사가 형균을 맞았다.

"지문조회 결과 한 사람의 것이었습니다."

"백시우?"

조 형사가 고개를 끄덕였다. 파출소 순경의 안내로 식당을 찾는 데는 시간이 걸리지 않았다. 골목 안에 자리 잡은 허름한 삼겹살집이었다. 장 형사가 식당 문을 열고 들어가려 할 때 형균이 말했다.

"들어갈 필요 없을 것 같아요. 저기!"

형균은 골목안 3, 40미터 떨어진 허름한 콘크리트 건물을 가리켰다. 건물 회벽에 붉은 페인트 글씨의 간판이 눈에 띄었다.

〈송은화방〉

"저기요?"

"회월의 다른 호가 송은이야. 송은 박영희! 전부 이동해!"

그때였다. 송은화방 건물 윗부분에서 퍽하고 유리병이 깨지는 소리가 들렸다. 뒤이어 〈송은화방〉 간판 뒤 창틈에서 검은 연기가 기울어가는 오후 햇살을 끊고 뭉게뭉게 솟아올랐다. 형균은 뛰어가 건물 입구를 막고 있는 문손잡이를 돌렸다.

　"철컥."

　열리지 않았다. 손잡이를 돌리며 실랑이를 하고 있는 동안 3층에서 검은 연기가 더욱 진하게 뿜어나왔다. 형균은 맞은편 철공소에서 도끼를 들고 나와 문을 내리쳤다. 문짝 표면에 상처만 생길 뿐 문은 부서지지 않았다. 문기둥에 박힌 경첩 두 개를 찍어내고 나서야 겨우 문을 떼어낼 수 있었다. 안으로 뛰어들어갔다. 대낮인데도 건물 내부는 어두컴컴했다. 군데군데 폐자재와 공구들이 흩어져 있었다. 오른쪽에 3층까지 이어진 계단이 보였다. 형균은 도끼를 쥔 채 한달음에 뛰어올랐다. 조 형사와 장 형사도 리볼버의 안전장치를 풀고 뒤를 따랐다. 계단 중간에 문이 활짝 열려 있는 2층 방들은 가구 하나 없이 비어 있었다. 3층 계단 끝에도 역시 좌우로 난 문이 있었고 오른쪽 문은 열려 있었다. 화재는 왼쪽 방이었다. 방문은 바깥에서 굳게 잠겨 있었다. 건물 안으로 연기가 새나오지 않았던 것은 잠긴 문 때문이었다. 벌어진 문틈 사이로 매캐한 송진기름과 휘발성 강한 시너가 타는 냄새가 섞여 나왔다. 기름 냄새 속에 다른 역한 냄새가 섞여 있었다. 현장을 보기 전 드는 직감 같은 것이었다. 새벽에 걸려온 전화 속 유강재의 불안한 목소리가 들리는 듯했다.

형균이 도끼로 문손잡이를 찍었다. 문은 우지끈 소리를 내며 간단하게 나가떨어졌다. 순간 뜨거운 열기가 세 사람을 확 덮쳤다. 방 안은 연기가 자욱했다. 검은 연기는 안쪽 벽에 비스듬히 기대어 있는 두터운 물체에서 솟아 벽을 타고 방 천장을 뭉게뭉게 돌아다니다 다시 바닥으로 내려앉았다. 연기와 불길 때문에 방 안으로 진입하기 어려웠다. 형균이 땅에 바짝 엎드려 흔들리는 불길 사이로 그 물체를 살폈다. 숯덩이로 변하고 있는 물체 양옆으로 두꺼운 나뭇가지 같은 것이 불기둥에서 삐져나와 있었다. 형균은 어디서 구했는지 소화기 두 개를 들고 뒤따라 온 고 형사로부터 하나를 받아들고 낮게 엎드려 소화분말을 쏘며 전진했다. 불길을 완전히 제압할 때까지는 꽤 많은 시간이 소요되었다.

마지막 불씨가 꺼지고 창으로 연기가 빠져나간 후에야 물체의 윤곽이 겨우 드러났다. 타다 만 괴목줄기 같았다. 가까이 다가가자 괴목의 정체가 드러났다. 사람이었다.

자욱한 연기 사이로 돌출된 나뭇가지는 팔이었다. 상체를 활처럼 뒤로 젖힌 자세로 뒤통수를 벽면에 기댄 채 숯덩어리가 되어 있었다. 두 팔은 가슴과 복부 중간께 엉거주춤 들려 있고, 타버려 더께더께 눌러붙고 갈라진 피부 사이에 버얼건 핏물이 아직 열기가 남아 있는 지방과 엉겨 흘러내렸다. 머리통은 천정을 올려다보고 있었다. 피부와 근육이 타버린 머리통 한가운데 구멍에 시커멓게 변색된 이와 잇몸이 드러나 있었다. 목 주변과 팔목은 화학섬유로 만든 옷가지가 엉겨 진물처럼 녹아 흘렀다.

시신의 오른쪽 다리 옆, 알이 작은 금테안경이 소화분말을 뒤집어쓴 채 나동그라져 있었다. 형균은 다가가 시신의 안면을 내려다보았다. 목구멍으로부터 한 오라기의 연기가 망자의 마지막 신음인 양 피어올랐다. 전화기를 꺼내 유강재의 번호를 눌렀다. 전화기는 꺼져 있었다. 다가온 조 형사가 나직이 말했다.

"유강재군요. 저기 알 작은 금테안경."

"곽 검시 불러!"

형균은 엉거주춤 쭈그리고 앉아 사체의 주변을 살폈다. 시신 주변에 유리조각이 흩어져 있었다. 유리조각 파편을 들고 냄새를 맡고는 햇빛에 비쳐보았다. 송진 냄새가 났다.

'소주병이군. 테레빈유가 담겼던 소주병?'

그때였다. 코를 틀어쥐고 있던 고 형사가 고개를 갸우뚱거리며 말했다.

"캐라멜 냄새도 나지 않아요?"

그 말을 들은 조 형사가 말했다.

"조금 전까지 연기 때문에 코가 마비되어 냄새를 못 맡았는데, 지금 송진 냄새와 섞여 나고 있어……."

채 타지 않은 시신의 옷 조각과 뼈가 드러난 손가락 끝에 녹아내리다 굳은 캐라멜이 그을음에 섞여 맺혀 있었다.

"몰로토프 칵테일."

"네?"

형균이 시신이 기대 있던 벽면을 가리켰다.

"화염병이야. 피해자를 공격한 것. 저기 유화물감 개는 데 쓰이는 테레빈유와 시너를 섞었어. 저기 타다 남은 걸레조각이 심지였던 것 같아. 피해자를 앉혀놓고 뒷벽에다 화염병을 던졌어. 화염병이 깨지면서 시너와 테레빈유 칵테일이 피해자의 몸에 쏟아졌겠지. 화염병에 설탕을 넣으면 불이 잘 꺼지지도 않고, 불을 끄기 위해 옷을 털어도 점착제처럼 들러붙어 털리지 않아. 네이팜탄처럼……"

형균이 열린 창으로 골목을 내려다보았다. 약 5, 6분간의 차이였다. 병이 깨지는 소리와 함께 검은 연기가 치솟고, 형균이 문을 부수고 3층 방까지 진입하는 데 걸린 시간이었다. 불이 주변으로 옮겨붙지는 않았다. 가구와 이젤, 안료와 테레빈유 같이 탈 만한 물건들은 시신으로부터 충분히 떨어져 있었다. 방은 화가의 작업실이었다. 허름한 목재 테이블에 위에 크고 작은 붓이 빽빽하게 꽂힌 붓통이 놓여 있고, 그 옆에는 안료케이스와 안료를 개다 만 팔레트가 펼쳐져 있었다. 테이블 옆에는 사용하지 않은 캔버스 몇 개가 쌓여 있고, 테이블 밑에는 빈 소주병이 몇 개 굴러다니고 있었다.

'이상하다. 고통으로 데굴데굴 구르기라도 했을 텐데. 그런 흔적이 없다. 앉아서 고이 타죽었다는 말인가?'

주변을 살피던 형균의 시선이 오른편 벽면 바닥까지 드리워진 넓은 천조각에 머물렀다. 군데군데 찢어지고 푸르고 붉은 물감이 묻어 있는 낡은 광목천 조각이 벽에 기댄 커다란 널빤지 같은 것을 덮고 있었다. 조금 전 불길이 귀퉁이에 번져 타버렸는지 덮고 있는 널빤지 귀퉁이가 드러나 있었다. 형균은 몸을 굽혀 광목천을 걷어보았다. 캔버스였다. 검푸른색의 유화물감이 꽤 두껍게 입혀 있었다. 형균은 일어서 광목천의 한가운데를 구겨 잡고 확 걷어냈다.

비밀의 커튼 같은 광목천이 사라지고 캔버스가 형균의 눈앞에 모습을 드러냈다. 그림이었다. 벌거벗은 사내의 그림. 그림 속의 사내는 바위 위에 무릎을 꿇은 채 양손을 벌리고 머리를 뒤로 젖힌, 마치 등에 화살이나 총알을 맞고 쓰러지는 전장의 병사와 같은 모습이었다. 그것은 바로 옆 타버린 시신이 연출하고 있는 모습과 흡사한 형상이었다. 카프문학전집의 표지 그림들처럼 동일한 색감과 유사한 붓터치로 그려진, 누가 봐도 같은 사람이 그린 유화였다. 또 화면 전체를 지배하고 있는 색조 역시 그 화가가 즐겨 쓰던 갈색 안료, 흙색에 가까운 반다이크브라운이었다. 형균의 관심을 끈 것은 그림도 그림이려니와 그 위에 쓰여진 글씨였다.

주검의 운명을 우리들의 얼굴에 메다치는 암흑 가운데서. Yu

'Yu'라는 알파벳 밑에 역시 이 그림의 주인을 의미하는 회월悔月이라는 글자가 쓰여 있었다.

"Yu. 유강재."

그림 속의 사내와 같이 몸을 활처럼 뒤로 젖히고 온전하게 불에 타버린 이 불쌍한 희생자는 유강재임이 틀림없었다. 형균은 화가 치밀어 올랐다.

'파주로 왔다면 화는 피할 수 있었을 텐데.'

형균의 눈은 알파벳 Yu 옆에 붓으로 휘갈긴 듯한 글씨로 다시 옮겨갔다.

"주검의 운명…… 암흑 가운데서……"

순간 캔버스 위에 흩어진 단어들이 공복에 들이켠 독주처럼 아찔한 현기증을 불러일으켰다.

"아아! 임화였어! 암흑의 정신."

그것은 학창시절 문학의 꿈을 키울 때 강렬한 첫 키스처럼 그의 심장을 쥐고 흔들었던 임화의 시, '암흑의 정신'의 한 구절이었다.

오오! 이 미친 무질서의 광란 가운데서,

주검의 운명을 우리들의 얼굴에 메다치는 암흑 가운데서,

너는 보는가? 못 보는가?

이 불길이 가져오는 생명의 향기를,

이 장렬한 격투가 전하는 봄의 아름다움을……

형균은 기억을 더듬어 옛 시의 몇 구절을 되뇌었다. 글귀는

'암흑의 정신' 후반부의 한 구절을 베껴 갈긴 것이었다.

'그렇다면 이지선과 안용수는 물론 최 사장의 사무실 통유리 벽에 써갈긴 것들도……'

1930년대와 1940년대 암흑의 시기를 폭풍처럼 뜨겁게 살아간 혁명가, 시인. 조선프롤레타리아작가동맹 카프의 서기장. 전쟁이 끝난 후 미제의 간첩으로 몰려 박헌영과 함께 형장의 이슬로 사라진 비운의 예술가. 지금의 국어로는 비문일 수밖에 없는, 뜻을 헤아리기 어려운 암호와 같은 고어들의 조합. 대학 시절 잠시만, 그리고 조금만 엿볼 수 있었을 뿐, 형의 운명을 따를 수 없다는 두려움과 경계로 망각 속에 깊게 접어 넣어야 했던 혁명의 노래들이었다.

'관능적이고 혁명적인 저 시구들을 살인 현장의 붉은 핏자국 옆에 던져놓는 이유는 뭘까? 백시우는 왜 자기의 그림에 임화의 시를……'

그때 계단을 오르는 둔탁한 발자국 소리와 함께 곽 검시가 현장으로 뛰어들었다.

"네 번째 희생자요?"

형균이 고개를 끄덕였다. 곽 검시도 모든 것을 알겠다는 듯 고개를 끄덕이며 말했다.

"이번에도 고문 끝에 당했군!"

"숙시닐콜린을 썼을까요?"

"틀림없소. 이렇게 얌전하게 타버린 건 꽁꽁 묶여 있거나 극도의 근육마비 상태라 옴짝달싹할 수가 없어서였겠지. 둘 다였거나. 그렇지 않았음 방 안을 데굴데굴 굴렀을 테고, 불이 옮겨붙었겠지. 사체가 무릎을 꿇은 채 등이 뒤로 굽어 있어요. 불에 탄 시체는 근육수축 때문에 등이 앞으로 굽고 팔을 올린 권투선수 자세가 나오는데, 저 자세는 손과 발을 뒤로 묶은 줄이 불에 끊어지면서 겨우 팔이 앞으로 움직인 게야. 포승이 타버렸을 때는 이미 죽어 있었겠지만."

"불에 타기 전에 죽었을 수도……"

뒤에 있던 고 형사가 거들었다. 곽 검시는 뭉개져버려 찾기도 힘든 콧구멍과 목구멍 안으로 면봉을 넣었다가 꺼내 보며 말했다.

"그랬으면 다행이었겠지. 목구멍까지 그을렸어. 숨을 쉬려고 화염을 빨아들여 기관지와 폐가 탔을 거야. 엄청난 고통이었을 텐데."

조 형사가 형균을 불렀다.

"반장님! 여기 와보시죠!"

3층 오른쪽 방이었다. 약간의 가재도구와 침대, 책상이 놓여 있어 작업장에 딸린 숙소와 같은 곳이었다.

"쪽문이 하나 있습니다. 이리로 도주한 것 같아요."

열린 쪽문은 철제 비상계단으로 연결되어 뒷골목으로 연결되어 있었다. 뒷길은 여러 갈래로 나뉘어 있었고, 큰길까지는 불과 2, 300미터에 불과했다. 지금쯤 동네를 벗어난 지 한참 되었을 것이다.

조 형사가 서가를 가리키며 말했다.

"화방주인의 숙소 같습니다."

서가의 책들은 방주인이 화가라는 것을 말해주고 있었다. 서양 고전미술과 현대미술에 이르는 두꺼운 화집이 빽빽이 꽂혀 있고, 그 옆에는 현대 시인들의 시집과 소설류들이 아무렇게나 쌓여 있었다. 그 아래 침대 머리맡 가까운 곳에 눈에 익은 문고판이 가지런히 꽂혀 있었다.

'카프문학전집.'

오전에 광해사에서 본 전집이었다. 백시우의 그림이 표지에 박힌 문고판. 형균은 임화 전집을 꺼내들었다. 어두운 반다이크 브라운 색조의 조각상, 전사 직전의 무릎 꿇은 병사의 형상. 맞은편 방에 남겨진 네 번째 주검이 표지에 새겨져 있었다.

'살인행각을 하면서 왜 이따위 것들을 현장에 남겨놓고 있을까?'

형균은 서가 옆 군데군데 녹이 슬어 칠이 벗겨진 철제 캐비닛의 손잡이를 비틀어 열었다. 열리지 않았다. 맞은편 방문턱에 기대놓았던 도끼를 가져와 내리찍었다. 문은 완강하게 저항이라도 하듯 찌그러질 뿐 열리지 않았다. 다섯 번째 내리쳤을 때 문짝이 나가떨어졌다.

캐비닛에서 발견된 것은 소매가 해진 군용 야전상의 한 벌과 배낭, 나무틀에서 뜯어내 둘둘 말아놓은 캔버스 몇 장이었다.

캔버스를 펼쳤다. 눈에 익은 그림들이었다. 그해 봄 고향집 감나무 밑 시우의 화구통에서 쏟아졌던 것들이었다. 푸른 작업복의 공장노동자. 새까맣게 석탄을 뒤집어쓰고 어린 자식들과 함께 웃고 있는 비쩍 야윈 탄부. 남녘 바닷가 개펄 위 붉은 석양에 비낀 어선들. 반다이크브라운과 베를린블루…… 사춘기에 접어든 형균에게 감동과 충격을 준 풍경과 색깔들이 흩어졌다. 맨 밑장에는 화사한 봄날 벽돌건물을 배경으로 꽃그늘 아래 활짝 웃고 있는 영도의 초상이 있었다. 그런데 그 밑에 또 한 장의 초상화가 있었다. 검은 옷을 입은 영도였다. 형이 죽은 후 다시 찾은 감나무 아래 앉은 영도였다. 실제보다 긴 턱선 때문에 더욱 슬퍼 보이는 영도는 모딜리아니의 여인들처럼 고개를 꺾고 있었다. 죽은 연인을 애도하는 여인이었다. 검은 블라우스의 가슴과 여윈 손목엔 감꽃으로 엮은 목걸이와 팔찌를 끼고 있었다. 배경에도 감꽃이 있었다. 신록의 감 잎사귀들 틈에 하염없이 박힌 하얀 감꽃들이었다. 보드랍고, 촉촉하고, 뽀얗고, 짙은 노란색의 술이 촘촘히 박혀 있는 다디단 감꽃. 그림의 여인은 웃고 있었다. 상복을 입은 여인의 슬픈 미소였다.

화방 계단을 내려오며 형균은 전화를 걸었다. 문혁의 목소리가 들렸다.

"어떻게 되었나? 유 교수는?"

"죽었습니다. 산 채로 화염병을 맞아 누군지 알아볼 수 없을 정도로 타버렸습니다. 그런데 살해 장소가 어딘지 아십니까?"

"무슨 말이니?"

"송은화방입니다. 문래역 예술공단."

"송은화방이라면……."

다소 당황하는 듯한 문혁의 목소리가 들렸다.

"알고 계셨죠? 송은이라고 불린 사람이 있었잖습니까? 경찰에 쫓기던 시절, 형님이 팔봉이라고 불렸듯이."

"……."

"제게 말해주실 게 있을 텐데요."

"알고 싶은 게 무언가?"

저음의 굵고 차분한 목소리가 전화기에 낮게 깔렸다.

"백시우가 사람을 죽이고 다니는 이유. 그 살인마가 찾고 있는 것. 그때 무슨 일이 있었기에 지금 이런 살인극이 벌어지고 있죠?"

문혁은 침묵했다.

"……."

문혁의 침묵 속에 한 통의 통화가 끼어들었다. 발신번호가 표시되지 않은 전화였다.

"저한테도 말 못할 내용입니까? 백시우와 형님이 관련 있는 사람들이 모두 죽었어요."

수화기 너머 문혁의 이마에 깊게 팬 굵은 주름이 만져지는 듯했다. 끼어든 전화벨 진동이 손바닥 안에서 아우성치고 있었다.

"범인은 나도 모른다. 분명한 것은 또 한 사람의 목숨이 위험하다는 거야. 내일. 내일 상세한 이야기를 해주마! 종현성당 사제관으로 찾아오거라!"

"다 알고 계셨군요. 위험에 빠진 사람이 형님 말고 또 있습니까? 파스큘라 중에 또 남은 사람이 있습니까?"

"파스큘라?"

"사건 현장에 남겨진 알파벳이 파스큘라와 일치하더군요. 모든 증거가 백시우를 가리키고 있어요. 다음엔 형님이에요. 오늘 저녁일 수도 있어요. 기다릴 수 없어요!"

문혁이 한숨을 길게 쉬었다.

"이렇게까지 일이 커질 줄은 몰랐다. 비밀을 담고 있는 물건이 있다. 세상에 나가면 여러 사람이 다칠 물건이지. 범인은 그걸 찾고 있어. 내일 저녁이면 모든 것을 말해줄 수 있어. 네가 만나야 할 사람도 있고."

문혁의 어조가 부드러워졌다. 끼어든 전화벨 진동이 갑자기 끊겼다.

"그게 무엇입니까? 제가 만나야 할 사람이 누굽니까?"

"전화로는 말 못한다. 내일이면 모두 알게 돼."

"기다릴 수 없어요. 백시우를 숨기면 형님도 공범이 되는 겁니다. 사람을 넷이나 죽인 미치광이예요. 또 다른 희생자가 날 수도 있어요. 그리고 내일 만나야 할 사람이 누굽니까?"

"내일은 금방 온다. 그리고 파스큘라는 희생자일 뿐이야!"

"네?"

문혁은 서둘러 통화를 끊었다.

'파스큘라가 희생자라면? 회월도 범인이 아니란 말인가? 문혁이 시간을 *끄*는 이유는 무엇일까?'

형균은 문혁의 마지막 말 때문에 혼란스러웠다. 형의 오랜 친구요, 존경하는 성직자이자 삶의 스승이었지만, 위기의 순간에 모호한 태도를 취하는 것은 전혀 뜻밖이었다.

'고문혁도 내게 숨기는 것이 있다!'

사람 사냥

2012. 11. 29. (목) 19:00

서린대 인경의 연구실

사방에 어둠이 내릴 때쯤 송은화방에서 나올 수 있었다. 형균은 문혁이 진실을 말해주기까지 마냥 기다릴 수 없었다. 여러 사람이 다칠 비밀을 담고 있는 물건. 범인이 찾고 있는 것을 문혁이 알고 있다면 한시도 지체할 수 없었다. 고 형사에게 종현성당을 향하도록 지시하고 본부로 전화를 걸었다. 광해사에서 복귀하여 상황을 보고 있던 김 형사가 받았다.

"강인경 박사 쪽에는 이상이 없나?"

"네. 종암경찰서에서 파견한 형사와 방금 통화했습니다. 개미 새끼 하나 얼쩡거리지 않는다는군요."

"배 기자는?"

"그 배 기자가 말입니다. 조금 전까지 제 앞에 있다가 화장실 간다고 하구선 여의도 샛강 옆 무슨 술집으로 간 모양입니다.

유강재 교수 피살 사실을 알고 난 후 기분이 안 좋아 술 한잔한 다면서.”

“거기에도 사람 하나 딸려. 기사에 댓글은?”

“스무 페이지가 넘습니다. 특별히 눈에 보이는 글은 아직 없습니다.”

한남대교를 지나 남산터널을 지나가는 길은 정체가 심했다. 배연묵의 얼굴이 떠올랐다.

'딴에는 불안하고 초조했겠지.'

형균은 강인경의 번호를 눌렀다.

“여보세요?”

경쾌한 목소리였다. 문혁을 만날 일이 급하지 않았다면 지금 서린대로 가고 있었을 것이다.

“걱정돼서 전화했습니다. 연구실 바깥에 경찰이 있을 거예요. 퇴근하실 때 동행해달라고 하세요.”

“너무 걱정하지 않으셔도 돼요. 호호.”

“유강재 사건 사진 보셨나요?”

“현장사진과 유화그림을 보고 있어요. 숙시닐콜린을 사용했다죠?”

“동일범이 맞지요?”

“그렇긴 하지만 한 가지 이상한 점이 있어요.”

“뭡니까?”

“종이 위 필적과 캔버스 위의 글씨는 유사한 것 같아요. 붓으로 그렸다는 차이가 있지만. 그런데 그림은 아닌 것 같아요. 이지선과 안용수의 사체에서 발견된 드로잉은 인격장애가 의심될 만큼 정서적으로 불안한 사람의 것이었어요. 그런데 유강재 교수의 사건 현장에서 발견된 유화는 노련한 화가의 솜씨예요. 선이 굵고 매우 격정적인 화풍이지만 사체에서 발견된 드로잉이 유화의 밑그림이라고 보기에는 너무 거리가 멀어요."

"모든 증거가 그 화가, 백시우를 가리키고 있어요."

형균은 백시우의 배신과 친형인 성재의 죽음, 그리고 문혁과 카프문학연구회의 이야기를 털어놓았다. 영도와 형의 이야기도 빠뜨리지 않았다. 운전석의 고 형사도 귀를 쫑긋이 세우고 듣고 있었다.

"세상에 그런 사실이 있었군요. 김 형사가 보내준 파일에서 피살자들이 20여 년 전 시국사건과 관련 있다는 사실을 방금 알았어요. 그런데……"

"……."

"박영도 박사님과의 관계는 조금 의외네요."

"어떤……?"

"전 정 반장님과 특별한 관계였다고 생각했어요. 박영도 박사님은 아닐 수 있지만, 정 반장님은 그렇지 않을 것이라는……"

'그렇게 보였나? 아직도……'

형의 죽음 때문에 덮어두었던 애틋한 미련을 인경에게 들켜버렸다. 가슴이 아릿해왔다. 인경과 더 많은 이야기를 하고 싶었으나 보호해야 할 또 한 사람이 생각났다. 침묵 뒤에 인경이 형균을 불렀다.

"정 반장님?"

"송은화방에 남아 있는 백시우의 필적을 찾아보도록 하죠. 조심하세요."

"네에……."

목소리가 긴 여운을 남기며 사라졌다.

배연묵의 전화번호를 눌렀다. 발신음이 한참을 울리도록 전화를 받지 않았다. 인경과의 대화가 길었던 것이 후회되었다.

"어떻게 된 거 아냐?"

휴대전화 가죽커버가 손바닥의 땀으로 미끌거렸다. 발신음이 끊어지고 소리샘 메시지로 이동한다는 서비스 음성이 들렸다.

"지금이 어느 땐데 혼자서 경찰서를 나가? 세 살 먹은 어린애도 아니고."

다급해진 형균은 재발신 버튼을 눌렀다.

"여보세요?"

축 처진 배연묵의 음성이 들렸다. 안도의 한숨에 앞서 화부터 치밀어 올랐다.

"이 덜 떨어진 기자 놈아! 지금이 어느 땐데 혼자서 술을 처먹으러 가? 유강재처럼, 꼼장어처럼 굽혀 뒈지고 싶어?"

"겁나 죽겠는데 이 친구 막말하네. 난들 죽고 싶겠어?"

"살고 싶은 놈이 그렇게 돌아다녀?"

"지금 살아 있잖아. 그런데 그보다 더 중요한 일이 있어!"

"뭐야? 네 목숨보다 뭐가 더 중요해?"

"방금 기사에 댓글이 떴어. 정확하게 말하면 댓글과 댓그림이라고 해야 하나? 괴기스러운 그림이야. 목이 없는 건장한 체격의 노인이 잘린 자신의 머리를 앞으로 내밀고 있는 장면이야! 밑에 알쏭달쏭한 글도 몇 줄 적혔어."

〈머리 잘린 영혼의 진실과 9월 12일의 붉은 충성〉

"그 뒤에 알파벳 대문자 'PA'도 찍혀 있어."

"PA?"

"PA라면 백시우잖아? 사건현장의 알파벳은 희생자를 의미했고."

"다른 단서는 없나?"

"있지! 댓글 작성자 아이디를 보면 자네 놀라자빠질걸?"

"뭔데?"

"위수남청."

"뭐? 위수남청? 이지선이 마지막으로 언급한……."

"그래. 자네 이 '머리 잘린 이의 진실과 9월 12일의 붉은 충성-PA'가 무엇을 의미하는 것 같아?"

"'머리 잘린 영혼' '진실' '9월 12일과 붉은 충성'은 각각 특별한 의미를 갖고 있는 것 같지만, 무슨 말인지 모르겠어. 그림의 종류는 뭐야? 연필로 그린 드로잉? 유화?"

"목탄이나 연필 같은 것으로 그렸어!"

"지선과 용수의 사체에서 발견된?"

"그 정도가 아냐. 그것들이 아마추어의 솜씨라면 이건 전문화가의 솜씨야! 밑그림 정도가 아니라 세밀화처럼 완성도 높은 작품이야. 백시우가 화가랬지?"

"화가의 솜씨 맞아?"

배연묵이 그림에 대해 얼마나 지식이 있는지 의심스러웠다. 늘상 하고 다니는 행색이 그림과 음악처럼 고상한 것과는 대척에 있는 인물이다.

"그 정도는 나도 구분해! 솜씨가 보통이 넘어. 한 줄 한 줄 연필로 아주 힘차고 정밀하게 그렸어."

형균은 고 형사의 태블릿 PC로 배연묵의 기사를 찾았다. 배연묵의 묘사는 정확했다. 세밀화였고 인체묘사도 다빈치의 인체해부도처럼 사실적이었다. 그림의 주인공은 두 개의 큰 바위 사이 협곡 입구에 서 있는 노인이었다. 노인은 언덕 융기면을 버티고 선 채, 오른손은 잘려나간 자신의 머리채를 꽉 모아 쥐고 앞으로 내밀어 보이고 있었다. 머리와 분리된 강건한 근육질의 몸뚱이가 그림 전체를 압도하고 있었다. 눈썹 밑에 박힌 굳게 감긴 눈, 앙상한 관자놀이에 팬 주름과 덥수룩한 구레나룻 사이에 꾹 다문 입 때문인지 노인은 무엇인가 내밀한 비밀을 입속에 담고 있는 듯 보였다.

노인이 딛고 선 마당바위 밑에는 전투에서 패해 학살되기 직전의 포로인 듯, 굶주림에 허덕이며 한 줌 알곡을 구걸하는 걸인인 듯, 혹은 지옥의 희망 없는 여정을 걷다 지친 망자들의 혼령인 듯 공포와 절망의 표정을 한 이들이 옹기종기 모여 있었다.

이 끔찍하고 비참한 군상들을 고통스럽게 지켜보고 있는 두 여행자가 있었다. 월계관을 쓰고 있는 두 사람 중 하나는 눈앞에 펼쳐진 광경을 견디기 힘들어 왼손을 머리에 대고 괴로워하고 있고, 그 뒤에 선 젊은이는 자신을 의지하는 젊은이의 오른손을 꼭 쥔 채 노인의 머리를 응시하고 있었다. 형균이 아는 그림이었다. 아니 형균이 알 정도로 유명한 그림이었다. 존경하는 대작가 단테 알리기에리의 서사시에 헌정한 프랑스 화가 구스타브 도레의 삽화였다.

'망자의 무리 앞에 잘린 머리를 들고 가는 망령. 단테의 지옥편 스물여덟 번째 노래.'

복학 2년 반 만에 고시에 합격한 후, 형균이 재고물건 땡처분하듯 밀린 학점을 이수하기 위해 들었던 서양고전문학 시간이었다. 학점뿐 아니라 문학의 빚도 청산한다는 기분으로 느긋하고 여유롭게 듣던 강의였다. 어느 날 교수가 일러준 페이지를 펼쳤을 때 어두운 삽화 하나가 형균의 눈길을 빨아들였다. 지옥을 헤매는 젊은 단테와 베르길리우스 앞에 잘린 머리를 내민 노인의 형상이었다. 교수는 자신의 머리를 들고 지옥을 방랑해야 하는 이 고달픈 운명의 주인공을 가리켜 배신자라고 했다. 살아있을 때는 주군 헨리2세와 왕위 계승자인 아들을 이간시켜 아비를 배신케 했으며, 왕에게 사면은 받았지만 여생을 수도사로 보낸 후, 죽어서는 자신의 목을 들고 영원히 지옥을 헤매는 형벌을 받은 베르트람이라는 인물이라고 설명했다.

"부절제보다는 폭력이, 폭력보다는 기만이, 기만보다는 배신이 더 큰 죄다. 삶에 있어서 육체에 상처를 입히는 것보다 마음에 상처를 입히는 사기나 배신이 당연히 더 큰 죄다. 지옥의 가장 어두운 밑바닥에 영원한 고통으로 신음하는 죄인들은 바로 배신자들이다."

빈 담배 파이프를 손에 쥐고 지옥을 관통하는 죄악의 구조를 설명하는 교수의 가늘고 쉰 음성이 들리는 듯했다.

"배 기자! 머리를 들고 가는 자의 영혼은 배신자의 영혼이야. 우리가 기대한 것은 배 기자와 강인경 박사를 위협하거나, 경찰이 얼마나 자신을 추적해 들어오고 있을까를 시험하는 댓글이었어. 댓글에서 단서를 찾거나 댓글을 올린 장소를 조회하여 범인을 추적하자는 것이었지. 당신이나 강 박사에게 접근할 경우를 대비해 잠복을 배치하는 것도 우리의 계획에 있었고. 그런데 전혀 예상치 못한 댓글이 오른 셈이야."

"범인이 올렸을까? 백시우가?"

형균은 그림과 댓글을 다시 훑어보았다.

"그림은 '배신자'가 진실을 폭로할 것이라고 암시하고 있어. 진실과 관련된 암호가 '9월12일'과 '붉은 충성'인 것 같아."

"배신자는 누구일까? 1990년 카프문학연구회를 팔아넘긴 백시우?"

"모르겠어. 백시우가 배신자라면, 그가 말할 진실이 뭐가 있을까? 과거에 대한 변명?"

"정 반장은 백시우가 범인이 확실하다고 믿어? 범인이 누구냐에 따라 이 댓글이 전하는 메시지가 완전히 달라져. 굉장히 복잡한 함수관계가 있어. 안 그래?"

형균은 잠시 생각한 후 말을 이었다.

"우선 PA라는 알파벳이 의미하는 것부터 따져야 해. PA가 백시우를 의미하는 것은 확실해. 파스퀄라를 아는 사람이 올렸다는 의미지. 지금까지 범인이 남긴 패턴으로 보면, 드로잉처럼 연필로 그린 그림과 시구, 그리고 이니셜 세 가지가 나와야 하는데, 이 그림은 전혀 다른 종류의 그림이고, 글자는 시구가 아니라 어떤 정보를 전하는 메시지야. 위수남청과, 9월12일, 그리고 붉은 충성을 잇는 정보."

현장에 남겨진 단서에 따르면 백시우가 범인이다. 그러나 댓글이 전하는 메시지는 그와 별도로 해석해야 했다. 메시지는 백시우가 범인이 아닐 일말의 가능성에서 출발하여, 댓글을 올린이가 범인일지, 백시우가 댓글을 올렸을지 여러 의문이 서로 얽힌 복잡한 고차방정식이었다.

"정 반장! 내가 보기엔 PA가 희생자가 아니라 댓글을 올린 사람 같아. 백시우가 올린 게 맞는 것 같아. 배신자는 자신을 가리키는 것이고, 자신이 말할 진실이 있다는 거지. 그것은 9월 12일과 붉은 충성이라는 암호가 의미하는 비밀이고, 그 비밀을 알고 있는 어떤 사람을 부르는 메시지 같아. 그 사람이 범인일 수도 있겠지."

"백시우가 범인을 부른다고?"

"백시우가 범인이라고 단정하기엔 의문이 있어. 백시우가 남긴 단서는 많지만, 그의 손에 피가 묻은 것을 우리는 아직 보지 못했어. '백시우가 범인이다'는 것을 직접 입증해주는 증거는 없단 말이지. 안 그래?"

"그 정도는 나도 알고 있네. 고문혁 선배가 말해줄 게 있을 것 같아. 적어도 그때까지는 백시우가 범인이야."

"이것 하나만은 잊지 마. 과거 백시우가 저지른 배신은 자네 형을 죽이고 수많은 사람을 옥살이하게 했지만, 묵은 원한이 수사에 영향을 미치지는 않았으면 해. 냉정하란 말일야."

"알아. 최 사장이 오랫동안 백시우를 돌봐주고 있었다는 걸 고문혁 선배가 몰랐을 리가 없지. 백시우에 대해 알고 있으면서 여태 입을 다문 것이 이상하긴 해. 문혁 선배는 모든 것을 알고 있는 것 같아. 비밀을 담고 있는 물건이 있다고 했거든. 그게 알려지면 여러 사람이 다칠 것이라는 말까지 했어."

"무슨 말이야?"

휴대전화 너머 배연묵의 눈꼬리가 휘어지는 것이 보이는 것 같았다.

"나도 아직 몰라. 다만 재단에서 발간하기로 했던 〈열망과 절망〉의 제4장 '과거의 그늘'을 쓰기로 했던 사람이 아직 드러나

지 않았어. 범인이 찾는 물건은 과거의 비밀을 담고 있는 제4장일 거야. 4장의 작가가 그림과 댓글을 올린 사람일 거라고 생각해. 문혁 선배와 함께 '9월 12일'과 '붉은 충성'의 비밀을 알고 있는 사람. 그 사람이 범인을 부르고 있는지도 몰라. 그러면 댓글도 미끼일 수 있어. PA를 부르는 미끼."

"그럼 붉은 충성과 9월 12일은 무슨 의미일까?"

"글쎄. 형이 군대에 끌려가고 카프문학연구회 조직원들이 체포된 때가 9월이었다는 것 외에는. 그런데 카프문학연구회가 발단이 된 이 사건, 대부분 국가보안법으로 복역한 사건에서 붉다는 것은 무엇을 의미하겠어?"

"빨갱이?"

"중앙일간지 기자답게 정말 거친 표현이군. 과거 100년간 죽고 죽이는 역사, 그 속에 번진 피와 같은 반역의 이념을 가리키는 표식이 아닐까?"

"축구경기장에 입고 다니던 붉은 셔츠처럼 단순한 것은 아니겠지. 그 시절 학생들에게 붉다는 것은 총칼로 집권한 부패한 지배세력을 한꺼번에 갈아엎을 수 있는 혁명의 철학이자 전략지침이기도 했지. 새로운 세상을 비추는 등대를 의미했기도 하고."

"자네도 한때……"

"한때 뭐? 나라를 걱정하는 젊은이들치고 지난 100년간 그 사상을 맛보지 않은 사람이 있었나? 그렇지 않음 피 끓는 젊은이가 아니었지. 어쨌든……"

그때였다.

"쨍그랑! 와장창! 콰당! 억! 끼아악!"

상을 뒤엎는 소리, 유리병과 식기 깨지는 소리, 여성의 외마디 비명이 뒤를 이었다.

"퍽! 퍽! 으……헉! 당신들이 여기……. 헉! 끼아악!"

두터운 점퍼 위로 주먹질하는 소리와 배 기자의 숨넘어가는 소리, 여성의 비명이 다시 울렸다. 그러고는 뚝 끊겼다.

'납치다.'

형균은 재발신 번호를 누르려다 말았다. 만에 하나 배연묵이 휴대전화를 뺏기지만 않는다면 위치를 확인할 수 있다.

'아! 강인경.'

형균은 본부 김 형사에게 전화를 걸었다.

"김 형사! 배 기자가 당했다. 배 기자 휴대전화 위치 추적해서 따라붙도록 하고, 서린대 강인경 박사 경호인력 증강하도록 협조 요청해! 강 박사도 위험해!"

강인경에게 전화를 걸었다. 초조하게 기다리는 형균의 귀에 바흐 무반주 첼로곡이 계속 이어졌다. 끊고 다시 발신 버튼을 눌렀다. 컬러링은 5분이 넘는 그 곡을 모두 연주해낼 모양이었다. 네 번, 다섯 번 통화를 시도했다. 인경은 전화를 받지 않았다.

'둘이 동시에 습격을 당했다. 주범과 종범이 동시에 움직였다.'

배 기자가 분명 '당신들'이라고 했다. 배연묵이 아는 놈들. 임도식이다.

'그렇다면 주범이 인경에게……'

형균은 비상경광등을 차량 지붕 위에 얹고는 서린대학교 쪽으로 방향을 돌렸다.

"삐리리릿."

김 형사였다.

"반장님과 통화를 마지막으로 현재 난지한강공원 근처에 위치가 확인되고 있습니다."

'여우 같은 친구가 전화기를 어디 숨겼구나. 서강대교를 넘어 난지한강공원 방향으로 갔다면 자유로를 타고 있다는 얘긴데.'

태블릿 PC의 지도앱을 펼쳤다.

'파주 아니면 일산. 그래! 벽제. 벽제화장장!'

어제 마쟁이가 포착된 CCTV를 보면서 배연묵이 받았다는 협박을 떠올렸다.

"김 형사! 벽제화장터야! 임도식이 패거리가 틀림없어. 화장터로 가고 있어. 고양시경에 협조 요청하고 조 형사와 장 형사가 출동하도록 지시해! 강인경 박사도 지금 전화를 받지 않아! 나는 고 형사와 함께 서린대로 간다!"

형균이 인경 쪽으로 방향을 돌린 것은 나름대로 판단이 있어서였다. 임도식 패거리들이 일간지 기자의 목숨을 뺏으려 하기에는 위험부담이 너무 클 것이다. 죽이지는 못하고 겁만 주려 할 것이다. 그러나 인경을 찾아간 것이 주범이라면 말이 달라진다. 상상할 수 있는 가장 잔혹한 방법으로 네 명을 고문 살해한, 충동조절 능력이 결여된 반사회적 인격장애자. 그런 괴물이 자존심을 여지없이 건드린 인경을 그냥 둘 리가 없다. 경광등을 켜고 사이렌을 울리며 가속기를 밟았다. 멀리 서린대 뒤편 야산 그림자가 휘황한 도심의 불빛을 흡수하며 검게 웅크리고 있는 것이 보였다. 퇴근길 꽉 막힌 정체는 제아무리 경광등을 단 공무수행 차량이라 할지라도 속수무책이었다. 인도에 차를 세우고 고 형사와 함께 뛰었다.

사회심리학 연구소 서쪽 창에 비친 하늘에 꼴딱 넘어가버린 초겨울 해가 검붉은 흔적만을 약간 남기고 있었다. 8교시 종료를 알리는 마지막 차임벨 소리가 울린 지도 한참 되었다. 간간이 복도를 끄는 슬리퍼 소리마저 어느 순간엔가 뚝 끊어졌다. 어두운 건물은 깊은 늪 속에 잠긴 듯 고요했다.

오래된 형광등만이 희미하게 깜빡이는 연구실 복도에는 무료하게 서성이는 형사의 발자국 소리뿐이었다. 직무에 충실한 이 경찰공무원은 30분에 한 번씩 노크와 함께 얼굴을 들이밀며 인경이 무사함을 확인했다. 가끔 본부에 보고전화를 하는 듯 높낮이 없이 똑똑 끊어지는 목소리만 들렸다.

인경은 마지막 수업 직후에 받은 유강재 사건보고서를 보고 있었다. 유강재도 안용수처럼 숙시닐콜린을 사용했고 결박된 채 잔혹한 고문 후 처형되었다. 이번에는 화형이었다. 동일범이 확실했다. 그러나 형균에게 말했듯이 유강재 살해 현장에 남겨진 대형 유화와 카프전집의 표지에 박힌 유화들은 자신만만한 굵은 선과 선명한 색상, 주저 없는 강렬한 터치가 돋보이는 반면, 크로키들은 선이 일정치 않고, 필치는 흔들렸으며, 정서는 불안했다. 같은 사람이 그렸다고 할 수 없는 차이가 있었다. 그러나 강재의 현장에서 발견된 백시우의 유화 위 〈암흑의 정신〉과 두 장의 크로키에 써갈긴 글씨는 모두 동일 인물이라는 것 역시 의심의 여지가 없었다. 인경의 시선은 피의 얼룩이 남아 있는 두 개의 그림과 유강재 사건 현장에서 발견된 유화 사진 위 시구들에 가서 멎었다.

"주검의 운명을 우리들의 얼굴에 메다치는 암흑."

'문제는 필적이야! 백시우의 유화에 쓰여 있다고 백시우의 글씨라고 단정할 수는 없어.'

그러나 백시우의 글씨체라고는 광해사 사장실 유리벽에 걸려 있던 유화와 유강재 곁에 있던 유화 속 서명인 '悔月'이란 한자漢字뿐이다. 인경은 탁월한 프로파일러였지만 필적 감정은 아마추어에 불과했다. 더구나 사진에 찍힌 글씨체를 식별해낼 수 있는 능력은 없었다.

바깥에는 여전히 복도를 걷다 서다를 반복하고 있는 종암서 형사의 발자국 소리만이 일정하게 들렸다.

'2차 복역 만기출소 후, 구로 안산 시흥 등지에서 노동운동, 공문서 위조에 집시법 위반, 노조법 위반에 세 번의 국가보안법 위반, 총 세 번의 복역.'

그 순간이었다.

"으……헙."

바깥 복도에서 터져나오는 하품을 손으로 막는 것 같은 소리가 들렸다. 이어 무거운 쌀자루를 내려놓는 것과 같은 소리가 이어졌다. 비만형의 형사가 무료에 지쳐 하품과 함께 의자에 주저앉는 소리 같았다. 인경은 탁상 등 아래 어지럽게 펼쳐진 사건파일 사이로 1센티미터 정도 두께의 서류 뭉치를 집어 들었다.

〈열망과 절망〉

김 형사가 보내준 원고파일을 출력해 놓은 것들이었다.

'영원한 청년. 열망과 절망. 과거의 그늘. 이들에게 과거라면…….'

인경은 사건보고서에 나타난 조직 이름들을 되뇌었다.

'카프문학연구회와 파스큘라.'

'과거의 그늘'에서 '파스큘라'까지 중얼거리는 순간. 막막한 검은 커튼 사이로 뾰족 내민 여우꼬리 같은 비밀의 한 자락이 손에 느껴지는 것 같았다.

"네 번째 챕터. 〈과거의 그늘〉 그 필자가 그럼……."

인경이 그 꼬리를 쥐려고 하는 순간.

"삐이꺽."

등 뒤 출입문 문고리 돌아가는 소리가 들렸다. 그와 동시에 인경은 척추를 둘러싸고 있는 근육들이 바짝 수축하는 것을 느꼈다. 본능적으로 탁상등 스위치를 끄고 재빨리 책상 옆 구석으로 몸을 낮추었다.

'잠복 형사일까? 그 사람이라면 노크를 했을 텐데. 아! 조금 전 뭔가 털석 주저앉는 듯한 소리는……'

미국에서 연쇄살인이나 집단살인 사건의 자문을 맡아 미디어에 이름이 오르내릴 때면 책상 서랍 안에 넣어두던 브라우닝 9밀리미터가 아쉬운 순간이었다.

문은 열리지 않았다. 바깥에서도 연구실 내 유일한 조명이었던 탁상등이 갑자기 꺼지자 이쪽의 움직임을 관찰하는 것 같았다.

'경호 경찰은 아니다.'

위험이라는 것을 본능적으로 느꼈다.

'누굴까?'

어둠 속에서 노크도 없이 문을 열려 했다면, 자신을 드러내고 싶어 하는 인물은 아니다. 순간 책상 위 휴대전화 진동음이 울렸다. 전화를 받지 않고 살며시 손을 뻗어 액정화면을 보았다.

'정형균.'

진동음은 꽤 오랫동안 울리다 꺼졌다. 진동음은 곧바로 또 울렸다. 역시 오랫동안 울리다 꺼졌다. 인경은 전화를 받지 않는 것이 위험을 알리는 길이라고 생각했다. 전화를 받았다가는 위치가 노출될 수도 있다. 전화기는 다섯 차례나 진동음을 토해냈다. 복도에서는 어떤 움직임도 없었다.

전화기가 진동을 멈춘 지 5분여가 지났다. 어둠 속에서 바깥의 움직임을 살피는 인경에게는 꽤 오랜 시간이었다. 멀리 경찰차의 사이렌 소리가 들렸다. 모든 것이 정지한 가운데 어둠을 누르는 끈적한 긴장이 흘렀다.

인경은 결심한 듯 앉은뱅이 걸음으로 출입문 뒤로 조용히 전진한 후 몸을 벽에 바싹 붙였다. 그때였다.

"삐이꺽…… 딸깍."

문이 조용히 열렸다. 어둠에 적응한 인경의 눈에 깨끗이 닦인 구두의 반질반질한 콧등이 문틈으로 기어들었다.

'형사는 아니다.'

헐렁한 점퍼에 비만을 대충 감추고, 청바지에 값싼 런닝화를 신고 들어와 인사하던 둥글넓적한 얼굴을 떠올렸다. 구두의 콧등은 내부 동정을 살피는지 더 이상 안으로 들어오지 않았다. 인경은 출입문을 사이에 두고 걸어 들어오는 위험의 동태를 살폈다.

"또각."

한 걸음 더 살짝 걸어 들어오는 발자국 소리가 들렸다. 그 순간 인경은 체중을 실어 문을 세차게 밀어 닫았다.

"쾅!" 하는 소리와 함께 문이 닫히고 무거운 물체가 반대편 벽에 "쿵!" 부딪히는 소리가 났다. 인경은 문을 활짝 열어젖히며 복도로 뛰어나갔다. 벽을 더듬어 조명 스위치를 켰다. 불은 들어오지 않았다. 복도 한가운데 커다란 그림자가 천천히 상체를 일으키는 것이 보였다. 인경보다 한 뼘 정도 큰 키에 발달된 상체를 가진 남자였다. 본관 당직실에서 비쳐오는 실낱같은 빛에 그림자의 왼손 끄트머리가 반짝했다.

'숙시닐콜린.'

인경은 고통을 참다 죽어간 안용수와 형체조차 알아보기 힘든 유강재의 새카맣게 탄 얼굴이 떠올랐다.

'정형균 반장과 비슷한 키. 왼손잡이.'

괴한은 침착하게 인경을 향해 다가왔다. 인경은 두 발을 교대로 털어 단화를 벗어 팽개쳤다. 그리고 목과 어깨를 가볍게 추스르며 권투선수처럼 가드를 올려 방어자세를 취했다. 괴한은 인경의 침착한 전투준비에 당황했는지 걸음을 멈추고 주사기를 든 왼손을 앞으로 뻗었다.

저것이 살갗에 꽂히면 그걸로 끝이다. 곧바로 힘이 빠지고 바닥에 주저앉아 손가락 하나 까딱할 수 없게 되어 죽음만 기다리는 처지가 될 것이다. 이지선처럼 가방에 담겨 학교 뒤 산기슭에 내버려지든지, 안용수처럼 연구실 대들보에 목이 매달릴지도 모른다.

'어느 쪽이 좋을까?'

갑작스럽게 닥친 위기에 생각은 황당함의 경계를 넘나들었다. 그런데 황당한 상상을 할수록 콩닥거리던 가슴이 가라앉고 팔꿈치와 허벅지에는 뿌듯한 무엇인가가 흘러들어오는 것을 느꼈다. 알지 못할 자신감이었다. 주먹을 꽉 쥐었다. 괴한이 한 발 다가섰다. 인경은 반걸음 뒤로 물러서면서 서너 차례 앞뒤로 스텝을 밟아 괴한과의 거리를 확인한 후 주춤 다가서려는 괴한의 오른쪽 옆구리를 향해 왼발을 찍어 넣었다. 어둠 때문에 괴한의 움직임을 제대로 파악하지 못했던지 인경의 발목은 괴한의 오른쪽 팔꿈치를 치고는 튕겨져 나왔다. 찌릿한 고통이 전해왔다. 인경이 뒤로 주춤했다. 괴한은 이때를 놓치지 않고 바짝 다가서며 인경의 앞섶을 거머쥐고는 와락 당겼다. 인경의 갸날픈 체구가 괴한의 오른쪽 가슴팍으로 쑥 끌려 들어갔다. 괴한은 인경의 상체를 돌아 세우며 앞섶을 잡았던 손을 끌어올려 등 뒤에서 상완과 하박으로 목을 죄었다. 목이 꼼짝없이 괴한의 오른팔에 갇혀버렸다. 송진 냄새가 훅 끼쳤다.

'테레빈유…….'

"강인경 박사라고 했던가? 발놀림이 장난이 아닌데."

괴한은 상대의 예상치 않은 반발에 놀랐는지 숨을 몰아쉬며 말했다. 목소리는 괴한의 입을 막고 있는 부직포 마스크에 막혀 낮고 탁하게 들렸다.

"과대망상증에 성불구라고? 후훗. 정말 그렇게 생각해?"

괴한은 팔목을 약간 느슨하게 풀면서 말을 걸었다. 인경은 기사에 이름을 밝혀달라고 했던 사실을 떠올렸다. 범인이 찾아오기를 기다렸다. 범인은 자존심을 찾으러 온 것이다. 최대한 시간을 끌어야 한다.

'내가 미끼다. 꼭 물게 해야 한다. 반사회적 인격장애자. 선천적인 공격성과 흥분의 역치가 다른 사람보다 높다. 공격적이고

337
사람 사냥

가학적인 행동은 자신의 불쾌한 각성상태를 누그러뜨리고 동시에 자존감을 회복시킴으로써 자기감각을 안정되게 한다. 이들의 독특한 특징은 가장 원하는 것을 파괴하려고 하는 원시적 시기심이다.'

유학 시절 저명한 심리분석가의 상담심리 강의를 떠올렸다.

"어떤 여자인지 보고 싶었어. 형편없는 여자라고 생각했지. 미국에서도 아주 인정받는 범죄심리학자라고? 나를 분석한 게 그 정도 수준이었나? 아주 기분이 나빴어. 분석을 하려면 똑바로 했어야지. 흐흐."

괴한은 귀에 입을 바짝 갖다 대고 낮게 뇌까렸다. 마스크 아래에서 속삭이는 괴한의 음성이 인경의 귀와 목을 핥았다.

"그런데 그게 아니었어. 이 여자가 미끼를 던지고 있다는 생각이 들더군. 성적으로 무능한 사체강간범이라고 세상에 떠들어대면 내가 무척 자존심이 상해할 거라고 생각했겠지. 그렇게 나를 끌어내려고 했겠지?"

괴한의 목소리는 안정되어 있었다. 말은 더듬지도, 두서없이 중언부언하지도 않았다. 군더더기 없이 단어를 똑똑 끊어 쓰고 있었다.

'영리한 사람이다.'

괴한의 말이 길어지고 있었다. 최초 박영도 박사와 정형균에게 건넸던 프로파일링이 맞아떨어지고 있었다.

'말을 걸어야 한다. 이들에게 동정을 기대하면 안 된다. 손에 들어온 것은 짐승이든 사람이든 전리품으로 여긴다. 요리하기 쉽도록 묶거나 가둔 채 실컷 고문한 후 죽인다. 강하고 엄격한 것만이 이들을 통제할 수 있다. 이들을 대할 때는 반드시 엄격하고 확고한 태도를 취하면서 자신이 존중받는다는 생각을 할 수 있도록 해야 관심을 끌어낼 수 있다. 자기애적 성향이 있다면 다른 사람에게 자신이 어떻게 보일까 하는 것에 과도한 집착을 보인다. 여기까지 온 것도 그런 이유였으리라. 빈틈없는 완전범죄의 천재로 만들어주자. 지난 범죄가 주는 쾌락을 상기시켜주자. 시간을 끄는 가장 효과적인 방법이다.'

"거기까지 추측하다니 대단하군요. 범죄도 아주 용의주도했어요. 완전범죄에 가깝게. 그런데……."

"그런데? 뭐야? 말해봐!"

괴한은 우쭐한 듯했다.

"그 여자 입을 꿰맬 때 기분이 좋았어요?"

"……."

인경은 낮고 힘 있는 목소리로 천천히 물었다.

"혀까지 잘라냈던데. 남들이 알아서는 안 될 당신의 비밀을 말하려 했나요?"

목을 조이고 있는 괴한의 팔목에 힘이 풀리는 것을 느꼈다. 지선의 살해 당시를 상상하고 있는 것 같았다.

'괴한의 손아귀 안에서 떨고 있는 가냘픈 여인이면 안 된다. 진료차트를 들고 있는 의사처럼 느끼게 해야 한다. 또 정보를 알

아내려 한다는 인상을 주면 안 된다.'

인경이 다시 낮게 속삭였다. 병증을 끌어내리는 정신과의사처럼 괴한의 말을 앞지르는 여유까지 부렸다.

"입을 꿰맨 것은 다른 이유도 있었죠? 성기를 꿰매는 생각을 했죠? 예전에 갖고 싶었던 성기. 정조대를 입히는 것처럼 다시는 그걸 쓸 수 없도록. 곧 결혼할 여자였는데. 그렇지 않아요?"

"......."

괴한이 인경의 목을 고쳐 감았다. 호흡은 낮았으나 빨랐다. 범행을 상상하는 것이 틀림없었다.

"입안에 여인들의 정사 장면 그림과 함께. 그림은 당신이 그렸나요? 당신의 꿈은 화가였나요?"

짧은 말에 많은 질문을 넣어 던졌다.

"당신, 상대를 기분 좋게 만드는 재주를 가졌군. 화가지망생이었냐고? 난 화가에다 시인이었어. 난 무엇이든 할 수 있는 사람이야."

"왜 그녀를 죽였어요?"

"그 여자는 높은 위치에 있었어. 나보다 높고 강하다고 생각했겠지. 건방지게 날 매번 무시했거든. 대가를 치러야 했어. 이번에는 내가 강해져야 하는 차롄데. 그 여자 아주 위험한 입을 갖고 있었어. 안용수, 유강재도 마찬가지지. 지금 당신의 입도 아주 위험한 것 같아."

인경은 한 발짝 더 다가서는 위험을 느꼈다.

"어떻게 해줄까? 성불능자가 아니라는 것을 알게 해줄까?"

"그럴 수 없다는 걸 알 텐데? 그렇게 되면 석어도 희생자는 내가 마지막일 테니까! 당신이 찾는 물건은 포기해야 할 거예요."

"하하핫! 똑똑한 여자군. 내 손에 죽은 사람이 여럿인데 경찰은 아직 내가 누군지 몰라. 진정한 권력이 뭔지 알아? 아무런 방해도 받지 않고 생명을 빼앗을 수 있는 거지. 당신은 백아와는 다른 아름다움이 있군. 이 아름다움도 추하게, 처참하게 만들 수 있는 권력이 지금 내게 있어."

'백아?'

단서가 튀어나왔다. 더 적극적으로 나가기로 마음먹었다. 인경은 괴한의 오른팔을 잡고 있던 자신의 손을 가만히 내려놓으면서 괴한의 오른쪽 상의 주머니로 가져갔다.

"백아! 이지선이겠군요? 왜 이지선을 백아라고 부르죠?"

'틈을 주지 말아야 한다.'

"당신도 파스큘라였나요?"

"파스큘라? 당신이 파스큘라를 어떻게 알아?"

"죽은 사람들이 모두 파스큘라였죠. 거기서 이지선을 만났죠?"

"잘못 짚었어. 난 파스큘라가 아냐! 그따위 나약한 것들과는 달랐어. 난 이스크라. 타오르는 혁명의 불꽃이었어. 대오의 가장 앞에 내가 있었지. 나의 명령 한마디면 모든 학우들이 어깨를 걸고, 각목과 화염병을 들고 교문을 짓쳐 나갔지. 나는 그들의 지도자, 주석이었어."

"지금도 그런가요? 몇 년 전의 이지선처럼 높은 위치에 있나요?"

괴한은 말을 잇지 못했다. 숨을 몰아쉬는 것이 느껴졌다. 분노의 온도가 올라가고 있었다. 시간을 더 끌며 반격할 기회를 찾아야 했다. 가장 큰 호기심을 자극시키기로 했다.

"찾고 있는 것은 과거의 어떤 사실이죠? 당신이 찾는 원고 〈열망과 절망〉 제4장 과거의 그늘."

"그 원고를 보았나?"

"……."

"못 봤군. 그것까지 알고 있다면 당신은 이미 내 주변까지 찾아들어온 거야. 안 됐지만 살려둘 수가 없어."

괴한은 결심한 듯 주사기를 인경의 목으로 가져갔다. 이제 마지막이다. 인경은 괴한의 자기애적 성향에 상처를 내보기로 했다. 그리고 댓글에 나타난 '위수남청'의 비밀과 '과거의 그늘' 붉은 충성'을 관통하는 비밀의 실체에 가까이 가보기로 했다.

"봤어. 거기에 위수남청과 붉은 충성의 비밀이 있었지."

"거짓말! 유강재까지 모른다고 했는데, 그걸 봤을 리가 없어."

인경은 목소리를 높였다.

"거짓말을 하고 있는 건 당신이야."

"뭐라고?"

괴한은 자신의 손아귀에서 죽음을 앞두고 있는 여자가 예상

밖 큰 소리로 대항하는 것에 적잖이 당황하는 것 같았다.

"여긴 왜 왔어? 난 이유를 알아! 넌 미치광이니까! 네 명을 죽였어. 골프채로 머리를 부수고, 목을 매달고, 두꺼운 책으로 머리를 찍어도 죽지 않아 목을 눌렀어. 유강재는 손을 묶고, 숙시닐콜린으로 꼼짝 못하게 하고는 화염병으로 태워 죽였어. 죽어가는 그들을 보며 자신이 살아 있다는 사실이 더없는 쾌감을 주었지? 어때? 몸부림도 치지 못하고, 활활 타는 불길을 온전하게 들이마시면서 비명도 못 지르며 죽어간 유강재를 생각해봐. 이지선과 섹스하는 환상보다 좋았어? 위수남청과 붉은 충성과는 상관없는 나를 찾아온 이유. 그건 더 강렬하고 아슬아슬한 경험이 필요하기 때문이지? 더 큰 쾌감을 느끼려면 또 한 사람 죽어줘야 하지? 여자였으면 더 좋겠지. 나약하고 아름다운 여자. 여자를 때려 죽이고 남자를 태워 죽였으니, 이제 타 죽는 여자를 보고 싶은가? 골프채와 화염병 정도로는 쾌감을 못 느낄걸? 그래 네가 가진 힘, 그 권력으로 나를 어떻게 죽일 거야? 네가 찾는 비밀이 가지고 싶은 권력과 관계가 있겠지. 그런데 '과거의 그늘'이 그 권력을 막고 있어! 내 말이 틀림없지?"

인경은 속사포처럼 쏘아붙이면서 주사기를 든 괴한의 왼쪽 손목을 살며시 잡았다. 괴한은 손을 부들부들 떨고 있었다.

'왼손잡이였지.'

"내 분석이 틀렸다고? 아냐. 정확해. 넌 엑스터시도 못 느끼는 성불능자야! 사람을 죽일 때와 다른 사람을 지배하고 있다고 생각할 때 외에는 항상 불안하고 불쾌해. 밤을 틈타 등 뒤에서 숙시닐콜린을 찔러 꼼짝 못하게 하거나, 손과 발을 결박하지 않으면 아무것도 못하는 것이 너야. 살아 움직이고 힘 있는 사람 앞에선 나서지도 못하는 찌질이. 당신이 여기 온 이유를 말해볼까? 성불구로 알려진 위신을 되찾으려는 것이 아니라 네 명을 묶고 고문하고 살해하면서 느꼈던, 당신 자신도 이제 어쩔 수 없는 엑스터시를 경험하기 위해 온 거야. 저항할 수 없는 상대를 괴롭히다 죽이는 쾌감을 위해. 그게 당신이야."

순간 인경은 체중을 실어 괴한의 오른손에 매달리며 주저앉았다. 동시에 괴한의 상체는 앞으로 휘청 쏠렸다. 순간을 놓치지 않고 인경은 괴한의 오른손을 앞가슴 밑으로 당김과 동시에 무릎을 꿇고 머리를 앞으로 숙이면서 등허리를 힘차게 들어올렸다.

"쿵!"

작지 않은 괴한의 덩치가 인경의 등에 업히듯이 올려지더니 힘없이 앞으로 굴러 나가떨어졌다.

"와장창!"

괴한의 발이 연구실 창을 깨고는 바닥에 내동댕이쳐졌다. 인경은 재빨리 일어나 괴한에게 다가갔다. 괴한은 상체를 펴고 일어서려 하고 있었다. 인경은 괴한의 가슴팍 한가운데 명치를 향해 오른발 뒤꿈치를 쭉 뻗었다.

"픽!"

급소를 정확하게 찍혔는지 괴한은 '윽' 소리와 함께 허리를 푹 꺾었다. 꼼짝없이 복도에 엎드려 있던 괴한은 고통에 겨운 신음 소리를 뱉으며 창틀 난간을 잡고 꿈틀꿈틀 다시 일어나고 있었 다. 인경은 본관에서 스며드는 희미한 불빛을 삼아 괴한의 턱을 돌려 찰 자세로 한 걸음 다가섰다. 그러나 걸음을 채 떼기도 전 에 털썩 무릎을 꿇었다. 천천히 눈을 아래로 내려본 순간 5cc짜 리 1회용 주사기가 왼쪽 빗장뼈 아래에 꽂혀 있었다. 괴한이 굴 러떨어질 때 주사기를 든 왼손을 휘두른 것이 틀림없었다. 주사 기를 뽑기 위해 오른손을 들었다. 손이 말을 듣지 않았다. 주사 량은 많지 않은 것 같았다. 실린더 안에 아직 많은 양의 주사약 이 남아 있었다.

'빼야 한다.'

인경은 움직여지지 않는 오른손을 겨우 들어, 주사기를 털어 냈다. 창틀을 부여잡고 무릎걸음으로 복도 끝으로 기어갔다. 사 냥꾼의 추적을 피해 숲 속 깊은 곳을 향하는 화살 맞은 작은 짐 승의 몸부림이었다.

"끙."

등 뒤로 신음소리가 들렸다. 인경은 돌아보려 했으나 어깨와 목이 굳어 돌아볼 수가 없었다. 누군가가 검은 밧줄로 몸을 칭 칭 옭아매는 것 같았다.

"큭."

상황이 유리하게 변한 것을 알아챘는지 괴한은 웃음을 긁어냈다. 발자국 소리가 한 발 한 발 다가왔다. 인경의 몸뚱이는 통나무처럼 복도바닥을 굴렀다. 눈앞 풍경이 순식간에 어두운 천정으로 전도되었다. 혀는 굳어 움직이지 않고 팔과 다리는 장작개비처럼 아무런 자극도 없었다. 임박한 위험에 어떤 저항도 불가능했다. 다가온 검은 그림자가 복도의 어두운 천정과 겹쳤다. 괴한의 얼굴이 다가왔다. 거친 숨결에 분노와 흥분이 묻어나는 듯했다.

괴한은 마지막 숨을 몰아쉬는 사냥감을 앞에 두고 앞발에 적신 피를 핥고 있는 맹수처럼 여유를 찾은 듯했다. 괴한은 콘스타치 글러브를 낀 손으로 인경의 얼굴과 목 언저리를 더듬었다. 왼손엔 다량의 약물이 아직 남아 있는 주사기가 들려 있었다. 찌르는 순간 황소도 주저앉혀 저승문 안으로 들여보내는 약물.

괴한은 어둠 속에서 인경의 어깻죽지를 잡아 쥐고는 주사기를 갖다 댔다. 일단 마취제를 인경의 몸속으로 흘려놓은 후, 그녀의 운명을 결정하기로 한 것 같았다. 부검대 위에 누워 있던 지선의 모습이 인경의 눈앞을 스쳤다. 자신의 사체가 발견될 때의 모습을 상상했다. 인경의 얼굴을 한 지선의 시신이 천정에서 움직이기 시작했다. 뜨거운 동성애인지, 아니면 이성간의 격렬한 성애의 몸사위인지 긴 머리채를 드리우고 누운 지선의 몸뚱이가 검푸른 청동색으로 변했다. 수많은 지선의 몸뚱이들이 커다란 청동판 위에서 발버둥치고, 춤추고, 절규하고 있었다. 근육이 불거지고 뒤틀린 다윗의 몸뚱이도 지선의 몸들과 얽혔다. 무엇인가 말하려 했으나 목소리는 밖으로 나오지 못했다. 굳어버린 혀에 갇혀 말이 되지 못한 의미들이 닫힌 머릿속을 헤매고 다녔다.

'어디서 보았던가? 아아! 그것은 지옥. 아니 지옥의 형상들이었어.'

괴한이 주사기 끝을 인경의 어깨 근육에 갖다 댔다.

'아아! 이제 모두로부터 안녕.'

검은 커튼이 눈앞을 가로막는 것 같았다. 그때였다.

"딸깍."

난데없는 격철 소리가 괴한의 등 뒤에서 어둠을 갈랐다.

"움직이지 않는 게 좋을 거야! 머리통이 날아가고 싶지 않으면. 천천히 손을 머리 뒤로 올리고 엎드려."

의식을 덮어오던 검은 커튼이 다시 걷혔다. 어느 틈엔가 흑요석같이 차가운 광택을 내뿜는 쇠뭉치가 꿇어앉은 괴한의 머리통을 찍어 누르고 있었다. 폭 넓은 트렌치코트를 입은 사내였다. 괴한은 복도에 배를 깔고 엎드렸다. 사내는 괴한의 허리를 밟고 금속성 소리를 내는 물체를 꺼내 괴한의 손목을 뒤로 결박했다. 피스톨은 여전히 괴한의 뒤통수를 겨누고 있었다.

"강 박사님, 괜찮아요?"

'형균이다.'

그러나 인경은 안도의 숨조차 내뱉을 수 없었다.

"인경 씨!"

형균은 재차 인경을 불렀으나 답이 없었다. 형균은 주머니에서 랜턴을 꺼내 인경의 눈을 살폈다. 인경은 눈을 부릅뜬 채 어두운 천정만을 바라보고 있었다. 형균은 인경의 턱밑 경동맥에 손을 대보고는 무전기를 꺼내 앰뷸런스 지원을 요청했다.

　그때였다. 인경의 연구실에서 가까운 서편 계단에서 2층으로 황급히 올라오는 발자국 소리가 들렸다. 형균은 그림자를 향해 소리쳤다.

　"고 형사! 여기!"

　그림자는 응답 없이 더욱 빠른 속도로 접근해왔다. 자그마한 체구의 그림자는 형균과 네다섯 발자국 거리로 좁혀졌을 때 갑자기 등 뒤에서 1미터가량의 지팡이를 꺼내들어 형균의 머리를 향해 상단치기를 시도했다.

　"누구야?"

　형균은 대답 없이 짓쳐들어오는 그림자를 향해 권총을 쥔 오른손을 뻗었지만, 그림자의 지팡이는 형균의 손목을 정확하게 가격했다.

　"탕!"

　권총은 오발음과 함께 복도 구석으로 내팽개쳐졌다. 예상치 못한 공격을 받은 형균은 손목을 움켜쥐고 그림자를 향해 어깨를 들이밀며 돌진했다. 그러나 호리호리한 몸매의 그림자는 간발의 차이로 가볍게 피함과 동시에 딴죽을 걸었다. 형균은 힘없이 나가떨어졌다. 머리에 충격이 컸는지 몸을 일으키지 못했다.

그림자는 익숙한 솜씨로 형균의 상의 주머니에서 수갑 열쇠를 꺼내 괴한에게 던졌다.

"수갑 끄르고(풀고) 빨리 여게를(여기를) 떠나!"

그림자는 괴한이 복도 바닥을 더듬는 것을 보며 인경의 턱밑에 손을 갖다 댔다.

"죽진 않았네."

수갑을 푸는 순간 괴한은 기회를 놓칠세라 복도 바닥에 떨어져 있던 주사기를 움켜쥐고 쓰러져 있는 형균의 어깨를 향해 내려찍었다. 그러나 그림자의 지팡이가 더 빨랐다.

"미칭개이(미친놈)!"

그림자는 외마디 기합과 함께 괴한의 명치쯤을 되는 곳에 지팡이 끝을 가볍게 찔러 넣었다. 괴한은 "헉!" 소리와 함께 앞으로 고꾸라졌다.

"경찰을 지길라꼬? 뒷일을 감당도 못할 놈이!"

그림자는 지팡이를 괴한에게 겨누며 다가섰다.

"빨리 나가! 총소리 듣고 사람들 몰려오기 전에. 그리 되면 니만 죽는 기 아이다!"

괴한은 신선한 피 냄새의 미련 때문에 숫사자 주위에서 배회하는 하이에나처럼 그림자의 주변을 안절부절 어지럽게 서성거렸다.

"독사 같은 영감! 왜 일을 막아? 큰일을 하는 중에는 희생도 있는 법!"

"큰일? 니 놈이 약간은 돈 놈인 줄 진작에 알았지만 피맛을 보더니 이제 흡혈귀 짓을 할라꼬 들어? 입 닥쳐."

"이제 보니 당신이 나를 따라다니고 있었어. 히힛! 옛날 우리를 따라다니던 그 버릇을 못 버렸군."

"입 닥치라니까!"

그림자는 소리치며 다시금 지팡이를 휘둘렀다. 괴한은 서슬에 못 이겨 몇 걸음 뒤로 물러났다. 이때 동편 계단을 급하게 오르는 소리와 함께 복도 끝에 또 한 사람이 나타났다. 한 발의 총성이 울렸다.

"탕!"

그림자는 몸을 낮추어 바닥을 기면서 형균이 떨어뜨린 권총을 주워들었다. 복도 창틀에 바짝 몸을 붙이고 있던 괴한은 총소리에 창문을 열고 건물 밖으로 몸을 날렸다. 괴한이 빠져나간 것을 확인한 그림자는 동편 복도 천정 쪽을 향해 권총 두 발을 발사했다.

"탕! 탕!"

공포탄에 이어 실탄 소리가 오래된 건물의 메마른 공기를 흔들었다. 동편에서 공포탄을 쏘며 진입하던 작은 그림자가 몸을 낮추었다. 총성에 정신이 든 형균이 주위를 둘러본 그때, 그림자 역시 복도의 창턱에 몸을 올리고 바깥으로 뛰어내리려 하고 있었다. 형균은 재빨리 일어나 그림자의 발목을 감아쥐었다. 그러나 그림자 역시 몸을 틀어 복도로 다시 내려앉으며 팔꿈치로 형균의 턱을 가격한 후 관자놀이에 총구를 갖다 댔다.

"손 놓넝기 좋흘 끼다. 니놈 총에 죽고 싶나?"

가까이서 그림자의 목소리를 듣는 순간 형균은 갑자기 끈끈이주걱에 잡혀 옴짝달싹할 수 없는 파리가 된 느낌이었다. 격투가 멈춘 짧은 적막 속에 복도 바닥을 느끼하게 흐르는, 감정이라고는 하나도 섞이지 않은 듯한 느릿느릿한 경상도 사투리.

'저 목소리는……'

얼음처럼 찬 기운이 등줄기를 타고 흘렀다. 망각의 검은 보자기에 오랜 세월 차곡차곡 접어두었던 목소리. 그 목소리가 거의 20여 년의 시간을 건너 지금 어둠 속에서 형균의 목을 움켜잡았다. 그뿐이 아니었다. 팔꿈치의 빠른 회전이 형균의 턱을 찍어 돌릴 때 그림자의 몸에서 나던 냄새.

'아! 그놈이다. 그해 여름 고향집을 찾아왔던 뱁새눈의 깡마른 형사.'

순간 형균은 자신의 뇌가 영사기에 달린 흑백필름 뭉치처럼 빠르게 회전하는 것 같았다.

'형이 군대에 끌려가기 전 어머니를 찾아와 형의 자수와 입대를 강권하던 그 형사. 그로부터 몇 개월 후 전방의 겨울, 형의 시신을 수습하기 위해 찾았던 의무대 어둠 속에서 쑥덕이던 회색 점퍼의 사내. 그리고 월요일 경찰서장실에서 나오던, 청와대에서 임도수와 함께 보았던, 그 늙은이. 아아!'

혀를 꽉 깨물었다. 가슴 구석에서 시뻘건 불덩이가 목을 뚫고 올라왔다. 노인의 얼굴을 보고 싶었다. 고개를 살며시 들었다. 그러나 차가운 총신이 관자놀이에서 귓바퀴를 타고 올라와 정수리를 꾹 눌렀다.

"가마이 있는 기 좋을 끼라 했제. 얼굴 보면 내가 그냥 갈 수 있건나?"

'그래! 그 순간 끝이다. 이 청독사가 범인의 뒤를 봐주고 있었구나!'

"엎드리라!"

형균은 서서히 고개를 숙여 뒤통수에 손을 올려 감싸쥐었다. 청독사는 수갑을 들어 재빠른 솜씨로 형균의 왼쪽 손목을 늘어져 있는 인경의 손목에 결박했다.

"치잇. 칫."

복도 동편 끝에서 무전기의 발신음이 간헐적으로 들렸다.

'고 형사.'

고 형사는 형균이 다칠까 응사하지 못하고 몸을 낮춘 채 동정만 살피고 있었다. 그림자는 건물 뒷마당으로 사뿐히 뛰어내렸다. 잠시 정적이 흘렀다. 멀리 앰뷸런스 소리가 들렸다. 그림자가 사라진 것을 확인한 형균은 일어나 인경의 상체를 안아들었다.

"끄응."

인경이 형균의 품에서 신음을 내뱉었다.

"고 형사! 이리로! 빨리!"

형균은 인경을 안아들고 나와 앰뷸런스에 눕히고 대학병원으로 출발시켰다.

종암서에서 출동한 기동대가 학교 안을 샅샅이 뒤졌지만 괴한의 흔적은 발견하지 못했다. 그림자가 뛰어내린 곳에 형균의 38구경 리볼버만 남아 있었다.

형균은 종암서 기동대장의 현장수색보고를 받은 후 서린대병원 응급실로 향했다. 인경은 창백한 얼굴로 응급실 침대에 일어나 앉아 있었다.

"괜찮아요?"

걱정스러운 표정으로 손을 잡으며 물었다. 인경은 파리한 미소를 지으며 고개를 끄덕였다.

"혈액 속 숙시닐콜린 양은 많지 않았어요. 안정제를 투여했으니 조금 있으면 기운을 차릴 거요. 제발 내 손으로 강 박사를 검시하는 일이 없도록 해달라고 빌었는데 다행이오!"

곽 검시가 링거액의 낙루양을 조절하며 말했다.

"너무 위험했어요. 자신을 미끼로 쓰다니……"

형균이 무의식적으로 인경의 손을 잡은 손에 힘을 주었다. 인경이 양미간을 찡그리며 형균의 손아귀에서 손을 잡아 뺐다. 형균은 손을 놓고 한 걸음 뒤로 물러섰다. 인경은 찡그린 표정을 풀고 형균의 눈을 빠안히 쳐다보면서 고개를 가로저었다. 인경이 처음으로 입을 열었다.

"그게 아니라. 여기……."

인경은 핏기가 빠져 하얗게 되도록 꽉 쥐고 있던 주먹을 펼쳤다. 헝겊조각이 꼬깃꼬깃 아무렇게나 접혀 땀에 젖은 손바닥에 놓여 있었다.

"먼저 달아난 괴한의 주머니 속에 있던 것들이에요."

"이런 것들을 언제……."

"그 괴한을 메다꽂을 때. 훗. 직접 보지 않은 다음에야 믿지 않으실 거예요. 그놈은 내 왼쪽 빗장뼈에 주사기를 꽂았고, 나는 그놈 주머니에 손을 찔러 이걸 쥐었죠."

곽 검시가 손바닥에 놓인 헝겊조각을 핀셋으로 집어 올렸다. 확보한 단서들을 놓칠세라 손바닥에는 손톱에 팬 자국마다 초승달 모양의 핏멍이 새겨져 있었다.

"손수건이야."

곽 검시는 손수건을 집어 킁킁거리며 냄새를 맡았다. 응급실 료기 카트에서 텅스텐 접시 위에 놓고 손수건을 풀어 헤쳤다.

"송진 냄새 나지? 테레빈유일걸."

형균이 고개를 끄덕였다.

"맞아요. 범인이 거기다 물감 묻은 손을 닦았군요."

풀어 헤쳐진 손수건 안쪽에 테레빈유와 안료가 묻어 있었다. 초겨울 바람에 떨어져버린 바짝 마른 떡갈나무 낙엽과 같은 황량한 색상. 완전히 타버린 유강재의 시신 옆 캔버스 위 몸을 활처럼 뒤로 젖힌 사내의 몸통 색깔. 그리고 몸통 옆 청동색 배경에 쓰인 〈암흑의 정신〉 시구의 색깔. 형균은 말했다.

"반다이크브라운."

곽 검시가 말했다.

"정 반장이 미술에 조예가 있는 줄 몰랐소. 플랑드르의 화가 반다이크가 만들어 즐겨 썼던 안료지요. 번트엄버와 비슷한 황갈색의 안료."

형균이 고개를 끄덕였다. 그때였다. 곽 검시가 인경의 어깨 뒤편과 칼라 주변을 돌려보며 형균에게 말했다. 안료가 가득 묻은 손으로 인경의 목덜미와 어깨를 움켜잡은 것 같은 흔적이 어지럽게 남아 있었다. 인경이 누웠던 침대 시트에도 묻어 있었다.

"이건 뭐요? 이것도 범인의 흔적이요?"

"글쎄요! 하지만 반다이크브라운이 묻은 옷에 범인의 지문 같은 건 안 나올 겁니다. 내 지문은 나올 수 있어도."

형균이 주머니에서 치약 크기만 한 튜브를 꺼내 곽 검시에게 넘겨주며 자신의 손바닥을 펴 보였다. 손바닥엔 아직 황갈색의 안료가 남아 있었다. 형균이 검지를 입술에 갖다 댔다. 곽 검시가 웃으며 말했다.

"낙인을 찍어놓으셨군."

곽 검시는 다시 손수건 위를 살폈다.

"나뭇잎이군."

곽 검시가 채 마르지 않은 나뭇잎 조각을 핀셋으로 들어올리며 말했다. 나뭇잎은 2~3센티미터 길이의 길쭉한 모양으로 연두색을 띠고 있었다.

"두꺼운 잎상에다 약간 붉은 기가 도는 연두색. 이건 카멜리아 시넨시스Camelia Sinensis."

"찻잎이죠."

인경이 나직하게 말했다. 찻잎을 집어 돋보기 너머로 요모조모 살피던 곽 검시가 고개를 갸우뚱거렸다.

"고향이 차의 명산지라 좀 알지. 그런데 고향 것과는 좀 달라. 전체적으로 잎이 좀 큰 편이고 모양이 가늘고 길어. 표면에 울퉁불퉁 융기도 있고. 지금 계절에 차는 보통 짙은 녹색인데, 이건 연두색에 가까워. 이상하지? 경남 김해 지역에 자생하는 차요. 그 지방에서는 장군차라고 하지. 그런데 이 차나무는 안용수의 거실에도 있었는데."

"분석을 의뢰해보죠. 그리고 이 반다이크브라운 튜브도 미리 분석해주세요. 인경 씨가 확보한 손수건에 묻은 안료도. 대조 샘플을 제가 곧 갖고 오지요."

그리고 출입문 쪽으로 돌아서며 고 형사에게도 말했다.

"총기 화약 잔여물 검사 키트도 준비해놔. 오늘 밤 안으로 쓸 데가 있을 거야."

형균은 응급실을 나서며 전화기를 빼들었다. 장 형사의 느릿느릿한 충청도 사투리가 들렸다.

"반장님! 무사하셨구먼요!"

"물론이죠. 그런데 청독사라고 아시죠?"

"김천갑을 왜 찾으시죠?"

"그자의 이름이 김천갑이었던가요?"

"네! 며칠 전 고 형사를 통해 서장실에서 나오던 영감에 대해 알아보라고 하셨죠? 그 사람이 김천갑입니다. 저하고는 청량리 경찰서에서 함께 근무한 적이 있죠."

'김천갑.'

고 형사의 보고서에 적혀 있던 이름이다.

'죽은 형과 카프문학연구회의 수사를 담당했던 형사. 주범과 임도식을 엮고 있는 끈.'

"제 말 잘 들으세요! 김천갑이 주범을 돕고 있는 종범이에요. 지금 곧 행방을 찾아 체포하세요! 그렇지 않음 놈이 종범이란 증거물이 사라질 수도 있어요! 서장에게는 절대 비밀이에요. 잡는 즉시 놈의 전화를 뺏어 다른 곳으로 도움을 청하지 못하게 하시고, 청독사의 왼쪽 구두를 확보하세요. 그게 증거물이에요. 아시겠어요?"

"왼쪽 구두요? 알겠습니다."

"절대! 절대로 다른 사람이 청독사의 체포 사실을 알게 하면 안 됩니다. 경찰서장을 비롯한 고위층이 배후에 있어요. 모든 책임은 제가 집니다. 하루! 하루면 범인을 잡습니다. 조 형사와 같이 가세요!"

"걱정 마세요."

천갑을 수배하라는 지시를 내린 후 김 형사에게 배 기자의 안위를 물었다.

"어떻게 됐어?"

"말씀대로 임도식이 패거리들이 화장용 오븐에 집어넣고 있더군요."

"죽이려 했다구?"

"아니요. 전기 오븐에 불도 들어오지 않았던데요. 겁만 주려 했던 것 같아요. 체포작전 전에 물건이 어디 있냐구 캐묻는 걸 엿들었습니다. 근데 그 물건이란 게⋯⋯."

"무엇이라던가? 책인가? 원고?"

"아니요! 깃발 하나, 초상화 한 점과 수첩이랬습니다."

"깃발? 초상화? 수첩? 배 기자 바꿔봐!"

"배 기자요?"

"빨리 바꿔봐!"

"충격이 심했던 것 같았습니다. 아직 못 깨어나 가까운 병원으로 후송 중입니다. 얼굴이 창백합니다. 오줌도 지리고⋯⋯."

"그럼 도식이 놈은 그게 무엇이라던가? 왜 그걸 찾고 있대?"

"자기들은 모른답니다. 누가 시켰냐는 물음에도 입을 다물고 있습니다."

"배 기자가 무사하다니 다행이군! 수고했어! 깨어나면 내게 전화 연결시켜 줘! 복귀하는 대로 임도식이는 마쟁이와 함께 찍힌 모텔 CCTV 보여주고 청부살인으로 족쳐. 배후가 누군지 한마디만 밝히면 돼!"

중요한 두 가지 실마리가 포착되었다. 이지선과 안용수의 살해현장을 깨끗하게 치운 것은 김천갑과 임도식의 짓이 틀림없었다. 형균은 비록 김천갑의 불시의 공격으로 제압당하긴 했지만, 와중에 시우의 화방에서 갖고 나온 반다이크브라운 튜브를 짜 천갑의 구두 뒷부분에 증거로 남겨놓았다. 또 하나는 연쇄살인범이 찾아내려던 것이 책이나 서류가 아니고 깃발과 초상화 한 점, 그리고 붉은색 수첩이었다는 것이 드러났다.

　형균은 응급실 유리문 안, 곽 검시와 말을 주고받는 인경을 바라보았다. 타초경사의 전략은 자신이 제안했지만, 두 개의 미끼를 던진 것은 인경이었다. 큰 위험은 감수했지만 결과적으로 두 개의 미끼에 대물이 하나씩 걸려들었다.

　'청독사의 체포는 시간문제다. 그런데 깃발과 초상화 그리고 붉은 수첩은 무엇일까? 그게 위수남청과 무슨 관계일까? 붉은 수첩과 붉은 충성. 그리고 인경이 손에 꼭 쥐고 있던 마른 찻잎. 그 차나무는 안용수의 집에도 있었고 또 한 군데 청와대 정백의 사무실에도 있었다.'

그것이 세상

형균은 오늘 밤 기어이 문혁을 만날 작정이었다.

'파스큘라 중에 범인은 없다. 희생자일 뿐……'

형균은 백시우가 진범이라는 확신에 균열이 가고 있음을 느꼈다. 괴한은 자신과 비슷한 키에 다부진 체격의 완력가였다. 기억 속의 백시우는 키는 비슷할지언정 가냘픈 몸매에 결핵환자로 보일 정도로 약골이었다. 그래도 시우에 대한 의심을 철회할 수는 없었다.

'오랜 세월이었다. 그리고 인경이 메다꽂을 정도라면.'

종현성당을 향해 가는 발길을 두 번째로 돌린 것은 장 형사의 전화였다.

"김천갑을 체포했습니다. 자신의 사무실에 있더군요. 저항은 없었습니다. 말씀하신 대로 왼쪽 구두를 확보했습니다. 그리고 오른손 총기 화약 반응도 검사했습니다. 양성입니다. 총기 사용 흔적이 있습니다."

"수고하셨어요. 아무도 접근시키지 말고 외부로 연락할 기회도 주면 안 됩니다. 그쪽으로 가지요."

"변호사 데려오라고 은근히 압박하고 있습니다."

"자신이 체포되었음을 알리려는 것이에요. 옛날에 같이 근무하셨다면서요. 가까이 가지 마세요. 제가 직접 심문합니다."

형균은 복귀하자마자 취조실로 향했다. 옆방의 차광유리막 블라인드를 위로 올렸다. 김천갑은 취조실 낮은 등 아래, 눈을 감고 손을 다소곳이 모은 채 앉아 있었다. 문을 여는 소리를 들었는지 잠시 고개를 돌려 이쪽을 보았다.

장 형사가 말했다.

"제가 30대 중반이었으니 꽤 오래되었네요. 대단한 사람이었죠. 9급 순경부터 시작하면 대개 6급 주사에서 옷을 벗는데, 5급 경정까지 올랐던 사람입니다. 공안통이랄까. 서린대는 물론 인근 대학교 운동권 계보를 모두 꿰고 있었죠. 부모 이름은 물론 직업과 가정 상황까지 다 파악하고 다녔어요. 천재 소리를 들을 정도로 머리가 좋았지요. 잡아들이고 족치고 회유하는 데는 따라갈 사람이 없었어요. 정치가 시끌시끌할 때면 티끌만 한 꼬투리로 애들을 엮어내는데 당시 안기부와 김칠도 혀를 내두를 정도였죠."

'늙었다.'

바짝 마른 뺨에 그인 주름살이 유난히 깊어 보였다. 슬쩍 이쪽을 쳐다보는 천갑의 입술 끝에 살짝 미소가 걸렸다.

'내가 보고 있다는 것을 안다.'

김 형사에게 물었다.

"저자가 무슨 말을 하던가?"

"변호사가 필요하다는 말 이외에는. 그리고 감식 결과 김천갑의 왼쪽 구두에서 황갈색 물감과 함께 지문도 발견되었습니다."

"누구 것이던가?"

"반장님 것이었습니다."

형균은 고개를 끄덕이며 말했다.

"됐어! 임도식이는?"

장 형사가 반대쪽 차광창을 열었다. 흰색 양복을 입은 뚱뚱하고 작달막한 임도식이 비스듬히 앉아 있었다. 여유로운 모습은 아니었다. 그렇다고 초조한 표정도 아니었다.

"자백은?"

"승용차가 찍힌 CCTV와 국회 북문 출입기록을 보여주고 다그쳤는데, 기억에 없답니다. 그 승용차는 부하들도 쓰는 차랍니다. 이지선의 현장 주변 발자국과 지팡이도 대조했는데 일치합니다. 그런데 모든 것을 부인하고 있으니."

산전수전 다 겪은 조폭두목이다. 마쟁이를 빨리 찾아 대질시켜야 한다.

"마쟁이는 어디에 있대? 그런데 잡힌 놈들 중에 쏘가리 놈이 보이지 않던데?"

"묵묵부답입니다. 쏘가리는 현장에 없었습니다."

"수배해! 공항이나 항만에 협조 요청하고! 틀림없이 해외로 도피하려 할 거야."

행동대장 쏘가리가 사라졌다는 사실이 못내 불안했다. 김천 갑을 옭아매려면 깡패놈들이 지선과 용수의 살해현장에 있었다는 사실을 입증해야 하고, 마쟁이나 쏘가리로부터 자백이 있어야 일이 쉬워진다. 쏘가리가 마쟁이와 함께 도피했을까? 어림없다. 거추장스럽고 눈에 금방 띄는 마쟁이를 그냥 두었을 리 없다.

취조실 문을 열었다. 천갑이 천천히 눈을 떠 어둠속에 서 있는 형균을 바라보았다. 천갑이 살짝 웃었다. 그 미소에는 긴 세월 타지를 돌다 오랜만에 귀향하여 손아래 조카를 만나는 아재와 같은 온화함마저 녹아 있는 것 같았다.

'고개를 숙이고 동정을 구할 자는 아니다.'

포마드 냄새가 코를 스쳤다. 천갑이 먼저 입을 열었다.

"안녕하시오? 또 이렇게 뵐 줄은 몰랐소."

비음 섞인 느릿느릿한 경상도 억양이 취조실 어둡고 흐린 벽면을 타고 흘렀다.

"여기 왜 왔는지 알겠죠?"

슬쩍 떠보았다. 그의 미소는 변하지 않았다.

"글쎄요. 날 잡아들인 이유야 정 반장님이 말해주시겠죠?"

"몇 시간 전에 총기를 사용했더군."

"……"

"어디서 왜 실탄을 발사했는지 말해야 할 거요. 그리고 이거."

형균이 폴라로이드 한 장을 책상 위에 던졌다.

"이게 뭐지요?"

"당신의 구두."

"으음."

낮은 신음소리와 함께 상체를 의자 등받이에 기대며 고개를 돌렸다. 형균이 물었다.

"왜 물감이 구두에 묻어 있는지 설명해보시오."

천갑이 잠시 침묵을 지키다 큰 소리로 웃으며 말했다.

"하핫! 자백은 내 의무가 아니요. 입증은 정 반장의 몫이지. 물론 증거를 만들어내는 것도 정 반장인 것 같소만. 30분 전부터 그 구두는 내 것이 아니었소. 하핫!"

"증거를 만들어 무고한 사람을 진범으로 모는 것은 당신이 전문 아니었소? 김천갑 경정!"

천갑은 고개를 돌리며 눈을 감았다. 형균이 코를 들어 좌우로 흔들며 취조실을 감도는 향기를 빨아들였다.

"포마드향이 독특하군요."

"허허! 옛날부터 사용하던 것이라. 손에서 떼기 힘들어."

"이 냄새를 불과 두 시간 전 서린대에서 맡았지. 그때 당신인

걸 알았어. 내가 아는 체했다면 지금쯤 머리에 구멍이 뚫려 서린대 병원 영안실에 있었을 테고."

"요즘 젊은것들도 포마드 사용한다 카던데."

천갑이 싱긋 웃었다. 한 치를 양보하지 않으려는 팽팽한 대화 속에서도 미소를 잃지 않았다. 입 근육만 웃을 뿐 상대를 쏘아보는 눈매는 전혀 변화 없는 파리하고 차가운 미소였다. 형균이 천갑의 면상에 얼굴을 가까이 대며 물었다.

"날 못 알아보겠소?

"요즘 옛날 기억이 가물가물해서."

천갑이 다시 한 번 씨익 웃었다. 그 미소가 등골을 서늘하게 훑는 것 같았다.

"1989년 여름 고향집에서 당신을 봤어. 1989년 11월 강원도 양구 전방 GOP대대 의무실에서도 보았지."

천갑이 고개를 끄덕였다.

"지난주 서장실 앞에서도 보았지. 그때 오래전 알던 어떤 친구와 너무도 닮아 깜짝 놀랐지. 허! 그 친구가 동생이 있었다면 정 반장이 틀림없을 것이라고 생각했지."

"기억하는군."

"허허! 인연이란 게 참으로 묘해! 23년 전 성재 동생을 여기서 보다니. 그래 어무이는 안녕하신가?"

느닷없는 안부인사였다. 천갑이 말을 이었다.

"문혁이도 잘 지내는가? 종현성당 주임신부라고 하던데. 한번 만나보고 싶군. 참 대단한 친구들이었제. 흐흐흣."

"왜? 이지선과 안용수도 만나보니 어땠나? 그 두 사람 당신이 죽이지 않았나?"

"허허. 정성재는 꽤 반듯한 친구였는데, 동생은 인물만 빼닮고 예의와는 거리가 멀구먼? 나도 한때 경찰이었다는 것을 기억해 주소."

"순순히 자백하는 것이 같은 경찰을 돕는 길 아닐까? 살인이 아니라도 당신 잡아넣을 구실은 많아. 공무집행방해, 총기탈취, 경관을 향해 총질까지 했으니 경관 살해미수. 말하기 싫다면 당신이 뒤를 봐준 진범이 나타날 때까지 기다리지. 아마 몇 시간 안에 그놈도 옆방에 들어올 거요."

"변호사를 선임할 권리까지 제한하면 안 될 텐데?"

"내가 옷을 벗지 뭐. 어차피 당신은 살인범이 될 것이고, 결과는 달라질 게 없어. 그럼 기다려봅시다."

형균은 결심한 듯 웃으며 돌아섰다. 천갑의 나지막한 목소리가 뒷덜미를 잡았다.

"네 형 말이야! 성재가 어떻게 죽었는지 알고 싶지 않나?"

형균이 돌아섰다. 그는 빙글빙글 웃고 있었다.

"내가 생각해도 참 아까른 놈이었지. 그 인물에, 머리에. 고마 딴생각 않고 고시공부만 열심히 했으면 지금 지방검찰청장이나 지법 부장판사쯤 차고앉아 있을 낀데. 고향에서 국회의원을 하고 있을지도 모르고. 안됐지."

"형의 죽음에 대해 아직 할 말이 남아 있나? 결국은 네놈들이 죽인 거지."

"국록을 먹고 있는 경찰간부가 할 얘기는 아잉 것 같소. 하기사 자살로 끌고 갔으니, 내가 봐도 황당했지. 팔다리가 부러지고 전신에 멍과 피투성이를 한 시신 옆에 나이롱 줄 하나 던져놓고 자살로 우겼으니. 그런데 우짜겠노? 죽인 놈덜을 찾아봐야 시끄럽기만 하고. 중대장에서 사단장까지 줄줄이 문책당할 끼고 자살이 젤로 무탈한 마무리였제."

"나한테 할 말이 뭐요?"

"형이 고문당하다 죽었다고 보나? 아이다!"

"……."

"고문으로 죽은 기 아이고, 부대 동료들한테 린치를 당한 기라. 내는 털끝만큼도 관여 안 했다. 성재가 입대한 뒤 사단하고 연대에서 서로 델꼬 갈라고 했제. 학벌도 좋고 인물도 좋고. 나이도 있어서 일 시키면 무난히 잘할 것 같다고. 아잉 게 아이라. 일도 잘하고 중대장, 대대장 모두 칭찬이 자자했던 기라. 그런데 보안대 놈들이 부대장한테 특별관리 협조를 한 기라. 빨갱이 두목이니 고생 좀 시키라 캤겠지. 전방 철책 중대로 쫓겨갔지. 그때는 그거로 '녹화사업'이라 했제. 데모꾼들 뻘건 물 뺀다고 중대를 심하게 뺑뺑이 돌렸던 모양이데. 고생시키면 딴생각 안 하고 교화된다고 생각한 기라. 보안대장 말잉께 사단장은 알아서 긴 거고, 연대장 명령인께 대대장은 거기다 더 보태고. 잠도 안"

재우고 훈련이다 진지공사다 힘든 일은 그 중대에 다 맽겼던 모양이라. 중대장, 소대장, 내무반 고참들이 죽을 지경이었던 기라. 보안대에서 또 우째 알았능고 성재 애비도 유명한 빨갱이라고 일러서, 부대 내 소문이 쫘 하게 퍼진기라. 그 와중에 시우하고 정백이가 사고를 쳤지. 무슨 카프문학연구회라고…… 전방에서 도망갈 데도 엄꼬 해서, 백시우가 자백한 것 갖고 성재를 서울로 불러올릴라 캤는데 보안대 놈덜이란 것들이 원래 돌대가리 빙신 가튼 것덜이라 어디서 정보를 얻었는지 성재를 불러 심하게 조졌던 모양이더라꼬. 성재가 털어놓았을 리가 없지. 성재가 죽은 거는 보안대 조사가 수포로 돌아가고 중대로 복귀한 후잉 기라. 나중에 제대한 놈들 명단 받아 뒷조사를 해보니 참 어이없는 놈들이제. 군대생활 피곤하게 한다꼬 초죽음되어온 사람을 부대 고참들과 동료들이 창고에 끌고 가 패 지기삔 기라. 히힛! 성재 그놈도 세상 헛살았지. 그런 넘덜한테 좋은 세상 만들어줄끼라꼬, 사람들 모으고 데모하고 그랬나? 허무하제! 내가 허무한데 가족들은 오죽하건나? 결국은 지가 위할라꼬 한 사람들, 그 민중한테 맞아 죽은 거 아이가! 흐흐! 그기 세상이라!"

천갑은 눈을 가느스름하게 뜨고는 혼잣말처럼 옛일을 털어놓았다.

"고생은 문혁이하고 시우가 했제. 성재하고 한날한시에 난 형제처럼 죽고 못 사는 놈들 아니었나. 아따! 문혁이 놈은 보통내기가 아니었던 기라. 내가 순사질 하면서 이넘 저넘 부대껴보이까, 얼굴을 보면 사람 됨됨이하고 어떻게 될 인물인가 대충 감을 잡제. 문혁이 놈은 중이 될 상이더라꼬! 잽혀 들어오는 넘들 중에 처음 한 시간을 버티는 놈 몇 안 돼. 한나절을 넘기는 놈은 하나도 없어. 문혁이 놈, 하루를 꼬박 맞으면서도 신음소리 하나 안 내더라꼬. 나중에 물어보이까 몽둥이 찜질을 견딜라꼬 시를 외우고 있었다 안 카나. 덩치가 산만 한 형사가 곡괭이 자루로 땀을 비 오듯 흘리며 족쳐도 이를 악물고 견디더라꼬. 석 달 동안 행적을 한 시간 단위로 써내라 캤는데 사흘을 버티더라꼬. 나흘째 저녁쯤 문혁이 놈이 머라 카는 줄 아나? 종이 백 장을 갖고 오고, 볼펜도 한 자루 더 가꼬오라 카더라꼬. 꼼짝도 안 하고 그렇게 이틀을 써내리더만. 사흘째 되던 날 종이 백 장을 앞뒤로 채워서 안 내놓나. 내 그거 읽어보고, 기가 차서…… 뭐였던지 아요? 성경이더라! 성경! 성경이 자기 삶의 처음이자 끝이라 카믄서. 내가 교회 장로 아이가! 욥기부터 시편, 잠언, 전도서까지 빽빽하게 외어 적어놓은 기라. 얼마나 내가 놀래고 부아가 치미는지. 결국 내가 직접 팼다. 한나절 패고 나니 힘이 달리고 다섯 손가락에 골고루 물집이 잡혀 더는 몬 패겠더라. 포기해뿟다. 재판에서 문혁이의 형량이 낮은 것이 그 때문이었제.”

“백시우는? 결국 백시우가 형을 지목했잖소.”

“흐흐. 그렇게들 알고 있지.”

“그렇게들 알고 있다니? 무슨 말이야?”

“흐흐! 뜻 없이 한 말이야. 기억이 가물가물하누만. 진짜 운이 없는 불쌍한 놈이라. 결국은 배신자로 찍혔제. 그 여린 놈이 배신자가 되었다는 충격을 견디기 힘들었는지 그리 몸을 굴리고 안 다닌나. 안산 노조간부들 사이에서 백시우 모리는 사람 없더라. 한번은 파업 중에 몸에 휘발유를 뒤집어쓰고 불을 댕겼다더만. 몸이 망신챙이가 되었을 낀데. 그 후로 본 사람이 없다 캐서 나도 이자뿌고 있었제. 최근에 알았제. 문혁이하고 막걸리집 최 사장하고 무슨 회고전을 연다는 말꺼정 들었는데……."

말꼬리를 슬며시 내린 천갑이 얼핏 형균의 표정을 살폈다.

'이 독사 같은 영감이 아직까지 백시우와 고문혁의 행방을 추적하고 다니는구나.'

"무슨 회고전 말하는 거요?"

"모르지! 회고할 게 많은갑지! 그까짓 그림 갖고 무엇을 회고한단 말인고 모르겠네! 흠!"

천갑이 헛기침을 하면서 다시 한 번 곁눈으로 형균을 흘끗 훑었다.

'내 입에서 무슨 소리를 듣고 싶은가 보구나! 이자가 범인의 뒤를 봐주고 있는 것은……. 아아! 그렇다. 이자도 같은 것을 찾고 있구나. 배 기자를 습격한 것은 이자의 지시였어!'

기사에 달린 댓글이 떠올랐다. 비밀을 알고 있는 자가 범인에게 남긴 메시지. 이자를 떠보기로 했다.

"당신도 같은 걸 찾고 있소? 위수남청?"

위수남청이란 말을 듣는 순간 천갑의 눈꼬리가 독사의 그것처럼 가늘어졌다.

"그것들을 보았는가? 어디에 있나?"

'그것들? 이자는 알고 있다.'

위수남청이 무엇인지 궁금했다. 그러나 이를 물어본다면, 그
것들을 모른다는 것을 시인하는 것이다. 그런데 천갑이 핵심을
짚고 들어왔다.

"뭔지 아시오?"

"⋯⋯."

천갑이 싱긋 웃었다.

"반장님이 아직 모르고 계시는구만. 초상화 한 개와 수첩, 그
리고 깃발이요. 짐작이 가요?"

'이자가 나를 계속 시험하고 있다.'

"⋯⋯."

"모르시는구만. 그럼 더 말할 것도 없겠네."

천갑은 눈을 감았다. 그때였다. 김 형사가 헐떡이며 취조실 문
을 열고 들어왔다.

"반장님! 잠깐만!"

김 형사가 형균에게 귀엣말로 속삭였다.

"어디야?"

"역 앞 시장통 입구. 지난주에 체포되었던 그 모텔."

취조실을 빠져나올 때 한 뼘 정도 되는 문틈 사이로 천갑의
얼굴이 보였다. 알 듯 모를 듯 빙글빙글 미소를 이쪽으로 던지고

있었다.

'저 독사가 이 사실도 알고 있구나! 저자는 이 사건에서 어떤 위치에 있을까? 현장에서 인경을 공격했던 놈보다 저 영감이 사건의 핵심일지도 모른다.'

문을 닫으며 김 형사에게 물었다.

"쏘가리의 행방은?"

"항만이나 공항에 조회를 하려면 실명을 알아야 하는데 아는 사람이 없습니다."

"누구도 저 영감에게 접근시키지 마!"

처참하게 일그러져 있었다. 오래된 흑백영화 〈노틀담의 곱추〉의 주인공 '콰지모도'가 고통으로 일그러진 얼굴을 하고 굳어 있었다. 수많은 사람의 체액으로 찌들어 냄새나는 모텔 침대 위에 마쟁이는 널브러져 있었다. 몸에 실오라기 하나 걸치지 않고 울퉁불퉁한 상박근육에 주사기를 꽂은 채였다. 옆에는 자그마한 여자의 나신이 엎어져 있었다. 눈을 부릅뜬 채 파랗게 질린 여인의 얼굴에는 견딜 수 없는 고통의 흔적이 역력했다. 곽 검시가 돋보기 너머로 여인의 팔꿈치를 살피고 있었다.

"사인이 뭐요?"

"독극물 중독. 저어기."

곽 검시가 가리킨 것은 침대 옆 테이블 유리판 위에 면도칼로 모아놓은 흰가루였다. 옆에는 알코올램프와 증류수 병이 어지럽게 흩어져 있었다.

"가까이 가지 마시오. 재채기라도 하면서 들여마셨다간 며칠 병원 신세를 져야 할 거요!"

"필로폰 같은데."

"필로폰과 사인안화칼륨을 섞은 거 같소."

"사인안화칼륨? 청산가리 말이유?"

곽 검시는 벌어진 마쟁이의 입에 냄새를 맡아보곤 코를 문지르며 말했다.

"틀림없어. 사망시각은 어제 이 시간쯤이오."

형균이 곽 검시를 돕고 있던 조 형사에게 물었다.

"저 여자는?"

"마쟁이가 저 여자의 단골고객이랄까요? 나흘 전 월요일 체포되었을 때도 같이 있었습니다. 포주 말로는 마쟁이는 이 여자만 찾았다더군요. 포주가 사체를 발견했어요. 어제저녁 6시쯤 데리고 나갔답니다."

"포주는 어떻게 발견했대?"

"마쟁이가 여자를 놔주지 않아 가끔 여자를 데리러 왔었답니다."

"마쟁이는 혼자 왔다던가?"

"네! 기분이 좋아 보였다더군요."

"제놈이 스스로 필로폰과 청산가리를 섞지는 않았을 테고."

쏘가리다. 충분한 돈과 청산가리를 섞은 약을 줬을 것이다.

여자의 사체를 유심히 보던 형균이 곽 검시에게 물었다.

"청산가리의 약효가 작용하려면 얼마나 시간이 걸리죠?"

"시간이랄 것도 없지. 워낙 맹독이라 0.15그램 정도가 들어가도 심장이 멎기까지 1분이 안 걸려. 주사기에 남은 양이 저 정도면 투여량은 0.5그램이 넘었을 거야."

"둘이 동시에 주사하지 않았다면, 누군가가 상대방에게 먼저 주사하고, 자신은 자살했다는 얘긴데. 그렇지 않아요?"

"그렇지. 10초라도 먼저 주사했다면, 벌써 눈을 까뒤집고 사지를 비틀고 있었을 테지."

조 형사에게 물었다.

"모텔주인은 무슨 소리를 못 들었다던가?"

"여자 비명소리가 한 번 있었답니다. 윤락녀가 손님들한테 맞는 건 늘 있는 일이라."

형균이 고개를 끄덕이며 말했다.

"제3의 인물이 있었을 거야. 모텔 바깥에서 동정을 살피다가 약에 급한 마쟁이가 먼저 주사하고 쓰러지자 들어와 여자에게 강제로 주사했겠지. 쏘가리가 틀림없어. 마쟁이의 입을 막을 필요가 있는 사람. 임도식이 사주했겠죠."

여자의 사체를 뒤돌려 얼굴과 가슴 부위를 살피던 곽 검시가 고개를 끄덕였다.

"틀림없어요. 먼저 여자의 관자놀이를 주먹으로 한 방 먹이고 충격으로 쓰러졌을 때 여자의 왼쪽 상완을 움켜잡고 주삿바늘을 꽂았어. 왼쪽 관자놀이에 타박상. 여기 움켜잡은 흔적. 바로 위 주사자국."

"움켜잡았다면 피부에 지문이라도……"

형균의 말에 곽 검시는 고개를 가로저으며 핀셋으로 여자의 팔죽지를 가리켰다. 푸르게 변한 여자의 뺨 솜털에 매달린 미세한 흰색 가루가 보였다. 왼쪽 팔꿈치 위에도 흰색 가루가 남아 있었다.

"콘스타치가 도포된 라텍스 장갑을 꼈겠지. 이지선이 담긴 가방과 용수를 매달았던 빨랫줄에 남아 있던 것과 같을걸. 지문이 남아 있을 리가 없지."

곽 검시의 이마에 확신이 새겨져 있었다.

천갑과 도식은 마쟁이라는 꼬리를 자르는 데 성공했다. 천갑을 체포하지 못했다면 미제사건이 될 수도 있었다.

'남은 놈은 그놈뿐이다. 네 사람을 죽이고 인경마저 죽이려 했던 놈. 청독사를 '독사'라고 부른 그놈.'

형균은 그놈이 가까이 다가오고 있음을 느꼈다. 그들이 찾는 위수남청의 비밀을 알고 있는 자, 고문혁을 방문할 것임이 틀림없기 때문이다. 이제 남은 것은 고문혁의 주위에 덫을 놓는 일이다.

지옥의 문

2012. 11. 30. (금) 14:00

광화문 S 빌딩 최헌재의 사무실

형균이 마쟁이 피살 현장에서 경찰서로 복귀한 때는 영등포 시장 입구 드럼통에 핀 장작불 주위로 하루 일거리를 찾는 이들이 하나둘 모여드는 시각이었다. 사건보고서를 확인하고 취조실 옆방 간이침대 위에서 쪽잠을 막 청하려 했을 때였다. 난데없이 숨넘어가는 노루의 외마디 같은 소리를 지르며 취조실 문을 박차고 들이닥친 사람이 있었다. 서장이었다.

"누가 서장 결재도 없이 사람을 체포해 감금하고 있나? 정 반장! 정 반장!"

형균이 급히 문을 열고 나갔을 때 서장은 형균은 본체만체하고 천갑이 수용되어 있는 취조실 문손잡이를 급히 돌려 열었다. 문은 잠겨 있었다. 서장은 누가 들어주기를 원하는 것처럼 목소리를 높였다.

"이 문 열어!"

"왜 그러십니까?"

복장을 추스르며 서장에게 물었다.

"안에 감금되어 있는 사람은 누군가?"

"지금 취조 중입니다!"

"누구 명령으로 죄 없는 사람을 가두어놓고 있나?"

서장에게 천갑은 죄 없는 사람이었다. 누군가에게 천갑의 체포 소식을 들었을 것이다.

"현행범입니다. 현장에서 놓쳤다가 쫓아가 체포했습니다."

"누구야? 혐의가 뭐야?"

"서장님도 아시는 것 같은데요. 그러니까 평소엔 거의 내려오지 않던 지하까지 친히 오셔서. 더구나 이 시간에……."

"혐의가 뭐냐고 물었어."

"공무집행방해, 총기탈취, 경관 살해미수입니다."

"증거 있나?"

"현행범이라고 했습니다."

"누가 목격했나?"

"접니다."

"석방해!"

"이유가 뭡니까?"

"증거가 없잖나?"

"제가 증인입니다."

"……"

증인이란 말에 서장의 목소리가 다소 누그러졌다.

"석방하게! 내가 보증하겠네."

"서장님! 지금 법을 어기고 있는 중입니다. 도주 또는 증거은 닉의 가능성이 높은 현행범에 대한 석방명령을 하고 계십니다."

"내가 아니야. 신원을 책임지고 보증하겠다는 사람이 있어. 고위층이야. 나도 어쩔 수 없어. 그리고 체포영장도 없었잖은가?"

"현행범이라고 했잖습니까?"

"현장에서 체포된 것이 아니라 본인 사무실에서 체포된 것으로 아는데. 저항도 없었고. 그렇잖은가?"

"자세히도 알고 계십니다. 제가 현장에서 증거를 확보하고, 뒤쫓아 가서 놈의 사무실에서 체포했습니다."

"그래서 증거가 뭐냐고?"

형균은 잠시 생각했다.

'저들은 이쪽이 어떤 증거를 갖고 있는지 모른다. 또 천갑의 말대로 체포 후 만들어진 증거라고 뒤집어씌우면 일은 꼬여버린다. 증거란 것도 경찰서장의 볼펜 끝에서 폐기될 수 있다. 그렇게 되면 천갑이 인경의 습격 현장에 있었다는 사실은 입증이 불가능해진다. 주범이 다시 모습을 드러낼 때까지 천갑은 내 손안에 있어야 한다. 어거지로라도 이 순간을 벗어나야 한다.'

"말할 수 없습니다."

"뭐?"

서장의 눈꼬리가 일자로 섰다.

그때 형균의 휴대전화 벨이 울렸다. 씩씩거리고 있는 서장 면전에서 뒤돌아 휴대전화를 열었다. 세동이었다.

"출근 전부터 웬 난리야? 지금 서장이 니를 좆나게 닦달하고 있다매?"

"어떻게 알았어?"

"서장 바꿔봐!"

서장에게 전화를 바꿔주었다. 둘의 통화는 들리지 않았지만 서장의 뻣뻣한 고자세는 오래가지 못했다. 몇 마디의 대화가 오간 후에는 서장의 태도가 눈에 띄게 고분고분해졌다. 휴대전화를 돌려줄 무렵에는 얼굴이 사색이 되어 아예 전화기에 대고 허리까지 90도로 숙이는 형국이었다. 식은땀을 닦으며 궁시렁거리던 서장이 형균을 한차례 노려보고는 뒤돌아 갔다. 세동이 느긋한 어투로 말했다.

"천갑이 석방은 걱정 안 해도 될 끼다."

"어떻게 조졌길래?"

"알잖아 왜! 시장 입구 8층짜리 안마시술소 인허가 건에 관할서 경찰간부 개입했다는 첩보. 지금 내사 중인데 그걸 흘렸더니 새색씨 맹쿠로 고분고분해지네! 더러븐 놈. 그건 그렇고 이 사건에 청독사 뒤를 봐주는 것들이 꽤 큰 놈들인 모양이다! 여당 중진까지 지청장한테 전화를 했더란다. 여기 출입하는 국정원 FO(현장요원)까지도 새벽에 내게 전화를 했더라꼬! 잘하모 대박이고, 못하모 쪽박이다. 여게는 내가 버텨보께. 이번에 대학동기 한번 믿어보지 뭐! 내한테도 큰 건이다! 그라고 엊저녁에 현장에서 청독사 구두에 남겨놓은 증거, 절대 말하면 안 된다! 니도 알다시피 증거조작이라고 언론플레이 해버리면 되돌리기 힘들어! 꼼짝달싹 못하게 맹글어노코 써먹어야 돼! 일이 잘못되면 마쟁이 놈이 저승에서 모든 걸 뒤집어쓰게 되뿐다. 만사 도로아미타불! 알겠나?"

"알고 있어! 내 지문까지 찍혔어!"

"그렇으니까 니는 절대 그 증거에 가까이 가지 말란 말이다!"

"그런데 서장이 날 닦달하고 있는 걸 어떻게 알았어?"

"흐흐! 너 임마! 부하들은 잘 뒀더라. 고 형산가? 어린 친구가 빠르더라꼬! 네 사정을 말하고 전화를 걸어달라 카더라! 복도 많은 놈이야!"

서장의 한바탕 몽니가 지나간 후, 간이침대에 다시 몸을 뉘였지만 인경의 전화가 그를 다시 깨웠다. 인경은 조금 전 자신에게 사건 분석보고를 요청한 남자의 이야기를 전했다. 남자는 광화문 S빌딩 4층에 있는 자신의 사무실에 직접 방문해주기를 요청했다고 했다. 그 남자는 자신을 청와대 시민사회비서관이라고 소개했다고 했다.

"시민사회비서관이라고 했습니까?"

"네."

정백이 인경을 부를 리는 없었다.

"이름은?"

"최헌재라고 하더군요."

'그럼 정백이 사퇴했다는 건가?'

"1시 정각, S빌딩 앞에서 보시죠."

인경은 전처럼 밝고 명랑했다. 어젯밤 죽음의 문턱을 밟았던 탓인지 얼굴은 아직 창백했다. 하지만 그 창백함이 오랜만에 나타난 오후 햇살에 비끼어 얼굴은 더 투명하고 해맑게 보였다.

S빌딩은 재계 순위 3위의 글로벌 기업인 S그룹 계열사 빌딩이다. 이 빌딩은 미술관으로도 꽤 알려져 있다. 유리와 은빛의 금속소재로 만든 미래형 첨단 인테리어를 배경으로 르네상스 시대부터 현대에 이르는 미술품들을 대중들이 비교적 싼값으로 감상할 수 있도록 전시해놓았다.

둘은 로비로 들어섰다. 꽤 복잡한 조명시설이 1층 홀을 환하게 밝힌 가운데 로비 저편에는 금속과 석재가 얽힌 난해한 형체들이 유럽현대조형미술전이라는 이름으로 전시되고 있었고, 팸플릿을 든 20명가량의 관람객들이 그 사이를 거닐며 감상하고 있었다.

인경은 멀리 조각품들을 바라보며 전화를 건 사내 이야기를 꺼냈다.

"범인의 정신병증에 대해 관심이 많더군요. 경계성장애, 정신분열, 성적 무능과 사체능욕 등이 실제로 사건 현장에 증거로 발견되었는가에 관해 묻더군요."

"……"

"사체에 남아 있는 증거로 배제할 수 없는 행위들. 그림에 남아 있는 신경증적 단서들로 충분히 개연성 있다고 했죠. 그리고……"

"그리고?"

"피살자들이 펴내고자 하는 책에 관해 아는 바가 있냐고 묻더군요. 저의 관심은 그저 범인의 행동분석일 뿐이라고 대답했어요. 꽤나 집요한 사람이었어요."

형균이 주위를 돌아보며 말했다.

"김천갑을 풀어주라는 압력이 여러 곳에서 내려왔어요. 모든 것을 마쟁이의 소행으로 밀어붙일 수도 있어요. 그렇게 되면 사건은 아주 간단하게 끝나버리죠."

듣고 있던 인경이 고개를 갸웃하며 살짝 덧붙였다.

"그렇게 될까요?"

인경이 눈을 가느스름하게 뜨며 말했다.

"다시 나타나요. 분명."

"그렇죠. 놈이 찾는 것들……"

"또 있어요. 살인을 즐기고 있다고 할까? 주체할 수 없는 강력한 살인의 욕망 말이에요. 처음에는 무엇을 찾기 위해 고문을 하고, 사실을 은폐하기 위해 살인을 했어요. 그런데 살해 과정에서 엄청난 사디즘을 경험하고 있는 것 같아요. 제 목에 주사기를 겨누던 그 짧은 시간에도 권력이란 말을 세 번이나 사용했어요. 타인에게 행사할 수 있는 최상의 권력! 그건 생명을 빼앗는 것이라고 했어요. 원하는 시간, 자신이 선택한 장소에서. 먹잇감을 꼼짝 못하게 만들어놓고 갖은 방법으로 고통을 선사한 후에 숨을 끊어버리는 것 말이에요. 그 살인욕망을 주체할 수 없다면 또 사냥감을 찾겠죠."

"죽이지 못한 사냥감. 인경 씨를 다시 노릴지도 모르잖아요."

인경이 고개를 끄덕였다. 입술이 옅게 떨렸다. 에스컬레이터를 오르면서 인경은 눈을 가느스름하게 뜨고 멀리 1층 로비의 검은 벽면을 응시하며 말을 이었다.

"자기애적 성향, 자신의 지적인 능력을 과신하고 있어요. 그러나 사고의 방향이 정상적인 궤도와 약간 비껴나 있어요. 지적인 논쟁을 즐기는 것 같지만 전문가가 들으면 공허한 학자 흉내죠. 음악과 미술, 문학에 능력을 나타내고 싶지만 타인의 평가는 그렇지 못해요. 그래서 항상 타인에게 불만을 품고 있어요. 자신은 대단한데 인정받지 못한다는 결핍감. 욕망을 충족하지 못하는 자의 허세에서 나오는 공허함."

인경은 에스컬레이터 난간에 손을 대고 분석을 쉼 없이 이어 갔다. 반대편에 내려오는 에스컬레이터엔 건물관리인 유니폼을 입은 두 명의 중년여성이 깨진 거울조각이 가득 담긴 쓰레받기를 들고 쑥덕이고 있었다. 인경의 시선이 청소부를 따라 움직였다.

"어제 무엇을 본 것 같아요. 어두운 복도 천정에서."

"무엇이죠?"

"모르겠어요! 이지선과 안용수의 사체에서 나온 그림. 유강재의 살해 현장에 있던 그림. 광해사 카프전집의 표지 그림들이 한꺼번에 얽혀 천정의 어둠 속에서 꿈틀거리는 것 같았어요. 저도 그들과 함께 엉켜 있었어요. 고통스러웠어요. 지옥처럼."

공포가 다시 밀려오는 듯 두 손을 모아 얼굴을 쓰다듬던 인경이 건너편 로비 한쪽 편에 눈길을 주며 갑자기 신음과 같은 탄성을 지었다.

"세상에! 저길 보세요. 세계에 일곱 개뿐이라는 로댕의 레플리카. 여기 있다는 말을 듣고 언제 한번 보려 했는데. 스탠퍼드에 있는 로댕 컬렉션을 잠시 스쳐 지나가며 본 적은 있었지만……. 나갈 때 꼭 들러야겠어요."

인경이 다시 정색을 하며 말을 이었다.

"한 가지 더. 자신은 파스큘라가 아니라고 했어요. 그따위 나약한 것들과는 다르다고 했죠. '이스크라'라고 했어요. 불꽃같이 타오르는 혁명의 불길이라고."

"이스크라!"

형균은 학창 시절 서클과 도서관에서 읽고 또 읽었던 레닌 전집과 트로츠키, 마르토프와 플레하노프의 번역본들, 그리고 이스크라를 떠올렸다. 형이 문혁, 시우와 함께 밤새 소근거릴 때에도 가끔 들었던 단어였다.

"러시아어죠. '불꽃'이란 뜻이에요. 러시아혁명 당시 혁명가들이 발행한 신문의 이름이었어요. 혁명적 정치신문. 혁명의 불길이 러시아 평원을 모두 태워버릴 것이라는 그들의 야망이 담긴 단어였죠."

형균 역시 형이 죽은 후 몸담게 된 서클에서 이스크라를 흉내 낸 선동적인 팸플릿을 펴내는 데 관여하지 않았던가?

'이름조차 비슷했다. 횃불!'

"또 지선을 백라고 불렀어요. 이지선에게 심한 모욕을 받은 적이 있는 것 같아요. 한때 이지선을 가슴에 담았지만 무시를 당한 후 죽이고 싶을 정도의 증오를 갖게 된 것 같아요."

인경의 입에서 새로운 단서가 나왔다.

'범인이 이스크라와 관계가 있다는 말인가? 이스크라 역시 학생운동 조직이었을까?'

형균은 휴대전화를 꺼내 고 형사를 불렀다.

"피살자들 외 카프문학연구회에 함께한 인물들의 행적을 조사해봐. 당시 서린대에 '이스크라'라는 서클이 있었는지, 그리고 멤버들이 누군지 찾아봐."

그런데 고 형사의 입에서 뜻밖의 소식이 전해졌다.

"반장님! 뉴스 보셨어요?"

"무슨?"

"방금 뜬 속보인데요. 청와대 시민사회비서관이 사퇴했습니다. 신상을 이유로 한 사퇴라고 하는데, 언론에서는 사퇴 이유가 뚜렷하지 않다고. 청와대에서 만난 분이라지 않으셨어요?"

'최헌재의 말이 사실이 되었다! 그런데 정백이 왜 사퇴를? 정백도 카프문학연구회였다. 그렇다면 정백의 사퇴도 이 사건과 무관하지 않다는 건가? 당시 수사를 담당했다는 형사가 김천갑이었으니 두 사람의 관계도 사건의 한 가닥을 이루고 있다는 건가? 그럼 천갑을 석방하라는 고위층이 정백인가?'

에스컬레이터가 4층에 이르렀다. 인경이 형균의 팔꿈치를 살며시 쥐었다. 인경의 눈길은 에스컬레이터 끝 5층 난간을 향해 있었다. 한 사내가 난간에 손을 올린 채 둘을 내려다보고 있다. 인경에게 나직이 속삭였다.

"최헌재요."

헌재는 성큼성큼 다가오면서 인경에게 먼저 손을 내밀었다.

"상상했던 것보다 훨씬 미인이십니다."

사건보고를 명령하듯 했던 어제와는 사뭇 다른 태도였다. 헌재는 파티에 손님을 초청한 호스트처럼 즐겁고 만족스러운 모습이었다.

"정백 비서관이 사퇴하셨더군요. 비서관을 맡게 되시는가요?"

"글쎄요. 그렇게 되지 않겠어요? 이 정부에 적임자가 없는 모양입니다. 첫 번째 임무가 이 사건을 잘 마무리하는 것이 될 것 같은데, 정 반장님이 도와주셔야겠습니다. 하하!"

"빨리 범인을 잡아들이는 것이 잘 마무리하는 것이겠죠!"

헌재는 안내하던 발길을 멈추고 형균을 돌아보았다. 눈길에 미소가 스쳤다.

"그렇죠! 빨리 마무리되어야죠!"

사무실 문에는 '전략기획자문위원'이라는 문패가 걸려 있었다. 재벌기업들이 정치적으로 성장가능성이 있는 예비정치인들을 자문역으로 고용하는 형태로 후원하는 경우가 간혹 있다. 그런 면에서 최헌재에 대한 S그룹의 투자는 성공가능성이 높아졌다. 대통령 비서관이란 자리는 상당한 권력을 행사할 수 있고, 그만큼 기업의 영향력도 커진다는 말이 된다.

형균과 인경이 들어선 곳은 건물의 주인이 쓰기에도 손색이 없을 만큼 넓고 고급스러웠다. 방 한가운데에는 갈색의 고급원목으로 만든 넓은 책상과 의자, 창가엔 고급 가죽소파가 다탁을 사이에 두고 놓여 있었다. 시민단체 간부의 사무실로는 어울리지 않다 싶을 정도로 호화로운 방이었다. 장식장을 겸한 대형 책장이 한쪽 벽면을 차지하고 있었지만, 책장에는 시사주간지 몇 종과 문고판 전집 한 질이 한쪽에 자리하고 있을 뿐이었다. 책장 한가운데는 투구와 갑옷, 망토까지 걸친 고대 영웅의 청동 흉상이 놓여 있었다.

"이 건물 소유주의 아들이 사용하던 방이었어요. 거기 소파에 앉으시죠!"

헌재는 비서실에 차를 들이도록 지시하고는 두 사람의 맞은

편에 앉았다.

"수사에 진전이 있나요? 김천갑이라는 사람이 체포되었다죠? 마쟁이라고 했나요? 이지선의 사체유기 현장에서 DNA가 발견되었다는 조직폭력배. 그자가 자살했다죠?"

"누가 자살이라고 했나요?"

"TV에서요. 자살도 배제할 수 없다고. 아니면 타살이겠죠! 하하."

목젖이 보이도록 웃어젖히는 헌재의 등 뒤 벽면에 두 사람의 초상화가 나란히 걸려 있었다. 하나는 별이 두 개 달린 둥근 군모 밑에 검정색 색안경을 쓴 군인의 초상이었다. 유난히 각진 광대뼈와 굳게 다문 입이 특징이었다. 나머지 하나는 올림머리를 한 중년 여성의 사진이었다. 사진 속의 여성은 옅은 화장을 하고 환하게 웃고 있었다. 여성은 초상화 속 군인의 딸이요, 한 달 뒤에 있을 선거에서 당선 가능성이 가장 높은 대통령 후보였다. 사무실 출입문 옆에는 "혼란 없는 안정 속에 중단 없는 전진을"이라는 휘호가 걸려 있었다. 관공서에서도 현직 대통령의 초상을 보기가 힘든 요즘 세상에 무척 낯선 풍경이었다. 형균의 눈길을 의식한 듯 헌재가 말을 꺼냈다.

"박정희 전 대통령의 휘호예요. 하하! 요즈음 제 관심은 역사 속의 영웅과 독재자들에 관한 것들이죠. 수백만 명의 국민을 자신의 논리와 명령으로 전쟁터로 몰아넣을 수 있는 그 위대함과 강력함은 어디서 나올까 하는 것이죠. 박정희 대통령도 마찬가

적, 너는 나의 용기

지예요. 좌익 남로당 간부에서 전향하여 육군 장성까지 될 수 있었다는 것. 구국의 위대한 결단으로 혁명을 성공하고, 조국 근대화를 이루셨죠. 돌아가신 지 30년이 넘었지만 종이 한 장 차이로 추앙과 저항의 갈림길 속에 아직 살아 계신 분이죠. 따님도 그분처럼 강력한 대통령이 되실 겁니다. 여성이라고 믿기 힘들 정도로 강력한 리더십을 갖고 계시죠."

헌재는 약간 들떠 있는 것 같았다.

"고위공무원이 되실 분치고는 좀 유별난 정치관 같군요."

"공직자이기 때문에 이런 말을 하는 거예요. 대한민국은 아직 강력한 지도자가 필요해요. 정 반장님! 수령론이 무엇인지 아시죠?"

"네?"

헌재는 모르고 있는 것이 당연하다는 듯한 표정으로 말을 이었다.

"역시 잘 모르시는군. 저는 북한의 사상, 특히 수령론의 전문가입니다. 주체사상을 제대로 연구한 권위자인 셈이죠. 수령이란."

헌재는 잠시 창문 밖을 응시하며 말을 이었다.

"수령이란 인민대중의 자주적인 요구와 이해관계를 하나로 통일시키고 인민대중의 창조적 활동을 통일적으로 지휘하는 중심이며 당과 인민의 끝없는 존경과 흠모를 받고 있는 가상 위대한 영도자를 말하는 것이에요. 인민대중이 역사의 주체로서 역할을 다하자면 반드시 수령의 올바른 영도를 받아야 합니다. 수령에 대한 충실성이 주체확립에서 핵이 되지요. 이른바 혁명적 수령관이죠. 북한의 주체사상은 사실상 낡아빠진 사상이지만, 그 이론체계 중의 가장 중요한 핵심인 수령론은 오늘날 위기에 빠진 대한민국이 도입하여 우리 현실에 맞게 변화 발전시킬 필요가 있는 사상이라고 봐요. 인민은 위대하고 강력한 지도자에 의해 영도되어야 하고 지도자를 중심으로 총화단결할 수 있어야 그 국가는 위대해질 수 있습니다. 총화단결……!"

헌재는 다리를 꼰 채로 턱을 내밀고 형균과 인경을 번갈아 쳐다보았다. 찰리 채플린의 코미디를 보고 있는 것 같은 착각에 빠졌다.

자신의 주장에 아주 만족한 듯 얼굴이 상기된 헌재의 손에는 어느새인가 히틀러의 《나의 투쟁》이 쥐어져 있었다. 형균과 인경에게 잘 보이도록 겉표지가 두 사람 쪽을 향해 있었다.

"전쟁에 패해 도탄에 빠진 독일 국민을 구원하기 위한 성서와 같은 책이죠. 히틀러는 단순한 독재자가 아닙니다. 독일 국민들이 뽑은 합법적 독재자지요. 이 책을 읽어보셨나요? 독일의 재건과 부흥에 목숨을 건 지도자의 고매한 사상과 신선한 숨결을 느낄 수 있죠. 그런 면에서 히틀러는 매우 위대한 영웅이었죠."

형균의 기억에 의하면 그 책은 과대망상적인 인종적 우월감과 적개심, 지배욕으로 가득 찬 광기의 초기 단상에 관한 잡문들을 엮은 것이었다. 가치가 있다면 단 하나. 수천만의 자국국민

뿐 아니라 전세계를 엄청난 비극으로 몰아넣은 역사상 가장 독특한 인간에 대한 정신분석 자료에 불과한 것이었다. 책을 쥐고 있는 헌재의 왼손은 손목까지 붕대가 감겨 있었다. 형균의 눈길이 붕대에 가서 멎었다. 헌재는 눈길을 의식한 듯 왼손을 들어 보이며 웃었다.

"손을 좀 다쳤죠! 화장실 거울이 깨지는 바람에 유리조각들을 치우다가. 그럼 사건보고를 좀 들어볼까요?"

형균은 배연묵과 인경이 습격당한 사건까지 보고했다. 헌재는 보고에 별다른 관심이 없는 것 같았다. 그보다 가끔 인경을 뚫어지게 보았다. 인경이 시선을 의식하고 헌재 쪽으로 고개를 돌리면 보고를 경청하는 것처럼 고개를 끄덕이곤 했다. 보고가 10분쯤 이어졌을 때, 헌재는 형균의 말을 끊으며 인경에게 물었다.

"강인경 박사가 큰일을 당할 뻔했군요. 두 분은 범인을 직접 보셨을 텐데 신체상의 특징이나 단서를 확보하지 않으셨나요?"

"……."

인경은 대답이 없었다.

"강 박사님?"

헌재가 재차 물었으나 인경은 듣지 못한 것 같았다. 인경의 눈길은 헌재 뒤의 책장을 훑고 있었다. 헌재는 양미간을 살짝 찌푸렸다. 형균이 대답했다.

"강 박사의 상의까지 정밀검사했지만 발견된 것은 없었습니다."

헌재는 웃음을 띠며 다시 인경에게 물었다.

"아직도 범인이 경계성장애 환자라고 봅니까?"

인경은 그제야 고개를 끄덕였다. 헌재가 재차 물었다.

"성도착증도요?"

"그렇습니다. 경계성장애 환자의 심리상태는 매우 불안정합니다. 자신의 취향과 흥미에 집착하고 특정한 이성에게도 과도한 집착이 있을 수 있죠. 사람이 아닌 물건에까지 비정상적인 성적 취향으로 나타날 수도 있습니다. '다형 성도착증'이라고 하죠. 공통점은 거의가 성생활에 만족을 느끼지 못한다는 것이죠. 이런 사람이 이성으로부터 자존심에 상처를 입거나 거부당했을 때 도착과 비슷한 행동이 나타날 수 있죠."

"성적으로 불구라면서요?"

"2차 증상으로 올 수 있어요. 정신장애 치료제로 쓰이는 향정신성 약물을 장기복용하는 경우에……."

"원인은 어떤 것들이 있죠?"

"결핍, 불행한 유년 시절의 충격적인 사건 또는 학대로 인한 트라우마가 원인입니다. 이들 중에는 그 충격에서 오는 고통을 전담하는 인격을 만들어요. 감당할 수 없는 정신적 충격에 자신을 보호하기 위해 만든 방어막이죠. 정작 자신은 그 인격을 잊어버려요. 이들은 비현실감, 이인증과 같은 자기정체성장애를 수반할 때가 있어요. 일종의 해리성 정체성장애 말입니다. 다중

인격이라고들 하죠."

인경의 설명이 헌재의 질문을 앞서가는 것 같았다. 헌재로 하여금 보다 많은 질문을 하게 만드는 유도화법 같았다. 헌재도 인경의 설명에 관심을 기울이는 것 같았다. 자리를 고쳐 앉았다. 목이 마른지 물을 들이켰다.

"이인증이라……."

헌재는 인경을 뚫어져라 쳐다보며 물었다.

"기분이 어떻던가요?"

"네?"

"공격을 당했을 때 말입니다. 마취주사 같은 것에 찔려 쓰러졌다던데."

인경이 살짝 웃으며 반문했다.

"그렇게 궁금하세요?"

"듣고 싶군요. 범인의 공격에 무슨 생각이, 아니 어떤 느낌이 들었나요?"

"글쎄요. 어떤 모습으로 죽을지 궁금했어요. 이지선처럼 구타를 당하고, 손끝이 태워지고, 머리에 골프채를 얻어맞고, 옷이 벗겨진 채 죽임을 당하게 될까? 아니면……."

인경은 말의 완급을 조절하며 헌재의 표정을 살폈다.

"아니면?"

헌재가 자리를 고쳐 앉았다.

"펜토탈소디움에 중독된 채, 제 연구실 천정에 매달리게 될까? 아니면……."

"숙시닐콜린이겠죠?"

인경이 깜짝 놀란 표정으로 되물었다.

"숙시닐콜린인지 어떻게?"

헌재는 자신의 등 뒤에 놓인 파일을 가리켰다.

"계속해보세요. 느낌이……."

인경이 살짝 웃으며 말했다.

"숙시닐콜린을 아세요?"

헌재는 천천히 고개를 끄덕이며 말했다.

"의식이 있는 상태에서 고통에 반응하지 못하게 하는 약물이
죠."

헌재가 다시 물었다.

"고통은 없었나요?"

"육체적 고통은 없었어요. 그런데……."

"그런데?"

헌재가 다시 물었다. 그의 이마가 땀으로 번질거렸다. 두 손을
기도하듯 모으고 인경의 입술을 뚫어지게 쳐다보며 마른침을
삼켰다.

"어디 아프세요?"

인경이 헌재 쪽으로 상체를 굽히며 물었다. 꿈을 꾸듯 인경을
쳐다보고 있던 그가 당황한 표정으로 대답했다.

"아니요! 그저 강 박사가 당했을 고통 때문에. 마치 영화를 보

는 것 같군요."

인경이 헌재의 어깨 너머 고대 영웅의 흉상을 바라보았다.

"저 흉상은 누구의……?"

"아니! 어둠 속에서 무엇을 느꼈나요?"

인경은 흉상을 바라보며 말했다.

"제 추측이 맞는다면 저건 한니발의 흉상이군요. 카르타고의 영웅, 한니발!"

헌재는 고개를 끄덕였다.

"맞아요. 한니발!"

"재미있군요. 한니발의 흉상에, 독재자와 그 딸의 사진."

"독재자가 아니고 영웅이오. 한니발처럼……."

인경이 가볍게 미소 지었다.

"칼과 방패로, 총과 탱크로 지배를 위한 공격을 시도했다는 점에선 같죠."

"무엇을 느꼈냐고 묻지 않소?"

헌재는 약간의 짜증이 섞인 목소리로 인경의 대답을 다그쳤다.

"타인의 고통에 관심이 많으시군요. 아니면 즐기시는지……."

인경이 말끄트머리를 살짝 비틀자 헌재의 눈꼬리가 흔들렸다.

"공포였어요. 죽음을 앞둔 자의 공포. 그런데 범인이 주사기를 들고 내려다보는 어둠 속 천정에서 무엇인가 보였어요."

"무엇을……."

인경은 사이코 연극 주인공의 모놀로그처럼 허공을 바라보며 말했다.

"나요! 정확하게 말해 내 몸이었어요. 죽었는지 몸을 웅크리고 움직이지 않았어요. 지금 죽임을 당한다면 아마 이런 모습일 거라고 생각했죠. 그런데 천정이 꿈틀꿈틀 움직이기 시작하더니 수많은 사람들이 함께 허우적거리며 거길 빠져나오려고 몸부림쳤어요. 남자와 여자, 어린아이들과 늙고 말라빠진 노인들, 부둥켜안고 있는 남자와 여자. 전부 벗고 있었어요. 어디선가 본 듯한 장면이었어요."

"당신은?"

"천정에서 웅크리고 있다가 복도 바닥에 누워 있는 저를 향해 손을 뻗었어요."

헌재가 꿀꺽 침을 삼켰다.

"복도와 천정에서 동시에 존재하셨군요. 이인증을 경험하셨군. 그렇죠?"

헌재의 갑작스러운 한마디에 인경의 눈은 호기심에 반짝 빛났다. 헌재에게 물었다.

"이인증을 아세요?"

헌재는 꿈을 꾸는 듯 작고 낮은 목소리로 천천히 대답했다.

"꿈이 현실 같고, 현실이 꿈 같고. 내가 꼭두각시가 된 것 같은. 과거의 나와 다른 것 같은. 그리고 가끔 내 생각과 말을 멈출 수가 없는……."

"이인증은 환영과 환청. 무엇인가 무섭고 강력한 것에 쫓기고 있다는 추적망상도 함께 오죠."

인경은 자신이 이인증을 자주 경험하는 사람처럼 설명을 덧붙였다. 헌재도 마치 그 느낌을 공유하듯 나지막하게 덧붙였다.

"거울 속 나의 모습이 내가 아닌 것 같은 느낌."

그 순간 인경이 살짝 웃으며 잠시 침묵을 지켰다. 한 5초. 10초가 지났을까? 인경이 갑자기 주위를 환기시켰다.

"그래서 그 손으로 거울을 깨버리셨나요?"

"……."

헌재는 말을 잇지 못했다. 갑작스러운 질문에 당황한 모양이었다. 붉은 얼굴로 일어서 창가로 다가가며 형균에게 물었다.

"'위수남청'의 비밀을 풀었소? 고려일보 배연묵 기자의 기사에 재미있는 댓글이 올랐더군요. 위수남청이란 아이디로 올린 글 말이오. 누가 올렸는지 확인되지 않았소?"

"아직!"

"댓글치곤 아주 복잡하더군. 알지 못할 그림에다. 붉은 충성과 9월 12일은 또 무슨 의미인지."

"구스타브 도레의 삽화입니다. 단테의 신곡 지옥편 스물여덟 번째의 노래를 형상화한 것이죠. 머리를 들고 가는 자는 자신이 섬기던 왕을 기만한 배신자를 의미하죠. 그래서 신으로부터 자신의 머리를 들고 지옥을 헤매는 콘트라파소를 받은 자."

"콘트라파소?"

"신이 내린 지옥의 형벌이죠. 생전에 저지른 죄에 따라 받아야 하는 영원한 업보. 인과응보랄까요."

"굉장히 유식한 강력반장이군요. 변호사 자격증에다 문학에도 정통하니."

기분이 상한 듯 빈정거렸다. 형균은 개의치 않았다. 이 최헌재란 자도 정백 못지않게 죽은 이들과 인연이 있었던 인물이다. 무엇인가 알고 있을지 모른다. 말의 속도를 높였다.

"문제는 배신자의 머리가 뱉어놓을 진실이죠. '9월 12일'과 '붉은 충성'이 뜻하는 것 말입니다."

"글쎄. 그게 무엇이냐니까?"

이마에 짜증이 역력했다.

"짚이는 게 없습니까? 최 위원장께서도 24년 전 함께 활동하시지 않았습니까? 서린대 총학생회장까지 하셨죠. 정백 비서관과 백시우, 고문혁, 그리고 저의 형 정성재가 주도했던 카프문학연구회에도 참여하셨죠? 김인태 의원, 정진혁, 이강일 등과 함께. 그 카프문학연구회 조직원 중에 범인이 있을 것 같은데요."

최헌재의 양미간이 깊이 팼다. 언짢은 기색이다.

"카프문학연구회는 금방 와해되었지. 그리고 점조직으로 엮여 있어 조직원을 다 알 수 없었소. 무엇보다 난 파스큘라 같은 쁘띠부르주아들과는 인연이 없었소."

"붉은 충성이란 당시 학생운동 속에 강력한 영향력을 갖고 있던 무슨 지도이념 같은 것. 그런 사상에 대한 충성을 상기시키고자 하는 것 아닐까요? 이 분야는 최 위원장님이 더 잘 알고 있을 것 같은데요? 수령론에 권위자라시니까. 그 때문에 국가보안법 위반으로 투옥된 경험도……."

"좌익이념에 대한 충성일 수도 있겠군. 난 전향해서 자유주의자가 되었소만."

"위원장님! 당시 서린대에 '이스크라'라는 조직이 있었습니까?"

"비서관이라고 부르시오!"

정무직 공무원이라도 정식으로 인사발령이 나기 전 함부로 그 직함을 사용할 수 없다. 확실한 인사 예정자라도 그렇게 하지 않는 것이 관례이다. 이 사람은 비서관이라는 직위에 지나치게 집착하는 것처럼 보였다.

"이스크라? 그 시절에는 학내외 군소서클들이 많았소. 내 기억에는 없군."

창밖으로 눈을 돌리며 단호하게 대답하고는 다시 물었다.

"백시우의 행방은 아직 몰라요?"

뜻밖의 질문이었다.

"유강재가 백시우의 화방에서 죽었다는 것 외에는……."

"백시우가 범인일 가능성이 높겠군."

"글쎄요. 저도 그렇게 믿었죠."

헌재는 고개를 좌우로 흔들었다.

"조직을 배신했던 사람이오. 자신을 배신자라고 손가락질했던 사람들에게 복수하고 있을지 모르지요. 댓글을 백시우가 쓰지 않았을까? 수사의 혼란을 주기 위해?"

"가장 유력한 용의잡니다. 체포된다면 여부가 가려지겠죠."

헌재는 노트북을 열어 형균과 인경 쪽으로 돌리며 말했다.

"내가 준 디스크 말이오. 거기 나온 인물들을 분석해봤소?"

"사건과 연관성이 있어 보이지는 않더군요. 더구나 많은 부분이 편집되어 있어……"

"유난히 불안하게 보이는 한 사람이 있더군. 여기."

헌재가 가리키는 인물은 마스크에 모자까지 눌러쓰고 유강재의 등 뒤에 앉아 있던 사람이었다.

"누군지 아시오?"

형균은 고개를 가로저었다.

"이 사람이 백시우요!"

형균은 노트북 모니터에 얼굴을 바짝 들이댔다.

"이 동영상은 내가 촬영했소. 마스크에 모자까지 쓰고 나타나 위험인물일지 몰라 카메라에 담아두었던 것이오."

'백시우……'

아직 혐의를 완전히 벗지 못한 의문의 인물. 동지들을 배신한, 그래서 자신의 머리를 들고 지옥을 걷고 있는 형벌을 받을지도 모르는 자.

"현장에 남은 증거로는 저자가 범인입니다. 만에 하나 범인이 아니라 하더라도 파스큘라의 한 사람으로서 중요한 참고인이죠."

"빨리 검거되길 바라겠소. 저자를 어떻게 만나게 될 것 같소? 제 발로 찾아오지는 않을 것 같은데……."

"범인이라면 마지막 남은 파스큘라, 고문혁 신부를 찾아오겠지요."

"고문혁 선배와도 관계가 있소?"

형균은 천천히 고개를 끄덕였다.

"저자의 살해자 명단에 올라 있다는 말이오?"

"범인이 찾는 것을 갖고 있다면 말이지요."

"갖고 있을까?"

"모릅니다. 제게 전화번호를 묻지 않았습니까? 통화를 못하셨나요?"

헌재는 서가에 놓인 담배와 라이터를 집으며 말했다.

"정백 비서관이 전화했겠지. 정 반장, 강 박사 고마워요. 그럼 나가보시오."

이미 공무원을 대하는 권력자의 태도로 바뀌어 있었다.

'태도와 말투를 수시로 바꾸는 사람이구나.'

"강 박사님! 가시지요."

인경을 재촉하며 문을 열고 나오려는 순간, 형균의 시선은 잃어버린 물건을 뜻밖의 장소에서 발견한 것처럼 서가에 가지런히 놓인 한 질의 문고판들에 가 꽂혔다.

"카프문학전집이 여기에도 있군요!"

헌재가 전집 중 한 권을 꺼내 들었다.

'임화 전집.'

강재의 살해 현장에 있던 그림을 박은 표지가 눈에 들어왔다.

"너른바다 최 사장의 마지막 작품이지."

"최 사장을 잘 아시는가요? 그리고 그 책은……."

"하하! 서린대 졸업생치고 최 사장을 모르는 사람은 없소! 나도 그 집 외상술 어지간히 먹었지. 서로 잘 아는 사이였소. 정성재 선배만큼은 아니었지만. 하하! 이 전질을 어떻게 구했느냐고? 광해사가 문고판 전질을 도둑맞았다고 하지 않았소? 사건과 관계 있는 무슨 비밀이 담겨 있을 것 같아서 광해사에 주문을 했었지."

헌재가 책을 들어 보이며 말했다.

"임화의 시를 읽은 적 있소?"

형균이 고개를 끄덕였다.

"문학을 전공했다니 잘 알겠지. 시대가 그대로 하나의 인물로 육화된 존재랄까? 시와 혁명, 전향과 속죄, 참전, 그리고 미제의 간첩이란 죄목으로 처형되었지."

미소를 띤 헌재의 얼굴이 흑백사진으로 돌아다니는 1930년대 임화의 얼굴과 닮아 보였다.

"현장에 남긴 글이 전부 임화의 시였다죠?"

"그렇습니다."

헌재는 어떤 비밀을 털어놓듯 웃으며 말했다.

"파스큘라가 카프문학연구회를 만들었다는데, 카프문학연구회의 리더가 누구였을까?"

"80여 년 전 카프의 서기장은 임화였죠."

헌재의 얼굴에 미묘한 미소가 반짝했다. 형균이 그 미소 속에서 무언가를 발견한 듯 물었다. 형균의 목소리가 가냘프게 떨렸다.

"카프문학연구회에서 임화의 호를 사용하는 사람이 있었습니까?"

헌재가 자리에서 일어나며 대답했다.

"있었지! 임화의 호 '철우'를 사용한 이가 있었지. 쇠 철鐵, 벗 우友, 그 사람이 오스트롭스키의 '강철은 어떻게 단련되었는가'라는 소설을 읽었는지 모르겠지만, 그가 말했다더군. 자신의 '철'은 스탈린을 의미한다고. 스탈린의 이름은 레닌이 지어주었다지? 강철 같은 인간이 되라고."

"그 사람이 누구죠?"

"글쎄. 아주 오래된 옛일이고 당시에 직접 만날 수 있는 사람이 아니었소. 워낙 비밀스러운 조직이었고, 또 용의주도한 인물이라. 수사에 많은 진척이 있을 것 같아 해주는 말이오. 미안하오. 밝히는 건 정 반장 당신의 몫인가 보오. 잘 가시오."

인경이 앞장서 빠른 걸음으로 걸어나왔다.

'왜 최헌재는 임화를 거명했을까? 철우를 예명으로 사용하는 인물은 누굴까.'

형균은 철우란 인물만큼 최헌재란 인물도 궁금했다.

'저자는 이 사건에 어떻게 관련되어 있을까?'

난간을 쥔 인경의 손은 떨고 있었다. 인경의 시선은 에스컬레이터의 끝을 올려다보고 있었다. 인경의 시선 끝에서 헌재가 둘을 내려다보고 있었다.

로비로 쏟아져오는 햇빛 속에 인경의 얼굴이 더 창백하게 보였다.

"어디 안 좋아요?"

"잠시 두통 때문에."

인경이 머리를 흔들었다.

"힘드시면 집으로 가시죠. 바래다드리죠."

"아니요. 잠시 저기로 갈까요?"

인경이 검은색의 거대한 부조물이 버티고 있는 1층 로비 미술관을 가리켰다. 로비의 일부분이라고 하지만 입장권을 끊어야만 들어갈 수 있는 곳이었다. 둘은 검은색의 청동부조 사진이 큼직하게 박혀 있는 입장권 두 개를 구입하고는 미술관으로 빨려들 듯 걸어 들어갔다.

100여 평 규모 홀 갤러리의 주인공은 단연 높이 6미터, 넓이 4미터가량의 청동부조였다. 부조 맞은편에 역시 같은 작가가 빚어놓은 조각품이 놓여 있었다. 여섯 명의 사내가 제각기 다른 표정과 동세로 둘러서 딛고 있는 두께 한 뼘 정도의 굳은 청동판에 〈칼레의 시민들〉이라는 명패가 파묻혀 있었다. 평일 오후여서 그런지 관람객이 네다섯 명 정도로 줄어 있었다.

"종현성당으로 가신다지 않으셨어요?"

형균은 고개를 끄덕이며 답했다.

"한 시간쯤 뒤 5시에 뵙기로 했죠."

"시간이 좀 남았군요. 저도 같이 갈 수 있을까요?"

형균은 대답을 망설였다. 문혁은 범인의 최후 목표다. 위험이 닥칠지 모른다. 인경은 답을 기다리지 않고 다른 질문을 던졌다.

"최헌재 말예요. 얼마나 알고 계세요?"

"지난주 처음 만났죠. 정백 비서관이 꽤 신임하고 있는 사람인 것 같았어요. 경기도 어디에서 총선 출마 경력도 있는 인물이죠. 오늘 보니까 수수께끼 같은 인물이에요."

"어제 일 때문에 제가 너무 과민한 것 아닌가 모르겠어요. 거울 말예요. 그 방에 거울이 없었어요. 옷차림과 헤어스타일이 외모에 꽤 신경을 쓰는 사람이었어요. 또 벽에 큰 거울이 걸렸던 흔적이 있었지만 거울은 없었어요. 우리가 사무실로 올라갈 때 청소부 아줌마들이 갖고 내려오던 쓰레받기에 상당한 양의 깨진 거울조각들을 기억하세요? 아마도 저 사람 방에서 나온 것 같아요."

잠깐 말을 끊고 생각에 잠겼던 인경이 다시 말을 이었다.

"제가 겪은 고통에 필요 이상의 관심을 가지는 것 같았어요. 단언컨대 이인증의 경험이 있을 것 같아요. 한니발과 독재자의 사진. 강력한 뭔가에 대한 갈망이 있어요."

"정치하는 사람들이니……."

"달라요. 프로이트도 한니발을 숭배했죠. 프로이트는 유대인이었어요. 부유한 변호사였던 프로이트의 아버지는 어렸을 때 기독교로 개종했지만 종종 모욕을 당했어요. 길가에서 불량배들에게 린치를 당하기도 했죠. 그때마다 프로이트는 주먹으로 대항하지 못한 아버지에 실망했어요. 때문에 한니발과 같은 강력한 힘을 가진 영웅과 자신을 동일시하여 굴욕감을 극복하려 했어요. 최헌재도 그런 트라우마를 가지고 있는 사람 같아요. 예민하고 결핍감이 큰 사람이 과거의 굴욕과 빈 공간을 채우기 위해 선택하는 것이 정치가 또는 군인이에요. 가장 빠른 출세가 보장되고 지배욕을 충족시킬 수 있는 그런 길."

두 사람의 걸음은 거대한 부조 앞에서 멈췄다. 헌재를 분석하던 인경은 거장의 손으로 빚은 검은색의 거대한 부조를 올려다보았다. 지옥의 문, 단테의 신곡 〈지옥편〉의 인물들. 지옥의 형벌이 주는 고통에 몸부림치고 신음하는 영혼 하나하나를 빚은 로댕의 작품들을 모아 청동문으로 주조한 걸작이었다. 공포와 절망, 비탄과 비명이 검은 문을 가득 채우고 있었다. 지옥 저편에서 문을 열고 탈출하려는 영혼들이 진흙처럼 흘러내리는 어둠 속에서 허우적거리고 있었다. 부조의 위편 팀파눔에는 그 유명한 〈생각하는 사람〉이 턱을 괸 채 떨어질 듯 아래를 굽어보고 있었다.

"우─웅."

음울한 효과음이 갤러리에 울려퍼졌다. 지옥의 구덩이를 빠져나오기 위해 몸부림치는 여인의 얼굴이 눈에 들어왔다. 뚫린 입과 눈이 형균의 영혼을 단숨에 빨아들일 것만 같았다.

"오! 이런 세상에!"

인경이 부조에서 뛰쳐나온 사신死神에게 허리를 휘어 잡힌 듯 갑자기 탄식을 질렀다. 인경은 부조 꼭대기에 모여 머리와 손을 맞대고 쑥덕거리는 듯한 세 사내의 동상을 가리켰다.

"세 개의 청동상 중 왼쪽! 머리를 옆으로 뉘고 왼손을 앞으로 뻗은 저 동상! 안용수의 안주머니에서 발견된 그림과 닮았어요! 지옥에 떨어진 다윗과 같다고 했죠? 그렇게 벗어나지는 않았군요. 망령이었어요. 세 사람의 망령. 저 '지옥의 문' 전체를 지배하는……."

말을 마친 인경은 뒤로 두세 걸음 물러서서 부조의 맨 위쪽에서 아래쪽으로 청동부조를 샅샅이 뜯어보기 시작했다.

"저기 또 있군요! 저길 보세요! 저것 말예요."

인경은 팀파눔의 가장자리를 부여잡고 거꾸로 매달려 있는 한 사내의 상을 가리켰다.

"유강재가 살해된 아틀리에에서 발견된 그림, '추락하는 사람'의 저 매달린 사내였어요. 검은 청동상을 세워 그렸다는 것이 다를 뿐."

인경은 숨을 몰아쉬었다.

"또 있을 거예요. 어딘가에……."

형균은 인경의 눈썰미에 탄복하지 않을 수 없었다.

"아아! 어젯밤. 복도 천정 움직이는 어둠 속에서 제가 봤던 게 거길 벗어나려 몸부림치는 저의 모습인 줄 알았어요. 스탠포드에서 이걸 보았죠. 지옥에서 벗어나려는 이 군상들. 이것들이 저의 오랜 무의식 속에 파묻혀 있다가 흐릿한 기억으로 보여준 것 같아요. 사건파일 속 그림들이 그 무의식을 일깨웠나 봐요."

인경은 그날 밤 본 것들이 죽음의 문턱에서 무의식이 던진 메시지라고 분석했다. 메시지는 어둠 속의 희미한 환영처럼 다가왔지만, 이 '지옥의 문'을 통해 그 정체가 확연해지게 된 것이다.

"범인은 화가일 가능성이 높군요."

"미술에 대한 지식이 높다고 해서 반드시 화가일 필요는 없잖아요? 어젯밤에 범인도 그랬어요! 자신이 화가도 될 수 있었다고. 화가는 아니라는 소리죠."

형균의 눈에도 들어오는 형상이 있었다. 왼쪽 기둥 위 커튼으로 가려진 곳에 굵은 허벅지를 세운 여인의 상이었다. 어깨쯤엔 모난 돌덩어리가 새겨져 있었다.

"돌을 지고 있는 여인!"

"광해사 최 사장 방에 있던 그림이죠. 그런데 지선의 입안에서 나온 그림. 그건 어디 있을까요?"

아쉬운 듯 부조 전체를 훑어보던 형균이 말했다.

"저도 그걸 찾고 있었어요. 꼭 같은 형상은 없는 것 같아요.

그런데 여기저기 얽혀 있는 여인들 중에 비슷한 동세를 볼 수 있는 것 같아요. 분명 '지옥의 문'을 위해 제작한 소품들 중에 하나일 거예요."

인경이 부조 상단의 〈생각하는 사람〉을 올려다보며 형균에게 물었다.

"백시우가 범인일까요?"

"글쎄요. 그를 잘 압니다. 폭력과는 거리가 먼 여리고 착한 사람이었어요. 자신을 잘 드러내지 않는 어두운 구석이 많은 사람이었어요. 토론회 영상 속에서는 다리를 절고 있었고요. 인경 씨도 말했듯이 백시우의 그림들은 유화로 그려진 완벽한 그림이었어요. 현장에서 발견된 것은 불안정한 연필선으로 그려진 무질서하고 혼란스러운 것이었어요. 너무 달라요. 그런데 현장에 그의 흔적이 너무 뚜렷이 남아 있어요."

인경이 고개를 끄덕였다.

"글씨체 말예요. 이지선과 안용수에게서 발견된 글씨와 백시우의 것을 대조해볼 필요가 있어요. 송은화방에서 발견된 그림. 저기 '추락하는 사람'을 그린 그림 말예요. 거기에 쓰인 '암흑의 정신'의 구절과 그 아래에 있는 백시우의 서명 '悔月(회월)'을 비교해봤어요. '悔月'은 불안하고 무질서한 필체가 아니었어요. 획 놀림이 반듯했다고 할까요? 그리고 지문 말예요. 현장에서 발견된 지문은 모두 백시우의 지문이었어요. 그의 흔적이 현장에 남아 있다는 것은 범인과 같은 물건을 찾고 있기 때문이 아닐까요? 그래서 든 생각이 있었어요. '영원한 청년'이 발간하는 책 중에서 네 번째 챕터 '과거의 그늘', 그 저자가 백시우가 아닐까요? 백시우가 쓴 글에 어떤 비밀이 있다면? 범인이 간절하게 원하는 것. 혹은 범인이 덮고자 하는 진실이 세상이 알아서는 안 되는 그런 것이 아닐까요? 그래서 범인은 비밀의 행방을 찾으면서, 그걸 읽었던 사람들을 차례차례로 살해한 게 아닐까요?"

형균이 고개를 끄덕이며 말했다.

"단순한 회고록은 아닐 겁니다. 자신이 쓴 원고라면 다시 찾을 필요가 없었을 거예요. 파일 형태로 존재할 수도 있고, 자신이 다시 쓸 수도 있었을 겁니다."

"그렇다면……."

인경이 반짝이는 눈으로 형균의 눈을 쳐다보았다.

"어떤 물건일 겁니다. 배 기자를 공격한 놈들이 알고 있었어요. '깃발 한 개와 초상화 한 점 그리고 붉은색 수첩'이라고 했어요. 위수남청과 관계가 있는 것들이죠."

"그렇다면 범인은 '과거의 그늘'에 깃발과 초상화, 붉은 수첩에 관한 비밀이 담겨 있는지 알고자 했을 거예요. 그래서 편집에 참여했던 사람을 죽이고 한편으로 그 물건들을 찾아 헤매고 있는 거죠."

어둑해오는 도시 마천루의 검은 실루엣이 붉은 노을을 배경으로 확연히 드러나듯 사건의 아귀들이 맞아떨어지는 것 같았다. 천천히 걷던 형균이 갑자기 걸음을 멈추었다. 그러고는 돌아서 인경의 어깨를 꽉 움켜잡으며 말했다.

"쫓기는 자와 쫓는 자의 공통점은 이 지옥의 문 형상과 임화의 시를 알고 있다, 맞죠? 기사에 달린 댓글의 메시지는 배신자가 진실을 말한다는 것이고, 진실의 열쇠가 '9월 12일의 붉은 충성'이다. 그렇죠? 모든 글들이 임화의 시였다면, '9월 12일의 붉은 충성'도……."

인경의 검은 눈동자가 활짝 열렸다. 순간 둘은 이구동성으로 외쳤다.

"임화!"

형균이 덧붙였다.

"맞아요. 임화의 시 속에 답이 있을 겁니다."

형균은 급히 휴대전화를 꺼냈다.

"고 형사! 내가 말한 것 찾아봤어?"

"'이스크라'라는 조직은 없었어요!"

당시 서린대학교 학생운동권에 대해서는 청독사 김천갑만큼 아는 사람이 없다. 조직을 보호하기 위해서 서로의 조직을 감출 수도 있는 법이다. 그렇다면…….

"김천갑에게 한번 물어봐! 1990년 서린대학교 학생운동권에 어떤 조직이 있었는지. 그리고 내 책상 위에 광해사에서 갖고 온 카프문학전집 있지?"

"네."

"제3권 임화전집을 펼쳐 목차에 날짜 같은 것이 있나 살펴봐!

9월 12일 또는 붉은 충성."

잠시 뜸을 들인 고 형사가 말했다.

"없는데요?"

"그럼 밤을 새서라도 시집 전체를 샅샅이 훑어서 찾아내! 거기 분명 9월 12일이라는 날짜가 있을 거야! 찾는 즉시 내게 전화 주고."

"아! 잠깐만요. 여기 있네요. 한자로 표기되어 금방 발견 못했어요. 九月 十二日. 부제가 또 달려 있습니다. '一九四五年, 또 다시 네거리에서'."

"1945년? 다시 네거리? 처음부터 읽어봐! 전부!"

"네! 조선 근로자의 위대한 수령의 연설이 유행가처럼……"

"뭐야 임마? 지금 장난해? 조선 근로자의 위대한 수령?"

"네! 장난 아닙니다. 지금 그 시. 9월 12일이란 시를 읽고 있는데요?"

휴대전화 너머 고 형사의 떨리는 목소리는 1950년 전쟁 이후 60년이 넘도록 전선 이남에서는 금기시된 단어들을 담고 있었다.

"계속 읽어봐!"

"네! 조선 근로자의 위대한 首領(수령)의 연설이 유행가처럼 흘러나오는 마이크를 높이 달고, 부끄러운 나의 생애의 쓰라린 기억이 鋪石(포석)마다 널린 서울ㅅ거리는 비에 젖어, 아득한 산도 가차운 들窓(창)도 眩氣(현기)로워 바라볼 수 없는 鐘路ㅅ(종로)거리, 저 사람의 이름 부르며 위대한 수령의 만세……."

"됐어! 그것이었어. 위대한 수령."

인경이 옆에서 낮게 속삭였다.

"위. 수. 위대한 수령의 준말이었군요."

형균은 고개를 끄덕였다.

초상화와 붉은 수첩, 깃발의 의미를 이해할 것 같았다. 인경이 조심스레 말을 꺼냈다.

"초상화란 위대한 수령의 이미지가 담긴 초상화일까요? 붉은 깃발과 수첩이란……."

"붉은 충성의 대상을 의미하는 깃발. 수첩은 충성을 증명하는 문서 같은 것이 틀림없어요."

'그렇다면 댓글을 올린 사람은 누굴까? 시우? 문혁? 살해범을 유혹하는 결정적인 미끼가 위수남청이다. 그것들을 찾으려면 자신에게 오란 것이다. 세상에 나가면 여러 명이 다칠 것이라는 위험하기 짝이 없는 비밀.'

형균은 사건이 종착역을 향해 마지막 고비를 숨 가쁘게 오르고 있음을 느꼈다.

'붉은 충성. 붉은 수첩과 깃발. 위대한 수령의 초상화. 위수남청. 지난날 그들이 청춘을 온전하게 사르면서까지 추종했던 혁명이념 중의 하나. 그러나 차단과 통제의 그늘에서 은밀하게 자라야만 했던 불완전한 사유. 분단으로 그 실존을 확인하지 못한 채 오직 추측과 희박한 근거로만 성장했던 불구적 사상. 분단의 질곡이 낳은 또 다른 파시즘 혹은 이종異種 볼셰비즘! 그것에 대한 열망 아니었던가? 그 사상의 모태인 공화국이 이미 붕괴의 일로를 걷고 있기에 지금은 드러내놓고 말할 수 없는 비겁한 관념이 되어버렸다. 화려하고 축복받은 통일조국의 미래와 지도자로부터의 충만한 사랑을 경외하는 경전 속 신앙과 같은 그 사상도 이미 말라비틀어지지 않았는가? 그런데 그런 것들이 왜 지금 여기에서 처형의 이유가 되고 있을까?'

지난주 여의도 K은행 골목 젖은 포도 위에 쓰러져 있던 피살자의 부릅뜬 눈이 떠올랐다. 이지선과 최용철 사장의 탁한 눈동자, 최후의 고통에 꽉 감겨져 있던 용수의 불거진 눈두덩, 강렬한 화염에 온전하게 타버려 두 개의 검은 구멍만 남아 있었던 유강재의 눈도 스쳐갔다.

'범인이 이것들을 필사적으로 찾고 있는 이유. 그리고 전직 경찰 김천갑이 위험을 무릅쓰고 범인을 보호하려 한 이유는?'

九月 十二日
一九四伍年, 또다시 네거리에서

임화

조선 근로자의

위대한 首領(수령)의 연설이

유행가처럼 흘러나오는

마이크를 높이 달고

부끄러운

나의 생애의

쓰라린 기억이

鋪石(포석)마다 널린

서울ㅅ거리는

비에 젖어

아득한 산도

가차운 들窓(창)도

眩氣(현기)로워 바라볼 수 없는

鐘路ㅅ(종로ㅅ)거리

저 사람의 이름 부르며

위대한 수령의 만세 부르며

개아미마냥 꽈여드는

千萬(천만)의 사람

어데선가

외로이 죽은

나의 누이의 얼굴

찬 獄房(옥방)에 숨지운

그리운 동무의 모습

모두 다 살아오는 날

그 밑에 전사하리라

노래부르는 旗ㅅ발(깃발)

자꾸만 바라보며

자랑도 재물도 없는

두 아이와

가난한 안해여

가을비 차거운

길가에

노래처럼

죽는 생애의

마지막을 그리워

눈물짓는

한 사람을 위하여

원컨대 용기이어라.

절망과 열망

2012. 11. 30. (금) 18:00

종현성당

　도심의 번화한 거리에 가까이 있음에도 성당은 시가지 한가운데 솟은 야산이 보듬고 있어, 밤이면 사위를 채우는 밝은 네온사인 빛에 어울리지 않게 고즈넉해진다. 더구나 뒤편 수도원 건물은 야산이 보듬고 있는 울창한 숲에 가려져 산골 성당 못지 않게 한적했다.

　어둠이 내리자 도시는 차가운 비가 다시 질척거렸다. 가는 빗줄기가 붉은 기와지붕과 사각의 종탑을 적시는 오래된 교회는 적요함을 넘어서 괴괴하기까지 했다.

　형균은 교회 언덕 밑에 차를 세우고 고문혁의 휴대전화 번호를 눌렀다. 몇 차례의 신호에도 불구하고 응답이 없었다. 성당 게시판에는 교회소식을 알리는 포스터 몇 장이 겨우 붙어 있었다. 대부분 시간이 지난 특별미사와 강연을 알리는 것들이었다.

오른쪽 맨 위 귀퉁이에 낯익은 그림들이 눈에 띄었다. 추락하는 사람, 청동 단지를 이고 있는 여인, 두 여인이 나신으로 얽혀 있는 이름 모를 조각상. 로댕 갤러리에서 본, 지옥에 굳게 결박된 고통들이 빗물에 젖고 있었다.

〈과거의 그늘 — 회월 백시우 회고전〉

며칠 전 고문혁이 말한 성당 전람회를 떠올렸다.

'역시 고문혁과 같이 있었어.'

둘은 언덕을 올랐다. 빗줄기가 점점 굵어졌다. 형균은 바지 속에서 휴대전화를 만지작거렸다. 전화가 왔어야 할 시간이다.

성당 정문에 다다랐을 때는 본당을 종종걸음으로 떠나는 젊은 사제와 수녀 둘 이외에는 인적이 없었다. 본당이 도시의 불빛을 받아 웅장한 자태를 어렴풋이 드러냈다. 스페인의 고성을 닮은 건물은 박쥐의 날개와 뱀의 갈래 혓바닥을 가진 짐승이 날아와 앉아 먹잇감을 찾는 중세의 밤을 연출하는 듯했다. 멀리 우비를 입은 중키의 사내가 언덕을 오르는 것이 보였다. 사내는 본당을 지나 사제관이라는 화살표 팻말이 박힌 방향으로 천천히 걸어 들어갔다.

"삐리리리."

휴대전화가 울렸다. 고문혁이었다.

"왔니?"

"네!"

"본당과 사제관 사이에 난 좁은 숲길을 들어오면 높은 철문이 있을 게다. 쪽문을 열어놓을 테니 그리로 들어오거라! 마당을 지나면 돌로 지은 단층 건물이 보일 게다."

형균은 휴대전화를 접고는 말없이 인경의 손을 잡고 본당 쪽으로 함께 걸었다. 어둠에 싸인 성당의 괴괴함에 압도되었는지 인경은 형균의 왼손을 꼭 쥐고 종종걸음으로 따라 걸었다. 형균은 만일의 경우에 대비하여 트렌치코트 주머니 안 리볼버의 안전핀을 풀어놓았다.

숲길은 성당 입구 가로등의 희미한 빛조차도 기어들 수 없을 만큼 어두웠다. 자박자박 내리는 빗소리와 둘의 발걸음 아래 자지러지는 자갈 소리만이 어둠을 흔들었다.

그때였다. 뒤에서 자갈을 요란하게 밟으며 뛰어오는 그림자가 있었다. 형균은 반사적으로 인경 앞을 막아서며 다가오는 그림자를 향해 격철을 뒤로 젖혔다.

"누구야? 움직이면 쏜다!"

형균이 권총을 겨누며 성큼 다가서자 그림자는 그 자리에 털썩 주저앉으며 머리를 싸쥐고 소리쳤다.

"안 돼! 쏘지 마! 나야! 나!"

형균은 소형 랜턴을 꺼내 바닥에 주저앉은 괴한의 얼굴을 비췄다.

덤성덤성 떡진 머리카락, 살찐 양볼에 거친 수염, 낡은 갈색 트렌치코트. 흙탕이 묻은 두 손으로 얼굴을 가리고 숨을 몰아쉬고 있는 그림자는 배연묵이었다.

"자네가 어떻게 여길?"

"살아남은 마지막 파스큘라를 찾아왔지! 고문혁 선배를 취재하려 했는데 연락이 되어야 말이지. 오후부터 여기서 자네 오기를 기다렸어."

"전화를 하지, 이 사람아!"

"어제 그런 사고를 당했는데 자네가 같이 올려고 했겠나? 할 수 없이 매복 아닌 매복을 하고 있었지. 마침 인경 씨와 함께 오는 자네가 보이더군. 하늘이 도왔어! 헤헤."

"옷은 갈아입었어? 벽제에서 오줌 지렸다며?"

인경이 웃음을 참지 못하고 쿡쿡거렸다. 그제야 일어난 배 기자는 흙탕에 젖은 바지를 털었다.

"사람 참! 인경 씨 앞에서! 어제 갈아입었네! 그런데 다시 지린 것이나 매한가지가 돼버렸군. 고문혁 선배는 어디 계신가?"

"안에서 기다리시네."

쪽문 안 넓은 마당에는 젖어 번들거리는 잔디 가운데 넓적한 돌들이 징검다리처럼 건물을 향해 박혀 있었다. 현관을 들어서자 맞은편 열린 문틈 사이로 불빛이 새나오고 있었다. 인기척은 없었다. 형균은 인경과 연묵을 제지하고는 권총을 뽑아들고 문과 문 사이로 살며시 디밀었다. 안쪽에서 낮지만 굵은 목소리가 흘러나왔다.

"하나님의 집일세! 위험한 물건은 거두어주게!"

"형님이셨군요! 불이 꺼져 있어 혹시라도."

전기로 된 조명은 전부 꺼져 있었다. 적막한 방 안에는 벽난로에서 타닥타닥 타고 있는 장작 소리뿐이었다. 장작불이 일렁일 때마다 서 있는 사람들의 그림자도 일렁였다. 방주인은 벽난로에 장작을 던져 넣으며 말했다.

"서재 겸 침실로 쓰는 방이야. 80년이 넘은 건물이라 낡았어. 조금 전에 전기마저 나가버렸어. 날씨 탓인지 좀 춥구먼."

방은 벽난로 앞 낡은 가죽소파 몇 개를 제외하고는 목제책상과 의자, 낡은 침대가 전부였다. 붉은 벽돌에 널빤지를 얹어 만든 책장에는 수천 권은 되는 듯한 장서가 한쪽 벽면을 온전히 감추고 있었다. 오른쪽 구석에는 낡은 흰색 광목천이 사람 키 높이로 쌓인 무엇인가를 덮고 있었다.

"혼자 오는 줄 알았네만."

"저를 도와 여기까지 온 사람들입니다."

문혁은 두 사람에게 벽난로 가까이 자리를 권하며 말을 걸었다.

"이분은……."

"서린대학교 사회심리학 연구소 강인경 박사. 그리고 여기는……."

"알고 있네. 고려일보 배연묵 기자."

문혁은 배 기자를 전부터 알고 있다는 듯 고개를 끄덕이며 말했다.

"배 기자님 책은 거의 읽었어요. 좋은 책들이었어요."

배연묵은 한때 존경했던 선배로부터 받은 칭찬에 입가가 헤벌쭉 찢어졌다. 형균은 문혁을 재촉했다.

"백시우는⋯⋯."

"곧 올 걸세. 멀리 가지 않았네."

"그럼 계속 여기 있었단 말입니까?"

형균이 놀란 듯 따져 물었다. 문혁이 천천히 고개를 끄덕였다.

"사흘 되었네. 화요일 새벽에 왔었어. 지난주부터 일정한 거처 없이 숨어 다닌 모양이더군."

"왜 유강재 교수에게는 위험을 경고하지 않았습니까?"

"강재도 잠적하고 있었고, 어렵사리 연락이 되었을 때 자네를 찾으라고 했네만⋯⋯."

"백시우의 화방에서 살해되었습니다."

형균은 취조하듯 다그쳤다.

"내 휴대전화 번호로 시우의 화방으로 불렀겠지!"

"초상화는 그 위대한 수령의 초상화입니까? 붉은 수첩은요, 깃발은? 위수남청이 왜 살인의 이유가 되고 있죠?"

문혁은 고통스러운 듯 자리를 고쳐 앉으며 담배를 빼물었다.

그때였다. 벽난로의 빛이 닿지 않는 오른쪽 구석, 낡은 광목천이 덮고 있는 더미 뒤에서 검은 그림자가 유령처럼 튀어나왔다. 사람들의 시선이 유령에게로 일제히 쏠렸다. 유령은 절뚝절뚝 절며 다가왔다. 그러고는 목이 꽉 잠긴 소리로 낮게 뇌까렸다.

"과거의 망집들을 깨끗이 지워버리고 싶은 게지! 아니면 그 망령들을 다시 깨워 한바탕 굿판을 벌이고 싶거나!"

형균과 배연묵이 반사적으로 일어났다.

벽난로의 일렁이는 불길에 유령의 얼굴이 드러났다. 그것은 사람의 얼굴이라기보다 불길을 따라 녹아 허물어지는 밀랍인형의 얼굴이었다. 유령은 형균을 한참이나 뜯어보았다.

"맞구나. 형균이."

형균은 자신의 이름을 부른 그 유령의 눈길을 찾았다. 그러나 왼쪽 면이 화상에 묻혀버린 얼굴에서 시선을 가늠하긴 힘들었다.

"언제였지? 마지막으로 본 그때가……?"

"백. 시. 우."

형균이 떠듬거리며 유령의 이름을 불렀다.

"그래! 오랜만이다. 그리고 미안하다."

쉰 목소리를 낮게 토해내는 유령의 얼굴에서 루오와 모딜리아니를 들려주며 안료를 가득 묻힌 손가락을 캔버스에 문질러대던 백시우의 얼굴을 찾았다. 형균은 고개를 가로저었다. 오랜 세월을 건너 불현듯 나타난 백시우는 창백한 낯빛에 꿈꾸는 듯한 슬픈 눈망울과 긴 속눈썹을 가진 미소년이 아니었다. 아름다웠던 청년의 얼굴은 늙은 황소의 엉덩이 가죽처럼 구겨지고 짓물러 있었다. 왼쪽 눈과 귀, 뺨은 화상으로 온전하게 녹아버려 흔적마저 찾기 힘들었고, 이마 밑 자그맣게 뚫린 구멍 사이로 살아남은 동공만이 당황하는 형균을 향해 있을 뿐이었다. 두

손 역시 불길의 흔적이 역력했다. 유령은 불편한 한쪽 다리를 거의 끌다시피 하며 맞은편 소파로 천천히 걸어가 앉았다. 절뚝거리는 몸사위에서 지난 25년간의 격정과 고통의 흔적이 묻어났다.

"위수남청. 내게는 지울 수 없는 회한이다. 용수와 지선이를 죽인 놈에게는 세상에서 없어져야 할 것들일 게고, 청독사 그놈에게는 한바탕 세상을 들었다 놓을 수 있는 마법의 지팡이일 테고……."

"무슨 말이에요?"

"'위대한 수령동지의 남조선 청년동맹'이란 뜻이다. 그때 세상을 뒤집기 위해 만든 조직이었지. 계급이 없고 모든 인민이 자유롭고 평등한 그런 세상! 우리들의 이상을 실현하기 위한 혁명조직."

시우는 형균을 물끄러미 바라보았다. 형균의 눈동자는 불에 달군 듯 충혈되었고 관자놀이에서는 어금니가 부딪혀 튕기는 소리가 났다.

"네 모습을 본 순간 너무 놀랐다. 성재가 살아 돌아온 줄 알았다. 형제간이라 해도 너무 닮았어."

쇠를 긁는 것 같은 목소리와 함께 내뱉는 거친 숨에는 알코올 냄새가 진하게 배어 있었다.

"형이 살아 있었다면, 그 앞에 나타날 수나 있었을까요?"

분노를 억누르는 형균의 낮은 목소리가 빗소리와 바람 소리,

장작이 불에 튀는 소리만 떠다니는 실내의 적요를 흔들었다. 뒤에서 묵주를 쥐고 서 있던 문혁이 형균의 어깨를 살며시 잡았다. 시우는 고개를 힘없이 끄덕이며 찌그러진 담뱃갑에서 담배 한 대를 빼 물고는 말을 이었다.

"너의 분노를 안다. 네 형을 죽음으로 몰았다고 생각하겠지. 그래. 네 형을 배후라고 했다. 그래서 전선의 그 추운 땅에서 죽임을 당했지. 그런데 내 삶도 녹록치 않았다. 지옥을 살아내야 했어. 친구가 나로 하여 죽었다는 그것 때문에."

시우는 천정을 쳐다보며 담배연기를 길게 내뿜었다. 형균의 어깨에 손을 얹고 있던 문혁이 맞은편 자리에 가 앉아 두 사람의 대화에 끼어들었다.

"네 형을 사지로 몬 것은 시우가 아냐. 사건은 계획된 것이었어. 주동자로 성재가 지목되었던 것이고……."

시우가 문혁의 말을 받았다.

"우리도 재판을 받으면서 알게 되었다. 마지막 자술서에서 카프문학연구회가 학생간첩단 사건이 되어 있었지. 배후로 지목된 성재가 사망함으로써 기획했던 자들의 의도가 어긋나버렸지만."

"옛일에 대한 변명은 나중에 하시죠. 지금 해야 할 일은 당신이 범인이 아니라는 것을 증명하는 거요. 문혁 형과는 달라요. 아직도 난 당신이 아니라는 확신이 없어요! 최 사장 살해 현장에 남아 있던 막걸리병과 종이컵, 여의도역 공중전화, 강남역 공중전화 수화기에 찍힌 건 전부 당신의 지문이었어요. 안용수의 윗옷 칼라와 이지선의 블라우스에서 발견된 푸른 물감. 베를린 블루. 결정적으로 당신은 27일 화요일 새벽에 용수가 살해된 현장에 다시 나타났어. 서가에 찍힌 당신의 지문. 무엇인가를 잊고 나왔기 때문에 다시 들어간 거지. 당신이 범인이 아니라면 내 질문에 답을 해야 할 거요."

시우는 천천히 고개를 끄덕였다. 담배를 한 모금 빨아들여 길게 뱉으며 말문을 열었다.

"10년 전 내가 안산에서 염색공장에 다닐 때였어. 파업 중에 용역깡패들이 몽둥이를 들고 들이닥쳤네. 휘발유를 뒤집어쓰고 불을 붙였어. 정신을 차리고 보니 최 사장이 곁에 있더군. 퇴원하거든 서울 문래동으로 오라고 했어. 작은 화방을 하나 구해놨다고. 덕분에 다시 그림을 그리게 되었어. 올해 초 최 사장이 문래동 화실로 날 찾아왔어. 동지들이 보상금을 모아 재단을 만들었는데 거기서 책을 펴낸다고 했어. 그 책 제목이……"

기억을 더듬고 있는 시우의 말끝을 배 기자가 재빨리 이었다.

"열망과 절망."

"그래! 열망과 절망. 한때 분신도 불사하던 열정으로 운동을 전개했던 우리 세대가 왜 지금 실패하고 있는가를, 살아남은 사람들이 무엇을 잘못하고 있는가를 말하고 싶다 하더군. 거기에 넣을 원고를 부탁했어. 과거의 후광이 아니라 그 그늘에 묻혀 아직 고통 속에 살고 있는 사람의 글을 넣고 싶다더군."

형균이 말을 잘랐다.

적, 너는 나의 용기

"다른 사람도 많은데 왜 당신 같은 사람을……."

시우가 쓸쓸하게 웃으며 말했다.

"그러게나 말일세."

문혁이 언성을 높이며 형균에게 말했다.

"너도 들어보았을 게다. 시국사건들이 어떻게 만들어졌는가를. 성재의 이름은 그들이 만든 조직도에 이미 올라 있었다. 청독사! 그자가 꾸민 사건이었어. 나를 취조하면서 한 말이 그랬어. 진실을 말하라는 것이 아니라 자신의 말을 그대로 인정하라는 거였어."

백시우는 필터까지 타들어간 꽁초의 남은 불씨로 새 담배를 붙여 물었다. 손끝을 심하게 떨고 있었다.

"시우는 그들의 강요를 인정했다는 사실. 그것이 죄라고 여겼던 거야. 그 긴 세월을……."

시우는 변호하는 문혁의 말을 가로막았다.

"그렇다고 내 죄가 사해지는 것은 아니야. 그들에게 패배했던 거다. 성재가 배후가 된 것은 내가 동의해줬기 때문이지. 나도 그때 알았다. 고문이란 것이 사실을 토설하라는 것이 아님을. 그들은 시나리오를 짜고 캐스팅도 했어. 그들이 만든 배역과 스토리에 날 동의시키고, 내면화하는 교육의 과정이었다. 끊임없이 외워댔다. 외우고 기억하고 굳게 믿어서 법정에서 한 치의 틀림없이 증언해내야 하는 거였으니까. 토씨 하나라도 틀리면 교과 과정이 처음부터 다시 반복되는, 철저하게 100점짜리를 만드는 과정이었다. 틀리면 알몸째 담요에 말려 새벽이 될 때까지 맞았다. 남산에 그렇게 많은 물푸레나무가 있는 줄 몰랐다. 나무껍질이 덜 말라 부푼 상처에 퍼런 물이 배고, 몸에서 나무 비린내가 났다. 몇 개나 부러졌는지 셀 수도 없었다. 지옥으로 끌려들어가는 기분을 그때 알았지. 얇은 손수건이 내 얼굴 위에 덮일 때가 바로 그때였다. 욕조에 수없이 대가리가 처박힐 때 나는 냄새. 세면대 분홍색 비누곽에 놓인 다이알비누. 그 후로 지금까지 그 비누 냄새를 맡지 못해. 나를 패는 놈들 뒤에 웃고 있는 심문관이 유일한 구세주였다. 살려달라 빌고 또 빌었다. 비굴? 지옥에는 없는 단어다. 몽둥이로 얻어맞으면서도 웃는 낯으로 구걸했다. 그들을 선생님이라 불렀고, 형님이라 불렀다. 우러러보이기 시작했어. 날 나가게 해준다면 이들에게 무엇이든 허락해줄 수 있다는 생각마저 들었지. 조금이라도 덜 때리고 말이라도 상냥하게 해주면 너무나 고마워 눈물까지 나더군. 그때쯤 성재가 카프문학연구회의 배후 조종자라고 믿어지더구나. 독서회 회원이 사회주의이념으로 철저하게 무장한 혁명전사가 되어 있었어. 진실이 되어버렸지."

그때였다.

"똑. 똑."

형균과 문혁이 동시에 일어섰다. 적막이 흘렀다. 겁에 질린 배기자가 문혁에게 기어들어가는 목소리로 물었다.

"누구?"

문혁은 문으로 다가가 누군지 물어보지도 않고 문을 열었다. 자주색 레인코트를 입은 중년 여인이었다. 레인코트에서 흘러내린 빗물이 대리석 바닥을 적셨다. 여인이 들어서는 순간 시우가 벌떡 일어섰지만 이내 균형을 잃고 비틀거렸다. 여인은 시우의 이름을 나지막이 불렀다.

　"시우 씨……."

　시우의 온전한 오른쪽 눈에 옅게 이슬이 맺혔다. 말끝이 떨렸다.

　"오랜만이오, 영도 씨."

　문혁이 말했다.

　"내가 오시라고 했네. 묵은 오해를 풀 때가 되었으니. 영도 씨도 당연히 아셔야 될 일."

　"고맙네."

　"고생하셨단 얘기는 들었어요. 몇 년 만인가요?"

　영도는 다가와 두 손을 내밀어 집 나갔던 아들을 다시 맞은 어미마냥 시우의 어깨를 당겨 안았다. 시우의 처진 어깨가 들썩였다. 타버린 목구멍 저 안쪽에서 거친 흐느낌이 새어나왔다.

　성재가 죽은 후 시우는 남몰래 연모했던 이 여인 앞에 다시 설 수 없었다. 여인이 깊이 사랑했던 연인의 목숨을 잃게 만들었다는 죄책감. 한편으로 여인을 튼튼하게 가로막고 있던 연적이 죽어버려 어쩌면 여인에게 다가갈 수도 있을 것이라는 지긋스러운 희열 때문에 참을 수 없을 정도로 자신이 증오스러웠다. 그 후 무모할 정도로 위험한 투쟁의 삶을 살았던 것도 성재에 대한 죄책감뿐 아니라 영도를 잊기 위한 몸부림이기도 했다.

영도가 인경 옆에 자리를 잡고 앉자 시우는 담배를 다시 붙여 물며 말을 이었다.

"날 믿어준 사람이 문혁이었고, 최 사장은 끝까지 보살펴주었어. 카프문학전집을 내겠다 하더군. 표지 그림이 필요하댔어. 우리에게 카프란 특별한 의미였지."

인경이 물었다.

"열 몇 권이나 되는 책 표지 그림을 단 몇 달 안에 다 그렸다구요?"

시우의 얼굴이 싱긋 일그러졌다.

"다시 시작한 내 그림은 대부분 노동자들을 그린 그림이었어요. 기계들 사이에서 푸른 작업복을 입고 있는 제조업노동자. 벽돌을 가득 지고 비계 사이로 매달리듯 걸어가는 건설노동자. 그런데 옛일이 생각날 때마다 그려둔 그림들이 있었어. 그걸 쓰자고 했지."

"로댕의 소품들. '지옥의 문'을 위한……."

인경이 낮은 목소리로 말했다.

시우가 고개를 끄덕였다.

"젊은 박사님이 보통이 넘는구먼."

인경이 다시 물었다.

"왜 '지옥의 문'이죠?"

"내 인생이 지옥이었거든. 그런데 난 아직 그 '지옥의 문'을 직접 보지는 못했어. 앞에 서면 그 문이 왈칵 열려 날 빨아들일 것 같은 생각 때문에. 그래서 그냥 화보에 있는 소품들의 사진만 보고 그렸어. 그림은 거의 여기 다 있어. 회고전을 여기서 하려 했었어. 최 사장과 문혁이의 권유였지."

시우는 낡은 천이 덮고 있는 더미를 가리켰다. 바닥 가까이 천이 들린 곳에 액자에 담기지 못한 캔버스들이 보였다.

"죽기 열흘 전 최 사장이 마지막 그림과 원고를 가져가기 위해 날 찾아왔어. 토론회가 열린다고 하더군. 정백과 그 일당들이 여당 대통령 후보를 돕는다고 신보련인가 뭔가 하는 단체를 만들어 옛 동지들 중 몇 사람을 불러 끝장토론회를 제안했다더군. 최 사장은 그들이 너무 위험하다고 했어. 변절이 문제가 아니라 옛 동지들을 자신들의 늦은 출세를 벌충하기 위한 먹이로 생각한다는 거야. 뻔한 것 아니겠어? 야당 대통령 후보의 참모들, 노조간부, 시민운동가들을 전부 끌어내 종북으로 몰겠다는 속셈이라고 하더군. 카프문학연구회에서 나와 함께 공동회장을 맡았던 정백이 주도한다고. 그래서 내가 최 사장에게 건네준 것이 깃발과 초상화, 그리고 붉은 수첩이야. 위수남청이 과거의 그들 모습이라고. 붉은 충성을 위한 조직과 그들의 맹세가 백일하에 밝혀지길 바랐던 거였어."

시우가 잠시 말을 끊고 형균을 바라보았다. 시우의 눈에는 눈물이 흐르고 있었다.

"형균아! 이 때문이다. 내가 저들이 짠 각본에 끝내 동의해줘야만 했던 것. 정백이 아니라 성재를 배후로 인정할 수밖에 없었던 것 말이다. 이것들을 숨기기 위해서였지. 저들의 손에 넘어갔다면, 성재는 물론 우리 모두가 이 세상에 나올 수 없었을 거다. 전무후무한 학생간첩단 사건이 만들어졌을 게다. 그래서 모든 화살을 성재에게 돌렸다. 김천갑이 원하는 것이기도 했어. 청독사는 성재만 없어지면 서린대 조직의 9할은 와해될 거라고 생각했던 거지. 나는 나대로 정백이와 카프문학연구회 회원들을 보호하기 위해 나와 성재를 팔았던 거고."

"형의 목숨과 당신들의 목숨을 바꾸었군요."

시우가 천천히 고개를 끄덕였다.

"최 사장이 위수남청을 지선이와 용수에게 보였고, 토론회에서 정백 일당을 위협한 것이 되어버렸어."

잠시 말을 끊은 시우는 목이 타는지 마른 입술을 쓰다듬고는 문혁에게 마실 것을 청했다.

"이 성전에는 막걸리 같은 건 없나? 서양에는 수도원에서도 술을 빚는다던대."

무안하게 웃는 시우의 얼굴이 장작불에 다시 일그러졌다. 문혁은 창가에 두었던 큰 병 속의 액체를 유리컵에 가득 부었다. 노란 빛의 액체는 거품을 가득 이고 기포를 내뿜었다. 시우는 단숨에 들이켜고는 입술을 훔쳤다. 문혁이 다시 한잔 가득 따라주었다.

"토론회 이틀 후 최 사장을 찾았어. 재단 사무실로 적당한 곳을 찾았다고 상수동으로 오라더군. 비가 오는 날이었지. 사무실 바닥에 앉아 함께 막걸리를 마셨지. 최 사장이 그러더군. 토론회 후 한 통의 전화와 한 사람의 손님이 찾아왔다고. 전화는 정백으로부터 왔고 손님은 청독사라고 했어. 정백은 붉은 수첩의 행방과 재단에서 내는 책에 자신의 이야기가 포함되어 있냐고 물었고, 청독사는 인공기와 김일성의 초상화, 붉은 수첩이 아직 남아 있냐고 물었다고 했어. 최 사장은 둘 다 아무 답도 하지 않았다고 했어. 내가 최 사장을 마지막으로 본 날이야."

다시 형균이 물었다.

"안용수와 이지선의 현장에 남은 당신의 흔적은 무엇을 의미하는 거지요?"

"최 사장이 용수와 지선이 내 물건들을 가져갔다고 했어. 둘이 살해되던 날 점심 무렵에 지선의 사무실 부근 지하철역에서, 저녁에는 여의도역에서 지선에게 전화했지. 용수가 갖고 있다고 하더군. 이쯤에서 끝내자고 했어. 세상에 나와봤자 이로울 게 하나 없다고 설득했지. 용수가 자신의 집으로 밤늦게 찾아오라고 하더군. 12시쯤 용수의 집에 갔더니 문이 열려 있었어. 거실에 들어섰을 때 둘은 이미 이 세상 사람이 아니었어. 당황한 끝에 쫓기듯 용수의 집을 빠져나왔어. 담을 넘어 뛰는 순간 골목입구에서 두런두런 하며 사람들이 몰려오더군. 허물어진 담벼락 뒤로 몸을 숨겼어. 모두 용수의 집으로 들어갔어."

형균이 물었다.

"그들이 누구였던가요?"

"말투와 덩치들로 봐서는 주먹으로 먹고사는 놈들 같았어. 지팡이를 짚고 다리를 저는 놈도 하나 있었고. 모두 그놈 지시대로 움직이더군. 그리고 체격이 작은 노인도 하나 있었어. 두목과 노인은 들어가지 않고 어깨들만 들어갔는데, 한 놈이 곧장 뛰어나와 사람이 죽었다면서 전부 몰려 들어갔지. 10여 분이 지났을까. 큰 가방을 하나 메고 나오더니 골목 어귀에 세워놓은 차에 싣고는 순식간에 사라져버렸어. 지금 생각하니 그게 지선이의 사체가 담긴 가방이었던 것 같아. 어둠 속이라 알아보긴 힘들었어도 다리를 저는 두목 옆에 서 있던 자가 청독사였던 것 같아."

형균이 담배를 한 대 피워 물며 시우에게 말했다.

"신고할 생각은 왜 안 했어요?"

"월요일 새벽에 최 사장도 당했을 거란 생각을 하게 되었지. 파주 출판사로 전화를 여러 번 했지만 행방을 아는 사람이 없었어. 용수와 지선이가 당했고, 청독사가 따라다니는 판국인데 경찰을 어떻게 믿나?"

형균이 물었다.

"그 물건들은?"

배연묵이 불쑥 끼어들었다.

"저들이 갖고 있었다면 나를 벽제화장터까지 끌고 가지 않았

434
적, 너는 나의 용기

겠지."

형균이 재차 물었다.

"지금 갖고 계신가요?"

시우가 천천히 고개를 끄덕였다.

"화요일 새벽에 용수의 집에 다시 들어가서 서가 뒤에 숨겨 놓은 것을 갖고 나왔어."

"구스타브 도레의 그림과 함께 댓글을 단 사람이 당신이었군요? 배신자의 영혼이란 당신을 의미하는 것이고 배신자가 과거의 위수남청의 진실을 토설해버린다는 것."

시우가 고개를 끄덕였다.

"문혁의 생각이었어. 기사를 쓴 배연묵 기자의 의도를 알아챘지. 기사는 범인을 자극할 수는 있었지만 범인이 원하는 미끼를 정확하게 드러내지 못했어. 그게 무언지 몰랐으니. 그런데 그 기사 때문에 내가 진짜 미끼를 쓸 수 있었던 거지."

인경이 물었다.

"그들에게 그렇게 위협적인가요?"

"붉은 수첩은 위수남청 조직을 건설하면서 만든 선언문과 조직원 명단, 그리고 충성맹세문이 적혀 있는 것들이오. 이지선이 '위수남청'을 언급했을 때, 서린대 출신 신보련 핵심간부들 대부분이 그 붉은 수첩에서 자신의 이름을 보았을 거라고 생각했겠지. 제놈들이 골수 주사파였소. 지금은 전향했다면서 과거의 동지들 등에 칼을 꽂고 다니지만, 수령의 초상과 인공기 밑에 자신들의 이름이 적힌 붉은 수첩이 발견된다면, 동지들을 팔면서까지 권력에 빌붙은 목적, 입신출세의 계획이 실패로 돌아가게 되겠지. 또 그 수첩이 비밀리에 권력의 손에 들어가면 저들은 덜미 잡힌 꼭두각시나 다름없어. 빨갱이의 흔적을 겨우 지우고 파시스트들로부터 받은 면죄부가 다시 붉은색으로 얼룩진다면, 저들의 인생목표는 수포로 돌아가겠지."

배연묵이 문혁을 보며 말했다.

"정백 비서관이 범인일까요?"

형균이 고개를 저었다.

"정백은 아냐. 엊저녁에 목격한 범인과는 체형과 행동이 너무나 달라."

문혁이 말했다.

"정신병자가 아닌 이상 그런 식으로 살인을 저지를 리가 없어. 특히 정백이 그놈은 일을 결코 자신이 직접 처리하는 법이 없어. 누군가를 꼭 제거해야 한다면, 어떤 이유를 만들어서라도 다른 사람을 시킬 친구지."

시우가 고개를 끄덕이며 말했다.

"25년 전 그때도 내게 모든 것을 떠넘기고 잠적해버렸어. 우리는 정백이를 지키기 위해 목숨을 걸었는데, 당시 자신이 수배되고 경찰이 우리를 덮칠 것이라는 것도 미리 알았음에 틀림없어. 위수남청이 내 손에 들어온 것도 정백이 수배를 피해 '도바리' 치면서 그것들을 내게 보내왔기 때문이야."

형균이 다시 물었다.

"청독사는 왜 범인의 뒤를 봐주고 있을까요?"

"뒤를 봐준다기보다 범인이 찾는 걸 도우고 있는 걸 거야. 찾을 때까지 범인이 잡히면 안 되지. 청독사는 다른 생각을 갖고 있을 거야. 대통령 선거를 앞두고 25년 전 자신이 만들다 실패한 간첩단 사건. 그걸 다시 끌어내고 싶지 않았을까? 성재가 죽어버리고 결정적인 증거가 없었기 때문에 그때는 몇 놈 국가보안법으로 감옥살이 시킨 것에 만족해야 했지만, 붉은 수첩이 인공기와 초상화와 함께 다시 나오고, 수첩 속에 엮어놓기 좋은 이름들이 있다면 그보다 좋을 수가 없겠지. 빈 수첩에라도 이름을 써넣을 인물이야."

배연묵이 끼어들었다.

"청독사가 직접 죽이지는 않았을까요?"

"그놈은 사람의 명줄을 쥐고도 주판알을 퉁기는 자야. 이득이 되지 않는 일은 결코 하지 않아. 백주대낮에 살인을 저지를 사람이 결코 아니지."

인경이 다시 물었다.

"왜 그런 굿판을 벌이려 하죠?"

문혁이 말했다.

"저들이 사는 방식이오. 잡아넣고 처형하고, 사회를 공포의 질서에 집어넣어야 안정감을 느끼는 사람들. 암중비약하며 정백처럼 권력을 쥐려는 사람들의 치명적인 약점을 잡고 꼭두각시처럼 부리고 용도가 없어지면 희생시키는 실질적인 권력, 어둠의 권력을 향유하려는 것 때문이오."

형균이 천천히 말했다.

"붉은 수첩을 봐야겠어요. 범인은 위수남청 조직원이 틀림없어요. 정백과 그 일당 중의 한 사람."

시우가 고개를 가로저었다.

"지하조직이었어. 명단을 본다 해도 모두 가명으로 되어 있어. 내가 아는 사람은 정백과 파스큘라 소속이었던 안용수뿐이야. 용수는 파스큘라 동인의 예명을 그대로 사용했어. 안석주."

"거기에 혹시 임화의 호, 철우라는 예명을 쓰는 사람이 있었습니까?"

몇 시간 전에 최헌재가 했던 말을 떠올렸다.

"있었지. 임화가 누군가? 1923년 카프 결성 당시 서기장 아닌가. 두목이었어. 위수남청의 두목은 정백. 정백이 임철우였어!"

"그렇죠. 그렇다면……."

어떤 기억이었다. 손에 잡힐 듯 말 듯 눈앞에서 뱅글뱅글 돌아다니는 새우 수염처럼 아주 가늘고 약한 기억의 꼬리. 덥석 잡으면 툭 끊어질듯 한 그런…….

"빌어먹을! 어떻게 그 생각을 내가……. 아아!"

형균은 주먹으로 앞이마를 툭툭 때리며 외쳤다.

"염군사! 맞아!"

모두 형균에게 시선을 돌렸다.

"혹시 학내 서클 중에 염군사가 있지 않았어요? 1923년 파스큘라와 염군사가 통합하여 카프를 결성했듯이……."

시우가 고개를 끄덕이며 말했다.

"우리가 파스큘라를 만든 후, 염군사란 서클이 생겼다는 말은 들었지. 그쪽에서 80여 년 전의 선배들처럼 조직을 통합하자는 의사를 전달해왔던 적이 있어."

"누구로부터였죠? 정백이었나요?"

문혁이 고개를 끄덕였다.

"자신이 주도적으로 통합을 추진해보겠다는 말을 했어. 학내 운동역량을 고양하기 위해서 조직의 통합이 필요하다고 했어. 장래에 다른 학교와도 연결선을 만들어보겠다는 야심찬 계획을 내보였지."

형균이 인경을 돌아보며 말했다.

"범인이 자신은 '이스크라'라고 했죠? 그 이스크라는 '염군사'였던 겁니다. 염군사는 '불꽃들의 모임'이란 뜻이죠. 불꽃 염焰, 무리 군群, 단체 사社. 그 염군사가 위수남청을 집요하게 찾는다는 것은 염군사 조직원이면서 위수남청에도 속한 사람이라는 의미죠. 위수남청이 누구누굽니까?"

시우가 문혁에게 고개를 돌렸다.

"그것 어디 두었는가?"

"……."

문혁은 잠시 뜸을 들이다 결심한 듯 책상 아래 문갑 깊숙한 곳에서 무언가를 꺼내들었다. 1미터 길이 굵기 15센티 정도의 원통이었다. 눈에 익은 시우의 화구통이었다. 캔버스를 나무틀에서 벗겨내어 말아 보관하던, 시우의 어깨에서 한 번도 떨어진 적이 없었던 낡은 가죽화구통. 그 슬프도록 짧고 아름다웠던 봄날의 가장자리에 있었던 물건이었다. 영도는 손수건을 붉은 눈가로 가져갔다. 시우는 익숙한 솜씨로 뚜껑을 열고 안에 있는 것들을 탁자 위에 쏟아놓았다.

38선 이남에서는 불온의 정수, 반역의 주체, 수십 년간 이 좁은 땅을 가르고 서로 죽고 죽이는 유혈투쟁의 한 축. 남쪽 권력이 모든 악의 원천으로 규정한 공화국의 상징인 깃발과 공화국이란 체제규정에 어울리지 않는 죽은 황제의 초상화가 모습을 드러냈다.

시우는 화구통에 손을 집어넣어 무엇인가를 마저 꺼냈다. 붉은색 가죽 커버를 입힌 수첩이었다. 수첩을 열자 왼편엔 그들의 위대한 수령의 초상화가 원형으로 인쇄되어 있고, 그 아래에는 붉은색 깃발에 노란 색깔의 휘장이 그려져 있었다. 망치와 붓, 낫을 형상화한 것이었다. 경찰간부 연수 때 보았던 북한 노동당 당원증과 유사했다. 수령의 초상과 붉은 기에 노란색 휘장이 새겨진 왼편은 당원증과 같았지만 오른쪽은 달랐다. 예전에 본 당원증은 조선노동당이란 검은 글자 아래 주홍색의 조금 큰 글자로 당원증이라고 인쇄되어 있었지만, 이 수첩은 '위대한 수령'까지는 똑같이 붉은 글씨로 찍혀 있고, 그 아래 보다 작은 검은색 글씨로 '남조선청년동맹'이라고 쓰여 있었다. 자세히 보면 인쇄된 게 아니었다. 누군가 뛰어난 그림 솜씨로 북쪽의 조선노동당 당원증을 모방하여 만든 것 같았다. 김일성 주석의 사진과 휘장, 글씨까지도 세필로 정교하게 그려낸 것이었다.

그 뒷장에는 남조선청년동맹 조직선언문이란 제목 아래 조직 구성의 계기와 목표, 과제를 거칠고 열정적인 언어로 밝히고 있었다. 무르익은 혁명적 정세와 남조선 청년학생들의 사명, 혁명을 이끄는 영도이념으로서의 주체사상의 이론구조, 또 남북통일의 시기와 조건 등이 촘촘히 적혀 있었다. 마지막에는 동지회가 해결해야 할 과업들이 비장한 결의의 형태로 적시되어 있었다. '결정적 시기'와 '혁명'이란 정치적 수사들이 그 양면의 대부분을 차지하고 있었다.

다음 장을 넘기자 두 면에 걸쳐 청년동지회의 조직구성도가 그려져 있었다. 일반적인 서클의 구성이 아니었다. 동지회의 지도자를 '주석'이라고 호칭한 것부터 달랐고 아래에 그려진 조직의 각 부서명은 모두 '전선' '위원회' 소조라는 이름을 갖고 있었다.

다음 장에는 지면의 왼쪽 상단부터 사람의 이름이 위에서 아래로 깨알처럼 차례차례 적혀 있었다. 불길이 쇠잔해버린 장작불이 일렁거리자 작은 글씨가 눈에 잘 들어오지 않았다. 형균은 배연묵에게 서재 귀퉁이 서가 위에 놓인 이단 촛대를 가져오도록 부탁했다. 배연묵이 촛불을 들어 테이블 위에 놓았다. 형균이 수첩에 적힌 이름을 읽어 내려가기 시작했다.

임철우

박회월

안석주

이적효

김홍파

이　호

김영팔

심대섭

최청로

형균이 시우를 보고 말했다.

"아홉 명뿐인데……."

"이름을 적은 사람은 그뿐이었어."

"임철우가 정백이었고, 안석주는 안용수, 박회월은 백시우, 그런데 안용수와 백시우는 파스큘라였잖아요."

"파스큘라 중 위수남청의 사상과 강령에 동의하고 참여한 사람은 나와 안용수 두 사람뿐이었어. 나머지 파스큘라는 변혁의 대의에는 동의하지만, 북한의 사상과 이념, 북한 주도의 혁명에는 동의하지 않았어."

문혁이 시우의 말을 받았다.

"파스큘라는 저항적인 문학서클에 불과했어. 86년에 성재와 나, 시우가 구속되면서 와해되었지만 성재가 출감하면서 재건되었지. 그런데 정백이 안용수를 통해 자신이 조직한 염군사라는 문학서클과 통합하자고 제의했지. 그래서 만들고자 한 것이 카프문학연구회였어. 그런데 정백의 의도는 카프문학연구회 안에 북한의 사상을 지도이념으로 하는 학생정치조직을 만들고 싶었던 거야. 그게 바로 위수남청이었던 거지."

대화를 열심히 받아 적던 배연묵이 끼어들었다.

"카프문학연구회 내 비밀조직으로 만들어진 거군요. 정백의 진짜 의도는 카프문학연구회를 위수남청 조직확장을 위한 근거지로 이용했던 것이구요."

"그렇지. 그런데 카프문학연구회는 만들어지기 전에 와해되었어. 나도 파스큘라 외에 아는 사람이라곤 임철우뿐이었어. 당시 정백의 사상과 의도를 알았다면 카프문학연구회를 만드는데 동의하지 않았을 거야. 파스큘라로 족했어. 누구보다도 성재가 허락하지 않았을 거야. 성재는 북한의 지도이념이 한국사회를 변화시킬 수 있는 사상이 결코 될 수 없다는 생각이었어. 이지선, 유강재도 그랬고."

형균이 명단으로 눈길을 돌려 나머지 이름들을 하나하나 읽어내렸다.

"정백과 백시우, 안용수를 빼면, 이적효, 김홍과, 이 호, 김영팔, 심대섭, 최청로……"

눈을 감고 있던 문혁이 나지막이 말했다.

"전부 1930년대 당시 염군사 조직의 이름들을 가명으로 사용했군."

배 기자가 문혁과 시우를 번갈아 보며 말했다.

"이 사람들을 알 수 있는 방법이 없을까요?"

시우가 일그러진 미소로 답했다.

"딱 한 사람 있지."

형균이 시우의 얼굴을 보며 말했다.

"청독사!"

시우가 고개를 끄덕였다.

"당시 학내 상황을 우리보다 더 잘 파악하고 있던 이가 청독사였어. 누가 언제 어디 모여서 무엇을 하고 있는지 손금 보듯 환하게 파악하고 있었지. 우리가 모르는 조직까지 알고 있었을 정도였으니. 이 명단에 나오는 이름이 누군지, 지금 무엇을 하고 있는지도 알고 있을 거야. 그것이 이 수첩이 청독사의 손에 넘어가선 안 될 이유이기도 하고."

형균은 나머지 이름들을 다시 찬찬히 읽어내렸다. 형균의 눈길이 마지막 이름에 가서 멎었다. 형균이 갑자기 일어서서 문혁에게 물었다.

"형님! 이 명단에 이상한 점 없어요?"

문혁이 명단을 다시 읽었다. 이름을 짚어 내려가던 손가락이 마지막 최청로에 가 멈췄다.

"그래. 최청로! 청로는……."

"그래요. 80년 전 염군사에 최청로란 사람은 없었어요. 청로는……."

형균은 몸에 힘이 빠져나가는 것 같았다.

"임화의 또 다른 호가 아닙니까?"

"그래. 여기에 임화가, 서기장이 한 사람 더 있었군. 누굴까?"

일순간 서재 안에서 도란거리던 사람들의 대화가 끊이며 정적이 흘렀다. 초겨울 밤을 적시는 빗소리가 더욱 크게 들렸다. 바람 소리도 들렸다. 잔디마당 너머 작은 쪽문이 바람에 흔들리고 있는지 철커덩 삐꺽 철커덩 삐꺽 소리를 반복하고 있었다.

'최씨 성을 가진 임화? 서기장 임화가 아닌 또 다른 임화.'

그때였다.

"아아! 알 것 같아요! 그 사람이 확실해요."

바람 소리와 빗소리만이 지배하던 적막을 뚫고 낭랑한 목소리로 범인을 찾았음을 선포한 이는 인경이었다. 형균과 시우가 붉은 수첩 속의 이름들을 확인하기 위해 촛대를 움직일 때부터 인경의 시선은 다른 곳에 굳게 박혀 있었다. 그녀는 시선의 끝에 있는 것과 기억 속에 각인된 이미지를 추적하며 분석하고 있었다.

사람들의 눈길이 자신에게 쏠린 것을 확인한 인경은 방 안의 유일한 조명인 촛대를 들고 벽난로 쪽으로 뚜벅뚜벅 나가갔다. 촛불과 장작불이 모인 사람들 주변만 밝히고 있었을 즈음 방 안의 높은 곳은 어둠에 가려져 있었다. 인경이 촛대를 높이 들었다. 그러자 벽난로 위 어둠 속에 있던 형상이 그 모습을 드러냈다.

인경이 말했다.

"백시우 선생님! 이 그림은……."

드러난 것은 벽난로 위에 걸려 있던 한 폭의 유화였다. 풍성한 고수머리와 근육질의 몸매. 그러나 굵은 목과 머리를 자신의 왼쪽 어깨에 뉘인 아주 불편한 동세를 한 등신상이었다. 오른쪽 무릎을 굽힌 채 조그만 돌 위에 발을 얹었으며, 왼손으로는 오른쪽 무릎을 쥐고 있는 형상이었다. 오른손은 엉덩이 근처까지 쭉 뻗은 채 검지를 펴 땅을 가리키고 있었다. 등신인물화라기보다는 조각상을 캔버스에 옮겨놓은 것 같았다. 베를린블루로 채색된 카프문학전집 2권 김기진 전집의 표지에 박힌 그 그림이었다.

"백 선생님의 그림이죠? 저건 '지옥의 문' 위에 놓인 '망령'을 그린 건가요? 아니면 아담인가요? 다윗인가요?"

시우는 인경의 갑작스러운 질문에 떠듬거렸다.

"로댕은 다윗을 만든 적이 없어요. 그의 제자이자 연인이었던 카미유 클로델의 습작 중에 '다윗과 골리앗'이 있다고 알려지긴 했지만."

"그렇다면 이 그림은 무엇을 그린 건가요?"

시우가 대답했다.

"로댕이 만년에 빚은 조각들은 대부분이 '지옥의 문'에 집어넣을 테마들을 다양하게 표현한 것들이었소. 저 그림은 아담이오. 로댕이 성 시스티나 성당에 그려진 미켈란젤로의 벽화 속 '아담과 이브'를 조각으로 표현했지. 그걸 내가 그린 거요. 그런데 '지옥의 문' 맨 위에도 저 그림과 같은 세 사람의 아담이 손을 한곳에 모은 채 똑같은 형상으로 놓여 있소. 고통에 짓눌린 것과 같은 몸짓으로. 저 그림 속 아담처럼 빚어냈지만, 그건 아담이 아니라 세 사람의 망령이라고 했소. 단테의 지옥편에서 소개한 '슬픔의 도시'와 '영원한 비탄'과 '망자'를 표현한 것이라고. '나를 지나는 사람은 슬픔의 도시로, 나를 지나는 사람은 영원한 비탄으로, 나를 지나는 사람은 망자에 이른다. ……여기에 들어오는 자 희망을 버려라.' 신곡 지옥편 세 번째 노래지요. 허허! 그 망령들도 지상에선 한때 아름다운 아담이었을 수도, 지혜로운 다윗이었을 수도 있었겠지."

시우는 젖은 목소리로 말을 맺고는 고개를 떨구었다. 지상에서 아담이었지만 죽어 지옥에서는 망령이 된 존재. 지옥과 같은 세월을 망령처럼 숨어 살았던 삶. 시우 자신의 모습이었다.

"선생님! 고통스러우시겠지만 질문 하나만 더 드릴게요. '지옥의 문' 위에 서 있는 '망령'과 '아담'의 차이가 무언지 말씀해주시겠어요?"

"강인경 박사라고 했던가요? 질문이 사건과는 어떤 관계가 있는지 모르지만 탁월한 눈썰미와 예술적 소양을 가지셨소! 아담과 망령의 차이는 저 손가락이오. 저 그림에 나타난 손가락을 보시오. 검지를 곧게 펴고 있소. 시스티나 성당 벽화 '천지창조'를 보면 아담은 손가락을 곧게 펴고 신으로부터 생명을 부여받고 있소. 난 '세 망령'이나 '아담'을 사진으로만 보았소. 그런데 자세히 보면 '지옥의 문' 위에 놓인 망령의 손목은 잘려져 있어요. 신으로부터 생명을 받을 수 없는 존재란 뜻이겠지. 그러기에 아담처럼 풍만하고 강건한 육체를 가지지 못하고, 뒤틀리고 피골이 상접한 채로 지옥을 방황하는 존재들인 거요. 자세히 보지 않으면 두 작품은 거의 구별할 수 없어요. 로댕이 아담과 지옥의 망령을 함께 창조한 셈이오."

인경이 이번에는 영도를 보며 질문했다.

"박 선생님! 안용수의 시신에서 나온 그림 기억하시죠?"

영도가 고개를 끄덕였다. 인경은 벽난로 위에 걸린 아담을 가리키며 물었다.

"그림의 손목을 기억하시나요?"

"그래. 이 그림보다 깡마른 사내의 형상이었어. 머리를 가로 뉘인 것과 굽은 오른쪽 무릎, 그런데 앞으로 뻗은 왼손은 이 그림처럼 오른쪽 무릎을 잡고 있는 것이 아니라 앞으로 쭉 뻗어 있었어."

영도는 태블릿PC 화면에 띄운 사진자료를 보며 고개를 가로 저었다.

"그리고 오른손은 없었어! 잘렸어. 비스듬히 잘린 대나무처럼.

여길 봐!"

영도는 사건파일을 펼쳐 용수의 재킷에서 발견된 그림을 화면에 띄워 보였다.

"바로 그거예요. 범인은 아담을 그린 게 아니라 '망령'을 그린 거죠. 손목이 없는 망령. 그것은 '지옥의 문' 위에만 있어요. 로댕은 '아담'이란 제목의 조각을 빚었고, 또 세 사람의 '망령'도 소품으로 빚은 적이 있죠. 그런데 '지옥의 문' 위에 놓이지 않은 '그림자 L'OMBRE' '망령' '아담'이라는 이름이 붙은 그 소품들은 모두 손목과 손가락이 제대로 달려 있었어요. 손목이 잘린 '망령'이 있는 곳은 '지옥의 문' 위, 우리나라에 딱 한 곳뿐이에요."

인경이 말을 멈추고 형균을 바라보았다.

"S빌딩. 갤러리 플래토."

"그래요. 인터넷에 로댕의 조각을 담은 사진이 많이 돌아다니지만 손목을 확인하면서 구별하려면 로댕의 작품에 대한 전문성과 관찰력이 아니면 쉽지 않아요. 손목 잘린 '지옥의 문' 원작을 실제로 본 사람, 아니! 그냥 보는 정도가 아니라 자주 볼 수 있는 곳에 있는 사람. 그리고 붉은 수첩과 저 인공기가 세상에 알려졌을 때 자신의 욕망이 모두 수포로 돌아갈 수밖에 없는 사람. 네 사람을 다양한 방법으로 잔인하게 살해하고도 거리를 활보할 정도의 정신장애자일 가능성이 있는 사람. 그 모든 조건을 충족하는 사람이 누굴까요?"

피가 나도록 입술을 질근질근 씹고 있던 형균이 인경을 바라

449

절망과 열망

보면서 낮게 뱉었다.

"그놈이군……."

인경이 파리하게 질린 얼굴로 한숨을 쉬며 말했다.

"그래요. 우리는 범인을 만났어요. 오늘 낮."

형균의 굳게 다문 이 사이에서 한숨이 흘렀다.

"청로! 최헌재."

인경이 고개를 끄덕였다.

"세상에!"

인경의 탄식이 다시 어두운 공기를 흔들었다. 사람들이 모두 인경의 얼굴에 시선을 꽂았다.

"지금 생각하니 오늘 최헌재는 수사보고를 받고 싶었던 게 아니었어요."

"그럼 무슨……?"

배연묵이 눈을 동그랗게 뜨고 물었다.

"최헌재는 제게 어젯밤 공격을 당하고 쓰러졌을 때 느낌을 집요하게 캐물었어요. 어째 좀 이상하다 싶었어요. 자신의 위협 아래 느낀 죽음의 공포를 희생자에게 직접 듣고 싶었던 거죠. 인격 장애를 가진 범죄자가 현장에 다시 나타나거나, 희생자 신체의 일부 또는 착용하고 다니던 물품을 전리품으로 가져가는 것은 범죄의 기억을 다시 되살리기 위해서죠. 거기서 쾌락을 얻는 거예요. 최헌재는 어젯밤 생사여탈의 권력을 가졌던 확실한 지배, 그 느낌을 다시 경험하고 싶었어요. 저를 위협했던 마취주사를 펜토탈소디움이라고 했을 때, 최헌재는 1초의 기다림 없이 숙시닐콜린이라고 정정했어요. 자신의 소행이니 정확하게 기억했겠죠."

거장의 조각을 모사한 그림이 수수께끼를 던지고, 과거의 업보와 권력에 대한 야망이 절묘하게 비벼진 스토리를 듣고 있던 배연묵이 아직 퍼즐 조각이 다 들어맞지 않았다는 표정으로 질문을 던졌다.

"그렇다면 다른 그림과 글들은⋯⋯?"

인경이 눈을 반짝이며 말을 이었다. 초겨울의 빗줄기가 들여보내는 한기 때문인지, 엽기적인 사건의 전모가 주는 두려움 때문인지 영도가 몸을 떨었다. 문혁이 장작 두 쪽을 벽난로 안으로 던져 넣었다.

"이렇게 추리해볼 수 있겠죠. 최헌재는 21일 수요일 상수동 재단 사무실을 방문했어요. 책에 담길 어떤 얘기도, 자료에 관한 어떤 내용도 들을 수 없었어요. 그 자리에서 최 사장을 살해하고 직접 자료를 찾기로 결심했겠죠. 제일 먼저 출판사를 뒤지기로 결심하고 22일 목요일 새벽 파주 광해사에 숨어들어 원고를 찾았지만 찾을 수 없었어요. 주변에 카프문학전집을 발견하고는 한 질을 갖고 나왔을 거예요. 그 후부터 거기 나온 그림들을 흉내 내기 시작했겠죠! 수사의 혼선을 목적으로 했던 것 같아요. 여기 백시우 화백이 범인이라고 암시할 목적도 있었겠죠. 최헌재가 편집한 토론회 CD에 유난히 백시우 화백이 많이 등장하는 것도 백 화백님을 범인으로 부각시키려는 의도가 있었을 거예요. 그리고 임화의 시는 임화라 불린 사람, 즉 정백 비서관 역시 수사선상에 올려놓게 하기 위한 속임수라고 생각돼요. 정백도 붉은 충성에 직접적인 이해관계를 갖고 있는 사람이니까!"

"알파벳은 파스큘라들에 대한 경고였다?"

수첩 위에 열심히 볼펜을 놀리던 배연묵이 인경의 추리를 거들었다.

"그럴 테죠. 한 사람 한 사람 처형해나간다면 다음 방문자에게 큰 위협이 될 것이라고 생각했겠죠. 또 어떤 형태로든 자기에게 메시지가 올 거라고 생각했겠죠. 결국 구스타브 도레의 그림과 댓글이 나오게 된 거구요."

시우와 문혁이 고개를 끄덕였다. 박영도가 탄식하듯 말했다.

"당장 최헌재를 잡아들일 수 있는 물증은 없어! 더구나 이제 대통령 비서관이야."

눈에 핏발을 세운 채 입을 다물고 있던 형균이 말했다.

"유전자 샘플을 구해야겠죠. 최 사장의 손톱 밑에 남아 있던 상피조직과 일치한다면 문제는 간단해요. 일단 미행을 붙여놔야겠어요."

그때였다. 형균의 주머니 속 휴대전화가 울렸다. 영등포서 형균의 데스크 번호가 찍혔다.

"누구야?"

"흐흐흐. 정 반장. 나요!"

휴대전화 속 음성이 독사의 혓바닥처럼 귓바퀴를 핥았다.

'청독사……'

김천갑이었다.

"당신이 어떻게 내 책상에서……"

"허허! 그러게 말이오. 세상엔 이해하기 힘든 일들이 많아."

"누가 풀어줬어? 당신 옆에 있는 김 형사, 장 형사 바꿔!"

"그 사람들 탓하지 마소! 서장은 물론이고 남부청에 김세동 검사도 어쩔 수 없는 일이오. 조물주가 사람을 세상에 보낼 때 다 힘을 달리 갖게 했으니 그런 것 아니겠소? 그렇다고 세상도 탓하지 마소. 성재도 저승에서는 세상 이치를 깨달았을 거요. 젊은 열정으로 안 되는 게 있고, 그 열정도 오래가면 허망하고 후회스러운 일이 된다는 것 말이오. 큭큭. 세상을 움직이는 사람들은 따로 있는 법이라."

수화기를 든 형균의 손이 부들부들 떨렸다.

"그라고 내가 체포되고 난 뒤 누가 내 구두에 물감을 잔뜩 묻혀뒀더라꼬. 우리 영등포 서장님이 조금 전 경찰서 앞 구둣방에서 깨끗하게 닦아내고 불광까지 내서 갖다주셨지 않았겠소. 안 그래도 되는데. 히힛! 복받을 분이라. 하룻밤 잘 지내고 가오. 내 나가는 김에 여관비는 드리고 가야 할 것 같아서 전화 안 했넝교. 조금 전에 그 똑똑한 고 형사가 이스크란가 멍가 내한테 묻더라꼬. 그게 말이오. 이스크라가 아이고 불꽃 염 자 쓰는 염군산가 하는 언나덜 장난 가튼 모임, 그거 아잉가 모르겄소. 부모

453
절망과 열망

들이 등꼴 휘게 돈 벌어 등록금 보내주모 공부는 안 하고 무신 빨갱이 시라꼬 만들어와서 저거끼리 민중이 어떻고 혁명이 어떻고 밤새 술 처먹고 울부짖고 지랄뺑하는 것들이었제."

"그건 나도 이미 알아! 내게 전화한 이유가 뭐야?"

"킥킥킥! 이유? 고생하는 정 반장님 수고 쫌 덜어드릴라꼬 전화했지. 파스큘란지 드라큘란지 거 이상한 이름을 가진 모임은 성재하고, 문혁이, 시우가 주동이었고, 그 염군사란 조직은……."

형균이 청독사의 말을 잘랐다.

"정백이었지……."

"킥킥킥……."

천갑의 웃는 목소리가 한 옥타브는 올라갔다.

"정백이는 거간꾼이지 거간꾼. 더 큰 조직을 만들어 지가 두목이 되어볼라꼬 한 거지. 머리가 희한하게 잘 돌아가는 놈이었제. 정백이는 그때 어떤 모임에도 속하지 않았어. 염군사를 만든 놈들은 따로 있었어. 적효, 홍파, 이호, 영팔이, 청로, 대섭이. 킥킥. 그놈들 중에 몇 놈은 지금 여당 야당 국회의원도 하고, 10년 전에는 청와대에도 들가 있었고, 지금도 이래저래 자리들을 다 꿰차고 있지. 옛날에도 그랬지만 그것들 다 내하고 친했던 것들이라! 서린대 데모꾼 출신 중에 내가 모르는 놈 있으면, 그놈이 간첩이제. 키키키키."

천갑은 아직도 그들의 예명을 다 꿰고 있었다. 등골이 서늘해졌다.

"할 말이 뭐야?"

"정 반장……"

청독사의 목소리가 낮아졌다.

"우리 거래를 하면 어떻소? 그놈이 찾는 물건이 있소. 그 물건 갖고 있으면 내게 넘겨주소. 정 반장한테는 아무짝에도 필요 없는 것들 아니요? 내게 넘겨주면 범인을 정 반장 앞에 데려다주지."

"그 물건이 뭔데?"

"허허! 다 알면서. 멍청한 임도식이 패거리가 고려일보 배연묵이를 아궁이에 집어넣으면서 말한 거들 말이오. 아마 지금 정 반장이 만나고 있는 위인들이 갖고 있겠지. 팔봉이, 송은이. 킥킥킥."

"당신 도움 필요 없어. 또 그놈이 찾는 것, 당신 손에는 넘어가지 않을 거야. 새벽이슬도 벌이 먹으면 꿀이 되고, 당신 같은 독사가 먹으면 독이 된다는 것쯤 나도 알아!"

"킥킥킥! 답답한 것! 성깔과 고집은 제 형하고 하나도 다르지 않네! 니도 그냥 눈 질끈 감으면 영감 소리 들어가며 한자리 할 수 있을 텐데. 영등포시장 잡배들의 꽁무니나 쫓고 다니니. 그래, 알았다. 곧 다시 만날 끼다."

"다시 만나는 날은 당신을 확실하게 처넣는 날이 될 거다. 내 앞에 나타나지 않는 게 신상에 이로울 거야. 내 형을 죽인 놈이 당신인 줄 내가 알아. 언젠가 내 손으로……."

"킥킥킥. 그래. 잘해봐라!"

뱀의 웃음소리를 남기고 천갑은 전화기 속으로 사라져버렸다. 시우가 떨리는 목소리로 말했다.

"청독사였군."

형균이 휴대전화를 쥔 손을 부르르 떨며 말했다.

"염군사를 다 알고 있어요. 본명도 다 알고. 우리가 지금 만나고 있는 것까지도."

시우가 눈에 고인 눈물을 닦아내며 말했다.

"내 지옥의 문을 연 놈. 지난 25년의 내 인생을 지옥으로 만든 놈."

휴대전화를 열어 김 형사를 찾았다.

"신보수연대 전국청년위원장 최헌재를 수배해! 위치가 확인되거든 강력반을 두 개 팀으로 나누어 미행을 붙여!"

형균은 휴대전화를 만지작거렸다.

'청와대에서 정백을 만나던 날 김천갑과 임도수도 사건의 내막을 정백에게 보고했음이 틀림없다. 최헌재가 살인범이란 사실이 매우 부담스러웠겠지. 헌재가 체포된다면 정백 자신은 물론 신보련에 치명타가 될 것은 자명한 일. 사건 현장 뒤처리까지 했기 때문에 버텨보려고 했지만 강재까지 피살되었다는 소식에 사퇴를 결심하게 되었을 거야.'

정백의 전화번호를 눌렀다. 한참 동안 신호가 갔지만 받지 않았다. 형균은 전화를 끊고 누군가에게 문자메시지를 보내고는 시우와 문혁에게 말했다.

"다음 타깃은 두 분 형님이에요. 찾고 있는 물건의 원소유주인 시우 형일 가능성이 높아요."

형이라는 말에 시우는 눈물을 삼켰다. 죽은 성재로부터 누명을 직접 벗지는 못했지만 형균과 영도로부터 용서를 받았다는 것은 이제 그 지옥과 같은 고통으로부터 해방되는 것을 의미했다.

"오늘 밤 여기가 가장 위험해요. 피하셔야 합니다. 이 수도원을 몰래 빠져나갈 수 있는 길이 있습니까?"

"뒷산으로 나가는 쪽문이 뒤에 하나 있지."

"먼저 이 물건들을 숨겨두세요. 제놈들이 이 넓은 성당 전체를 털지는 못할 겁니다. 그리고 두 분 형님과 두 여자분은 함께 수도원을 빠져나가세요! 배 기자는 이분들을 영등포경찰서로 모셔주게. 불편하더라도 영등포서에서 하룻밤만 지내줘! 오늘 밤 거기 외엔 어디도 안전하지 않아!"

"자네는 성직자더러 성전을 버리라고 명령하는군! 그런 명령은 하나님만 할 수 있네. 하나님은 오늘 밤 당신의 집을 지키라고 내게 부탁하시는군! 물건들은 내가 숨겨놓지. 놈들이 다 잡힌 후 저 벽난로에 던져버리겠네."

영도가 몸시리치며 말했다.

"지금 태워버려요! 그럼 저들이 두 분을 공격할 이유가 없잖아요?"

"저들이 믿지 않을 거예요. 끝까지 찾을 겁니다. 갖고 있어야 유인도 가능해요. 하다못해 협상이라도."

소나무 껍질이 타들어가며 타닥타닥 소리를 냈다. 시우는 잔잔한 눈길로 일렁이는 불길을 보다 컵에 남은 노란 액체를 마저 들이켜고는 소매로 입술을 훔치며 말했다.

"나도 이제 맞서고 싶어. 그리고 정백이 놈을 만날 이유가 있어. 성재가 입대할 즈음이었지. 전부 수배가 떨어졌는데 정백이 이 물건들을 내 고향집으로 보냈더군. 천갑이 심문을 하면서 내놓은 내부 조직도도 저 붉은 수첩에 그려진 것과 같았어. 수첩 속 수령의 초상화와 휘장 그림은 내 솜씨지. 그런데 조직도는 정백이 만든 거야! 성재를 팔아가며 지킨 저 깃발에 쌓인 초상화와 수첩을 내게 보낸 이유. 무엇보다 그 조직도가 천갑에게 넘어간 이유를 정백에게 듣고 싶어. 이제 성재를 만날 날도 얼마 남지 않았어. 떳떳하게 죽고 싶군."

배 기자가 내처 물었다.

"그렇다면 밀고자가?"

백시우는 말없이 고개를 끄덕였다. 배 기자가 겁먹은 눈으로 형균을 바라보았다.

"나더러 이 밤중에 이분들을 모시고 가라고? 청독사가 경찰서 문을 나섰다면 언제 어디서 우리를 공격할지 몰라! 여기가 제일 안전할 것 같은데."

형균이 휴대전화로 위수남청의 수첩을 표지부터 하나씩 하나씩 찍기 시작했다. 문혁이 물었다.

"자네 뭐하는가?"

"증거요. 이 물건들은 요물이에요. 없애버리고 싶지만 이용가치도 충분한 것이죠. 천갑이 정백과 손을 잡고 싶다면 철우라는 이름을 지을 것이고, 최헌재는 최청로를 지을 겁니다. 그리고 매장시켜버리고 싶은 사람의 이름을 써 넣을 수도 있어요. 대통령선거가 얼마 안 남았어요."

시우와 문혁은 고개를 끄덕이긴 했지만 표정은 불안했다. 형균이 좌중을 돌아보며 말했다.

"정백은 범인이 누구인지 알고 있을 겁니다. 틀림없이 전화가 올 겁니다."

김 형사에게 다시 전화를 걸었다.

"최헌재 위치 확보했나?"

"휴대전화가 꺼져 있습니다. 마지막 통화지점은 삼청동입니다. 청와대로 추정되는데요."

'청와대라면 정백을 만났겠지. 행동을 시작했군.'

김 형사에게 강력반 두 개 팀 중 한 팀은 무장하고 종현성당으로 오라고 명했다.

그때였다. 형균의 휴대전화 소리가 조용한 방 안에 울려퍼졌다. 정백이었다.

"정 반장이신가?"

"몇 가지 질문이 있어서 전화했었죠!"

"내게? 무슨 질문인가?"

"비서관을 사직하셨더군요? 이유를 물어도 될까요?"

"특별한 이유는 없네. 그냥 쉬고 싶었을 뿐이야."

"다음 총선에 출마하실 분이 청와대 비서관 자리를 이유 없이 떠나신다고 의문을 품는 사람이 많더군요. 그 이유가 뭘까 하고."

"자네는 이유를 알고 있나?"

"글쎄요. 알 것 같기도 하네요."

형균은 말끝에 여운을 달았다.

"……."

"그 자리를 최헌재 위원장이 이어받을 거라고 하던데, 사실입니까?"

"누가 그런 소리를 하던가?"

"오늘 오후 최 위원장으로부터 직접 들었습니다. 자신을 비서관으로 불러달라던데요."

"어림없는 소리. 내 사표는 아직 수리되지 않았어. 그리고 내가 관둔다면 후임이 따로 있어."

"그래요? 그 말을 들으면 최 위원장이 많이 섭섭해할 것 같은데요. 오늘 오후 재미있는 말을 하더군요. 현장에 남겨진 그림은 무슨 의미인지 몰라도 글은 임화의 시라고 하더군요. 카프의 서기장 임화. 그리고 25년 전 카프문학연구회에도 '철우'라고 임화의 호를 사용한 사람이 있었다더군요. 오스트롭스키를 인용하면서."

"그 친구가 그런 말을 하던가?"

"확인해보니 철우라는 가명을 사용하던 사람이 정백 비서관님이더군요."

"누가 그러던가?"

"김천갑이라는 사람에게서 들었죠."

"김천갑이?"

"김천갑이 위수남청의 증거물인 초상화와 깃발, 수첩을 달라고 하더군요. 다른 사람에게는 필요 없어도 자신에겐 긴한 물건이라고."

"그걸 주었는가?"

말투에 다급함이 묻어났다.

"아니요! 지금 다른 사람이 갖고 있지요."

"누구?"

"백시우라고 기억하십니까? 그 사람이 갖고 있을 거라고 하더군요."

"백시우? 누가 그러던가?"

"고문혁 신부!"

"문혁이가? 자네 지금 어디 있는가?"

"글쎄요. 지금 그보다 범인의 행방을 알려주셔야 할 것 같은데요? 전화 연락이 되지 않으니."

"범인?"

"안용수와 이지선, 최 사장과 유강재를 살해하고, 위수남청의 증거물들을 집요하게 찾고 있는 자 말입니다. 누군지 아시잖아요!"

"내게 공범이라 말하고 있는가, 자네?"

"미필적 고의. 유강재가 죽을 줄 알고, 백시우와 고문혁이 공격받을 줄 알고 있었으면서 범인을 보호했다면, 공범이지 않을까요? 범인을 알고 있으면서 백주대낮에 활보하도록 놔두고, 경찰의 수사를 방해할 목적으로 범행 현장을 훼손시킨 김천갑과 사건에 대해 논의했다면 공범이라고 할 수 있죠."

"……"

정백은 말이 없었다.

"자네 지금 어디 있나? 만나서 이야기하지!"

"한시가 급합니다. 최헌재는 어디 있습니까? 지금 행방을 알 만한 사람은 정백 비서관 당신뿐이오!"

"오늘 낮부터 통화가 안 돼! 전화기가 꺼져 있어!"

"짐작 가는 데가 없습니까?"

"짐작이고 뭐고, 고문혁이나 백시우를 찾지 않겠나? 위수남청을 찾는다면."

"만약 전화가 온다면 백시우의 위치를 알려주세요."

"어디?"

"종현성당 주교의 서재."

462

적, 너는 나의 용기

"알았네. 그런데 한 가지 명심하게."

"뭘 말이죠?"

"최헌재 그 친구 정상이 아냐! 환자지! 아주 오래되었어!"

"대충 짐작하고 있습니다. 범죄에 사용한 약물 중에 시중에서 구할 수 없는 정신과치료 약물이 있었죠."

"조심하게."

형균은 전화를 끊으며 미소를 지었다.

'교활한 배후인물의 충고. 이자는 최헌재가 범인임을 이미 알고 있었다. 위수남청의 행방을 찾기 위해 먼저 나서준 최헌재를 지켜보고 있었던 것이다. 하나하나 죽어나가는 옛 동지를 보며 마지막 한 사람이 남기를 기다리고 있었던 거지.'

배연묵이 어두운 표정으로 말했다.

"정백이 한편 아닌가?"

"꼭 한편이라고는 말할 수 없어. 천갑과 정백, 최헌재 모두 다른 목적으로 그 물건들을 찾고 있지. 정백이 물건을 찾는다면 태워버렸을지도 모르지만, 최헌재는 그걸로 정백을 밀어내고 그 자리를 차지하려 했을 것 같아. 그런데 정백과 최헌재는 둘 다 물건이 다른 사람 손에 들어간다면 자신들이 위험해진다는 것을 알고 있지. 청독사는 명단이 손에 들어오면 정백뿐 아니라 위수남청으로 활동했던 전 현직 정치인들의 약점을 잡고 농간을 부리려 했을 거야. 아니면 그 옛날처럼 대규모 간첩사건을 만들고자 했는지도. 그렇기 때문에 정백은 천갑에 앞서 이 물건들을 확보할 필요가 있지."

"천갑의 생각대로 된다면, 대선을 앞두고 최대 이벤트가 되겠네! 북풍, 총풍과는 비교가 안 되는."

형균이 고개를 끄덕였다.

"천갑에겐 최헌재나 정백 모두 제물이야. 최헌재가 저들에게는 부담스러운 존재지만 그렇다고 체포되게 할 수는 없었겠지. 정백은 헌재와 연락이 닿으면 분명 백시우 화백의 행방을 알릴 거야. 천갑보다 먼저 이 물건들을 확보하려 하겠지. 그런 후에는 천갑을 불러 최헌재를 처리하라고 하겠지."

"어떻게?"

배연묵이 형균에게 물었지만, 결론은 인경이 아주 짤막하게 내려버렸다.

"헌재를 정신병자 살인마로 만들어 병원에 처넣으면 되겠죠."

형균이 위수남청의 증거들을 다시 화구통에 주워 담았다. 그러고는 리볼버를 꺼내 약실을 확인하며 말했다.

"정백에게 여길 가르쳐준 이유는 위수남청이 있는 여기서 사건을 해결할 수밖에 없기 때문입니다. 저것들을 가지러 오겠죠."

"그 물건을 여기서 사용할 생각인가? 내가 죽는 한이 있어도 여긴 안 되네. 치우게!"

형균은 문혁의 경고에도 아랑곳하지 않았다.

"살인마는 막아야죠."

잠시 정적이 흘렀다. 이제 기다리는 일만 남은 셈이다. 시우와 형균의 대화를 부지런히 옮겨 적던 배 기자가 시우에게 입을 뗐다.

"위수남청……."

시우가 배연묵을 쳐다보았다. 배연묵이 말을 이었다.

"당신에게 수령은 어떤 존재입니까?"

"괴물이지……."

"당신들에게는 혁명의 이상을 실현했던 영웅이었잖습니까? 괴물이라는 것은 어떤 의미……."

"지울 수 없는 나의 회한이라지 않았나? 이제는 모두 부정해 버리고 싶어도 그럴 수 없는. 내 과거의 가장 짙은 그늘이고, 그 시대를 지나온 우리에겐 치유가 꼭 필요한 상처 같은 것이지. 만 들어진 우상, 남조선이 갖고 있는 계급과 민족의 모순을 그 '위 대한 수령'이 혁명적으로 해결해줄 수 있을 것이란 환상에서 비 롯된 것들 말이야! 사실 난 이념보다 힘을 믿는 사람이었네. 그 림이 표현하고자 하는 추상보다 색깔과 선을 더 중요시하지. 그 때는 총칼로 수천 명을 학살하고 집권한 악랄한 파시스트 군부 정권, 그들과 결탁한 부패한 재벌, 돈이 사람을 지배하는 이 모 순덩어리 자본주의를 뒤집어엎고, 새로운 세상을 창조할 수 있 는 힘이 필요했어. 그 일사불란한 힘을 수령이 줄 수 있을 거라 고 생각했지. 결코 가능하지 않은 동맹을 바랐던 거지. 또 다른 볼셰비즘이었고 내가 쓸어버리고 싶은 군부정권과 별 나름 없 는, 인민을 기만하며 지배하는 존재라는 것을 알게 되기까지 불과 몇 년이 걸리지 않았어."

"그동안 왜 부정하지 않았나요?"

시우는 싱긋 웃었다.

"자네, 그것 아는가? 고해보다 죄를 안고 살아가는 것이 더 어렵고 힘들지. 부정하는 것은 쉬워! 난 부정할 수 없었네. 나의 말이 진실이라고 여긴 수많은 동지들과 후배가 투옥되고, 다치고, 죽었지 않았나? 그들에게 내 말이 거짓이었다고 말할 용기가 없었네."

"잘못되었다고 고백한 사람도 있잖습니까? 신보련."

"고백? 그들의 말을 믿나? 그들은 처음부터 신념이 아니었던 거야. 신념을 설파했던 것이 아니라 거짓말로 선동을 했던 거지. 지금은 두 번째 사기를 치고 있지. 주체사상을 버리고 이제 개과천선해서 자유주의의 전도사가 되었고, 자랑스러운 대한민국의 역사를 전면에 내세우겠다고? 뒤집어엎으려 했던 그 체제와 역사를 찬양하는 것! 그것이 진실일까? 얄팍한 출세를 위한 거짓수사에 불과해. 그들이 수령을 버렸다고 선언했던 시기를 잘 봐! 소련이 붕괴한 훨씬 후의 일이야. 동유럽과 러시아를 여행하고, 북한을 방문하고, 그래서 사회주의 사상이 문제가 있고, 주체사상이 잘못되었다는 것을 깨달았다고?"

백시우는 강하게 고개를 저었다.

"단지 그 사상의 이용가치가 없어졌다는 말인 게지! 모든 사람이 아는 진실을 뒤늦게 눈으로 보고야 깨달았다고 고백했다면 그걸 고백이라고 할 수 있을까? 지적인 지체장애가 아닐까? 그들에게 지금 자유주의란 주체사상과 같은 선전과 선동의 도구일 뿐이고 똑같은 욕망의 표현이지! 청년 시절의 혁명운동이 잘못되었던 것이라 고해를 했다지만, 잘못을 고백하고 사과해야 할 대상은 저 지배계급이 아니라 그네들 때문에 감옥에 가고, 병을 얻고, 고생하며 죽어간 동지들이지. 2주 전 그 토론회를 아는지 모르겠지만 거기 나온 족속들 모두 지배권력이 흘린 부스러기를 주우러 나타난 것들이야."

"혁명. 당신에게 혁명이란 무엇이었던가요?"

시우는 잔에 남은 액체를 마저 털어넣었다.

"혁명……! 가슴에 이는 불길과 같은 것이었다네. 세상을 바꿀 수 있다는 믿음. 오직 혁명으로만 가능하다는 신념. 부모들이 뼈 빠지게 고생하는 것을 보며 성장한 총명한 어린 학생들이 대학이란 데를 와서 눈에 본 것이 무엇이었겠나? 썩어빠진 군부정권이 권력을 틀어쥐고 있는 곳이 재벌과 봉건관료들이 부패망으로 물샐틈없이 직조하고 있던 후발 자본주의라는 것. 그 모순을 해결하지 않는 한, 고생하는 부모들의 한을 풀고 우리의 미래를 가꿀 수 있는 길은 보이지 않았네."

"너무 무모했던 것 아닌가요?"

"기자라고 했던가?"

"그렇습니다."

"자네는 혁명을 꿈꾼 적이 있나?"

"있었죠!"

"그래! 혁명을 꿈꾸지 않는 젊음이 어디 젊음이던가? 세상은 변해야 하고 내가 세상을 변화시킬 수 있다는 믿음, 그 믿음은 젊음에서 오는 것 아니었던가? 믿음과 젊음, 혁명의 시작이지."

"당시 학생들이 왜 사회주의를 택했던가요?"

"우리는 세상을 바꾸는 지침을 줄 그런 사상과 이념에 목말라했지. 마르크시즘은 생애 최초의 철학적 경험이었어. 시골 출신의 가난한 유학생들에게 세상의 불평등을 한꺼번에 갈아엎을 수 있다는 희망이었지! 희망은 가슴속에 열정을 불어넣어주었네. 저기 아담이 신에게 생명을 부여받았듯이."

시우가 벽난로 위 자신의 그림에 눈길을 주며 말을 이었다.

"기성세대들이 어린 학생들을 마르크시즘으로, 주체사상으로 몰아넣었던 거야. 체계적이고 논리적인 비판 없이 마르크시즘이라는 엄연한 철학의 조류를 빨갱이 사상으로 불온시한 무지몽매한 것들이 기성세대였지. 고등학교를 졸업할 때까지 교과서와 참고서 이외에는 볼 수 없었고, 철학적 훈련의 기회라고는 전혀 없었던 젊은이들에게 서양 근대철학이 응집된 사유체계가 갑자기 눈앞에 펼쳐진 거지. 똑똑하고 혈기방장한 청년들이 빠져들지 않았다면 그것이 오히려 신기한 것일세. 교과서에서 가르쳐주지 않았던 새로운 사실들, 굴종과 기만, 오욕의 역사에 대한 반감이 그 불온함 속에서 진실과 진리를 발견하게 해준 거야. 부끄러운 일이지만 주체사상은 달랐어. 가장 손쉬운 길이었지. 학습방법도 어렵지 않았네. 서로의 사유를 확인하고 토론한 것이 아니라 방송의 청취와 암기, 주체사상 태두들의 문건을 다시 되뇌는, 철학하는 것이 아니라 교시를 학습하는 것이었지. 철학에는 교시가 없지 않나? 지금 생각하면 학생운동 내 권력확대를 위한 신종 정치 벤처 같은 것이 아니었을까? 암기과목이었지. 교과서 같은."

"'과거의 그늘'에서 말하고 싶었던 것인가요?"

"남쪽에서 주체의 생명은 길지 못했네. 혁명의 열정도 식었지. 정당에 뛰어든 이는 선거전문가가 되거나, 과거의 전력을 자랑 삼아 지위와 권력을 얻기 위해 노력했지. 기업으로 간 동지들은 자본의 논리와 자본가의 명령에 충실했어. 과거의 동지들이 파업전선을 가운데 놓고 서로 생사를 걸고 싸우는 모습도 드물지 않았어. 지금 우리에게 필요한 것이 무엇인지 아는가? 자신들이 과거에 뱉어놓았던 말을 조금이라도 주워 담으려는 노력이야. 열망과 절망의 기로에서 '과거의 그늘'을 내놓길 결심한 것도 그 때문일세. 아직도 외롭게 투쟁하고 있는 이들이 있다는 것을 알려주고 싶었네. 과거를 밑천 삼아 인생을 벌충하여 출세하고자 하는 변절자들에게 말야! 운동의 역사는 영웅담, 후일담만으로 존재하지. 그때 세상을 바꾸자고 앞에서 메가폰을 잡고 떠들던 이들, 지금 그들은 어디에 있나? 타도하려 했던, 뒤집어엎어 버리려 했던 것들과 놀라우리만치 닮아가고 있어."

"수십 년을 싸워왔지만 세상은 변하지 않았어요. 열망이 왜 절망으로 바뀌었을까요? 수많은 동지들이 왜 절망의 대열에 동참할 수밖에 없었을까요?"

"우리에게 힘이 없었던 것이 첫 번째 이유지만, 기회가 있을 때에는 단호하지 못했어. 래디컬하지 못했기 때문이야. 적당한 타협의 악수 속에 스며오는 거부하기 싫은 달콤함과 따뜻함. 그렇게 섞여갔고 또 섞여가길 원했지. 우리의 비겁함과 교활함에 답이 있다고 보네."

그때였다. 문혁의 책상 끝에 붙어 있는 부저에서 방울소리가 났다.

문혁이 책상에서 일어나며 말했다.

"이 밤에도 도움이 필요한 형제자매가 있는 모양이군."

형균이 물었다.

"어딜 가십니까?"

"고해실에 누가 들어왔다는 소릴세. 공부에 전념하고 있는 수도사나 수녀님들도 남모를 비밀로 번민할 때가 있는 법이지. 이건 나만 아는 곳에 감춰놓겠네."

문을 열자 습기를 머금은 한기가 방으로 스며들었다. 비는 더욱 세차게 내리고 있었다.

"조심하세요! 본당까지 제가 호위할까요?"

"여긴 내 집일세! 여긴 어두워도 본당 불은 꺼지지 않았어. 제 아무리 포악한 놈이라도 불이 밝혀진 성당에서 흉악한 짓을 하겠나?"

문혁은 화구통을 메고 본당 불빛을 쫓아 성큼성큼 걸어나갔다. 형균은 본당 쪽을 바라보았다. 본당 전면과 종루는 성당 마당 가장자리에 박힌 푸른 서치라이트 빛을 올려 받아 장엄한 윤곽을 자랑하고 있었다. 건물 벽면은 흘러내리는 빗물로 은비늘이 돋은 듯 번질거렸다.

형균이 뒤에 선 영도에게 말했다.

"마음이 안 놓여요. 신부님이 본당에 들어가시는 것만 보고 올게요. 방을 나가지 마세요. 곧 김 형사와 조 형사가 도착할 겁니다."

영도가 고개를 끄덕였다. 배연묵이 주위를 둘러보고는 벽난로 옆 갈고리 달린 부지깽이를 두 손으로 거머쥐었다. 형균은 빗길을 뛰었다. 문혁은 본당 처마 밑 좁은 회랑을 걷고 있었다. 벽면에 일렬로 난 아치 모양의 창이 회랑을 밝히고 있었다. 문혁은 창밖에서 본당 안을 잠시 들여다본 후 안으로 들어갔다.

형균도 회랑이 시작되는 곳에서 본당 안을 들여다보았다. 열지어 놓인 신도석 앞에는 회색 수녀복을 입은 수녀와 미사보를 쓴 중년 여인이 고개를 숙이고 있고, 그 뒤로 갈색 튜닉에 두건까지 뒤집어쓴 수사가 고개를 숙이고 기도에 열중해 있었다. 문혁이 신도석 의자 사이를 천천히 걸어들어가 좌측 열주 중간쯤 격자창이 달린 고해실 반대쪽 문을 열고 들어갔다. 본당 안은 건조한 정적뿐이었다.

10여 분이 흘렀을까 고해자실에서 나온 이는 뜻밖에도 정백이었다. 고해자실을 나온 정백은 문 앞에서 잠시 눈을 감고 한숨을 내쉬었다. 그러고는 고개를 연신 끄덕이며 신도석 사이를 천천히 걸어나왔다. 문혁이 그 뒤를 따라 나왔다. 정백은 본당 정문 앞에서 뒤로 돌아 문혁에게 무엇인가를 호소하는 것처럼 보였다. 문혁은 고개를 가로저었다. 정백이 숙였던 고개를 쳐들고 문혁에게 손을 내밀었다. 문혁은 손을 잡지 않았다. 정백은 본당에서 새나오는 빛에 밀려 언덕 아래로 사라졌다.

정백과 헤어진 문혁은 본당 2층으로 난 계단으로 방향을 틀었다. 계단 벽면에 박힌 희미한 비상등이 화구통을 메고 올라가는 문혁의 뒷모습을 비추었다.

푸른색 빗줄기가 짙어지고 있었다. 형균은 불안했다. 네 명을 살해한 교활한 반사회적 인격장애자가 이 교회 어느 구석에서 망령처럼 나타날지 몰랐다. 이젠 과거의 불온한 흔적을 지우는 것보다 생명을 빼앗는 쾌락이 살인의 동기가 되고 있다.

형균의 휴대전화 벨이 울렸다. 조 형사였다. 목소리를 낮춰 전화를 받았다.

"왜 이리 늦어?"

"종현성당 골목골목 임도식이 패거리가 지키고 있습니다."

"임도식이까지 석방되었단 말이야?"

"임도수가 직접 나왔습니다. 지금 김천갑과 함께 성당 언덕 밑에 있습니다."

형균은 좌우를 살폈다. 임도수 패거리가 이미 성당 안까지 침입했을 수도 있다. 영도와 인경을 내보내지 못한 것이 후회되었다. 본당 안을 다시 살폈다. 갈색 튜닉의 수사가 자리에서 일어나는 것이 보였다. 앞자리의 수녀도 함께 일어섰다. 다급한 조 형사의 보고가 이어졌다.

"저놈들이 믿는 데가 있는 모양입니다. 우리의 진입을 노골적으로 막고 있습니다."

"경찰 기동로를 깡패들이 막고 있다는 게 말이 돼? 남대문서에 병력지원 요청해! 그리고 김세동에게 연락……."

"다 해봤습니다. 김세동 검사도 소용없었습니다. 남대문서 병력 요청을 누구 이름으로 합니까? 서장 아닙니까? 서장이 지금 반장님 잡아들이라고 길길이 날뛰고 있습니다. 오늘 중에 자신이 범인을 잡는답니다."

"뭐야?"

형균은 조 형사의 보고를 되짚어보았다.

'마쟁이가 체포되던 날 서장이 어디서 정보를 받았을까? 그렇다! 천갑이다. 여기를 포위하고 있다면, 목표는 백시우? 혹시 최헌재도 여기에?'

형균이 다시 주위를 돌아보았다. 사방은 빗소리와 푸른 조명을 향해 한없이 흩날리는 빗방울뿐이었다. 도심의 자동차 경적소리가 아련히 들려왔다. 교회 건물과 건물 사이, 나무와 나무 사이 어둠 속에 여러 개의 눈길과 서성임들이 있는 것 같았다.

'이들이 모두 마지막 미끼를 물려고 왔구나.'

최헌재와 천갑, 둘 다 백시우를 찾을 것이다. 형균은 문혁이 올라간 본당 2층 계단 쪽으로 눈길을 주었다. 아마 그 물건들을 숨기려 본당 2층으로 갔을 것이다.

그때 본당 정문이 열렸다. 갈색 튜닉의 수사와 수녀가 문을 나서고 있었다. 수녀가 수사에게 고개를 숙였다. 수사는 주위를 한번 둘러보고는 합장하여 고개를 숙이는 것으로 답례를 했다. 수사의 왼쪽 손목이 본당에서 뻗어 나오는 조명을 받아 하얗게 반짝였다. 수사는 흰 손목으로 계단을 가리켰다. 수녀는 고개를 끄덕이고는 뒤돌아 수녀관 쪽으로 종종 사라졌다. 형균은 세찬 빗줄기를 헤치면서 수도원을 향해 뛰었다.

몇 미터나 뛰었을까. 형균은 그 자리에 우뚝 멈춰 섰다.

'이게 뭐야?'

가슴이 철렁 내려앉았다. 두건을 뒤집어쓴 수사의 왼쪽 손목이 흰색으로 반짝였던 것.

"이런 제기럴!"

형균은 다시 본당으로 힘을 다해 뛰었다. 자갈돌이 구두 아래에 자지러졌다. 숲길에서 옆으로 구른 형균이 다시 일어나 계단을 향해 뛰었다. 계단을 뛰어올라가며 품안에 손을 넣어 리볼버를 꺼내 약실을 다시 확인했다.

'흰 붕대를 하고 있던 놈! 살인마 최헌재!'

2층 복도로 올라섰을 때 형균은 자세를 낮추었다. 왼손으로 권총을 쥔 오른손을 감싸 받쳐 들고 오른편 벽을 의지하며 도둑

고양이처럼 미끄러져 들어갔다. 복도 끝은 교회 건물 뒷마당으로 트인 베란다였다. 베란다 난간이 막아섰다.

'정백이 놈이 불렀을 거야. 고문혁이 갖고 있음에 틀림없다고. 백시우는 그것을 지킬 힘도, 투지도 남아 있지 않을 것이라고. 아마도 댓글을 쓰고 그림을 올린 사람은 고문혁일 거라고. 최헌재가 불 맞은 멧돼지처럼 성당을 난장질 쳐놓으면 물건의 행방이 드러날 거고. 최헌재는 정신병자 살인범으로 체포될 거라는 계산.'

형균은 사람이 교활해질 수 있는 한계를 생각했다.

베란다 난간 왼편은 삼면이 아치로 뚫린 종루다. 종루엔 아무도 없었다. 교회 종이 달려 있는 대들보를 교체 중인지 아치엔 폭과 두께가 절간 대들보만 한 사각 통나무가 삐죽 튀어나와 있었고, 작업에 쓰이는 밧줄이 얼키설키 걸려 있었다. 형균은 자세를 더욱 낮추면서 총구를 오른편으로 돌렸다.

안쪽 어두운 곳에서 사람의 목소리가 흘러나왔다.

"오랜만이에요. 선배님!"

형균은 벽면에 몸을 밀착시켜 살며시 다가갔다. 앞으로 내민 손끝에 닿은 것은 문이었다.

"거기 누구요?"

낮고 굵은 문혁의 목소리였다. 문을 살그머니 밀자 소리 없이 스윽 열렸다. 문 안에는 또 작은 사각의 공간이 있고, 오른편에 열린 문틈으로 희미한 빛이 새나오고 있었다. 다가가 방 안의 동정을 살폈다.

창고로 쓰는 방 같았다. 목재, 비닐, 노끈, 밧줄 등속이 바닥에 아무렇게나 놓여 있었다. 오른편 벽면은 넓은 창이 나 있고, 맞은편은 허름한 철제 캐비닛 세 개가 정렬되어 있었다. 그중 하나는 열려 있었다.

아래 위 네 개의 단으로 나뉜 캐비닛에는 영문 제목이 자잘하게 박힌 양서들이 즐비하게 꽂혀 있었다. 위에서 두 번째 단에 문혁이 갖고 온 화구통이 얹혀 있었다.

문혁은 낯선 방문객으로부터 등을 돌린 채 캐비닛의 문을 잡고 있었다. 방문객은 본당에서 기도에 열중하던 그 수사였다. 갈색 튜닉에 여전히 두건을 쓰고 있었다. 바람이 형균의 등을 훑고 문 안으로 몰려 들어갔다. 방 안의 촛불이 흔들리자 두 사람의 그림자도 함께 흔들렸다.

"새로 등록한 수사는 아닌 것 같은데."

문혁이 뒤돌아 촛대를 올리며 말했다.

"흐흐. 세월이 많이 흘렀죠."

수사는 커다란 두건을 벗어 젖혔다.

헌재의 오른뺨에 보조개가 촛불 조명에 뚜렷하게 찍혔다.

"자네였군! 날 죽이러 왔나?"

문혁의 표정은 악마를 대하는 사람의 그것이 아니었다. 오히려 헌재에 대한 연민마저 서려 있는 것 같았다. 처형 전야 최후의 만찬에서 유다에게 빵을 떼어 포도주와 함께 권하는 초월자의 얼굴이었다.

"글쎄요. 성직자까지 손대고 싶지는 않습니다만."

"성전이네. 허튼짓 말게."

"물건들만 넘겨주면 사라져드리죠."

문혁은 헌재가 물건만 받아들고 사라질 위인이 아니란 걸 이미 알고 있었다.

"그런 건 여기 없네! 나가주게!"

"알고 왔어요. 철우 형이 백시우나 당신을 만나면 받을 수 있을 거라고 했어요."

형균은 권총을 받쳐 들고 짓쳐 들어가려 하다가 '정백'의 이름을 듣고는 몸을 멈추었다. 헌재의 손을 살폈다. 손에는 아무것도 들려 있지 않았다.

"정백이가?"

"조금 전, 고해실에서 둘이 위수남청 이야기를 하지 않았어요?"

"자네도 거기 있었나?"

"크큭. 열심히 기도하고 있었지요. 절 용서해달라고. 수사복이 참 편한 옷이더군요. 좀 춥긴 했지만."

"정백이 놈은 네가 여기 있다는 것까지 알고 있으면서……."

헌재는 고개를 가로저으며 웃었다.

"불쌍한 신부님! 정백이란 사람을 아직 잘 모르는군요. 물론 나중에라도 저를 여기서 봤다고는 말하지 않을 사람이죠. 이리로 오기 전에 그러더군요. 자기가 설득에 실패하면 저더러 다시 설득해보라고 했어요. 고해실을 나오면서 고개를 끄덕이더군요. 당신이 갖고 있단 뜻이겠죠. 꼭꼭 숨겼으리라 믿었는데, 친절하게 인도해주시니. 큭큭."

"설득? 죽이고 뺏어오란 말이겠지."

"글쎄요. 이제껏 제 행동을 알고 있으니 충분히……."

헌재는 문혁을 바라보며 웃고 있었지만 호흡은 가빴다. 몹시 흥분되어 있었다. 며칠 밤 며칠 낮을 허덕이며 찾아다닌 먹이를 눈앞에 두고 침을 흘리고 있는 지친 사냥개처럼 보였다. 헌재가 화구통을 가리키며 말했다.

"저게 그거지? 응?"

문혁이 고개를 가로저었다. 헌재가 한 걸음 다가섰다.

"아주 위험한 물건이야. 내가 가져야겠어!"

"자네가 가져가면 더 위험해질 물건이지. 또 몇 명을 더 감옥에 집어넣고 싶어서 그러나?"

헌재가 이빨을 드러내고 웃으며 답했다.

"그들이 나를 믿을 만큼. 내가 인정받을 만큼. 내가 만족스러울 만큼. 흐흐."

헌재는 말을 채 마치기 전에 캐비닛 앞으로 움직였다. 문혁이 캐비닛을 몸으로 막아섰다. 순간 헌재는 재빠른 손놀림으로 왼손을 오른쪽 소매 안에 집어넣었다. 그러고는 오른손을 뻗어 오랜 친구를 포옹하는 것처럼 문혁의 등을 꼭 안았다.

"헛."

소리는 문혁의 목구멍에서 빠져나가는 단말마의 깊은 호흡이었다. 다음 순간 문혁의 몸이 허리께에서 오른쪽으로 푹 꺾였다. 문혁이 그 자리에 풀썩 무너져 내렸다. 간발의 차로 형균이 뛰어들며 소리쳤다.

"최헌재! 꼼짝 마!"

형균의 위협에도 헌재는 뒤를 돌아보지도 않았다. 오히려 마치 술 취해 쓰러지는 애비를 안아 일으키는 아들처럼 침착하게 문혁의 상체를 안아 캐비닛 쪽으로 밀어 세웠다. 캐비닛이 뒷벽에 부딪혀 덜컹 소리를 냈다. 헌재는 붕대를 감은 손을 재빠르게 캐비닛 안으로 뻗어 화구통의 가죽멜빵을 거머쥐었다. 화구통을 보는 헌재의 뺨이 실룩거렸다.

문혁은 고개를 들고자 했으나 몸이 말을 듣지 않는 것 같았다. 헌재의 어깨를 움켜쥔 문혁의 손이 부들부들 떨고 있었다. 다음 순간 헌재는 문혁의 어깨 밑으로 기어들어가는가 싶더니 문혁을 뒤에서 안았다. 문혁은 겨우 버티고 서 있는 것 같았다. 오른쪽 늑골 아래에 문혁이 가슴에 걸고 있는 십자가와 같은 색깔의 칼자루가 박혀 있었다. 칼자루에는 피가 묻어 있었다. 헌재는 자신의 왼손을 펴보며 투덜거렸다.

"제기랄! 손이 베었잖아! 연어회를 뜨는 칼이라더니, 날카롭긴 한데 손을 보호하는 테가 없어."

헌재는 손에 흐르는 피를 털면서 싱긋 웃었다.

문혁의 사제복이 검은색으로 물들고 있었다.

"정 반장은 어떻게 아시고 오셨어?"

"꼼짝 말고 뒤로 물러서! 그렇지 않으면 오늘 이 성당을 걸어 나갈 수 없을 거야!"

"그렇게 가까운 거리에서? 네가 존경하는 고문혁 선배 얼굴에 총구멍이 날 수도 있어. 흐흐!"

헌재가 웃으며 오른손을 두어 번 살짝 움직였다.

"악! 으으억!"

비명과 동시에 문혁의 허리가 활처럼 뒤로 휘며 턱이 천정으로 곤추섰다.

"고통이 심하신 모양이야! 칼끝이 횡경막을 찢고 간까지 들어간 것 같아. 말은커녕 숨쉬기도 힘들걸? 어쩌면 오늘 밤에 하나님께 불려 올라갈지도 몰라."

헌재는 혀를 차며 고개를 가로저었다. 형균은 헌재의 머리를 겨냥하며 한 걸음 다가섰다. 헌재는 피 묻은 왼쪽 손가락으로 형균의 정면을 가리키며 목소리를 높였다.

"명사수라도 되는 모양이지? 나를 어떻게 할 생각이라면 관두는 것이 좋을 거야. 조금만 더 움직이면 이 거룩한 양반 복부동맥이 잘려나갈 수도 있어! 원장실 서재에 있는 병리학 박사가 여기까지 오기도 전에 과다출혈로 사망할걸? 흐흐! 그럼 문에서 비켜주실까?"

헌재는 화구통을 어깨에 비껴 메고 문혁의 사제복 로만칼라를 뒤에서 거머쥐었다. 그러고는 마치 조타수가 배를 조종하듯이 문혁을 움직이며 뒷걸음질 쳤다. 문혁은 쓰러질 듯 쓰러질 듯 끌려갔다.

리볼버의 짧은 총신 끝이 부들부들 떨렸다. 흔들리는 가늠쇠는 악마를 쫓았으나, 악마의 얼굴은 신부의 어깨 뒤에 숨었다. 권총을 겨눈 채 한 걸음 한 걸음 따라가는 것 외에 할 수 있는 일이 없었다.

헌재는 문을 나와 복도 쪽으로 꺾지 않고 맞은편 종루로 뒷걸음질 쳤다. 지상으로부터 올라오는 서치라이트 푸른 불빛은 고색창연한 교회 종루를 배경으로 수도복을 입은 사신死神과 지옥으로 끌려가는 성자를 비추고 있었다. 문혁이 탈진 상태에 이르렀는지 중심을 잃고 흔들렸다.

형균이 소리쳤다.

"최헌재! 넌 도망가지 못해! 여기서 그만둬!"

헌재는 경고에도 아랑곳하지 않고, 문혁의 뒷덜미를 쥔 채 바깥으로 난 종루 난간에 몸을 실었다. 헌재는 고개를 돌려 종루 지붕과 교회 마당을 살피고는 웃었다. 무언가 결심한 것 같았다. 푸른 서치라이트에 헌재의 오른쪽 뺨 보조개와 하얀 이가 돋보였다. 자신의 지혜와 행운에 만족하는 미소처럼 보였다. 동시에 지금 그 무엇도 할 수 없는 형균에게 보내는 경멸의 미소인 것 같기도 했다.

헌재는 대들보에 걸려 있는 밧줄의 한쪽 끝을 끌어내려 고통에 신음하고 있는 문혁의 목에 두 번 감고는 보따리 매듭을 한 번 지었다. 문혁이 고통스러운 표정을 지으며 힘들게 말했다.

"형균아! 아까 말 취소한다. 내가 맞아도 좋으니 이놈을 쏴버려. 하나님께서 용서해주실 게다."

"무슨 신부가 그런 막말을?"

헌재가 칼자루를 움직였다.

"허……억!"

문혁이 고통에 몸부림쳤다. 헌재가 문혁의 목을 옥죄며 말했다.

"킬킬킬. 여봐요, 문혁 프란체스코님! 정형균 반장은 여기 있을 필요가 있어요. 안 그럼 당신이 죽어요. 당신이 죽지 않아야 나도 살 수 있거든. 킬킬킬."

헌재가 창백한 표정으로 형균에게 소리쳤다.

"시키는 대로 하지 않으면 신부의 피가 종루를 물들이게 될 거야. 정 반장! 저기 걸린 밧줄 한쪽 끝을 잡아 입구에 있는 난간에 여러 번 묶어!"

형균이 머뭇거렸다. 헌재가 고함을 쳤다.

"빨리!"

난간에 밧줄을 묶기 시작하자 헌재가 다시 소리쳤다.

"여러 번 묶어야 해! 금방 풀리면 아주 곤란해!"

문혁에게는 목에 매인 밧줄 매듭 위에 양쪽 손을 갖다 대주고는 상냥하게 말했다.

"자! 지금부터가 중요해요! 문혁 프란체스코님! 당신에게 기회를 드릴게요! 당신이 오늘 하나님을 만나지 않겠다면 이 밧줄을 양손으로 단단히 잡고 있어야 해요! 아니면 당신은 교수대에 매달린 순교자 신세가 될 테니까. 저 순진한 형사가 버티지 못하거나, 당신이 밧줄 잡은 손을 놓는다면 당신 목은 성냥개비처럼 부러져버릴 거예요! 아시겠어요? 흐흐."

헌재는 두 손으로는 문혁의 목 위의 밧줄을 잡고, 양다리는 문혁의 허리를 감은 채 형균을 바라보며 말했다.

"네 형의 둘도 없는 친구, 파스큘라의 성자를 살리고 싶다면 밧줄 끝을 꽉 잡아! 그것도 빨리! 그렇지 않으면 모든 것이 헛수고야! 그러면 부탁해! 흐흐!"

헌재는 마지막 웃음을 남기고는 노련한 잠수부가 뱃전에서 입수하듯 문혁을 감고 난간에서 뒤로 굴러떨어졌다.

두 사람이 형균의 시야에서 갑자기 사라졌다. 밧줄이 맹렬하게 요동치며 종루 아래로 딸려 내려갔다. 밧줄은 바짝 마른 대들보를 짐승의 비명 같은 소리를 내며 긁어내렸다. 형균은 밧줄을 꽉 움켜쥐었다. 역부족이었다. 두 사람의 체중이 실린 거친 밧줄이 손바닥 피부를 쓸어내렸다. 대들보 위에 얹혀 있던 밧줄이 순식간에 딸려 내려갔다. 형균도 밧줄에 딸려 올라 대들보에 어깨를 부딪히고는 바닥에 떨어졌다. 밧줄은 형균의 손을 벗어나 대들보와 문혁이 떨어진 난간까지 일직선으로 뻗어 삼각형의 양변을 만들어냈다. 두 개의 몸뚱이가 매달린 밧줄은 난간을 긁으며 왕복하고 있었다.

형균이 난간 아래를 내려다보았다. 밧줄의 길이는 종루 높이의 절반이 조금 넘었다. 서치라이트의 불빛이 밧줄 끝에서 흔들리고 있는 두 사람을 서커스의 곡예사처럼 비추었다. 헌재가 위를 올려다보았다. 선생의 감시를 벗어나 학교 담치기에 성공한 천진난만한 악동의 얼굴이었다. 헌재는 씨익 웃고는 아래를 내려다보았다. 어른 키의 두길이 넘는 높이였다. 함께 매달린 문혁은 필사적으로 목에 달린 밧줄을 부여잡고 버둥거렸다.

"쿵."

헌재가 바닥에 뛰어내리며 굴렀다.

헌재를 잡기 위한 마지막 수단. 그러나 미래를 모두 걸어야 하는 위험한 수단이었다. 리볼버를 꺼내들었다. 목표물은 교회 건물을 올려 비추고 있는 서치라이트 사이 사각지대를 찾아 교회 마당을 가로지르고 있었다. 거리는 대략 40미터. 형균은 목표물의 하반신을 겨누어 방아쇠를 당겼다.

"탕!"

어둠을 가르는 한 발의 총성. 표적은 잠시 주춤하는가 싶더니 어둠 속으로 사라지고 말았다. 총탄이 표적을 찾았는지 확인할 수가 없었다. 그런데 어둠 속에 몇 개의 그림자가 헌재가 사라진 방향으로 뒤따라 움직이는 것이 보였다. 형균은 황급히 문혁이 매달려 있을 종루 아래로 얼굴을 내밀었다.

일직선으로 드리운 밧줄. 그 끝에 사제가 매달려 있었다. 떨어진 지 불과 6, 7초가 지났지만 목 위의 밧줄을 부여잡고 있던 문혁의 팔은 아래로 늘어져 있었다. 서치라이트는 교수대 위의 사형수처럼 매달린 문혁을 비추고 있었다. 오른쪽 목에 묶인 굵은 밧줄 매듭은 서재 벽난로에 걸려 있던 아담의 형상처럼 문혁의 머리를 왼쪽으로 누르고 있었다. 사제의 옆구리에서 뿜어나온 피가 종루의 벽돌을 붉게 타 내렸다. 교회 마당에 박힌 평석과 평석 사이 흐르는 물길에 붉은 핏물이 번졌다.

형균은 문혁의 생존을 간절히 빌었다. 종루 입구 난간에 묶인 밧줄을 풀어야 했다. 그러나 밧줄이 빗물을 머금어 팽창해버렸는지 매듭 고리에 단단히 박혀 빠지질 않았다.

'문혁의 명줄이 얼마나 지탱해줄 수 있을까?'

리볼버를 다시 꺼내들었다.

'이걸로 안 되면 끝이다. 제발……'

형균은 난간에 걸린 밧줄에 권총을 겨누었다.

"탕! 탕!"

두발의 탄환이 삼으로 꼰 밧줄을 찢었다. 벽돌 파편이 뺨을 찢고, 손가락 마디를 파고들었다.

"탕! 탕! 탕!"

여러 가닥으로 꼬인 밧줄이 마침내 마지막 탄환에 찢겨 끊어졌다.

"풀썩."

문혁은 교회 마당에 십자가에서 내려진 순교자처럼 모로 쓰러졌다.

형균은 1층으로 구르듯 뛰어내려갔다. 수많은 기억들이 머리를 스쳤다. 형과 영도, 시우와 함께 시골집을 찾아왔던 봄날. 형을 묻고 붉은 무덤 앞에서 짐승처럼 울부짖던 그 겨울. 사제의 길을 걷기로 했다고 어머니 앞에서 굵은 눈물을 흘리던 가을. 문혁의 굵고 투박한 미소가 떠올랐다.

굵은 빗줄기가 바닥에 누운 문혁의 얼굴을 사정없이 때렸다. 옆구리로부터 피가 번졌다. 형균은 조심스럽게 문혁을 안아 일으키며 턱밑 경동맥에 손을 갖다 댔다. 올가미로 묶인 밧줄이 아니어서 목에는 약간의 긁힌 상처뿐이었다. 맥은 뛰고 있었다.

총성을 듣고 조 형사와 김 형사가 달려왔다. 장 형사도 숨을 헐떡이며 따라왔다. 영도와 인경이 나타났고 부지깽이를 든 배연묵도 뛰어왔다.

영도가 문혁의 맥박을 다시 확인하고는 칼이 꽂힌 문혁의 옆구리를 살며시 눌러보았다.

"끙."

문혁이 꿈틀하며 신음 소리를 냈다. 영도가 낮게 소리쳤다.

"빨리 가까운 병원으로!"

조 형사가 119구급대를 불렀다.

그때 문혁이 눈을 뜨며 형균의 손을 덥석 잡았다. 형균은 문혁의 눈길이 가는 곳을 쳐다보았다. 방금 일어난 비극과는 먼 세계인 양 조명 찬란한 본당 십자가 왼편 고해실이 보였다. 형균이 고개를 끄덕였다. 그리고 조형사에게 물었다.

"놈들은?"

"사제관 입구에 있습니다. 두세 놈이 신부님과 함께 떨어진 자의 뒤를 따라갔습니다."

사이렌 소리가 요란하게 울렸다. 그런데 119구급대의 사이렌 소리가 아니었다. 급하게 성당 언덕을 오르는 군홧발 소리가 요란했다. 고 형사가 성당 정문을 향해 뛰어가다 다시 되돌아왔다.

"병력입니다. 완전무장한 특수기동댑니다."

총성을 듣고 출동한 관할서 기동대일 것이다. 형균이 주위를 돌아보고는 배 기자에게 물었다. 여전히 겁을 잔뜩 집어먹고 있었다.

"시우 형은?"

"수도원 서재에."

수도원 마당에 물밀 듯이 들어온 기동대 병력들이 형균들을 에워쌌다. 지휘관인 듯한 자가 나서며 말했다.

"남대문 경찰서장이다. 정형균 반장이 누군가?"

영도 옆에 섰던 인경이 무릎을 꿇으며 문혁의 머리를 받아 안았다. 형균은 인경의 손을 가만히 잡았다. 인경은 문혁의 얼굴을 바라보며 가만히 고개를 끄덕였다.

"접니다!"

답하는 순간 남대문 경찰서장이란 자는 좌우를 보고 명령했다.

"체포해!"

다섯 명의 기동대가 소총을 겨누며 접근했고, 세 명의 사복형사가 어깨와 허리춤을 쥐고 형균의 손에 수갑을 채웠다.

"수색해!"

명령이 떨어지자 사복들은 형균의 몸을 뒤지기 시작했다. 주머니 속에서 나온 것은 경찰관 신분증명서가 든 지갑과 리볼버, 수갑이 전부였다. 병력이 출입문을 통제하고 있는 가운데 앰뷸런스가 들어오지 못하고 경광등만 반짝이고 있었다.

"이게 무슨 짓이오? 환자를 빨리 옮겨야 될 것 아니오? 그리고 이 짓을 하는 이유를 분명히 밝혀야 할 거요!"

경찰서장은 형균의 항의에 아랑곳하지 않고 다시 주위에 선 사복들에게 소리쳤다.

"범인은?"

"아직."

"야이! 개새끼들아! 내가 물샐틈없이 포위하라고 그랬잖아?"

기동대와 사복 경찰들에게 욕설을 퍼붓던 서장이란 자는 형균의 곁에 있던 장 형사와 김 형사들을 번갈아 쳐다보며 욕을 해댔다.

"네놈들이 범인을 빼돌렸나? 이 새끼들! 범인 잡는 경찰 놈이 범인과 짬짜미를 먹어?"

경찰서장은 지휘봉으로 장 형사와 김 형사의 어깨를 툭툭 내리치고 배를 찔렀다. 형균의 눈이 서장 몇 걸음 뒤로 어두운 숲길 입구에 서 있는 한 사람의 얼굴이 희미하게 들어왔다.

'청독사.'

청독사가 어깨 너머로 손짓을 하자 세 명의 사내가 한 사람의 팔을 뒤로 비튼 채 끌고 나와 바닥에 패대기치듯 밀어 쓰러뜨렸다. 다리를 절며 끌려온 사람은 제대로 발을 내딛지 못하고 바닥에 꼬꾸라졌다. 시우였다. 서장이 청독사에게 눈길을 주었다. 청독사가 고개를 끄덕였다.

"범인이군! 압송해!"

형균이 남대문서장에게 소리쳤다.

"범인은 따로 있습니다. 이 사건은 제 관할입니다. 여길 포위하고 있었다면 저기 벽돌담 너머로 넘어간 남자를 보았을 겁니다. 그자가 범인입니다."

"네 사건? 남대문은 내 관할이야! 자네는 지금 범인을 인지하고도 체포하지 않았어! 경찰직무유기지! 고문혁 신부와 함께 범인을 은닉하고 도피처를 제공한 공범에다 사용규정을 준수하지 않고 총기를 사용한 불법총기사용. 교회재산 손괴! 또 몇 개 더 붙여줄까?"

옆으로 쭉 찢어진 서장의 눈이 웃고 있었다. 그는 뒤를 돌아보며 목소리를 높였다.

"앰뷸런스 들여! 이 여성분들도 경찰서로 안내해 소지품 검사하도록! 범인과 함께 있었으니 범행과 관련된 증거가 발견될지도 모르니까 철저히 조사해! 신부 입원 후엔 응급실과 병실도 철저히 통제해! 범인을 며칠씩이나 숨겨준 한통속이야!"

영도는 국과수 법의과장이란 신분을 내세우며 항의했지만 소용없었다. 형균은 체포되어 끌려나왔다. 어두운 숲 그늘에서 김천갑이 이쪽을 보고 서 있었다. 팔짱을 낀 청독사의 손에 무엇인가 들려 있었다. 길다란 원통형의 화구통이었다.

'아아! 결국 청독사의 손에 모든 것이……'

형균은 새벽 1시쯤 영등포서로 인계되었다. 전경들이 입는 붉은색 트레이닝복을 입은 채였다. 형균의 옷은 남대문서 정보과 형사들이 빼앗듯 가져가버렸다. 신병인도서에 서명한 영등포서장이 투덜거리며 나가고 몇 분이 지난 후, 형균은 당직이 건네주는 휴대전화를 받아들었다. 김세동 검사였다.

세동은 종현성당 인근 P병원으로 후송된 문혁이 생명에는 지장이 없지만 손상된 장기가 회복될 때까지 꽤 오래 병원신세를 져야 한다고 했다. 영도와 인경 역시 남대문서에서 조사를 받은 후 귀가 조치되었다는 것도 전했다. 형균은 헌재와 시우의 행방을 물었다. 어젯밤 서울 시내 경찰서에 헌재와 비슷한 사내가 체포된 기록은 없었다고 했다. 시우 역시 남대문서에서 간단한 조사를 받은 뒤 정보기관 직원이라고 밝힌 검은 옷의 사내들이 인수해 갔다고 했다. 그들이 내민 신병인수증에는 시우의 혐의가 대공 좌익사범이었다고 했다. 그 후의 행방은 자신도 알 수 없다고 했다. 형균은 유치장 바닥에 벌렁 드러누웠다.

잠시 선잠에 빠져들었다. 몇 시간 전 종현성당 종루를 구르다시피 내려올 때 스치던 기억들이 다시 꿈속을 흘렀다. 봄날의 옛 고향집, 형이 묻힌 언덕, 주점 너른바다에서의 진오귀 굿, 그리고 형과 영도, 문혁과 시우, 최 사장이 웃는 얼굴로 서로 바라보고 있었다. 이지선과 안용수, 유강재의 웃는 얼굴도 스쳐 지나갔다. 마지막엔 서린대 교정 백양나무 그늘 아래 환하게 웃고 서 있는 인경도 보였다.

얼마나 잤을까? 내무사열을 준비하고 있는 의무경찰 숙소의 소음들이 단잠을 깨웠다. 예외 없이 거친 발걸음 소리와 외마디 구호가 바쁜 토요일 오전이었다. 유치장 높은 천정 및 사과박스만 한 창으로부터 아침 햇빛이 들어오고 있었다. 지난 일주일간 추적거리던 비가 멎은 모양이었다.

'최헌재.'

헌재의 얼굴에 어린 매춘부와 함께 독살당한 깡패의 얼굴이 겹쳤다. 헌재는 마쟁이의 운명을 밟을 수도 있다.

갑자기 유치장 옆방이 소란해졌다. 새벽 골목길에서 일찍 등교하는 여학생을 추행하려다 행인 둘에게 죽도록 얻어맞고 끌려 들어온 취객이었다. 눈물을 찍어 바르며 자신의 죄를 기억하지 못하지만 봉양해야 할 노모와 먹여 살려야 할 처자식을 봐서라도 선처를 바란다는 유치한 아우성과 비굴한 몸부림이었다.

"야이 후레아들 놈 같은 개새끼야! 조용히 안 해?"

맨 끝 방에서 나는 소리였다. 바로 옆방에서도 하이톤의 젊은 목소리가 터졌다.

"야이 좃같은 새끼야! 제 딸년 같은 애를 따먹으려 들어? 너 나가면 내 손에 죽었어! 개잡놈 같으니라구!"

차가운 곳에서 덮을 것 없이 웅크리고 밤을 새운 잡범들이 모두 한마디씩 뱉었다.

형균은 지난밤 종현성당에서 끌려나오며 보았던 천갑을 떠올렸다.

'헌재와 위수남청, 시우까지 김천갑의 손아귀에 들어갔다. 시우는 어떻게 될까?'

대공혐의가 있는 공안사범이라면 간첩을 의미한다. 공안의 기획으로 친구가 죽고, 25년 동안 죄책감 속에 지옥을 경험했다. 세월이 흘러 이제는 정리하고자 오래된 기억의 상자를 연 순간, 옛날의 동지들이 살인마의 손아귀에 무참하게 희생되었다. 자신이 용서받는 순간 다시 지옥으로 끌려들어가는 운명이 되었다.

천갑은 시우를 당장 연쇄살인사건의 범인으로 만들지는 않을 것이다. 그러나 붉은 깃발과 초상화, 위수남청의 수첩. 이 기막힌 소품들로 만들어지는 한판 드라마의 주인공이 될지 모른다. 세 번에 걸친 국가보안법 위반 전과에 노동운동 경력, 그를 숨겨주고 도와준 종현성당 주임신부, 수첩에 적혀 있는 유력한 야당인사들까지. 학생 시절부터 수십 년간 암약해온 화려한 지하조직이 만들어질지도 모른다.

'모진 고문을 다시 받는다면…….'

그러나 어제 시우의 표정에서는 모든 것을 내려놓은 자만이 가질 수 있는 용기를 느낄 수 있었다.

'시한부 생명의 체념과 수용에서 오는 용기. 이제는 맞서고자 하는 굳은 결의.'

인경의 얼굴이 떠올랐다.

'당차고 명민한 여자. 독극물이 든 주삿바늘 앞에서 갈린 생사의 급박한 순간에도 당황과 미망에 의식을 잃지 않고 맞섰던 여자.'

인경의 분석과 조언이 없었다면 사건은 아직도 미궁 속을 헤매고 있을지도 몰랐다. 그녀의 프로파일링은 자신이 묵은 증오로 시우를 쫓고 있던 그때도 범인의 상을 완벽하게 그려냈다. 로댕이 숨겨놓은 '아담'과 '망령'의 손목. 그 열쇠도 풀어냈다.

형균은 오른손을 눈앞에 들어 보았다. 손가락과 손가락 사이 남아 있는 감촉을 찾았다. 사제관 숲길을 걸을 때 꼭 잡았던 인경의 손가락이 남긴 여운이었다. 또 체포되기 직전 문혁의 머리를 안아드는 인경의 손을 잡았을 때 느낀 따뜻한 감촉이었다. 경찰이 위협하는 그 짧은 순간 형균의 손에서 미끄러진 것을 재빨리 넘겨받아 감추었다. 그때의 따뜻함이란 이제 둘만이 통하는 어떤 감정, 위기에 연대할 수 있는 굳은 신뢰 같은 것이었다. 형균은 살며시 웃음을 지었다. 이런 순간이 올지 상상을 해본 적이 없었다. 아니 가끔 해보았지만 시간이 흐를수록 불가능할 것이라고 생각했다.

'17세의 가슴 두근거리는 사랑이 40대에는 이런 잔잔한 설렘으로 오는 것일까?'

형균은 인경이 보고 싶었다. 아니 느끼고 싶었다.

다시 나른함이 찾아들었다.

'백시우. 형처럼 죽어 돌아오지는 않을 것이다. 헌재도 마쟁이처럼 죽어 발견되지 않는다면 반드시 잡아들인다. 그런데 정백과 천갑은……. 아아!'

생각의 끝은 아득한 낭떠러지로 향했다. 형균은 다시 깊은 잠에 빠져들었다.

이튿날 형균은 경찰서를 나왔다. 죽은 듯이 자는 동안 시간은 이미 12월에 들어서 있었다. 겨울 날씨치고는 포근했다. 바람이 잦아든 초겨울 오후 햇살을 등지고 파천교를 걸으며 오랜만에 어머니와 통화했다. 신문에 난 문혁의 피습과 시우의 체포에 관한 기사가 어머니의 가슴 한가운데 겨우 덮어놓았던 생채기를 다시 헤집어버릴 것이 틀림없었기 때문이었다. 문혁은 곧 나을 것이고 시우도 곧 나올 것이라고 말씀드렸다. 옛날 형의 죽음에도 시우의 잘못은 없었다고 말씀드렸다. 어머니는 진작부터 알고 계셨다고 했다. 고향에 잠시라도 들를 수 없겠냐는 말씀이 계셨다. 요즘 와서 홀로 사는 집이 더 넓어 보인다고도 하셨다. 조만간에 꼭 들르겠다는 다짐을 드렸다.

오래 찾아 헤매던 무엇인가가 없어져버린 느낌이었다. 여의도 한강 고수부지 마른 잔디 위를 천천히 걸었다. 지선의 사체가 발견된 곳이 눈에 들어왔다. 떨어져 나간 폴리스라인 노란색 테이프가 관목에 걸려 나부끼고 있었다. 한강 마리나리조트 선착장에 갈색 버버리코트를 입은 여인의 뒷모습이 눈에 들어왔다.

형균이 영도로부터 받아든 것은 10센티미터가량의 놋쇠로 만든 열쇠였다.

"우리 소지품까지 샅샅이 뒤졌어. 인경이 스탠포드대학 연구실 서고 열쇠라고 의심나면 직접 가서 확인해보라고 우기더군."

"문혁 형이 고해실에 붉은 수첩만 따로 숨겼어요. 설마 이 열쇠가 수첩을 감추고 있을 거라고는 생각 못했겠죠. 강인경 박사는 괜찮아요?"

"오늘 출국이야. 지금쯤 비행기 탑승했겠네. 다니던 학교에서 강 박사를 놓치지 않으려고 꽤 공을 들이나 봐. 이번 주에 최종 면접이 있다고 했어. 요식행위겠지만."

형균은 갑자기 머릿속이 하얗게 변색되는 것을 느꼈다.

'나만의 감정. 나의 착각이었나?'

영도의 목소리가 뒤를 이었다.

"강 박사 돌아올 거야. 미국에 오래 있지 않을 것 같대."

영도와 헤어진 형균은 휴직원을 책상 위에 던져놓고 오랜만에 고향으로 차를 몰았다.

에필로그

십수 년 만에 즐기는 무료함이었다. 하루의 절반을 다락에서 지냈다. 거기는 형균 자신은 물론 형과 아버지의 청년 시절 꿈들이 남겨진 책들과 노트 사이에 깃들어 있는 곳이었다. 스물다섯의 아버지가 중매로 만난 어머니께 보내는 편지도, 형과 영도가 주고받았던 연서도 있었다. 편지더미 아래에서 작은 상자 하나를 발견했다. 어머니의 바느질 솜씨가 틀림없는 비단보자기로 곱게 싸여 있었다. 대학노트 크기의 캔버스에 그린 형의 초상화였다. 누구의 작품인지 금방 알 수 있었다. 어머니는 원래 영도의 것이라고 하셨다. 어느 해인가 형의 기일에 들고 왔더라고 하셨다. 어머니는 그림을 머리맡에 놓고 영도를 안고 밤새 우셨다고 했다. 아들이 그리워서 울고, 그걸 들고 찾아준 영도가 고마워서 울었다고 하셨다.

바닥을 짐작할 수 없는 저열한 선거투쟁으로 세상은 시끄러웠다. 대통령 선거는 이미 끝난 것이나 진배없었다. 투표일 저녁

개표를 중계하던 언론사들은 7시도 못 되어 단정에 가까운 예측을 내놓기 시작했다. 9시를 넘기기 전에 승패가 명확해졌다. 당선이 확실해진 후보의 경력과 역시 대통령이었던 그녀의 아비를 찬양하는 보도가 방송사마다 경쟁적으로 쏟아졌다.

선거전은 피비린내 나는 동족상잔의 연장전이었다. 한편은 매체에 얼굴을 내밀 때마다 상대 후보자를 빨갱이라고 했고, 다른 진영은 자신이 빨갱이가 아니라고 변명하는 데 대부분의 시간을 다 보냈다. 전선에 첫 포성이 울리던 그때 태어난 아기가 환갑을 넘기도록 이어지는 지겨운 전쟁이었다.

며칠 뒤 세동의 전화를 받았다. 사건이 종결되었다는 뜻밖의 소식을 전했다. 일주일 전 보건복지부 공무원으로부터 한 통의 전화를 받았다는 것이었다. 파주시 무연고 행려병자 수용시설에 수용되어 있는 40대 중반의 남성과 남부지청 관내 연쇄살인 사건 용의자 최헌재의 DNA가 서로 일치한다는 내용이었다고 했다. 세동이 직접 확인한 결과 행려병자는 헌재가 틀림없었으나 이미 다른 사람과 대화를 할 수 없을 정도로 심각한 정신분열 증세를 보이고 있었다고 했다. 복지부 공무원의 말에 따르면 행려병자는 일주일 전 대북 접경지역인 고양시 구산IC 부근 강안에 설치되어 있던 철조망을 넘으려다 초병에게 붙잡혀 경찰에 인계되었다고 했다. 그를 체포한 현장 주변에서 가죽화구통이 하나 발견되었는데, 그 안에서 인공기와 김일성의 사진이 발견되어 대공수사기관으로 넘겨 조사 중이라고 했다. 특이한 점은 왼쪽 대퇴부에 총상으로 추정되는 상처가 있었으나 잘 치료받아 비교적 깨끗하게 아문 것 같다고 했다.

두 달이 더 흘렀다. 유난히 메말랐던 겨울의 끄트머리에 짙은 안개와 이슬비가 강과 들, 산과 들을 자주 적셨다. 낮게 깔린 안개가 여린 풀잎들을 스치던 날 아침, 형균은 두 통의 편지를 받았다. 한 통의 편지는 두꺼운 편지지에 만년필로 또박또박 눌러 쓴 항공우편이었다. 봉투의 소인은 미국의 캘리포니아 스탠퍼드였다. 그곳 대학의 문장인 듯 전나무가 각인된 동전 문양의 워터마크가 찍힌 편지지였다. 나머지 하나는 가장자리가 누렇게 바랜 대학노트에 굵고 무른 스케치 연필로 두껍게 써내려간 것이었다. 몇십 년 전 과거에 부친 편지가 지금 막 당도한 것 같았다. 발신자 이름은 쓰여 있지 않았다. 형균은 집 뒤 야산 중턱에 난 임도를 오르며 인경의 것부터 펼쳤다. 안개에 젖은 전나무 숲에서 알싸한 향기가 뿜어져 나왔다.

형균 씨에게
안녕하셨나요? 급히 서울을 떠나온 후 꽤 많은 시간이 흘렀군요.
15년 전 제 나이의 다른 이들보다는 일찍 미국으로 오면서 여기에 평생 살게 되리라 생각했어요. 한국에 많은 기억들이 있지만 오래전에 모두 사라져버렸어요. 얼굴도 이름도 모르는 일가붙이들을 제외하고 제가 한국에 대해서 아는 것이라고는 박영도 박사님과 형균 씨, 그리고 두 달 전 겪은 그 사건뿐이네요. 그 사건 속의 일주일은 이전의 일 년보다 한국에 대해 많은 것을 알게 해주었어요.

여기 와서 제가 한 일이 있었어요. 최헌재의 대학동기 중 한 분이 서린대학교 심리학과 주임교수셨어요. 이분과 장 형사님의 도움을 얻어 최헌재에 관해 조사를 해보았어요. 의심은 하고 있었지만 뜻밖에도 아주 오래된 병력의 중증 정신장애를 앓고 있었어요. 그것도 과거의 아주 깊은 심리적 외상에 기인한……

1973년 어느 때인가 최헌재의 부친 최동철 씨는 일제강점기 징용으로 끌려갔던 작은 삼촌으로부터 편지를 받게 되고, 일본에서 작은 사업에 성공한 그 삼촌은 어려운 조카의 생활을 알게 되면서 매달 소액의 생활비를 부쳐주었던 모양이에요. 이 사실을 알게 된 헌재의 고향 경남 J시 경찰서에서 최헌재의 부친을 조총련계 재일동포 가족으로부터 활동자금을 받은 간첩혐의로 잡아들였던 것 같아요. 사건을 기억하는 이웃들에 의하면 최헌재와 그 동생까지 구금되었던 것 같아요. 헌재는 거기서 받아들이기 힘든 상황을 목격한 것 같아요. 짐작컨대 부친의 고문현장을 보았던 것 같아요. 부친은 꽤 오랫동안 복역했고, 어머니가 생계를 책임졌던 것 같아요. 그 삶이 어떠했는지 짐작이 가실 거예요. 부친은 출감 후 며칠 지나지 않아 돌아가셨고, 어머님은 아직 생존해 있지만 노인요양시설에 장기입원 중이었어요. 그분도 남은 생이 많지 않은 것 같았어요.

최헌재의 대학 시절 역시 평탄하지 않았어요. 장학생으로 입학했으나, 2학년과 3학년 각각 한 번씩 2회의 국가보안법 위반과 폭행치상으로 기소된 적이 있더군요. 처음 구속되었을 때, 최헌재는 조사를 받다가 자살을 기도했다더군요. 당시 조사를 담당했던 형사의 말에 따르면, 묶어놓고 자백을 추궁하며 구타를 했는데 정신을 잃은 후 깨어난 헌재가 고분고분 혐의사실을 자백한 후에 담당 경찰이 잠시 자리를 뜬 틈을 타 어디서 구했는지 얇은 양철조각으로 왼쪽 손목 동맥을 그었다더군요. 병원에서 나온 이후 헌재는 놀랍도록 완벽하게 자신의 혐의를 부인하며 자신이 자살을 감행했다는 사실조차 기억하지 못했다고 하더군요. 최헌재의 해리성 정체성장애가 첫 번째로 나타난 시기인 것 같아요.

80년대 집회와 시위, 당국이 허락하지 않는 책과 문건을 소지한 학생들을 어떻게 다루었는지 장 형사님으로부터 자세히 들었어요. 한국사회가 지난날 이렇게 참혹한 그늘이 있었다는 것을 들은 적이 있고, 미디어에 드러나는 한국의 정치가 그런 과거를 반영하고 있다는 것 역시 알았지만, 상처가 이렇게 깊고 클 줄은 몰랐어요.

부모님의 고생을 보면서 자라고, 또 가진 사람들 앞에서 가난한 계급으로서 차별받은 젊은 청년들이 할 수 있는 것이 무엇이겠어요? 혁명을 꿈꾸거나, 권력과 부를 꿈꾸거나. 똑똑한 젊은 이들이 출세의 사다리에 매달리고, 권력을 좇는 것이 개인의 영달만을 위한 것이 아니라 어린 시절 겪었던 트라우마를 치유하려는 몸부림일 수 있다는 사실도 알았어요. 고시와 선거가 단기에 자신의 처지를 바꿀 수 있는 것이 된다는 것도. 그러기 위해서 과거에 젊음을 온전하게 태워가며 도전하고 저항했던 그런 지배계급에 몸과 정신을 팔 수 있다는 것도……

정백과 헌재 같은 이들은 고이고 쌓인 억울함의 트라우마, 그것을 해소할 수 있는 방법으로 모든 것을 갈아엎고 새로 지으려는 선택을 했겠죠. 당시 그저 유행과 같은 수령의 사상으로 혁명을 설계하고 그 맨 위쪽에 자신의 자리를 얹으려 했겠죠. 혁명의 시대가 가고, 자신을 돌아봤을 때 이들은 과거의 동지들보다 자신이 현저히 뒤처진 데서 오는 초조함에서 써버린 시간을 벌충할 수 있는 가장 빠른 길을 선택했던 것이죠. 옛 동지를 '빨갱이'로 고발하고 그들과 싸우면서 전과를 인정받는 길. 변절의 길이죠. 그날 밤 백시우 화백이 말했듯이 시대에 대한 인식의 전환이 아니라 생존과 출세를 위한 전략의 변화였다고.

헌재의 경우는 독특해요. 과거의 사건이 준 트라우마를 치유하려는 노력보다는 과거와는 무관한 새로운 인격을 만들어 거기서 살았어요. 트라우마를 경험한 인격을 증오하고 경멸하면서 말이에요. 헌재가 기억하기 싫은 헌재. 고문당하는 아버지를 목격했던 인격, 고문당했던 인격. 청로의 원래 인격은 새로 만든 살인자의 인격에 의해 유배되어 있어요. 살인자의 인격은 온전하게 복수, 출세 그리고 권력을 욕구하는 인격이었어요.

그런데 헌재는 성남에서의 사건 이후 그 경계가 허물어져버렸더군요. 인생의 막다른 벽에 당도했던 것 같아요. 새로운 인격을 만들면서까지 도피하고 싶었던, 결코 기억하고 싶지 않았던 현실을 마주하게 된 거죠. 고문의 공포였을 거예요. 30여 년의 세월을 지나 불현듯 반복되어 버린 혹독한 고문의 공포. 이제 자신을 구속하고 괴롭혔던 그들의 편에 온전하게 섰다고 생각했는데, 그들이 몽둥이를 다시 들고 나타난 거죠. 헌재의 공포는 사방이 검은 벽으로 막힌 탈출로 없는 밀실에 갇힌 것과 같았을 거예요. 그 암담함이 헌재를 아노미로 몰아넣었음이 틀림없어요. 더욱 무서운 것은 헌재는 이제 영원히 그 암담함 속에서 벗어날 수 없다는 거예요.

정백과 최헌재는 전향이라고 했지만, 이지선은 변절이라고 했죠. 한국의 역사에서 전향과 변절은 스톡홀름신드롬인 것 같아요. 인질과 인질범, 피학자와 가학자 사이에 생기는 미묘한 유대감. 무직에 술주정꾼 남편에게 무수하게 얻어맞으면서도 그를 끝내 봉양하는 아내, 끊임없이 학대받으면서도 부모에게서 벗어나지 못하고 의지하는 아이들의 행동이죠. 고문받는 이가 고문하는 이에게 매달릴 수밖에 없는 비극이죠. 강력하고 물샐틈없는 권력의 네트워크에 저항한 대가로 돌아온 엄청난 폭력 속에서 벗어날 수 있는 길은 그들에게 순응하고 동화하며 같은

행동을 하고, 그들을 사랑하는 길뿐이었겠죠. 왜냐하면 꽉 막힌 밀실에서 자신을 구원해줄 이 역시 학대하는 자뿐이니까요. 그들과 같은 편에 있다는 것에 안도감을 느끼며, 이제 똑같이 괴롭힐 먹이감을 찾으며 동류인간으로 행동하게 되는 거죠.

장 형사님께 김천갑이라는 사람의 이야기를 들었어요. 월북자의 가족이었다더군요. 자신이 세상을 알기도 전에 월북해버린 아비 때문에, 어린 시절 빨갱이의 자식이란 낙인으로 그와 가족이 감내해야 했던 고난은 이루 말할 수 없었다고 하더군요. 서린대학교를 사찰하던 시절, 학생들을 상대로 한 무지막지한 주먹질과 고문을 만류하는 동료들에게 그는 그것이 자신이 이 땅에서 생존하는 방식이라고 했다더군요. 사상을 의심받지 않고, 이북에 있는 아비와 내가 아무 상관 없다는 것을 보여주기 위해서는 자기 눈앞에서는 빨갱이의 '빨' 자까지 없애버려야 한다고 했다더군요. 자신이 살아남기 위해서 선택할 수밖에 없었던 생존을 위한 피나는 가학이죠. 그런 의미에서 천갑은 보다 단순하고 명료하며 필연적인 이유를 갖고 있어요. 권력과 출세를 위해 변절한 사십 중년 헌재의 선택이 아닌, 생존하기 위해서는 그들과 같은 편이 되어 그들을 위해 살아야 하고, 끊임없이 그걸 증명해야 한다는 어린 천갑의 선택 말이에요. 그 세대의 많은 이들이 그런 인생을 살았던 것 같아요.

가장 큰 희생자는 시우였어요. 배신자의 낙인 속에 평생을 모든 이들로부터 유배된 채 고통 속에 살아야 했죠. 누명을 벗고,

친구들의 우정을 다시 회복했지만 그분의 과거는 어디서 보상 받을 수 있을까요? 아아! 가장 슬픈 운명이에요.

제가 언젠가 그랬죠. 문화라는 것이 인간 행동의 접근에 있어 필터가 된다고. 지배와 저항의 역사, 권력과 출세가 삶의 목적이 되어버린 배신과 변절의 문화. 저의 결론은 이런 문화가 불행하게도 꽤 오래 지속될 것이란 거예요. 지속될수록 불행은 반복되겠죠. 문화라는 것은 공동체의 역사와 기억과 행동 속에 깊게 뿌리박힌 것이라서 결코 쉽게 없어지거나 변하지 않아요.

말없이 사라졌다가 이제야 보낸 편지에 지난 일들만 너무 많이 남기네요. 당장은 아니지만, 당신 곁에 제가 앉을 수 있는 의자를 놓아준다면 돌아가고 싶어요. 가만히 생각해보니 익숙한 것들은 많지만 한국보다 여기가 더 외톨이네요. 한국에 돌아가서 박영도 박사님과 같이 연구하고, 배 기자님과 형균 씨와 같이 밤새 먹고 마시고 싶네요. 신부님의 강론도 듣고 싶어요. 백시우 화백님께 그림도 배우고 싶구요.

그럼 다시 만날 때까지 안녕히.

2013. 3. 20.
강인경

추신: 서울을 떠날 때 공항에서 장난기 많은 곽 검사님으로부터 관상수 화분 하나를 선물로 받았어요. 나무에서 참새 혀 같

은 새순이 뾰족하게 돋아나고 있어요. 한자로는 작설雀舌이라고 한다더군요. 이 나무는 우리가 해결했던 사건과 깊은 연관이 있었어요. 이지선의 사무실, 안용수의 집, 정백의 사무실, 최헌재의 사무실에서도 볼 수 있었던 것이에요. 경남 김해와 진영 등지에서 자생하는 인도계 차나무라더군요. 그 지방에서는 '장군차'라고 한다더군요. 올봄엔 그곳을 찾아 장군차를 한잔 마실 수 있을지도 모르겠네요.

'봄에 돌아온다.'

형균은 잣나무 숲 오솔길 사이로 내려앉은 안개가 마치 인경의 미소인 듯 느껴졌다. 편지지에서 따스한 손가락의 느낌이 자신에게 전해지는 것 같았다. 긴 인연이 기다리고 있을 것 같았다. 한편으로 이 나이에 이런 쑥스러운 설레임이 가당키나 한 것이냐는 반문과 함께 가슴이 뛰기 시작했다.

형균은 발신인 없는 두 번째 편지를 펼쳤다.

아우에게

불러보고 싶은 이름이었다. 일찍 돌아가신 부모님과 형제자매 없는 내게 너와 어머님은 나의 가족처럼 그리운 이들이었다. 아름답고 사랑스러운 연인, 자애스러운 어머님, 귀엽고 영특한 동생까지 모든 것을 다 가진 성재에 대한 내 큰 질투의 일부가 너였다.

나를 믿고 용서해주어 고맙다. 마침내 배신의 흉문으로 얼룩졌던 이 흉측한 껍데기와 그 안에 응어리진 회한들을 내려놓게되어 기쁘다.

그날 밤 옛날 남산의 그 어디인가에 있었던 취조실과 똑같은 곳으로 끌려갔다. 그들은 내게 마지막 고문을 가했다. 옛날처럼 그렇게 무지막지한 고문은 아니었다. 잠을 재우지 않고 하나의 질문을 지루하게, 정말 지루하게 해대더구나. 붉은 수첩을 어디다 숨겼냐는 질문이었다. 그 질문을 받는 순간 쾌재를 불렀다. 문혁이와 네가 아니었으면 얼마 남지 않은 내 인생을 또다시 이유 없는 철창 속에서 맺어야 할 뻔했다.

불면과 똑같은 질문의 반복. 하지만 그 정도로는 내게 어떤 고통도 줄 수 없었다. 지난 25여 년간 성재에 대한 죄책감과 영도에 대한 연모가 주었던 지독한 번민과 자책이 강요한 불면과 고통에 비하면 정말 아무것도 아니었다. 이제는 나보다 어린 심문관으로부터 취조당하는 것이 도리어 쾌감으로 느껴지더구나. 이 정도라면 얼마든지 견딜 수 있으니, 너희들이랑은 얼마든지 상대할 수 있으니 이제 한번 대결해보자고.

위수남청. 그것은 볼셰비즘과 왕정복고가 낳은 기형아. 치기 어린 유아적인 혁명놀음이었다. 한편으로 우리의 명줄을 노리고 있는 적들에게 가장 이용당하기 쉬운 바보들의 명부였다. 25년 전 내게 전해지는 순간 모두 없애버렸어야 할 것들이었는데 그때는 나의 미련이고, 지금은 배신을 단죄할 무기라고 생각했다. 그것이 잘못이었다. 지선이와 용수, 강재, 최 사장님의 죽음이 내 잘못으로 비롯되었다는 것이 다시 나를 절망으로 모는구나. 그리고 취조실 거울 뒤 집요하게 쫓는 천갑의 눈길이 잊었던 공포를 되살리더구나. 하지만 그들은 내게 아무 말도 들을 수 없었다.

어느 날 문을 열어주었다. 더 이상 나를 붙잡아둘 필요가 없게 된 것이었겠지. 아아! 나는 영원히 나올 수 없을 것 같은 그 지옥의 문을 걸어나왔다. 등 뒤에서 '터엉' 하고 닫히는 소리는 불행했던 내 과거와 단절하는 신호음처럼 들렸다. 봄을 채 맞아들이지 못한 햇살이라도 그렇게 포근하게 느껴지기는 생애 처음이었다.

형균아!

이제 내게 주어진, 내가 할 수 있는 마지막 혁명을 수행하려 한다. 지옥의 망령만이 경험할 수 있는 고통을 안겨주었으며, 사랑하는 모든 이들로부터 버림을 당하고 증오의 대상이 되게 한, 그래서 절망 속에서 인생의 대부분을 보내게 만들었던 것을 타도하려 한다.

고결한 젊은이를 죽음으로 내몰았으며, 그의 친구를 배신자로 만들고, 그 연인과 가족들을 절망케 한 악마를 나는 처형할 것이다.

아아! 악마를 잡는 데는 선량함만으로는 부족하구나.

아우여!

행복하거라!

혁명이 성공하면 나는 사라질 것이다.

찾지 말아라!

난 지금 복수심에 불타는 전사와 같다.

"오오, 적이여 너는 나의 용기이다!"

〈끝〉

작가의 말

　나의 젊음은 그다지 치열하지 않았다. 그럼에도 그 시대를 함께 살았던 어느 작가의 말대로 "예정된 패배, 어설픈 배신, 막연한 희망, 쓰라린 후회, 90년대 나를 불편하게 만들었던 감정"[*]들을 공유하고 있었다. 그 시대에 거기에 있었던 이들처럼.

　치열하지 못했지만 그 언저리를 떠나지도 못했다. 그렇기에 시절이 남긴 여운은 항상 내 주변을 맴돌고 있었다. 오랫동안 병상을 지키던 어느 날 내게 갑자기 다가온 것은 분노였다. 이끼 낀 돌 틈에 박혀 흐르는 시냇물에 휩쓸려 내려가지 못하는 가을 낙엽처럼, 시류에 쉽게 영합하지도 못하는 딸깍발이 벽창호의 뒤늦은 분노였다.

　그 분노의 대상은 뚜렷했다. 오랜 권위주의 독재권력의 흔적이 여전히 남아 있는 정당이 다시 권력을 잡은 후 첫 번째 총선에서, 한국에서 그 유래를 짐작하기 어려운 '자유주의'와 '선진화'라는 담론을 갑자기 꺼내들고 나선 무리였다. 그들은 일생을

---

[*] 김탁환 〈허균, 최후의 19일〉(민음사, 2009), '작가의 말' 인용.

온전하게 민주주의에 헌신한 한 노령의 정치인과 과거 학생운동 동지들에게 '시대정신의 충돌'을 운운하며 아귀처럼 달려들었다.

당시나 지금이나 그들이 시대정신을 운운할 만큼 정합성 있는 철학을 공유하고 있는지에 대한 의심은 여전히 풀리지 않았거니와, 독재와 부패의 사생아들이 시대정신을 거론하는 자체가 내게는 하나의 코미디로 보였다.

코미디는 거기에서 그치지 않았다. 종북몰이라는 마녀사냥이 뒤따랐다. 그 논리가 참으로 해괴해서 자신이 종북의 전문가이기 때문에, 또 학생운동 출신 정치인들의 과거 불온했던 사상과 행적을 잘 알기 때문에 그들을 고발할 수 있다는 것이었다. 지금까지도 고발과 변명의 이전투구는 계속되고 있다.

고발당하는 편 역시 공격에 제대로 맞서지 못하고 있다. 자신들의 사상적 궤적에 공격목표가 뚜렷이 남아 있기 때문이었다. 내세울 수 있는 논리는 사상과 양심의 자유가 고작이었다. 그러나 한국은 사상과 양심의 자유를 쉽게 인정받지 못하는 역사에 발목 잡혀 있다. 마지막 남은 무기라고는 무기력한 침묵뿐이었다.

코미디의 역사는 주체사상이 학생운동의 이념세계를 점령하고 한국 사회 변혁의 지침이 되었던 시대에서 비롯되었다. 종북몰이를 하는 사람과 내가 단 하나 공유하는 것은 주체사상을 변혁의 지침으로 신봉했던 적이 있다는 고해성사를 요구하는 것이다. 그러나 요구할 수 있을 뿐이지 강요할 수는 없다. 강요하는 자들이 내세우는 이른바 '자유주의 사상'에 위배되는 '십자가 밟기'이자 양심과 사상의 자유를 침해하는 것이기 때문이다.

종북몰이의 추악함은 두 가지 얼굴로 다가온다. 첫 번째는 권력의 편에 서서 떨어지는 부스러기를 향유하고자 하는 비굴한 얼굴이다. 자신의 권력과 출세를 위해 함께 투쟁했던 동지와 선배들, 자신이 투사로 만들어 감옥으로 보냈던 후배들의 등에 칼을 꽂는 추악한 변절의 모습이다. 나머지 하나는 처형자의 얼굴이다. 우리는 일제강점기 대화숙과 같은 친일 변절자들 단체들에서 동지를 회유하거나 예비검속과 처형에 앞장섰던 첫 번째 처형자들을 보았다. 또 해방 후 극렬한 좌우의 전쟁 속에서 좌익운동가들을 고발하여 단두대로 보내거나 양민들을 빨갱이로 몰아 집단학살했던 보도연맹에서 두 번째 처형자의 모습을 보았다. 지금 세 번째 처형자들이 그들의 변절을 권력에 가장 확실하게 입증하기 위해 동지들을 고발하고 있다.

나의 분노는 혁명을 꿈꾸었던 우리 세대의 동지들 가운데서 이런 추악한 배신과 잔혹한 처형자의 모습을 발견할 때 터져나온다. 나는 이 글을 통해 과거를 망각 속에 쑤셔 넣고 그 반대편에서 현재를 살고 있는 다중인격, 해리성 정체성장애를 앓는 자들의 모습을 그리고 싶었다. 나의 대단원은 현실과 기억 사이의 경계가 무너지고 서로 충돌한 끝에 그들이 분열로 치닫는 것이었다. 최현재처럼……. 또 그들을 지배하고 조종했던 과거와 현재의 부정한 권력의 운명은 이제 막 억울한 누명을 벗은 시우에게 맡기는 것이었다.

역설적이게도 내가 시우에게 기대하는 마지막 모습 역시 처형자이다. 자신의 친구이자 혁명 동지를 죽음으로 몰아넣고 자신을 평생 죄인으로 지옥에서 살게 했던, 고문경찰이며 학원사찰로 명성을 떨쳤던 은퇴한 정보과 형사 천갑을 찾아 단죄하는 것이다.

처형과 복수가 되풀이될 것 같은 다소 잔인한 바람에 대한 평가는 이 글을 읽는 사람에게 맡기고 싶으나, 나는 TV나 신문의 사회면에서 이 퇴역 고문경찰의 죽음을 지금도 확인하고 싶다. 사인은 반다이크브라운과 베를린블루가 묻은 페인팅나이프를 사용한 경동맥 절개에 의한 과다출혈. 숙시닐콜린으로 추정되는 약물로 피해자를 제압한 후 죽기 전 약물이 분해될 때까지 적어도 한 시간 이상의 시간이 소요되었던 계획범죄. 시우가 천갑에게 처형의 이유를 들려주기에 충분한 시간일 것이다.

권력에 의해, 그들의 하수인이 된 변절한 동지들에 의해 처형이 되풀이되는 사회. 어디 그뿐일까. 어느 날 갑자기 해고장을 받아야 하는 숱한 비정규직들이 당하는 생활로부터의 처형도 그만큼 끔찍하다. 숫자로 따지면 훨씬 광범한 처형이다. 끊어버리지 못하는 팍팍한 생활이 끈질기게 연장된다는 점에서 더욱 잔인하고 고통스럽다.

지금 우리에게 필요한 것은 무엇인가?

다시 혁명이다. 과거의 적폐와 부정하고 부패한 권력을 지키기 위해 도전자를 잔인하게 처형하는 사회로부터 온전하게 단절할 수 있는 단호한 혁명, 그것이 필요하다.

적敵

…

적이 나를 죽도록 미워했을 때,

나는 적에 대한 어찌할 수 없는 미움을 배웠다.

적이 내 벗을 죽엄으로써 괴롭혔을 때,

나는 우정을 적에 대한 잔인으로 고치었다.

적이 드디어 내 벗의 한 사람을 죽일 때,

나는 복수의 비싼 진리를 배웠다.

…

패배의 이슬이 찬 우리들의 잔등 위에 너의 참혹한 육박이 없었더면,

적이여! 어찌 우리들의 가슴속에 사는 청춘의 정신이 불탔겠는

가?

…

오오! 사랑스럽기 한이 없는 나의 畢生의 동무

적이여! 정말 너는 우리들의 용기다

_임화, ⟨적敵⟩에서